OS MISTÉRIOS DE OSÍRIS

O Caminho de Fogo

OS MISTÉRIOS DE OSÍRIS

A Árvore da Vida

A Conspiração do Mal

O Caminho de Fogo

O Grande Segredo

CHRISTIAN JACQ

OS MISTÉRIOS DE OSÍRIS

O Caminho de Fogo

VOLUME 3

Tradução
Maria Alice Araripe de Sampaio Doria

BERTRAND BRASIL

Título original: *Les Mystères d'Osiris – Le Chemin de Feu*

Capa: Raul Fernandes
Imagem de capa: Sandro Vannini/Corbis/Latinstock

Editoração: DFL

Texto revisado segundo o novo
Acordo Ortográfico da Língua Portuguesa

2011
Impresso no Brasil
Printed in Brazil

CIP-Brasil. Catalogação na fonte
Sindicato Nacional dos Editores de Livros, RJ

J19c	Jacq, Christian, 1947- O caminho de fogo/Christian Jacq; tradução Maria Alice Araripe de Sampaio Doria. – Rio de Janeiro: Bertrand Brasil, 2011. 504p. (Os mistérios de Osíris; v. 3) Tradução de: Le chemin de feu Sequência de: A conspiração do mal Continua com: O grande segredo ISBN 978-85-286-1465-7 1. Romance francês. I. Doria, Maria Alice Araripe de Sampaio, 1948-. II. Título. III. Série.
10-5600	CDD – 843 CDU – 821.133.1-3

EDITORA BERTRAND BRASIL LTDA.
Rua Argentina, 171 – 2º andar – São Cristóvão
20921-380 – Rio de Janeiro – RJ
Tel.: (0xx21) 2585-2070 – Fax: (0xx21) 2585-2087

Atendimento e venda direta ao leitor:
mdireto@record.com.br ou (21) 2585-2002

O rei é uma chama no vento,
até a extremidade do céu,
até a extremidade da terra...
O rei se eleva num sopro de fogo.

Textos das Pirâmides, 324c e 541b.

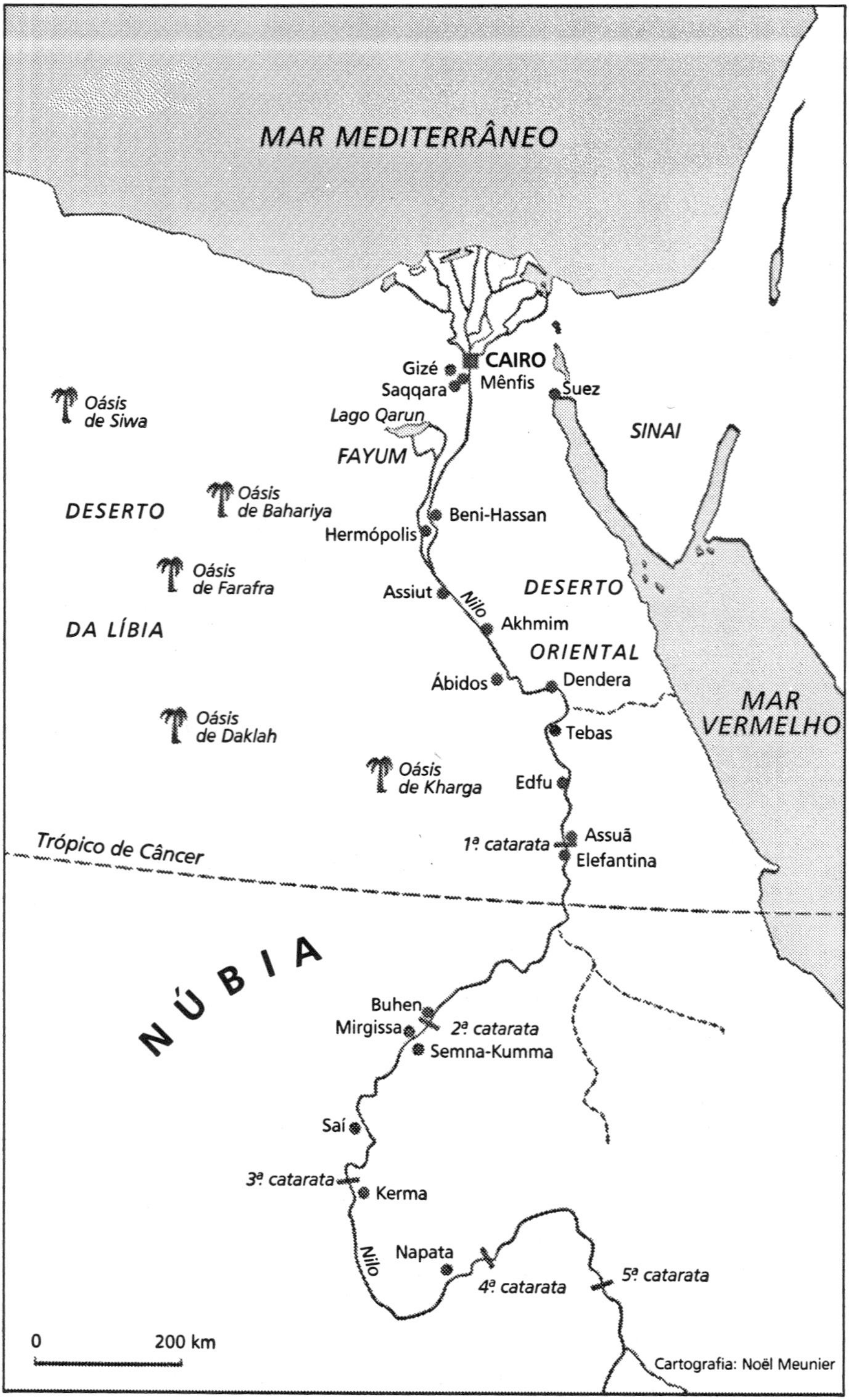

MAR MEDITERRÂNEO
CAIRO
Gizé
Mênfis
Saqqara
Suez
SINAI
Oásis de Siwa
Lago Qarun
FAYUM
DESERTO
Oásis de Bahariya
Beni-Hassan
Hermópolis
Oásis de Farafra
Assiut
Nilo
DESERTO
Akhmim
DA LÍBIA
ORIENTAL
Ábidos
Dendera
MAR VERMELHO
Oásis de Daklah
Tebas
Oásis de Kharga
Edfu
Trópico de Câncer
1ª catarata
Assuã
Elefantina
NÚBIA
Buhen
Mirgissa
2ª catarata
Semna-Kumma
Saí
3ª catarata
Kerma
Nilo
Napata
4ª catarata
5ª catarata
0
200 km
Cartografia: Noël Meunier

ÁBIDOS

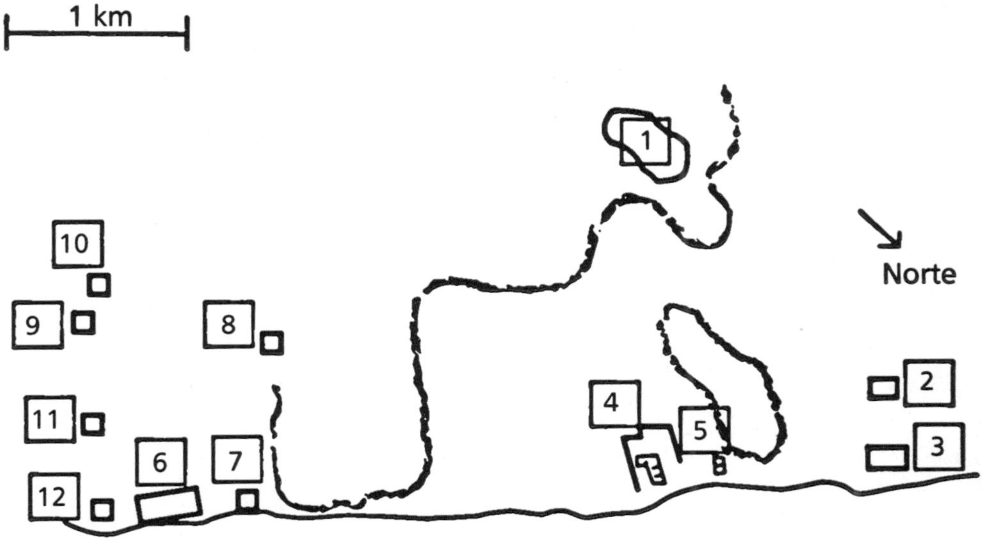

1	Tumbas reais da Primeira Dinastia
2	Tumbas arcaicas
3	Templo de Osíris
4	Templo de Sethi I e Osireion
5	Templo de Ramsés II
6	Cidades do Médio e do Novo Império
7	Templo de Sesóstris III
8	Cenotáfio de Sesóstris III
9	Cenotáfio de Ahmose
10	Templo de Ahmose
11	Pirâmide de Ahmose
12	Capela de Tetisheri

1

O dono da pequena caravana se congratulava por haver escolhido a opção mais perigosa, porém que saía da trilha controlada pela polícia do deserto. É bem verdade que temia os aventureiros do deserto, saqueadores que perambulavam por toda a Siro-Palestina à procura de uma vítima; no entanto, conhecendo bem o terreno, conseguiria escapar. Como a proteção das forças policiais não era gratuita, teria de lhes dar uma parte da carga, minuciosamente examinada para verificar se não transportava armas. Em resumo, muitas contrariedades e uma queda substancial do lucro!

A caravana se dirigia para a principal cidade da região, Sichem[1], onde estava o austero Nesmontu, general do exército egípcio, decidido a lutar contra os inatingíveis grupelhos terroristas que semeavam o terror. Tratava-se de um perigo verdadeiro ou seria uma invenção de Nesmontu, com a intenção de justificar a ocupação militar? Sichem havia tentado se revoltar, mas a agitação havia sido brutalmente reprimida e terminara com a execução dos líderes.

Em menos de três horas, os burros chegariam à praça do mercado e as negociações começariam. Era o momento preferido do vendedor: fixar um preço espantoso, ver o rosto do comprador se tingir de indignação, ouvir os protestos, iniciar uma longa discussão e chegar a um meio-termo, para que nenhum dos dois saísse perdendo.

Uns trinta passos à frente, um homem e uma criança.

Sem que ninguém mandasse, os burros pararam. Soltando zurros, um deles deixou os outros agitados.

— Calma, meus queridos, calma!

Com a cabeça coberta por um turbante, o homem era alto, barbudo e usava uma túnica de lã que lhe caía até os tornozelos.

Ao se aproximar, o dono da caravana viu um rosto emaciado, aceso por olhos vermelhos profundamente enfiados nas órbitas.

— Quem é você?

— O Anunciador.

— Ah... Você existe mesmo?

O interpelado se limitou a sorrir.

— Esse menino é o seu filho?

---

[1] Atual Napluse.

— Meu discípulo. Treze-anos compreendeu que Deus fala comigo. De agora em diante, todos deverão me obedecer.

— Nenhum problema! Eu respeito todos os deuses.

— Não se trata de respeito, mas de obediência absoluta.

— Eu gostaria muito de conversar para chegarmos a um acordo, só que estou com pressa para chegar a Sichem. O dia do mercado é sagrado.

— A sua carga me interessa.

— Não me parece que você tenha muitos recursos!

— Meus fiéis precisam se alimentar. Por isso, você vai doar à nossa causa todas as suas mercadorias.

— Detesto esse tipo de brincadeira! Você e o menino, afastem-se

— Deve me obedecer, já esqueceu?

O comerciante ficou furioso:

— Não tenho tempo a perder, meu caro! Nós somos dez, vocês, um e meio. Se quiser alguns golpes de clava para ser razoável, não os economizaremos.

— Último aviso: ou você obedece ou todos serão executados.

O chefe da caravana se virou para os empregados:

— Vamos, rapazes, deem-lhe uma bela lição!

O Anunciador se transformou numa ave de rapina. O nariz virou um bico que se enterrou no olho esquerdo da vítima, as mãos se transformaram em garras que lhe dilaceraram o coração.

Armado de um punhal com lâmina dupla, Treze-anos atacou com a agilidade e a precisão de uma víbora-cornuda. Aproveitando-se do medo dos condutores dos burros, petrificados, ele lhes cortou os tendões, enfiou-lhes a arma nos rins e nas costas.

Logo só se ouviam lamúrias e gemidos de moribundos e feridos graves.

Orgulhoso, Treze-anos se apresentou ao mestre.

— Bela façanha, meu menino. Você provou o seu valor.

Aprisionado depois de agredir um soldado egípcio, interrogado e solto, o jovem cananeu sonhava com revolta e matança. Convencido de que o Anunciador seria o seu melhor guia, elogiava-lhe continuamente os méritos. Notado por um dos encarregados do recrutamento, o menino fora conduzido a uma das bases secretas. Duas descobertas fabulosas esperavam por Treze-anos: de um lado, os ensinamentos do Anunciador, que pregava a destruição do Egito e repetia continuamente as mesmas fórmulas rancorosas, até o embevecimento; do outro, um treinamento militar intensivo que, naquele dia, pela primeira vez o adolescente aproveitava.

— Mestre, peço uma recompensa.

— Fale, Treze-anos.

— Estes caravaneiros são uns canalhas, incapazes de reconhecer a sua grandeza. Autorize-me a acabar com eles.

O Anunciador não fez nenhuma objeção.

Indiferente às súplicas, o menino executou selvagemente o trabalho.

Assim, transformava-se num autêntico guerreiro a serviço da causa. E com a cabeça erguida, assumiu a frente do cortejo de burros, rumo ao acampamento dos fiéis do Anunciador.

Ruivo, excelente manipulador de uma faca de sílex que usava para matar as vítimas pelas costas, Shab, o Torto, havia sido um dos primeiros a aderir à causa. Encontrar o Anunciador havia mudado completamente a sua vida de assaltante medíocre. Capaz de controlar os demônios do deserto e de se transformar em falcão, dotado de poderes sobrenaturais, o chefe transmitia um ensinamento que transformaria o mundo.

Assassino frio, convencido da necessidade da violência para impor a nova doutrina, Shab, o Torto, era tomado, cada vez mais, por arroubos místicos, nos quais encontrava justificativa para os seus atos. Escutar os sermões do Anunciador mergulhava-o numa espécie de êxtase.

— Caravana à vista — avisou a sentinela.

— Quantos homens?

— Apenas dois: Treze-anos e o grande chefe.

Shab agarrou a sentinela pela garganta.

— Aprenda a ser respeitoso, seu vermezinho! Deve se referir ao Anunciador como "senhor" ou "mestre" e não de outra forma. Entendeu? Senão, vai provar a minha faca.

O cananeu não precisava de uma segunda lição.

Shab correu para a caravana.

— O novo discípulo foi admirável — reconheceu o Anunciador.

— Matei todos eles! — exclamou o menino, ruborizado de prazer.

— Parabéns, Treze-anos. Se o mestre consentir, caberá a você inventariar o saque e fazer a distribuição.

O adolescente não se fez de rogado. Agora, nenhum combatente da verdadeira fé ousaria zombar da sua juventude e da sua altura. Graças à memória que possuía, ele guardava, melhor do que ninguém, as palavras do mestre. Havia eliminado muitos inimigos, passando à ação sem titubear! É bem verdade que ainda não se tratava de soldados egípcios, mas Treze-anos adquiria uma experiência que lhe permitiria progredir.

— Precisaremos de muitos iguais a ele — observou o Torto.

— Não se preocupe — recomendou o Anunciador. — Multidões inteiras se juntarão a nós.

Os dois homens se retiraram para uma tenda.

— Todos os membros da nossa rede de Mênfis chegaram sãos e salvos a Canaã — esclareceu Shab —, exceto os que ficaram lá, sob o controle do libanês.

— Nenhuma mensagem dele?

— A mais recente era tranquilizadora. Nenhum dos agentes foi preso, nem mesmo incomodado. O palácio real está com medo. Apesar das medidas de segurança adotadas pelo chefe de polícia, Sobek, o Protetor, o faraó Sesóstris sabe que, a qualquer momento, pode ser vítima de um atentado.

O Anunciador olhou para cima, como se quisesse discernir um sinal ao longe.

— Esse rei não sabe o que é o medo. Ele tem imensos poderes e continua a ser nosso principal adversário. Todas as iniciativas dele serão perigosas. Será preciso destruir, uma por uma, as proteções que possui, visíveis e invisíveis, e só cantaremos vitória no dia em que ele e a instituição faraônica, da qual é o representante terrestre, forem destruídos. Nossa tarefa promete ser dura, perderemos batalhas, muitos crentes morrerão.

— Eles não irão para o paraíso, senhor?

— Certamente, meu bravo amigo! Mas devemos continuar mantendo o desejo de vingança, quaisquer que sejam os obstáculos e as desilusões. Quanto aos traidores, covardes e indecisos, que sejam castigados.

— Conte comigo.

— Nenhuma notícia de Cara-atravessada?

À frente do comando encarregado de assassinar Sesóstris durante o sono, o mercenário quase tivera êxito. Ao constatar o fracasso e ao ver os seus homens eliminados, havia fugido.

— Nenhuma, senhor.

— Cara-atravessada sabia deste lugar de reunião. Se ele for preso e se falar, correremos perigo.

— Uma vez que não esperamos ninguém mais além dele, vamos para o segundo ponto de encontro. Lá, várias tribos cananeias se juntarão a nós.

— Cuide imediatamente dos preparativos para a partida.

O Anunciador julgava os cananeus fanfarrões e medrosos, no entanto eram indispensáveis à realização de uma parte do plano que, provavelmente, levaria o faraó a cometer erros fatais. Entre as cidades e os povoados, nas próprias cidades e nos povoados, entre as facções e os chefes dos clãs, reinavam tumultos, golpes baixos, delações e complôs. O Anunciador esperava pôr um pouco de ordem nesse caos e formar um simulacro de exército, que Sesóstris consideraria uma ameaça. Para isso, precisava unir várias tribos em nome da resistência contra o ocupante e da libertação de Canaã que, no entanto, seria incapaz de sobreviver sem a ajuda permanente do Egito.

Uma jovem asiática entrou na tenda. Quem desconfiaria dessa morena irresistível, com olhos cheios de promessas amorosas?

No entanto, ao misturar o seu sangue ao dela e ao abusar da moça, o Anunciador a transformara em rainha da noite, arma temível que ele usaria no momento certo.

— Veja isto.

Dócil, a bela Bina entregou ao mestre um texto codificado, que ele decifrou, interessado.

— Notícias importantes?

— Aprenda que não deve fazer-me perguntas e limite-se a me obedecer cegamente.

A jovem se inclinou.

— Mande Treze-anos vir aqui.

Relatando pessoalmente as suas façanhas, o adolescente fazia enorme sucesso. Ao único que o difamara, um camponês áspero e cético, ele respondeu de maneira convincente, enfiando-lhe a faca no pé direito. Pouco ligando para a desgraça daquele homem inconveniente, cujos gritos de dor provocavam o riso da assembleia, Treze-anos cuidou da divisão dos gêneros alimentícios transportados pela caravana.

Conversar a sós com o Anunciador aumentava-lhe ainda mais o prestígio.

— Nenhum incidente, Treze-anos?

— Nem mesmo um pequeno, senhor! Agora eles me respeitam.

— Vamos rezar juntos. Recite as fórmulas de maldição, que visam ao faraó.

Sonhando tornar-se o braço armado que atingiria o tirano, o menino obedeceu, entusiasmado.

Terminada a litania, os olhos vermelhos do Anunciador flamejaram. Subjugado, Treze-anos bebeu as palavras ditas por ele.

— Atingir o objetivo fixado por Deus exige que se matem os incrédulos. Infelizmente, muitos não compreendem isso. Mas você saberá se mostrar digno das mais altas missões. A que eu vou lhe confiar pode parecer insólita, mas execute-a sem questionar. Só assim terá sucesso.

— Poderei usar o punhal, senhor?

— Será indispensável que o use, meu filho.

2

O Filho Real Iker passeava, sozinho, no luxuriante jardim do palácio de Mênfis. Qualquer um que observasse o rapaz elegante e aristocrático pensaria que ele passava instantes agradáveis antes de ir a uma recepção onde todos o felicitariam pela recente promoção e tentariam atrair-lhe as boas graças. O pequeno escriba da província não tivera uma carreira fulgurante e fácil?

Ilusão bem longe da realidade!

Iker sentou-se sob a romãzeira, testemunha da declaração de amor que fizera a Ísis, uma sacerdotisa de Ábidos por quem estava perdidamente apaixonado desde o primeiro encontro. Ela lhe dera apenas uma débil esperança, ao dizer: "Alguns dos meus pensamentos ficarão ao seu lado." Uma simples expressão de amizade, até de condescendência. Porém, o olhar da jovem sublime não abandonava Iker, salvo de vários perigos pela presença invisível da sacerdotisa. Como viver longe dela?

No entanto, talvez nunca mais a visse.

Em breve partiria numa missão para a Siro-Palestina: devia se infiltrar entre os terroristas cananeus, fazendo-se passar por um dos partidários, descobrir o covil do chefe, Amu, apelidado de Anunciador, e transmitir as essenciais informações ao exército e à polícia egípcios para que pudessem agir de maneira radical.

O tal Anunciador não parecia um insurgente comum. Ele dirigia uma verdadeira conjuração de forças do Mal, responsável pelo sortilégio contra a Árvore da Vida, a acácia de Osíris, em Ábidos. Sem as intervenções do faraó e o trabalho diário dos sacerdotes permanentes, a árvore já estaria completamente seca. Quanto tempo ainda as proteções rituais desacelerariam o processo de degradação? Somente a cura provaria a vitória da luz. O momento não convidava ao otimismo, pois as buscas ao ouro que salva permaneciam estéreis.

Um trabalho urgente era necessário. Precisava deter o Anunciador, fazê-lo falar e saber, enfim, de que maneira ele mantinha o malefício.

Graças à missão, Iker expiava o erro cometido: fantoche manipulado pelos asiáticos a serviço do Anunciador, não havia planejado assassinar o faraó que considerava, sem razão, um tirano? Mas ele abrira os olhos. Para surpresa de todos, em vez de condená-lo, Sesóstris o havia nomeado "Pupilo Único" e "Filho Real", em detrimento de muitos cortesãos que ambicionavam esses títulos tão cobiçados.

Para Iker, solitário, pensativo e pouco inclinado às mundanidades, essa honra não contava tanto quanto os ensinamentos do rei sobre Deus, as divindades e Maat. Ao pronunciar, de maneira especial, "meu filho", o faraó pusera um fim à falta de rumo de Iker.

Nunca mais sair do caminho de Maat: essa era a primeira imposição, tão difícil de obedecer. De um verdadeiro Filho Real, com apenas 17 anos, o soberano exigia uma vontade firme e completa, capacidade de percepção e de entendimento, uma mente cheia de pensamentos justos, coragem para enfrentar o medo e o perigo, e o permanente desejo de buscar a verdade, mesmo com perigo de vida. Só essas qualidades levavam a *hotep*, plenitude do ser e paz da alma. Iker se sentia ainda tão longe de conseguir isso que pensava mais e mais nas palavras do seu primeiro mestre, um velho escriba de Medamud, surpreendentemente repetidas por Sesóstris: "Quaisquer que sejam as provações, estarei sempre ao seu lado, para ajudá-lo a cumprir um destino que você ainda não conhece."

Iker saiu do jardim e seguiu pelas ruas da capital. Apesar das tragédias recentes e do fracassado atentado contra o faraó, Mênfis continuava alegre e colorida. Centro econômico do país desde a primeira dinastia, a cidade era o ponto de equilíbrio entre o vale do Nilo, o Alto Egito e as amplas extensões aquáticas e verdejantes do Delta, o Baixo Egito.

Os sacerdotes cumpriam os deveres rituais vivificando os inúmeros templos da cidade, os escribas se dedicavam aos trabalhos administrativos, os artesãos faziam objetos, indispensáveis tanto ao sagrado quanto ao profano, os comerciantes animavam os mercados, os estivadores descarregavam as mercadorias... A sociedade colorida e acolhedora não sabia que a Árvore da Vida estava prestes a morrer e, com ela, a civilização egípcia.

Iker teve uma visão: se o Anunciador o vencesse, se a acácia morresse, Mênfis seria reduzida a escombros. E a mesma desgraça atingiria todo o território.

Ao se oferecer como voluntário para caçá-lo, o rapaz queria dirimir os seus erros e lavar a alma, consciente de que se tratava de uma espécie de suicídio. Apesar da formação militar que recebera na província do Órix, não tinha nenhuma possibilidade de sucesso. Entretanto, o rei não o desencorajava, mostrando a necessidade de conseguir as armas fornecidas pelo invisível.

Se a mulher que ele amava retribuísse a sua paixão, talvez ele desistisse. Não, era indigno atribuir a Ísis tamanha responsabilidade! Iker devia partir, mesmo que o medo o torturasse. E ele que havia sonhado tornar-se inicialmente um bom escriba e, depois, um escritor! Ele se comprazia em copiar os Textos de Sabedoria, como as *Máximas* de Ptah-Hotep, e em descobrir os tesouros dos Antigos. Eles nunca falavam de si mesmos, sempre se empenhavam em transmitir Maat, sem deixar de pormenorizar as mediocridades e as baixezas da espécie humana. E o que dizer da amplidão, da beleza e da profundidade dos textos rituais aos quais a função de sacerdote temporário de Anúbis lhe dera acesso? Autorizada a frequentar as bibliotecas das Casas da Vida, certamente Ísis conhecia muitas outras maravilhas.

Era esse o futuro com que Iker havia sonhado e não o de um enviado especial do faraó, condenado a explorar um caldeirão cheio de malefícios onde seria rapidamente calcinado.

Envolvido nos próprios pensamentos, subitamente o Filho Real percebeu que estava perdido. Uma ruela estranhamente silenciosa, nenhuma criança brincando, nenhuma dona de casa tagarelando na porta da residência, nenhum carregador de água oferecendo os seus serviços.

Quando quis voltar, Iker deparou com um brutamontes de ombros largos e agressivo. Armado com uma grande pedra, o homem interpelou o passante:

— Veja só, você está com uma bela tanga e belas sandálias... Bem raras por aqui! Vamos, entregue-as sem discutir.

Iker se virou.

Na outra extremidade da ruela, dois comparsas igualmente ameaçadores.

— Não tem saída, meu jovem. Mostre-se cooperativo e não lhe faremos mal. A tanga e as sandálias, depressa!

Iker precisava escolher o ângulo para atacar o mais rápido possível, antes que o cerco se fechasse e que os três ladrões o moessem de pancadas, terminando prematuramente com a sua missão.

O escriba real avançou para cima do brutamontes que, de repente, emitiu uma espécie de guincho estúpido, soltou a pedra e caiu de bruços.

Os acólitos correram para socorrê-lo. O mais rápido parou bruscamente, como atingido por um raio, e caiu para trás. Apavorado, o companheiro fugiu.

Um rapaz forte, de rosto quadrado, sobrancelhas espessas e ventre redondo, apareceu, manejando uma funda com desenvoltura.

— Sekari! Você... você me seguiu quando saí do palácio?

— Viu o que aconteceria se eu não cuidasse da sua segurança? Certamente, você teria massacrado um ou dois deles, mas esses sujeitos são cheios de manhas, especialistas em golpes baixos. Que ideia passear vestido assim num bairro desses!

— Eu estava meditando e eu...

— Venha tomar uma cerveja, isso porá o seu pensamento em ordem. Conheço uma taberna bem chique, onde você não será muito notado.

O agente especial de Sesóstris, Sekari, havia recebido ordens de proteger Iker em qualquer circunstância. Forjada ao longo das várias provações que haviam passado juntos, uma indefectível amizade unia os dois companheiros. Originário de um meio modesto, Sekari tinha mil habilidades, de empregado doméstico a mineiro, de passarinheiro a jardineiro. Conseguindo se movimentar sem ruído, ele sabia se tornar invisível. A despeito da aparência rude e do comportamento de bom rapaz que se entrosava facilmente em qualquer camada da população, Iker desconfiava que ele soubesse muito sobre o Círculo de Ouro de Ábidos, a confraria mais secreta do Egito. Porém, o amigo se esquivava das perguntas, como se fosse obrigado a manter silêncio absoluto sobre o assunto.

Bem forte, a cerveja era revigorante.

— O seu moral não me parece lá muito bom — observou Sekari.

— Você acredita realmente que eu tenha uma única possibilidade de ter sucesso?

— Você acredita realmente que o rei o mandaria para a morte certa?

A pergunta perturbou Iker.

— Sozinho na Siro-Palestina, um mundo desconhecido, diante de adversários intocáveis... Não serei uma presa fácil?

— Errado, meu amigo, totalmente errado! Será justamente a vulnerabilidade que o salvará. Os terroristas reconhecem facilmente um inimigo, por mais hábil que ele seja em se dissimular. Você não parece perigoso. Se conseguir ser convincente, a sua missão será um sucesso excepcional. Além do mais, pense nos seus sucessos anteriores! Que insensato apostaria um pedaço de pano na sua sobrevivência, quando você estava amarrado ao mastro do *Rápido*, vítima prometida ao deus do mar, em seguida naufragado? E eis você aqui, bem vivo e Filho Real! Não há por que se desesperar, apesar da conotação perigosa da viagem. Você sabe que eu passei por algo pior e me saí bem.

Iker se lembrou da pergunta da serpente gigante que apareceu na ilha do *ka*: "Eu não pude impedir o fim deste mundo. E você, conseguirá salvar o seu?"

— Você se lembra da rainha das turquesas que descobrimos juntos? — perguntou Sekari. — Se ela estiver em poder do Anunciador, de que lhe serviria? Uma pedra como essa inevitavelmente tem poderes extraordinários. Supondo que possa curar, ela nos seria muito útil!

— Quem sabe ela está guardada na caixa de acácia, fabricada para o Anunciador?

— Ele possui outros segredos! Você vai desvendá-los, Iker. E saberá se ele matou o meu mestre, o general Sepi. A justiça real agirá mais cedo ou mais tarde e eu bem que gostaria de ser o braço armado dela. Quantas perspectivas exultantes!

Sekari fazia esforços desesperados para se mostrar seguro, mas nem ele nem o amigo eram ingênuos.

— Vamos voltar para o palácio — decidiu Iker. — Quero entregar a você o meu bem mais precioso.

Sem o burro seu confidente, Vento do Norte, entregue a Ísis, o escriba sentia-se muito solitário. A transmissão de pensamento lhes permitia combater a adversidade, ajudando um ao outro. Depois de despedidas dilacerantes, a jovem sacerdotisa fora tão afetuosa que o animal imediatamente confiara nela.

Os dois homens evitaram a entrada oficial. Sekari, cujo verdadeiro papel era ignorado pela maioria dos dignitários, permanecia discreto como uma sombra. Passando por outras entradas, ele se reuniu a Iker nos apartamentos deste, contíguos aos do rei.

— Sobek, o Protetor, é um bom profissional — reconheceu — e a segurança do faraó me parece corretamente garantida. Até eu tive dificuldade em passar despercebido. Um enigma continua a me afligir: quem mandou o falso policial para eliminar você? Se foi o Anunciador, não há problema; senão, temos motivos para nos preocupar! Na minha opinião, isso implicaria a existência de uma outra alma-danada, talvez até mesmo dentro deste palácio.

— Você acha que Sobek seja culpado?

— Seria aterrador, mas farei uma investigação sem excluir nenhuma hipótese.

— Não se esqueça de que Sobek terá prioridade sobre as minhas informações!

— Impedirei que ele o prejudique.

Iker entregou ao amigo um material de escriba de excelente qualidade.

— Foi um presente do general Sepi — lembrou. — Em Canaã, não precisarei dele.

— Cuidarei deste tesouro e você o encontrará intacto na volta. Que armas vai levar?

— Um amuleto em forma do cetro "Poder" e a faca do gênio guardião que me foi dada pelo rei.

— Fique permanentemente atento, não confie em ninguém e conte sempre com o pior. Assim, não será pego desprevenido.

Iker parou em frente à janela do quarto e contemplou o céu de um azul brilhante.

— Como posso agradecer a sua ajuda, Sekari? Sem você, eu estaria morto há muito tempo. E agora, vamos nos separar.

Sekari se virou, para disfarçar a emoção.

— A sua fidelidade ao rei continua inabalável, não é?

— Não duvide disso, Iker!

— Nem por um instante, eu suponho, você pensou em desobedecê-lo.

— Nem por um instante!

— Portanto, você ficará em Mênfis e não me seguirá a Canaã.

— Isso é outra coisa...

— Não, Sekari. Preciso agir sozinho, ter sucesso sozinho ou fracassar sozinho. Desta vez, não poderá me proteger.

3

Para Ísis, afastar-se de Ábidos era um sofrimento. Quaisquer que fossem os encantos de Mênfis ou de algum outro lugar para o qual os deveres de sacerdotisa a levassem, só pensava em voltar rapidamente ao centro espiritual do país, a grande terra de Osíris, a ilha dos justos.

Assim que viu a escarpa, as casas ao longo do canal e o deserto repleto de monumentos, o seu coração se encheu de alegria. Nesse lugar sagrado ficavam a morada eterna e o santuário de Osíris, ao qual levava uma via processional ladeada de capelas e de estelas. Ali se erguia a Árvore da Vida, eixo do mundo.

Ábidos havia sido enriquecida com duas obras-primas, o templo e a ampla tumba de Sesóstris, onde Ísis vivera uma importante etapa da iniciação aos grandes mistérios. Uma pequena cidade, o Lugar de Resistência, completava o conjunto arquitetônico. Ali residiam os artesãos, administradores, sacerdotes e sacerdotisas permanentes, e os temporários, que vinham provisoriamente cumprir alguma tarefa, cuja duração variava de alguns dias a vários meses.

Devido às agressões sofridas pela acácia de Osíris, um cordão de segurança protegia Ábidos. Os ataques lançados contra a cidade de Kahun e Dachur, local da pirâmide real, eram provas da determinação dos inimigos do Egito.

Ísis não conseguira se manter tranquila durante toda a viagem. É bem verdade que o número e a dificuldade das incumbências impostas pelo faraó teriam desencorajado a mais resistente das sacerdotisas, mas a jovem se mantinha firme. Estimulantes, as tarefas lhe davam forças que ela nem suspeitava possuir. No entanto, o pouco resultado conseguido contra os poderes das trevas era motivo de pessimismo; mas a acácia continuava viva! Dois ramos até haviam se recuperado e, cada conquista, mesmo modesta, convencia Ísis da vitória final.

O seu abalo resultava da declaração do Filho Real. Ele a amava, com um amor tão intenso que a deixava assustada, a ponto de impedi-la de responder a uma pergunta essencial: ela, Ísis, amava Iker?

Até então, a vida de sacerdotisa, os esforços desdobrados para aprofundar o conhecimento dos mistérios e dos rituais faziam-na esquecer os meandros dos sentimentos e das paixões.

Desde o encontro com Iker, Ísis se sentia diferente. Experimentava sensações estranhas, bem diferentes das sentidas ao longo da vida espiritual. Nada contraditório, aparentemente, mas eram perspectivas desconhecidas. Valeria a pena explorá-las?

Conforme confessava a si mesma, uma parte dos seus pensamentos continuava ao lado de Iker. Fosse ele Filho Real, escriba de província ou servo, nada disso tinha importância. Só importavam a autenticidade e a sinceridade dele.

Iker, uma pessoa excepcional.

Ao deixá-lo, Ísis sentira medo. Medo de nunca mais revê-lo, pois partia para uma aventura da qual provavelmente não voltaria. E esse temor se transformava em tristeza. Será que não deveria ter falado com ele de outra forma, lembrando as dificuldades da existência de uma ritualista, mostrando-se mais amigável?

Amizade, respeito mútuo, confiança... Seriam essas as palavras certas? Não serviriam de máscaras para um sentimento que a jovem se recusava a definir porque a desviaria do seu destino?

Um focinho insistente lembrou-a de que era preciso descer pela ponte de desembarque. Ísis sorriu, Vento do Norte contemplou-a com os grandes olhos castanhos. Desde o primeiro instante eles haviam se entendido. Muito triste com a viagem de Iker, o jumento encontrava o conforto necessário ao lado da jovem, delicada e radiante. As transmissões de pensamento entre eles eram feitas sem dificuldade e nenhum dos dois maquiava a realidade: as possibilidades de sobrevivência do Filho Real pareciam ínfimas.

No primeiro controle não houve nenhum problema. Os militares conheciam Ísis, estavam encantados em revê-la. Na ausência dela, Ábidos não ficava meio sem brilho?

Em compensação, no segundo houve uma reação que não surpreendeu a sacerdotisa. Os policiais hesitavam em interpelar a jovem, mas um temporário não conseguiu reprimir a indignação:

— Um burro em Ábidos... Um burro, o animal de Seth! Olhe o pescoço dele: um tufo de pelos ruivos! Essa besta encarna o espírito do mal! Vou avisar o Calvo, imediatamente.

Ísis esperou pacientemente a chegada do superior.

Nomeado como chefe dos permanentes de Ábidos, representante oficial do faraó, o Calvo não tomava nenhuma decisão sem a anuência explícita do monarca. Encarregado de zelar pelos arquivos sagrados da Casa da Vida, cujo acesso só ele autorizava, o rabugento sexagenário, intransigente e sem nenhuma sutileza, nunca saía dos domínios de Osíris. Pouco ligava para as honrarias e não tolerava nenhuma falha na realização das tarefas rituais. Para ele a palavra-chave era "rigor". Ele punia todas as transgressões à Regra e considerava más as boas desculpas.

— Um burro com um tufo de pelos ruivos — constatou ele, surpreso. — Você sempre me surpreende, Ísis!

— Vento do Norte foi entregue aos meus cuidados pelo Filho Real Iker. Ele vai morar ao lado do meu alojamento funcional e não perturbará a área sagrada. Um dos nossos deveres não é controlar a ira de Seth? Que o burro seja uma das manifestações do deus, eu não discordo. Mas as sacerdotisas de Hathor não são convidadas a aplacar o fogo de Seth?

— Seth foi condenado a levar Osíris nas costas — reconheceu o Calvo. — Esse animal saberá permanecer em silêncio?

— Estou convencida disso.

— Na primeira mostra de insubmissão, na primeira vez em que ele zurrar, será expulso.

— Entendeu bem? — perguntou Ísis ao quadrúpede.

Em sinal de assentimento, Vento do Norte levantou a orelha direita.

O Calvo resmungou um comentário incompreensível e acariciou a cabeça do burro.

— Instale-o e vá me encontrar no templo de Sesóstris.

Destinado a produzir o *ka* que reforçava as defesas mágicas da Árvore da Vida, o templo de milhões de anos do rei era uma edificação imponente, cercada de um muro e precedida por um pilono. Possuindo um complexo sistema de canalização que servia para drenar a água das purificações, o amplo quadrilátero, ao qual se chegava por um caminho pavimentado, parecia vigiar o deserto.

Ísis entrou no pátio emoldurado por um pórtico, cujo teto se apoiava em 14 colunas, depois, numa sala coberta onde reinava um profundo silêncio, habitado pela palavra das divindades às quais o rei fazia oferenda. No teto, um céu estrelado.

O Calvo meditava diante de um baixo-relevo que representava Osíris.

— Quais foram os resultados das suas pesquisas na grande biblioteca de Mênfis? — perguntou ele à jovem.

— Eles confirmam as nossas suposições: só o ouro mais puro, nascido do ventre da montanha divina, poderá curar a acácia.

— Ele também é necessário para a celebração dos grandes mistérios. Sem ele, o ritual será letra morta e Osíris não ressuscitará.

— Esse é o verdadeiro objetivo dos nossos inimigos — avaliou Ísis. — Apesar da morte do general Sepi, Sua Majestade intensificou a exploração, mas ninguém conhece a localização da cidade do ouro e do país de Punt.

— Simples denominações poéticas!

— Continuarei as investigações com a esperança de descobrir um ou vários detalhes significativos.

— O que decidiu o faraó?

— O responsável pelo nosso infortúnio deve ser um rebelde que diz se chamar Anunciador e que age em Canaã. Sesóstris enviou para lá o Filho Real Iker, para tentar localizá-lo. Além de mim e você, apenas o círculo restrito de amigos fiéis a Sua Majestade está a par da viagem.

Ísis deveria cumprir uma missão especialmente delicada: vigiar constantemente e se certificar de que nenhum dos permanentes nem os temporários de Ábidos era cúmplice do inimigo. Confiando plenamente no superior da jovem, o rei a autorizara a contar a ele o segredo.

— Não notei nada de anormal durante a sua ausência — explicou o Calvo. — Todos cumpriram muito bem a própria função. Como um demônio poderia se introduzir entre nós?

— O ateliê do templo de Hathor de Mênfis me deu um precioso objeto. Gostaria de verificar o quanto ele é eficaz.

O Calvo e a sacerdotisa saíram do santuário de Sesóstris e foram até a Árvore da Vida, no meio do bosque sagrado de Peker. Como ocorria todos os dias, os poucos permanentes cumpriam escrupulosamente os deveres. Para conservar a energia espiritual que impregnava o lugar e manter o elo vital com os seres da luz, o Servo do *ka* celebrava o culto aos ancestrais. O sacerdote encarregado de verter a libação de água fresca não esquecia nenhuma das mesas de oferendas. O que via os segredos se preocupava com o bom desenrolar dos rituais e o que zelava pela integridade do grande corpo de Osíris verificava os lacres da porta da tumba. As sete musicistas encarregadas de encantar a alma divina tocavam as partituras em ressonância com a harmonia celeste.

Detentor da paleta de ouro, portador das fórmulas do conhecimento reveladas em Ábidos, o faraó, onde quer que estivesse, as pronunciava diariamente no recesso de um *naos*, evitando assim a ruptura da sequência das revelações.

O Calvo e a sacerdotisa derramaram a água e o leite no pé da acácia. Na árvore subsistiam mais do que alguns vestígios de vida. Plantadas nos pontos cardeais, quatro novas acácias mantinham um campo de forças protetoras.

— Que você possa continuar a residir nesta árvore, Osíris — implorou o Calvo. — Que ela mantenha o vínculo entre o céu, a Terra e as profundezas, que ela conceda a luz aos iniciados e a prosperidade a este país amado pelos deuses.

Ísis apresentou à acácia um magnífico espelho na forma de um espesso disco de prata com um cabo de jaspe ornamentado com um rosto da deusa Hathor. Finas separações de ouro contornavam incrustações de lápis-lazúli e cornalina.

A sacerdotisa virou o disco na direção do sol, para que refletisse um raio que devia acariciar o tronco da árvore e lhe insuflar um pouco de calor, sem queimá-la. Muito delicado, o procedimento devia ser feito com prudência e não podia demorar muito.

Graças à celebração do ritual das bolas de argila, similares ao olho do sol, o faraó havia reforçado a barreira mágica em torno da acácia. Daquele dia em diante, nenhuma onda maléfica conseguiria atravessá-la. Essas precauções não seriam tardias?

Ísis pôs o espelho numa das capelas do templo de Osíris, reservada à barca usada no ritual dos grandes mistérios. Segundo as constatações do Calvo, o modelo celeste dessa barca já não circulava normalmente. Portanto, para evitar que ela desmontasse, Ísis havia sido encarregada pelo monarca de nomear em voz alta cada uma das partes que a compunham, preservando, assim, a coerência. Esse último recurso mantinha vivo os símbolos fundamentais de Ábidos que garantiam a energia indispensável ao processo da ressurreição.

O Lugar de Resistência havia sido construído rigorosamente de acordo com uma planta de Sesóstris. Todas as ruas tinham cinco côvados de largura, os quarteirões eram delimitados e todas as casas, construídas com tijolos, possuíam um pátio, uma sala de visitas e apartamentos privativos. As belas vilas estavam de frente para o deserto. No lado sudoeste da cidade, ficava a ampla residência do prefeito[1].

Ísis morava numa casa de quatro cômodos, cujas portas de madeira tinham um batente de calcário. Entre a brancura das paredes externas e as cores vivas do interior havia um contraste impressionante. O mobiliário era simples e sólido, os utensílios domésticos, de pedra e de cerâmica, as roupas de cama, de linho: os bens materiais da sacerdotisa eram mais do que suficientes para ela. Devido à posição que ocupava, uma moça para a limpeza, com dons culinários apreciáveis, liberava-a das preocupações domésticas.

Bem instalado diante da porta, Vento do Norte vigiava a residência da dona. Ábidos inteira já sabia que um animal sethiano obtivera o status de residente provisório, desde que observasse um silêncio religioso.

---

[1] 53x82 metros.

— Está morrendo de fome, não está?

O burro levantou a orelha direita.

— Esta noite, regime. A partir de amanhã, mandarei preparar refeições consistentes para você.

Juntos, eles passearam pelos arredores do deserto, admirando o poente. Os raios de sol tingiam de rosa uma velha tamargueira. O nome da árvore, *iser*, lembrava Usir, o nome de Osíris. Às vezes, alguns galhos dessa árvore eram colocados no interior dos sarcófagos, para ajudar a transformação da múmia em corpo osiriano. Vigorosa, a tamargueira vencia a seca do deserto porque as suas raízes buscavam a água nas profundezas.

Ísis suplicou que Osíris protegesse Iker e permitisse que ele tomasse o caminho certo na perigosa região, onde arriscaria a vida para salvar Ábidos e todo o Egito.

4

Na faixa dos quarenta, hiperativo, cabelos pretos colados na cabeça redonda, rosto de lua, torso largo, pernas curtas e pés gorduchos, Medés, Secretário da Casa do Rei, formalizava as decisões tomadas pelo faraó e pelo conselho, divulgando-as em seguida por todo o país. Ele não perdoava nenhum erro dos seus funcionários.

Apesar do orgulho da nomeação que o tornava um dos mais altos personagens do Estado, Medés nutria outras ambições, sobretudo a de fazer parte dessa instituição, centro vital do poder, não para servir melhor o país, mas para destruí-lo. Livrar-se de Sesóstris não prometia ser fácil e o fracasso do último atentado contra o monarca demonstrava a extensão da proteção mágica que ele possuía. Acontece que o dignitário não era homem de desistir facilmente, sobretudo depois de concluída a aliança com o Anunciador, uma pessoa estranha e perigosa, determinada a derrubar o trono do faraó.

Primeiro a chegar ao local da administração, último a sair, Medés se comportava como um funcionário responsável e rigoroso, que não merecia nenhuma crítica. Ao restabelecer a função de vizir, atribuída a Khnum-Hotep, o rei havia limitado a influência do Secretário da Casa do Rei. Além disso, o homem idoso exercia o cargo à perfeição, mostrando absoluta fidelidade ao soberano que, antes, combatia. Prudente, Medés tomava cuidado para não entrar na área do vizir, obedecia-lhe sem discutir e não lhe dava nenhum motivo de descontentamento, pois Khnum-Hotep gozava da confiança do faraó.

Pensando no encontro que teria à noite, tão importante quanto arriscado, Medés fervia de impaciência. A aproximação do momento da conversa deixava-o mais irritado do que o normal. Atormentava vários escribas, muito indolentes na opinião dele.

Medés terminava de examinar um dossiê, quando o Grande Tesoureiro Senankh, chefe da Dupla Casa Branca e ministro da Economia, apareceu para vê-lo inesperadamente.

Medés detestava esse *bon-vivant* de rosto cheio, abdome protuberante e aparência enganosa. Especialista em finanças públicas, líder temido, insensível às bajulações, Senankh não hesitava em ser rude com os cortesãos, os preguiçosos e os incapazes. Medés tentara, em vão, comprometê-lo e obrigá-lo a pedir demissão. Raposa esperta, Senankh farejava os ataques ardilosos e replicava com firmeza.

— Algum problema sério no horizonte?

— Nenhum, Grande Tesoureiro.

— As finanças do seu departamento me parecem bastante equilibradas.

— Não permito nenhum desperdício, por menor que seja. Trabalho insano, infelizmente! Quando baixamos um pouco a guarda, a negligência volta a reinar.

— A sua gestão é excelente, a Secretaria da Casa do Rei nunca funcionou tão bem. Tenho uma boa notícia para lhe dar: o seu pedido foi aceito. Poderá dispor de cinco barcos rápidos suplementares. Contrate os escribas que julgar necessário e providencie uma melhor divulgação das notícias.

— Nada poderia me deixar mais feliz, Grande Tesoureiro! Com esses recursos, farei todo o possível para divulgar bem mais rapidamente os decretos reais.

— E a coesão das Duas Terras será reforçada — avaliou Senankh. — E não negligencie o seu trabalho.

— Fique tranquilo.

Ao voltar para casa, Medés se perguntou se o Grande Tesoureiro não desconfiava dele. Nada nas opiniões e no comportamento de Senankh o levava a fazer essa suposição. Porém, o ministro da Economia era hábil o suficiente para não deixar transparecer as suas verdadeiras intenções e quem conversasse com ele nunca deveria baixar a guarda. De qualquer maneira, Medés havia conseguido o que queria. Os novos funcionários, mensageiros e marinheiros, pertenciam à sua rede de informantes. Quando precisasse mandar informações para os terroristas, o procedimento, de agora em diante, seria bem mais fácil.

Medés residia numa magnífica casa no centro de Mênfis. Na rua, havia uma entrada de serviço e uma porta principal de duas folhas, permanentemente vigiada por um guarda. Em ambos os andares, portas-balcões com grades de madeira. Uma *loggia*, com colunetas pintadas de verde, se abria para o jardim.

Assim que Medés entrou na sala de visitas, a esposa lhe pulou no pescoço.

— Estou doente, meu querido, muito doente! Você não liga para mim.

— O que você tem?

— Estou com náuseas, meu cabelo está caindo e estou sem apetite... O doutor Gua precisa vir imediatamente!

— Cuidarei disso amanhã.

— É urgente, muito urgente!

Medés afastou-a.

— Tenho outras emergências.

— Você quer a minha morte!

— Você sobreviverá até amanhã. Mande servir o meu jantar e se entregue nas mãos da sua camareira. Uma massagem vai deixá-la mais relaxada.

De barriga cheia, Medés esperou a alta noite para sair de casa, com a cabeça coberta por um capuz. Ele parou e se virou várias vezes, para ter certeza de que não era seguido. Mesmo assim, voltou atrás e deu uma grande volta para chegar ao verdadeiro destino.

Sentindo-se seguro, bateu na porta de uma casa suntuosa, oculta num bairro modesto. A um guarda carrancudo apresentou um pequeno pedaço de cedro, no qual estava gravado o hieróglifo da árvore.

O pórtico se abriu; Medes subiu ao primeiro andar, onde foi recebido por um personagem falante, que parecia uma pesada ânfora, perfumado em excesso e vestido com uma longa túnica colorida.

— Caríssimo amigo, que prazer em vê-lo! Gostaria de provar algumas guloseimas?

Embora o libanês lutasse contra o excesso de peso, a sua ampla sala continuava cheia de mesas baixas, sobrecarregadas de bolos, cada um mais tentador do que o outro.

Medés tirou o capuz e sentou-se.

— Dê-me aguardente de tâmaras.

— Agora mesmo!

A taça de prata era uma pequena maravilha.

— Foi um presente de um dos armadores que tentou me extorquir — explicou o libanês. — Antes de morrer, em grande sofrimento, ele me legou todos os bens. Mesmo os homens maus às vezes têm bons sentimentos.

— Os seus acertos de contas não me interessam. Iker deixou o palácio. Estou convencido de que não voltará para a província natal e sim de que vai para Canaã.

— A minha rede já foi avisada. Mas qual seria a missão do rapaz?

— Descobrir o esconderijo do Anunciador e avisar o exército egípcio.

O libanês sorriu.

— Esse Filho Real não lhe parece tão frágil quanto presunçoso?

— Não o trate como algo desprezível! Iker já escapou várias vezes da morte e possui uma capacidade de destruição incontestável. Já que vai cometer o erro de se aventurar em território inimigo com a certeza de passar despercebido, vamos nos aproveitar disso!

— Por que se preocupa tanto?

— Porque, indubitavelmente, Iker é um enviado do próprio faraó e, portanto, foi dotado de poderes eficazes! Sesóstris não age sem pensar. Se o Filho Real recebeu ordens para se infiltrar entre os rebeldes cananeus, ele tem possibilidades de conseguir.

Os argumentos surtiram efeito.

— Deseja organizar uma emboscada?

— Se eu não estiver enganado, Iker irá a Sichem. Os seus espiões devem dar o aviso assim que ele chegar. Deixemos que ele entre num dos grupos, que o matará tranquilamente, depois de interrogá-lo. Talvez ele possa nos dar informações interessantes sobre a estratégia do adversário.

O libanês coçou o queixo.

— É, poderíamos seguir esse procedimento.

— Faça como quiser, mas elimine esse Iker! O desaparecimento dele enfraquecerá Sesóstris.

— Cuidarei do seu protegido — prometeu o negociante. — E se conversássemos sobre os negócios? Lembre-se de que uma nova carga de madeira preciosa acabou de sair do Líbano. Os aduaneiros precisam fechar os olhos.

— As providências serão tomadas.

— Também é preciso mudar de entreposto.

— Não me esqueci disso. E... os óleos?

— Quando chegar o momento, eu o avisarei.

Se tivessem sucesso, os projetos monstruosos do libanês custariam a vida de centenas, de milhares de egípcios.

O Mal ia atacar. O Secretário da Casa do Rei ficou abalado por um momento, mas cedeu à fascinação. Defender Maat à maneira de Sesóstris era venerar um passado que se findara.

É verdade que a violência e o sofrimento seriam propagados, mas a conquista do poder não era uma justificativa? Há muito tempo Medés havia escolhido o seu campo. Agora, qualquer hesitação seria prejudicial. O encontro com o Anunciador lhe proporcionava uma ocasião inesperada de derrubar obstáculos que julgava intransponíveis. Vender a alma ao diabo surgido das trevas lhe traria glória e fortuna.

— Nenhum alerta mais sério?

— A polícia não deteve nenhum membro da minha rede. No entanto, os policiais de Sobek, o Protetor, não estão inativos! Eu me felicito por haver mantido em Mênfis apenas os melhores elementos, perfeitamente integrados na sociedade egípcia.

Sob as ordens do Anunciador, que tivera o grosso de seu grupo retirado para a Siro-Palestina, o libanês dirigia a rede menfita composta de comerciantes, vendedores ambulantes e cabeleireiros, mestres na arte de localizar os curiosos e, se necessário, eliminá-los. A compartimentalização era rigorosa e uma deserção não poria todos em perigo.

O libanês nunca trairia o Anunciador. Uma vez, uma única vez, ele lhe havia mentido. O pregador, com os olhos em brasa, por pouco não lhe arrancara o coração, deixando-lhe no corpo uma cicatriz que servia de aviso permanente. O negociante sabia que na primeira falta não escaparia das garras do homem-falcão.

— Ninguém suspeita de você, Medés?

O alto dignitário levou um tempo refletindo.

— Não sou ingênuo e sempre me faço essa pergunta. Não há nenhum sinal preocupante, mas sou precavido. Quando o Grande Tesoureiro Senankh aceita as minhas propostas, eu me pergunto se ele está preocupado com os interesses do Estado ou se me põe à prova. Provavelmente, os dois.

— Não temos o direito de cometer nenhuma imprudência, por menor que seja — lembrou o libanês —, sob pena de precisar cancelar os projetos. Se um dos fiéis de Sesóstris se aproximar demais de vocês, não deixe de me avisar. Então, nós tomaremos medidas drásticas. Lembre-se, Medés: o Anunciador não nos perdoaria um fracasso.

5

Muitos operários trabalhavam na ampliação dos Muros do Rei, uma linha de fortins destinados a reforçar a fronteira nordeste do Egito e a desencorajar qualquer tentativa de invasão das tribos rebeldes que percorriam uma parte da Siro-Palestina. As antigas construções estavam sendo reforçadas e novas obras eram iniciadas. Os fortins se comunicavam com sinais visuais e com pombos-correios. Compostas de soldados e aduaneiros, as guarnições controlavam meticulosamente as mercadorias e a identidade dos viajantes. Depois do atentado contra o faraó Sesóstris, a vigilância havia aumentado. Alguns terroristas cananeus haviam sido mortos, mas certamente outros tentariam entrar no Delta para vingar os companheiros. Por isso, o exército repelia os suspeitos e os indesejáveis, e só entregava os salvo-condutos depois de um interrogatório detalhado. "Quem atravessa a fronteira", proclamava o decreto do faraó, "se torna um dos meus filhos."

Para sair do Egito e ir a Canaã havia regras estritas: era preciso dar o nome, dizer as razões da viagem e especificar a data da volta. Os escribas juntavam os dossiês, constantemente atualizados.

Iker tinha uma tarefa delicada, pois não deveria deixar nenhum rastro por onde passasse. Essa primeira prova seria não só um teste decisivo, como também lhe permitiria afirmar aos cananeus rebeldes que fugia do próprio país, onde era procurado pela polícia. Supondo que tivessem informantes entre o pessoal dos Muros do Rei, eles veriam que nenhuma autorização oficial lhe fora concedida e que se comportava como um clandestino.

Iker constatou a amplidão das medidas de segurança: inúmeros arqueiros nas ameias dos torreões e tropas no solo sempre prontas para intervir. Nenhum ataque surpresa teria sucesso. Se um fortim fosse tomado de assalto, haveria tempo de avisar os mais próximos. A notícia do ataque se espalharia depressa, os reforços interviriam imediatamente.

Sem informações precisas, Iker não conseguiria atravessar os Muros do Rei. Sehotep, o Portador do Selo Real, lhe havia entregue um mapa detalhado que indicava o ponto fraco do dispositivo. Por isso, quando caiu a noite, o rapaz se enfiou numa zona de urzes.

Diante dele, havia um velho fortim isolado, em reforma. Ao serem acesas, as tochas indicariam a hora da troca da guarda. Iker disporia de alguns minutos durante essa troca para correr velozmente e passar para Canaã.

* * *

O comandante não apreciava nem um pouco a nova designação e sentia falta da caserna de Mênfis, próxima da capital e das inúmeras distrações. Ali, o tempo demorava a passar.

No dia seguinte, mandaria queimar as urzes. Quem se aventurasse pelo terreno livre das plantas seria imediatamente notado. Em caso de fuga, os arqueiros tinham ordens para atirar; por isso exercitavam-se diariamente, escapando do tédio. Por sorte, o general Nesmontu, como oficial experiente, dava inúmeras licenças e trocava frequentemente uma parte da guarnição, para evitar o desânimo e uma falha na vigilância. Com um chefe desses, os soldados tinham gosto pela função.

Hora do revezamento.

À frente de uma dezena de arqueiros, o comandante se dirigiu para a torre de vigia, onde o encarregado acendia as tochas. Em geral a manobra era feita rapidamente, os homens de guarda cediam com prazer o lugar para os substitutos e iam o mais depressa possível para o refeitório.

Naquela noite, havia uma agitação nada habitual! Os arqueiros, ainda nos postos, falavam alto, prestes a brigar e não desciam.

— O que se passa aí em cima?

— Venha, meu comandante, a confusão está armada!

O oficial subiu os degraus de quatro em quatro.

Caído de costas no chão, um dos soldados estava com o nariz ensanguentado. Dois companheiros faziam força para controlar o agressor, que espumava feito um touro furioso.

— Vocês brigaram! Era só o que faltava!

— Foi ele — murmurou o ferido —, foi esse maluco... Ele me acertou sem razão!

— Não foi sem razão! — revidou o outro. — Você me roubou, canalha!

— Não quero ouvir mais nada — decidiu o comandante. — Ambos comparecerão diante do tribunal militar e esclareceremos os fatos.

Um arqueiro que, normalmente, já deveria estar sentado à mesa, observava distraído a planície cananeia.

À luz da lua, ele ficou estupefato com o que viu.

— Comandante, ali, um homem correndo!

— Atirem — ordenou o oficial —, atirem todos, e não errem!

Iker estava próximo do fortim quando a primeira flecha passou assobiando na sua orelha esquerda. Uma segunda raspou-lhe o ombro. Treinado na dura escola da província do Órix, ele se congratulou por ser um fundista excelente, de fôlego inesgotável. Correndo em ziguezague, ele forçou o ritmo, concentrando-se num ponto ao longe.

Os sinistros assobios se espaçaram, diminuíram de intensidade e logo o único ruído que ouvia era o das próprias passadas.

Iker havia atravessado a fronteira são e salvo!

Mesmo assim, manteve o ritmo, com medo de que uma patrulha fosse enviada no seu encalço. Mas estava escuro e o comandante não desguarneceria a tropa, porque temia outras tentativas de passagem forçada.

Ao Filho Real só restava tomar a direção de Sichem.

* * *

Subindo no rosto de Iker, a formiga gigante lhe salvou a vida ao acordá-lo.

Dois homens com a barba crescida se aproximavam do arbusto onde o rapaz se abrigara para dormir algumas horas. Incapazes de ficar calados, pensavam agir com discrição.

— Tem alguma coisa ali, tenho certeza.

— Alguns pedaços de pano, provavelmente.

— E se tiver alguém nos panos? Olhe melhor!

— Parece um rapaz, com pertences de viagem.

— Você está vendo um bom negócio!

— Talvez ele não queira nos dar.

— Você daria a ele os seus pertences?

— Perdeu a cabeça?

— É melhor não pedir nada e sim derrubá-lo e roubá-lo. Se batermos com força, ele não se lembrará de nada.

Quando os barbados se preparavam para pular em cima dele, Iker se levantou, brandindo a faca do gênio guardião.

— Não se mexam — ordenou. — Senão, eu lhes corto os jarretes.

O menos corajoso caiu de joelhos, o outro recuou um passo.

— Você não parece estar brincando! Por acaso é um policial ou soldado?

— Nem um nem outro, mas sei manejar as armas. Estavam pensando em me roubar?

— Oh, não! — exclamou o homem, ajoelhado. — Queríamos só ajudá-lo.

— Não sabem que os ladrões são condenados aos trabalhos forçados e os assassinos à pena de morte?

— Somos apenas pobres camponeses que procuram o que comer! Por aqui não matamos a fome todos os dias.

— O general Nesmontu não trouxe de volta a prosperidade?

Os dois velhacos se olharam, preocupados.

— Você é... egípcio?

— Correto.

— E... trabalha para o general?

— Incorreto.

— Então, o que faz por aqui?

— Tento fugir dele.

— Desertor?

— Algo do tipo.

— Aonde quer ir?

— Juntar-me àqueles que lutam contra o general e pela libertação de Canaã.

— Isso é extremamente perigoso!

— Vocês não são colaboradores do Anunciador?

O homem ajoelhado se ergueu e se encostou no companheiro.

— Não nos envolvemos muito nessas histórias.

— Só um pouco, não é?

— Muito pouco. Muito, muito pouco. Menos do que isso.

— O menos do que isso poderia lhes valer uma bela recompensa.

— Quer ser mais explícito, amigo?

— Um lingote de cobre.

Os barbados ficaram deslumbrados. Uma verdadeira fortuna! Poderiam beber quanto quisessem e pagar pelas mulheres das cervejarias.

— Hoje é o seu dia de sorte, amigo.

— Levem-me ao acampamento do Anunciador — exigiu Iker, sem acreditar muito nisso.

— Você está sonhando ou o quê? Ninguém sabe onde ele se esconde!

— Vocês devem conhecer alguns dos seguidores.

— É possível... Mas como podemos ter certeza de que você é um rapaz honesto?

— Pelo lingote de cobre.

— Temos de reconhecer que seus argumentos são pesados!

— Vamos, vou segui-los.

— Primeiro o lingote.

— Não me tomem por imbecil. Vocês me levam até os seguidores do Anunciador e eu lhes pago. Senão, adeus. Eu me arranjarei sozinho.

— Nós dois precisamos saber a opinião um do outro.

— Está bem, mas depressa.

Os dois comparsas iniciaram uma viva discussão. Um deles aconselhava a prudência, o outro, o lucro. Finalmente, optaram por transigir.

— O melhor — declarou o mais reservado — é Sichem. No campo, nos arriscamos a surpresas desagradáveis. Na cidade, temos nossas referências.

— A polícia e o exército não esquadrinham a cidade?

— Claro que sim, mas não vigiam todas as casas. Temos relações que certamente o levarão ao Anunciador.

— Vamos, vocês na frente.

— Mantenha-se a uma boa distância, amigo! Nós sabemos lidar com os egípcios. Para todos os efeitos, se eles o detiverem, não conhecemos você.

— Pelo pagamento que vão receber, vamos evitar as barreiras.

— O que está pensando? Se o pegarem, teremos trabalhado de graça!

A exclamação sincera tranquilizou Iker.

Eles seguiram por desvios, fizeram várias paradas e, ao avistarem a cidade, se separaram antes de chegar a um bairro popular, onde os casebres se rivalizavam em pobreza.

Os dois cumprimentaram alguns velhos sentados na entrada de suas pobres residências, que responderam à gentileza. Pelo que parecia, os dois ladrões não eram simples desconhecidos.

De repente, vários meninos cercaram Iker.

— Você não é daqui!

— Afastem-se.

— Responda ou lhe atiraremos pedras!

Iker não queria brigar com as crianças, mas elas pareciam falar sério.

A pontapés, um dos barbados dispersou a malta.

— Montem guarda em outro lugar — ordenou-lhes. — Este rapaz está conosco.

Os meninos obedeceram, aos gritos.

Iker acompanhou os guias até uma casa de paredes sujas. Do lado de fora, um monte de lixo onde estava agachada uma velha coberta de trapos e de olhar vazio. Em pleno sol, um burro amarrado a uma estaca, com uma corda tão curta que mal podia se mexer.

— Deviam, ao menos, lhe dar água — opinou Iker.

— É apenas um animal. Entre.

— Quem mora aqui?

— As pessoas que você procura.

— Gostaria de ter certeza.

— Somos do tipo honesto. Agora, pague.

A situação começava a ficar tensa.

Iker tirou do saco um lingote de cobre. Imediatamente, uma mão ávida se apoderou do lingote.

— Vamos, entre.

O cômodo, de piso de terra batida, cheirava tão mal que Iker hesitou.

No instante em que o Filho Real atravessava o limiar tapando as narinas, foi violentamente empurrado. A porta bateu atrás dele.

Na penumbra, uma dezena de cananeus armados de forcados e de enxadões. Um barbudo com uma farta cabeleira em desalinho interpelou o recém-chegado:

— Qual é o seu nome?

— Iker.

— De onde vem?

— De Mênfis.

— Egípcio?

— Sim, mas oponente à ditadura de Sesóstris! Depois de ajudar meus amigos asiáticos em Kahun, tentei eliminar o tirano. Depois que fracassei, eu me escondi com a esperança de encontrá-los. Para escapar da polícia, só me restava uma opção: passar pelos Muros do Rei e me refugiar em Canaã. Quero retomar a luta contra o opressor. Se o Anunciador me aceitar entre os fiéis, não o decepcionarei.

— Quem lhe falou sobre ele?

— Os meus aliados asiáticos. Em todos os lugares a reputação dele só cresce. O faraó e os seus auxiliares começam a ficar com medo. Outros egípcios se unirão à causa do Anunciador em breve.

— Como atravessou os Muros do Rei?

— Escolhi um fortim isolado e passei por ele à noite. Os arqueiros atiraram, fui atingido no ombro esquerdo.

Iker mostrou o ferimento.

— Ele deve ter ferido a si mesmo! — acusou um cananeu. — Este egípcio não me agrada. Com certeza é um espião!

— Nesse caso — objetou Iker —, eu seria tão estúpido assim para me atirar na boca do chacal? Muitas vezes já arrisquei minha vida para salvar o seu país e não desistirei enquanto continuar sob opressão.

Um dos meninos agressivos apareceu e sussurrou alguma coisa no ouvido do chefe. Depois, saiu correndo.

— Você veio mesmo sozinho, ninguém o seguiu — constatou o barbudo.

— Isso não prova nada! — retorquiu um dos companheiros. — Seja prudente, vamos matá-lo.

A atmosfera ficou ainda mais pesada.

— Não cometa um ato irreparável — avisou Iker. — Como escriba bem-informado sobre o que se passa em Mênfis e sobre os costumes do palácio, quero lhes dar uma ajuda preciosa.

O argumento semeou a discórdia entre os cananeus. Muitos o levaram a sério e se declararam prontos a acolher o rapaz, porém dois deles, mais exaltados, continuaram a pedir que fosse executado.

— Precisamos refletir — decidiu o barbudo. — Enquanto aguarda a decisão, você é nosso prisioneiro. Se tentar fugir, será morto.

6

Ísis entrou na capela do templo de Sesóstris, onde estava a barca de ouro de Osíris. Permanentemente vigiado, o prédio era um abrigo seguro. Apenas o casal real, os sacerdotes permanentes e a jovem sacerdotisa tinham acesso ao santuário para ali realizar os rituais. Na ausência do faraó e da Grande Esposa Real, Ísis vivificava a barca que, devido à doença da acácia, não recebia a energia indispensável à celebração dos mistérios. Para mantê-la viva era preciso nomear em voz alta todas as partes que a compunham.

Recolhida, a jovem tirou o véu que cobria a inestimável relíquia.

— A sua proa é o busto do mestre do Ocidente, Osíris ressuscitado; a popa é a do deus Min, o fogo regenerador. Os seus olhos são os do espírito capaz de ver o Grande. O leme é composto pelo casal divino da cidade do Deus. O seu mastro duplo é a estrela única que atravessa as nuvens; o seu cordame da frente é a grande claridade; o cordame traseiro é a trança da pantera Mafdet, guardiã da Casa da Vida; o cordame de estibordo é o braço direito do Criador, Atum; o cordame de bombordo é o braço esquerdo; a cabine é a deusa-Céu equipada com os poderes; os remos são os braços de Hórus, quando ele viaja[1].

Por alguns instantes, o ouro pareceu reanimado de uma luz intensa. Toda a capela ficou iluminada, o teto se transformou num céu estrelado e a barca navegou de novo pelo cosmos.

Depois, a escuridão foi reconstituída, o ouro desbotou e o movimento foi interrompido.

Enquanto a acácia não recuperasse o verde e Ábidos não tivesse o ouro dos deuses, Ísis não poderia obter mais. As fórmulas do conhecimento pelo menos preservavam a coerência da barca e a impediam de se desmontar.

Terminada a missão, a jovem foi verificar se Vento do Norte estava devidamente alimentado. Todos os dias, ela dava longos passeios com ele pelos arredores das plantações. Sempre pronto a transportar uma carga, o burro acabou por seduzir os mais reticentes. Considerado o animal de Seth, agora ele se afirmava como o gênio do bem, protetor do lugar. E todos reconheciam que Ísis tivera razão em tentar a experiência.

---

[1] Indicações encontradas no capítulo 398 dos *Textos dos Sarcófagos* (tradução de Paul Barguet).

— Sem dúvida, Iker conseguiu passar pelos Muros do Rei — aventou ela.

Vento do Norte levantou a orelha direita.

— Então, ele está em Canaã.

O quadrúpede confirmou.

— Ele está vivo, não está?

A orelha direita se levantou vigorosamente.

— Você jamais mentiria! Vivo, mas em perigo.

Mais uma vez a resposta foi positiva.

— Eu não deveria pensar nele — murmurou ela. — Pelo menos, não tanto... E ele me pediu uma resposta. É razoável amar uma sacerdotisa de Ábidos? E eu? Tenho o direito de amar o Filho Real? Minha vida é aqui e em nenhum outro lugar, e preciso cumprir as minhas funções sem falhar. Você me compreende, Vento do Norte?

Uma imensa ternura surgiu nos grandes olhos castanhos.

Bega contemplou a palma da mão direita, na qual havia sido gravada, para sempre, uma minúscula cabeça de Seth, com grandes orelhas e o característico focinho. Esse emblema unia os confederados do deus da destruição e da violência: Medés, Secretário da Casa do Rei, a alma-danada Gergu e ele próprio, Bega, sacerdote permanente de Ábidos.

Bega traía Osíris, a quem prometera servir durante toda a vida.

O faraó em pessoa não o humilhara recusando-se a nomeá-lo superior de Ábidos e a lhe entregar a chave dos grandes mistérios? Ele bem que merecia: levava uma vida exemplar, todos apreciavam a sua capacidade, possuía uma austeridade e um rigor dignos de elogio... Ninguém, nem mesmo o Calvo, o igualava.

Não reconhecer tais qualidades era uma injúria insuportável pela qual Sesóstris pagaria caro. Repudiando o juramento, detestando o que venerava, Bega desejava agora a morte do tirano e a do Egito, com a destruição de Ábidos, centro vital do país.

Glacial como um vento de inverno, alto, um rosto desagradável que desaparecia atrás de um nariz proeminente, Bega se deleitaria com a sua vingança ao destruir a espiritualidade osiriana, base sobre a qual o faraó estruturava o povo e o país.

No auge da amargura, Bega havia encontrado o Anunciador.

Com a força brutal da tempestade, o Mal se apoderara da consciência do sacerdote. Num azedume profundo, ele não imaginava a extensão do poder de Seth.

Bega desprezava os novos aliados, Gergu e Medés, embora a este último não faltasse dinamismo nem vontade, mesmo que perversa. No entanto, diante do Anunciador, comportava-se como um rapazinho em pânico, subjugado e obrigado a obedecer. Apesar da idade e da experiência, Bega lhe obedecia cegamente.

Depois de prometer fidelidade às trevas, ele se sentia mais tranquilo. Ao lançar um malefício sobre a acácia de Osíris, o Anunciador havia provado do que era capaz. Sozinho, derrubaria o faraó e esvaziaria Ábidos da sua substância. Como interlocutor privilegiado, pois era detentor de uma parte dos segredos de Osíris, Bega desempenhava um papel decisivo na conspiração do Mal.

O sacerdote terminava o serviço ritual quando viu Ísis se dirigir à biblioteca da Casa da Vida.

— As suas pesquisas estão progredindo?

— Muito lentamente na minha opinião, mas não perdi as esperanças. Os textos antigos já me forneceram preciosas indicações que o faraó poderá aproveitar.

— Por sorte, a acácia parou de definhar. Louvamos a sua eficiência.

— Que é bem medíocre, Bega, e só o espelho da deusa Hathor merece a nossa admiração. Os reflexos desse espelho garantem a circulação da seiva.

— A sua reputação não para de crescer e eu fico feliz com isso.

— Só me preocupo com a sobrevivência de Ábidos.

— Durante essa guerra impiedosa que travamos contra as forças das trevas, você se tornou uma peça essencial.

— Apenas executo as vontades do faraó e do nosso superior. Se eu falhar, uma outra sacerdotisa de Hathor poderá me substituir.

— O estado da barca de Osíris preocupa a todos nós. Se ela permanecer imóvel, como a energia da ressurreição se propagará?

— Temos de resolver o que é mais urgente, evitando que se desfaça.

— Um fraco resultado, é preciso reconhecer!

— Pelo menos a alma da barca continua presente entre nós. O que podemos esperar a mais no atual momento?

— É difícil não se deixar levar pelo pessimismo! Graças a você, Ísis, os sacerdotes permanentes ainda acreditam que nem tudo está perdido.

— Temos o benefício da determinação inabalável de um monarca excepcional. Enquanto ele reinar, a vitória estará ao nosso alcance.

— Que Osíris nos proteja!

Bega ficou olhando Ísis entrar na biblioteca. Ela permaneceria trabalhando o resto do dia e uma parte da noite, deixando o campo livre para ele preparar a futura transação.

Naquele dia Gergu, a alma-danada de Medés, chegaria.

* * *

Para dissipar o aborrecimento da viagem, Gergu se embebedava com cerveja forte. Antes de partir, uma prostituta síria o aliviara um pouco do nervosismo, apesar de protestar contra os tapas que ele lhe dava. Bater em mulheres lhe dava imenso prazer. Sem a intervenção de Medés, as queixas das três sucessivas esposas de Gergu o teriam enviado para a prisão. Como o patrão o proibira formalmente de se casar outra vez, ele descontava nas profissionais de baixo nível, pouco exigentes.

Inicialmente coletor de impostos e de taxas, Gergu havia sido nomeado inspetor-chefe dos celeiros, sempre graças a Medés, de quem era um servo fiel e devotado. O posto lhe permitia espoliar honestos administradores ameaçando-os com sanções, e ele montara uma rede de crápulas, que lhe fornecia uma pequena fortuna com o desvio de estoque de grãos. Guloso e beberrão, Gergu teria ficado satisfeito com essa vida fácil, se o patrão não tivesse outras ambições.

Depois do encontro com o Anunciador, Medés queria não só derrubar Sesóstris, mas também se apoderar das riquezas do país, promovendo a onipotência de um novo deus, que apresentasse a vantagem de reduzir as mulheres à categoria a que pertenciam, de criaturas inferiores.

Esse projeto, muito arriscado, assustava Gergu. No entanto, estava fora de cogitação desobedecer a Medés e menos ainda ao Anunciador, que eliminava selvagemente os renegados. Portanto, ele precisava seguir a corrente, tomando o máximo de precauções para não se expor demais.

Gergu ia regularmente a Ábidos, onde conseguira o status de temporário, o que facilitava o extraordinário tráfico que estabelecera com um cúmplice, o sacerdote permanente Bega. O inspetor-chefe dos celeiros nunca poderia supor que um iniciado nos mistérios de Osíris cedesse à venalidade. Uma vez que se tratava do negócio mais lucrativo da sua carreira, ele não ia se fazer de difícil!

No cais, Gergu saudou os policiais. Trocaram algumas palavras amigáveis, felizes com a tranquilidade do lugar. Diante da extensão do sistema de segurança imposto pelo rei, Ábidos, realmente, não tinha o que temer!

Como de hábito, Gergu entregaria alimentos da melhor qualidade, peças de tecido, unguento, sandálias e mais outros produtos, que Bega encomendava oficialmente, para o bem-estar dos residentes. Os dois conversavam por muito tempo, verificavam a lista das mercadorias e preparavam o próximo carregamento.

Na realidade, eles cuidavam de um comércio secreto e bem mais lucrativo.

Resolvidos os problemas administrativos num espaço de tempo razoável, Bega levou Gergu ao terraço do Grande Deus. Seguiram por uma via processional, deserta, fora dos períodos das festas que tão cedo não seriam organizadas, se é que algum dia seriam novamente celebradas.

De ambos os lados do caminho que levava à escada de Osíris, havia inúmeras capelas. Elas continham estátuas e estelas, cujo objetivo era agregar a alma dos proprietários à eternidade do Ressuscitado. Apenas alguns eleitos, depois de iniciados, eram autorizados a sobreviver assim, formando a corte de Osíris, aqui na Terra e no além.

Um silêncio tranquilo envolvia os monumentos ancorados no invisível. Nenhum profano, nenhum membro das forças policiais perturbava a quietude do local. Por isso, Bega tivera uma ideia diabólica: retirar de Ábidos pequenas estelas consagradas, portanto, de valor inestimável, e vendê-las a preço de ouro aos melhores compradores, bem felizes por adquirir a sua quota de imortalidade. Mas o sacerdote permanente não parou por aí: ao dar um selo aos cúmplices e ao lhes revelar a fórmula a ser gravada nas estelas, ele lhes permitiu fazer falsificações e escoá-las sem dificuldade.

Bega havia perdido os escrúpulos. Por um lado, finalmente enriquecia, depois de tantos anos de despojamento a serviço de Osíris; por outro, enfraquecia a magia de Ábidos ao tirar algumas pedras sagradas, por mais modestas que fossem.

— Este cemitério não me deixa muito à vontade — confessou Gergu. — Tenho a impressão de que os mortos me vigiam.

— Mesmo que isso ocorresse, eles não poderiam fazer nada contra você! Se tivermos medo deles, não realizaremos nada. Eu já quebrei esse tabu. Acredite, Gergu, esses seres inertes, reduzidos ao estado mineral, não possuem nenhuma influência. Em compensação, nós estamos bem vivos.

Apesar do encorajamento, o inspetor-chefe dos celeiros tinha pressa em se afastar do terraço do Grande Deus. Osíris não velava pelos seus protegidos e não poderia se irritar com os ladrões?

— Como vamos proceder?

— Como sempre — respondeu Bega. — Escolhi uma magnífica e pequena estela entre um lote de vinte, esquecido no fundo de uma capela. Venha comigo e vamos pegá-la.

Mesmo que os monumentos precedidos de jardinzinhos não contivessem nenhuma múmia, Gergu tinha a sensação de que violava uma sepultura. Envolvendo a pedra coberta de hieróglifos com um tecido branco, ele a levou até o deserto. Gotas de suor lhe brotavam na testa, não por causa do esforço, mas porque temia uma eventual agressão da obra cheia de magia. Afobado, enterrou-a na areia.

— Nenhum problema com a sequência?

— Não, não — prometeu Gergu. — Eu comprei o policial de sentinela esta noite. Ele vai desenterrar a estela e entregá-la ao capitão de um barco que parte para Mênfis.

— Conto com você, Gergu. E, sobretudo, não cometa nenhum erro, por menor que seja.

— Eu também estou na linha de frente!

— Não se deixe cegar pelos lucros. O objetivo fixado pelo Anunciador é muito mais elevado, lembre-se disso.

— Se visarmos alto demais, não corremos o risco de errar o alvo?

De repente, a palma da mão direita de Gergu começou a doer. Ao olhá-la, ele viu que a minúscula cabeça de Seth estava em brasa.

— Não pense em traição — recomendou Bega. — Senão, o Anunciador o matará.

7

O cananeu mais hostil a Iker começou o terceiro interrogatório. Nos dois primeiros, os carcereiros não haviam chegado a uma conclusão final.

O escriba não conseguia se acostumar à fedentina e à sujeira do local. A aventura havia começado mal e podia terminar prematuramente.

— Confesse que você é um espião pago pelo faraó — exigiu o cananeu.

— Já que a sua opinião não vai mudar, por que eu protestaria?

— A sua verdadeira missão?

— O Anunciador vai me dizer.

— Sabe onde ele está e de quantos homens dispõe?

— Se eu soubesse, estaria ao lado dele.

— Quais são os planos de batalha do general Nesmontu?

— Gostaria de conhecê-los para neutralizá-los.

— Fale sobre o palácio de Mênfis.

— Essas informações são destinadas ao Anunciador e a ninguém mais. Quando ele souber como me tratou, você passará um mau quarto de hora. Prendendo-me aqui, faz a nossa causa perder tempo.

O cananeu cuspiu no egípcio, em seguida arrancou o amuleto que ele tinha no pescoço e pisoteou-o com raiva.

— Agora você está sem proteção, traidor repulsivo! Vamos torturá-lo. Tragam a faca que ele escondia. Vocês verão, ele vai falar.

Iker estremeceu. Morrer já era assustador, mas sofrer desse jeito! Mesmo assim, não falaria. O que quer que dissesse, só aumentaria o empenho do carrasco. Talvez se o fizesse acreditar que se havia enganado, atraísse a simpatia dos comparsas.

O cananeu brandiu a arma branca e passou a lâmina sob o nariz do rapaz.

— Está com medo, não está?

— Claro que estou com medo! E não compreendo por que me infligem tamanha provação.

— Primeiro, vou dilacerar o seu peito. Em seguida, cortarei o seu nariz. Por fim, os testículos. Quando eu terminar, você já não será um homem. Então, vai confessar?

— Peço que me levem ao Anunciador.

— Você vai me dizer tudo, maldito espião!

A primeira estria de sangue arrancou um grito de dor do Filho Real.

Com os pés e as mãos amarrados, ele não podia se defender.

A lâmina cortava-lhe novamente a carne quando a porta do reduto foi aberta com força.

— Os soldados! Vamos fugir, rápido!

Atingido por uma flecha que se enfiou entre as omoplatas, o vigia caiu. Uns vinte soldados entraram no local malcheiroso e massacraram os cananeus.

— O que fazemos com aquele ali, chefe? — perguntou um soldado, apontando para Iker.

— Desamarre-o. O general Nesmontu ficará feliz em interrogar um terrorista.

Oficialmente, Iker estava detido na caserna principal onde Nesmontu, radiante por, finalmente, prender um partidário do Anunciador, fazia-o passar por um interrogatório tão violento que ninguém podia assistir.

Militar de carreira, autoritário, franco, indiferente às honrarias, o general gostava de viver entre os seus homens e estava sempre bem-disposto fisicamente. Apesar da idade, deixava os mais jovens exaustos.

— Ferimento superficial — observou ele, aplicando um unguento no corpo do torturado. Com esse produto, logo ficará bom.

— Se não interviesse...

— Conheço as práticas desses bárbaros e comecei a achar que você já estava tempo demais aí dentro. Achei que não conseguia convencê-los. Você teve sorte, meus soldados poderiam chegar tarde demais.

Os nervos do rapaz fraquejaram.

— Chore bastante, vai aliviá-lo. Até os heróis entram em pânico diante da tortura. Beba este vinho envelhecido da minha plantação do Delta. Nenhuma doença resiste a ele. Duas taças, ao menos, por dia, e não se sabe o que é cansaço.

De fato, o vinho excepcional revigorou o escriba. Pouco a pouco, os tremores cessaram.

— Audácia é o que não lhe falta, Filho Real, mas vai deparar com adversários terríveis, pior do que animais selvagens, e você não me parece talhado para esse tipo de missão. Todos os voluntários que tentaram se infiltrar entre os terroristas foram mortos de maneira abominável e, por pouco, você não teve um idêntico destino. Um conselho: volte para Mênfis.

— Não consegui nenhum resultado!

— Você sobreviveu, já não é tão mal.

— Posso tirar vantagem desse incidente, general.

Nesmontu ficou intrigado:

— De que modo?

— Eu sou um terrorista, você me prendeu, interrogou e condenou. Espalhe isso, que ninguém duvide do meu envolvimento em favor da causa cananeia. Meus aliados não me tirariam da cela antes da execução?

— Está pedindo demais! A minha prisão é segura e essa reputação não deve mudar. Existe uma solução mais simples: a jaula.

— Do que se trata?

— Enviado aos trabalhos forçados, você será transportado para fora de Sichem até o local onde cumprirá a pena. Antes, atravessará a cidade numa jaula, para que todos se conscientizem do que os espera, caso enfrentem as autoridades egípcias. O comboio ficará sem vigilância numa parada. Se os terroristas quiserem libertá-lo, essa será a ocasião ideal.

— Perfeito, general.

— Ouça, meu rapaz, eu poderia ser seu avô. Por mais que você seja o Filho Real, não vou me desmanchar em rapapés e gentilezas inúteis. Em primeiro lugar, esse plano me parece votado ao fracasso; depois, se funcionar, você vai mergulhar no fundo de uma verdadeira fornalha! A recente experiência não foi suficiente? Desista e volte para o Egito.

— Impossível, general.

— Por que, Iker?

— Porque preciso apagar os erros do passado, obedecer ao faraó e salvar a Árvore da Vida. Atualmente a nossa única estratégia consiste em tentar localizar o Anunciador.

— Os meus melhores agentes fracassaram!

— Por isso convém mudar o método, e essa é a razão da minha presença aqui. O início foi difícil, admito, mas poderia ser diferente? Pensando bem, os resultados não foram tão maus! Ao me seguir, assegurando a minha proteção, vocês não eliminaram uma das células terroristas de Sichem? A ideia da jaula me parece excelente. Todos saberão que sou um mártir da causa cananeia e me libertarão.

— E por isso o levarão ao Anunciador?

— Cada coisa a seu tempo, general! Por enquanto, vamos passar essa etapa.

— Totalmente insensato, Iker!

— Meu pai me confiou uma missão. Vou executá-la.

A seriedade da voz impressionou o velho militar.

— Não devia confessá-lo a você, meu rapaz; porém, no seu lugar, eu faria o mesmo.

— A faca que o cananeu usava para me torturar foi encontrada?

— Parece a arma de um gênio guardião! Ela queimou a mão do soldado que a recuperou.

— Você a maneja sem se ferir?

— Sim, de fato.

— Isso não é um privilégio dos membros do Círculo de Ouro de Ábidos?

— Onde vai buscar essas ideias, Iker? São os meus soldados que temem as bruxarias, não eu. Então, você se interessa por Ábidos...

— É o centro espiritual do Egito!

— É o que dizem!

— Gostaria muito de conhecê-lo!

— Não está na direção certa!

— Quem sabe? Atualmente, o meu caminho passa por Canaã.

Nesmontu apresentou a faca ao Filho Real.

— E quanto a você, ela não lhe queima a mão?

— Não, ela me dá mais energia.

— Infelizmente, não vai poder levá-la. Depois de um interrogatório, um terrorista enjaulado deve estar nu e ferido. Continua decidido?

— Mais do que nunca.

— Se voltar com vida, eu lhe entregarei a arma.

— Quando eu descobrir o esconderijo do Anunciador, como nos comunicaremos?

— Por todos os meios imagináveis, nenhum deles sem risco. Supondo que você seja admitido num clã cananeu, ele será nômade, inevitavelmente. Em cada um dos acampamentos, deixe uma mensagem codificada. Só eu poderei lê-la, e a transmitirei a Sobek, o Protetor, que a entregará a Sua Majestade. Escreva em qualquer lugar: num tronco de árvore, numa pedra, num pedaço de tecido... esperamos que não seja descoberto e que a patrulha do deserto encontre o texto. Trate de comprar um nômade e prometa-lhe uma grande recompensa. Pode ser que ele venha a Sichem me informar. Se for um fiel do Anunciador, você será um homem morto.

Iker se sentiu derrotado.

— Em resumo, nada certo.

— Nada, meu rapaz.

— Então, posso ter sucesso e fracassar ao mesmo tempo, posso encontrar o Anunciador e não conseguir transmitir a informação!

— Afirmativo. Ainda determinado a enfrentar o impossível?

— Ainda.

— Vamos comer aqui, com o pretexto de continuar o interrogatório. Em seguida, você não irá para a prisão, mas diretamente para a jaula. A partir de então, será impossível voltar atrás.

— General, confia em Sobek, o Protetor?

Nesmontu teve um sobressalto.

— Claro, como em mim mesmo! Por que essa pergunta?

— Ele não gosta de mim e...

— Não quero ouvir mais nada! Sobek é a integridade em pessoa e morreria para salvar o rei. Se ele desconfia de você, não é normal? Pelos seus atos, Sobek será convencido a gostar de você. Quanto às informações que mandaremos para ele, elas só serão repassadas ao faraó. Sobek detesta os intrigantes e bajuladores da corte, e ele tem toda a razão.

Enquanto comia uma suculenta costela de boi e bebia um vinho tinto excepcional, Iker se conscientizou da própria loucura. Os perigos e os imprevistos eram tantos que, na verdade, não tinha nenhuma possibilidade de conseguir o seu intento.

8

Colocada sobre um trenó de madeira puxado por uma parelha de bois, a jaula foi exibida por toda Sichem. Obrigado a se manter de pé, Iker se agarrava às grades e olhava os cananeus, espectadores da triste exposição.

Equimoses habilmente pintadas maculavam o corpo do rapaz e provavam a intensidade da sessão de tortura. Já que nenhuma incursão da polícia havia ocorrido nos bairros suspeitos, o infeliz não havia falado.

Os militares escalados para a apresentação iam devagar. Era preciso que todos os habitantes tomassem consciência do destino reservado aos terroristas.

— Esse pobre rapaz ainda não viu o pior — murmurou um velho. — Agora, será enviado aos trabalhos forçados. Não resistirá por muito tempo.

Um pesado silêncio acompanhava a passagem da jaula. Algumas pessoas bem que gostariam de atacar o comboio e libertar o prisioneiro, mas ninguém se arriscava por medo de uma terrível represália.

Iker esperava um sinal promissor de uma ação eventual, um simples gesto ou um olhar significativo.

Nada.

Abatidos pela impotência, os espectadores permaneciam sem ação.

Ao fim do circuito, o condenado teve direito a um pouco de água e a um bolo duro.

Em seguida, os soldados saíram de Sichem e tomaram a direção norte.

Os dois partidários do Anunciador não concordavam quanto à conduta a seguir.

— Ordens são ordens — lembrou o nervoso. — Devemos matar o espião.

— Por que correr tantos riscos? — insurgiu-se o rapazinho louro. — Os egípcios se encarregarão de fazer isso por nós!

— Você não sabe de tudo.

— Fale!

— O Anunciador me revelou que esse Iker é cúmplice dos egípcios.

— Inacreditável!

— Segundo as informações de Mênfis, não há dúvida. Iker seria um Filho Real enviado por Sesóstris para se infiltrar entre nós.

— Mas ele foi torturado e metido na jaula!

— Tapeação, obra de Nesmontu. Assim, a população acredita que Iker é um mártir a serviço da nossa causa.

Aterrorizado, o louro não demonstrou os próprios sentimentos. Único agente de Nesmontu inserido num clã cananeu, ele nunca havia encontrado o Anunciador e se perguntava se esse homem não seria uma miragem. Mas o terrorismo não era uma ilusão! Em breve, o louro transmitiria informações ao general que poderiam evitar os atentados e levar muitos terroristas para a prisão.

Por enquanto, devia cumprir uma missão pela qual não esperava. E o que acabara de saber complicava excepcionalmente a tarefa.

— Você não está pensando em atacar o comboio — disse ao nervoso. — Somos apenas dois!

— A jaula não será vigiada todo o tempo, pois o falso prisioneiro espera a nossa intervenção. Quando acamparem, ao anoitecer, nós o libertaremos.

Sob pena de se tornar suspeito, o louro não podia se opor a uma ordem do Anunciador. Como resolver esse problema insolúvel? Ou participava do assassinato de um compatriota e aliado, Filho Real ainda por cima, ou o salvava e reduzia a zero os meses de trabalho. Seria impossível voltar ao clã que havia traído.

Ao crepúsculo, o comboio parou perto de um pequeno bosque. Os soldados puseram a jaula aos pés de uma tamargueira e jantaram trocando fortes piadas. Em seguida dormiram, protegidos por uma sentinela que não demorou a cair no sono.

— Está vendo? — observou o nervoso. — Eles nos deixam agir.

— Não será uma cilada? — preocupou-se o louro.

— Claro que não, tudo transcorre conforme as previsões do Anunciador! Ele não se engana nunca.

— E se eliminássemos primeiros os soldados? — propôs o louro, esperando que, com essa tentativa de assalto, tivessem de fugir precipitadamente.

Depois, teria de encontrar um meio de avisar Iker que o haviam delatado e que devia desistir do plano.

— Isso não — disse categoricamente o nervoso —, eles fingem não ver nada. Vamos soltar o egípcio.

O rapazinho louro tomou uma decisão.

Depois da libertação do Filho Real, mataria o nervoso e revelaria a sua verdadeira identidade. A sua missão, assim como a de Iker, seria abortada. Ao menos sobreviveriam.

A reclusão era extenuante, mas o escriba conseguia aguentar, rememorando as palavras dos sábios e pensando em Ísis. Às vezes, até sentia vontade de rir: se ela o visse naquele estado, o que pensaria da declaração de amor que ele fizera?

E o medo voltou, insidioso, obsessivo.

Será que os terroristas agiriam? E de que maneira? Fariam um massacre?

Imaginar-se apodrecer naquela jaula deixava-o com os nervos à flor da pele. Como não conseguia dormir profundamente, Iker percebia todos os ruídos.

Dois homens rastejavam na sua direção.

A sentinela roncava.

Os terroristas se levantaram. Com o indicador na boca, ordenaram a Iker que se calasse. Em seguida, cortaram as cordas que seguravam os troncos de madeira.

Finalmente, o Filho Real poderia sair da prisão!

O nervoso não desconfiava do companheiro.

Quando o prisioneiro, tremendo, preparava-se para sair da jaula, o louro recuou e se colocou atrás do nervoso.

Então, ao erguer a faca para enfiá-la nas costas do terrorista, um ardor atroz lhe agrediu a nuca.

A dor foi tão intensa que ele abriu a boca, mas não conseguiu gritar, soltou a arma e caiu de joelhos. Quase imediatamente, a mesma lâmina lhe cortou a garganta.

Treze-anos matava depressa, e bem.

— Esse canalha era um traidor pago por Nesmontu — explicou ele ao nervoso, atônito. — Eu sou um discípulo do Anunciador.

— Você é o menino que dominou sozinho uma caravana inteira?

— Sou eu mesmo, mas não sou um menino. Leve o cadáver deste traidor e vamos embora daqui.

— Por que cuidar dessa carne morta?

— Eu vou explicar.

Os três homens se afastaram rapidamente.

Quando se sentiram seguros, pararam para tomar fôlego.

Exausto, Iker se deitou no chão e fechou os olhos, incapaz de resistir ao sono. Precisava dormir, nem que fosse por uma hora. Sem energia, não teria forças para lutar.

— Vai ser fácil — declarou o nervoso soltando o fardo.

— O que quer dizer? — perguntou Treze-anos.

O nervoso levou o menino para longe.

— Tenho ordens.

— Quais?

— Deixe-me agir e não interfira.

— Quero entender!

— Escute, pequeno, você se acha importante, mas o chefe supremo é o Anunciador.

— Nesse ponto estamos de acordo.

— Você eliminou um traidor, eu vou eliminar um outro.

— Você quer dizer...

— Este egípcio não é um prisioneiro de verdade e sim um fiel do faraó. Ele está representando para inspirar confiança. Felizmente somos bem-informados. Eu o soltei da jaula para morrer. Como está dormindo, não oferecerá nenhuma resistência.

O nervoso se aproximou de Iker e se ajoelhou.

Quando se preparava para traspassar o coração do Filho Real, a ponta de uma faca foi violentamente enfiada nos seus rins. A língua lhe saiu da boca como uma serpente pronta para dar o bote, os membros se retesaram e ele caiu ao lado do egípcio.

— O Anunciador é o nosso chefe supremo — confirmou Treze-anos — e ele me deu ordens para salvar Iker.

Os primeiros raios do sol nascente acordaram o Filho Real.

Ainda exausto, ele se levantou com dificuldade. Primeiro, viu um menino que mordiscava um toucinho; depois os cadáveres, um deles selvagemente desfigurado. No lugar do rosto, uma pasta sangrenta.

Mesmo não tendo praticamente nada para vomitar, Iker sentiu o estômago revirar.

— O que houve?

— O louro era um espião do general Nesmontu. Há mais de um ano que ele pertencia ao clã cananeu, mas nós o desmascaramos. Foi por isso que o eliminei.

Iker estremeceu.

— E o outro?

— Bom para executar ordens, mas limitado. Tinha a intenção de eliminá-lo.

— E você... me salvou?

— Ordens superiores. Eu me chamo Treze-anos, porque sempre terei a idade da minha primeira façanha. Fiel discípulo do Anunciador, tenho a honra de executar as missões delicadas e confidenciais.

— Você... sabe quem eu sou?

— Seu nome é Iker, Filho Real de Sesóstris que você quis assassinar. Como teme ser preso, quer se juntar às fileiras dos cananeus revoltados.

— Vai me ajudar?

— Vou levá-lo para o meu clã. Você lutará conosco contra o opressor.

Iker não acreditava no que ouvia. Um primeiro passo, mas bem encorajador!

— Por que desfigurou este infeliz?

— Precisávamos de um cadáver. Olhe bem para ele: tem o seu tamanho, mesma musculatura, mesmo tipo de cabelo. A única diferença é o rosto. Portanto, deve ser destruído. E não me esqueci das duas cicatrizes: uma no ombro, outra no peito. Ao encontrarem estes despojos, os soldados egípcios saberão que os dois agentes foram eliminados.

Iker estremeceu.

— Você me toma por um espião?

— Meu clã vai transformá-lo em resistente cananeu. O Filho Real, Iker, está acabado, começa a sua nova vida. Ela será inteiramente dedicada a serviço da causa.

Iker viu que seria fácil se livrar do menino e voltar a Sichem. Mas o sorriso sádico de Treze-anos deixou-o sem ação.

Saídos do nada, uns vinte cananeus armados de punhais e de lanças cercaram a presa.

Petrificados, os soldados da caserna principal de Sichem contemplavam os dois cadáveres que jaziam no chão do pátio.

Embora presenciasse constantemente os piores espetáculos, o general Nesmontu estava chocado. Gostava muito do rapazinho louro, voluntário corajoso, prestes a colher os frutos de um trabalho demorado. Sem dúvida, cometera alguma imprudência fatal. Decididamente parecia impossível se infiltrar entre os terroristas cananeus, e a presença do segundo cadáver reforçava a constatação do fracasso.

Como se podia ser tão cruel para mutilar assim um ser humano, mesmo que fosse um inimigo? O supliciado não tinha mais rosto, mas a identidade era fácil de estabelecer.

Prestes a vomitar, um oficial cobriu os despojos com um lençol branco.

— Suas ordens, general?

— Varredura de todos os suspeitos em Sichem, aumento das patrulhas no campo. Quanto a esses dois bravos, que sejam sumariamente mumificados e em seguida repatriados a Mênfis.

— Eu conhecia bem o louro — disse o oficial, arrasado. — O outro, quem é?

— Um rapaz igualmente excepcional.

Nesmontu voltou lentamente ao escritório para redigir uma mensagem, comunicando ao faraó Sesóstris a morte trágica do Filho Real Iker.

9

— Não, você não está doente.

— Mas, doutor — protestou a esposa de Medés —, estou sofrendo!

Baixo, magro, equipado de uma pesada sacola de couro, Gua havia saído da sua província a contragosto. Tornara-se um dos médicos mais famosos de Mênfis, rigoroso com os pacientes, aos quais reprovava o modo de vida e a alimentação. No entanto, aceitava tratá-los e obtinha bons resultados, que lhe reforçavam a reputação.

— A sua doença é abuso de gordura. Se não parar de comê-la de manhã, de tarde e de noite, o seu fígado ficará saturado. Como Maat reside nesse órgão, sentirá vertigens e mal-estares.

— Dê-me os remédios, doutor, pílulas e bálsamos!

— Sem um regime estrito, é inútil. Tenha disciplina e tomaremos providências.

Apesar das recriminações da paciente, o doutor Gua permaneceu inflexível. Foi preciso que Medés interviesse energicamente para que ela se acalmasse. Depois de fechá-la no quarto, o Secretário da Casa do Rei recebeu o fiel Gergu, que voltara de Ábidos.

— O nosso bravo Bega continua cooperativo?

— Ele quer enriquecer, mas não é só isso. O ódio que sente pelo faraó lhe reforça a determinação.

— Esse velho sacerdote me parece confiável — opinou Medés. — Na verdade, ele revela a sua verdadeira natureza. Consumido pela avidez, enganou a si mesmo pensando que poderia servir a Osíris e se contentar com pouco! E, hoje em dia, tem como único mestre o Anunciador. O Mal me fascina, Gergu, porque pode tudo a qualquer momento. Num instante, ele destrói o que Maat leva anos para construir. Quando este país, os templos e a sociedade não forem mais do que um campo em ruínas, agiremos à vontade.

O vinho branco fresco aliviou a sede de Gergu. Quando o patrão lhe abria o coração, ele preferia não escutar. Se existisse um tribunal no outro mundo, Gergu afirmaria aos juízes que não sabia de nada e, assim, obteria a indulgência.

— O que retirou dessa vez?

— Uma estela magnífica, com a representação de Osíris e a fórmula sagrada de Ábidos que associa o morto ao culto dos ancestrais. Conseguiremos uma fortuna por ela!

— A sua organização é bem segura?

— Comprei um policial de Ábidos, que me custou muito caro, e um dos seus mensageiros, muito bem pago também, transporta o saque num dos barcos postais. Bega acha a prudência necessária e nunca tiramos mais de uma estela por vez.

— Assim que terminar essa transação, não se esqueça de engraxar a mão dos nossos amigos aduaneiros e escolher um novo entreposto para a madeira preciosa proveniente do Líbano.

Gergu gostava do tráfico clandestino. Essa corrupção não envolvia nem Deus nem o demônio, apenas exigia um perfeito conhecimento da administração portuária e dos funcionários desonestos.

A atmosfera lúgubre do palácio surpreendeu Medés. É bem verdade que o faraó exigia um comportamento perfeito por parte dos escribas e dos empregados, contudo, normalmente, eles sorriam e se mostravam amáveis. Naquele dia, os rostos estavam fechados e o silêncio, pesado.

Como de hábito, Medés foi ao encontro do Portador do Selo Real para receber as instruções. Como Sehotep não estava, eles quis falar com Senankh. O Grande Tesoureiro não estava no escritório. Intrigado, Medés pediu uma audiência com o vizir, que o recebeu quase que imediatamente.

Idoso, corpulento e direto, ex-chefe da província do Órix e adversário declarado de Sesóstris, Khnum-Hotep acabara compreendendo a necessidade da união do Alto e do Baixo Egito, sob a autoridade do faraó. Excelente administrador e trabalhador obstinado, o vizir retardava os tormentos da velhice servindo o país com uma dedicação e uma competência admiradas por todos. Se alguém se aventurava a solicitar um favor indevido, enfrentava uma terrível fúria.

Na sua taça favorita, folheada a ouro e decorada com pétalas de lótus, Khnum-Hotep misturava três vinhos envelhecidos. Graças a esse elixir da juventude e a refeições consistentes, ele possuía uma energia superior à dos subordinados, muitas vezes incapazes de acompanhar o seu ritmo.

Os seus três cães, um macho bem esperto e duas fêmeas gorduchas, estavam sempre ao lado dele. Duas vezes por dia, eles tinham direito a um longo passeio e acompanhavam o dono que, confortavelmente instalado numa liteira de encosto reclinável, continuava a examinar os dossiês.

— Por que a visita, Medés?

— Sehotep e Senankh não estão, gostaria de saber se tenho trabalhos urgentes a realizar.

— Limite-se a despachar os casos normais. Hoje não haverá reunião da Casa do Rei.

— Aconteceu algo grave? O palácio parece tomado de tristeza.

— Por causa das péssimas notícias provenientes de Canaã, Sua Majestade passa por terrível sofrimento. É por isso que ninguém tem vontade de sorrir.

— Outra revolta dos rebeldes?

— O Filho Real Iker foi assassinado — revelou o vizir.

Medés adotou uma falsa expressão de tristeza.

— Só desejo uma coisa: que os culpados sejam punidos.

— O general Nesmontu tomará providências e o rei vai dar uma lição nos insurretos.

— Devo cuidar do repatriamento do corpo?

— Sehotep já se encarregou; Senankh mandou preparar a tumba. Iker repousará em Mênfis, os funerais serão discretos. O inimigo não deve saber que atingiu profundamente Sua Majestade.

Você e eu cuidaremos para que nenhum distúrbio atrapalhe o bom funcionamento do Estado.

Ao sair do escritório de Khnum-Hotep, Medés teve vontade de cantar e dançar. Desembaraçado de Iker, que considerava um verdadeiro perigo, ele via o futuro com otimismo. Quanto ao Anunciador, livre da ameaça de um espião, já não corria o risco de ser localizado.

Com as mãos amarradas nas costas, Iker mudava de uma prisão para a outra, sem nenhuma possibilidade de escapar. Como Treze-anos sabia de tudo, a sua sorte estava selada: interrogatório, tortura, execução. No entanto, o menino não se mostrava agressivo e levava pessoalmente a comida e a bebida para a sua futura vítima.

— Não se preocupe, Iker, você será reeducado. Até agora, acreditou em falsos valores. Eu não o salvei à toa.

— Antes de morrer, poderei, ao menos, conhecer o Anunciador?

— Você não vai morrer! Pelo menos não agora. Primeiro, vai aprender a obediência. Depois, vai realmente lutar contra o tirano. Quando cair morto, irá para o paraíso.

O Filho Real fingiu concordar. Talvez, parecendo dócil, encontrasse uma saída.

— O faraó acha que o Anunciador é um criminoso — revelou com voz apagada. — Ele afirma que só o Egito pode garantir a prosperidade de Canaã.

— Ele mente! — exaltou-se Treze-anos. — O criminoso é ele! Você foi enganado. Graças à minha tribo, será transformado num novo homem. A princípio, segundo Bina, você era um bom elemento, depois se desvirtuou. Ou se converte ou será jogado aos porcos.

Cruel por natureza, o menino não sabia o que era remorso nem pesar. Matava como um animal selvagem e não aceitava que o contradissessem. Conquistar a amizade dele parecia ilusório, mas o escriba tentaria enganá-lo, aprovando os discursos fanáticos.

Esperta, a pequena tropa conseguiu evitar as patrulhas egípcias. Avançando rapidamente para o norte, se afastava da zona mais ou menos controlada por Nesmontu.

Morto, esquecido, Iker afundava no vazio.

A paisagem não se parecia com a do vale do Nilo, nem com a do Delta. Escondidos numa floresta de vegetação espinhosa, onde as nascentes de água não faltavam, os membros do clã de Treze-anos se alimentavam de caça e de bagas. Raramente as mulheres saíam das cabanas.

Depois das recentes proezas, o menino havia adquirido fama de herói. Até o chefe, um barbudo de nariz quebrado, o cumprimentou.

— Eis um egípcio que capturei por ordem do Anunciador — declarou Treze-anos, orgulhoso.

— Por que o poupou?

— Porque ele foi condenado a nos ajudar.

— Um egípcio, ajudar os cananeus?

— O Anunciador decidiu mudá-lo e transformá-lo numa arma contra os próprios compatriotas. Você vai cuidar dessa educação.

Um enorme molosso se postou ao lado do dono. Olhando fixo para o estranho, soltou um rosnado tão ameaçador que até Treze-anos se preocupou.

— Calma, Sanguíneo!

Ainda olhando para o prisioneiro, o monstro rosnou mais baixo.

— Essas histórias não me interessam — disse categoricamente o chefe. — Preciso de um escravo que saiba fazer pão com os cereais que roubamos dos egípcios. Ou ele sabe fazer isso ou vou dá-lo como ração ao meu cachorro.

Criado no campo, Iker havia lidado com as exigências do cotidiano. Muitas vezes ajudara o padeiro de Medamud na confecção dos bolos.

— Dê-me o material.

— Trate de não me decepcionar, rapaz.

— Vou me juntar ao Anunciador — anunciou Treze-anos.

E ele desapareceu sem nem ao menos olhar para Iker.

— Ao trabalho, escravo! — obrigou o chefe, radiante com a ajuda inesperada.

Extenuantes, as horas se sucediam. Com um alqueire, Iker media a quantidade de grãos e sacudia-os numa peneira, em cima de um almofariz. Depois, com um pilão grosseiro, amassava os grãos para separá-los da casca e fazer a farinha, cuja qualidade, apesar de peneirada várias vezes, deixava a desejar. Em seguida, umedecia a farinha e a amassava bastante até obter uma massa, pouco satisfatória. O escriba não dispunha de bons utensílios, nem possuía a habilidade de um autêntico padeiro, mas procurava melhorar.

As etapas mais delicadas eram o acréscimo de uma boa dose de sal e o cozimento sobre brasas, que precisava manter cuidadosamente. Quanto ao formato dos pães, estes dependiam das formas desbeiçadas, roubadas dos caravaneiros.

Ele também era obrigado a providenciar a água diária e a limpar o acampamento. Todas as noites, Iker desmaiava de cansaço e dormia um sono pesado, sendo acordado ao raiar do dia seguinte.

Por várias vezes o rapaz desanimou, convencido de que não conseguiria executar nenhuma tarefa a mais. Porém, sempre lhe restava uma pitada de força de vontade e, sob o olhar zombeteiro dos cananeus, retomava o trabalho desumano.

Uma vez, ao fim de um dia sufocante, ele estava tão cansado que caiu diante do forno de pães, aguardando com uma espécie de serenidade o golpe fatal que o libertaria dessa vida abominável.

Uma língua delicada lhe lambeu o rosto. À sua maneira, Sanguíneo o reconfortava. Inesperada, essa manifestação de amizade salvou o Filho Real.

Ele se levantou e, a partir daquele momento, o seu corpo suportou melhor as provações. Em vez de debilitá-lo, as obrigações tornavam-no mais resistente.

O chefe ficou perplexo quando viu o cachorro acompanhar o prisioneiro e defendê-lo de um dos seus homens que queria lhe dar umas bastonadas. Matador nato, Sanguíneo deveria destroçar o escravo! Iker devia ter poderes mágicos para conseguir seduzi-lo desse jeito. Aliás, não deveria ter sucumbido há muito tempo?

Ninguém, nem mesmo um chefe cananeu, zombava de um mago. Se morresse, não lançaria, antes, um malefício sobre os seus torturadores? Seria melhor poupar Iker um pouco, sem que este lhe perdesse o respeito. Já que precisavam trocar de esconderijo, as circunstâncias vinham a calhar. A tribo já estava ali há muito tempo.

O Filho Real foi encarregado de preparar as provisões para a viagem. Dócil, Iker obedeceu. Se pretendia fugir, estava redondamente enganado. Sanguíneo devorava os fugitivos.

10

Graças à rede segura e eficiente formada por Gergu, uma nova estela havia saído de Ábidos, impunemente. Conhecendo todas as capelas com seus conteúdos, Bega dispunha de inúmeros tesouros para vender, sem contar as futuras revelações sobre os mistérios de Osíris. Essas divulgações obrigavam-no a violar definitivamente o juramento que fizera, mas era uma atitude que não o abalava. Confederado de Seth, discípulo do Anunciador, seria o primeiro, quando eliminada a hierarquia, a descobrir os últimos segredos aos quais ainda não tinha acesso.

Na cidade sagrada ninguém desconfiava dele. O Calvo apreciava a sua seriedade e não suspeitava que o maior desejo de um sacerdote permanente, de reputação imaculada, fosse a destruição de Ábidos.

Bega desconfiava de Ísis, cuja ascensão estava longe de terminar. A jovem, no entanto, parecia indiferente ao poder e às honrarias, mas a atitude dela não se modificaria?

Para evitar uma surpresa desagradável, Bega vigiava Ísis. Nada anormal: ela cumpria as tarefas rituais, passava longas horas na biblioteca da Casa da Vida, meditava no templo, se distraía com as colegas e cuidava do burro que não havia cometido, até então, nenhum desvio de conduta.

Mesmo que fosse constantemente a Mênfis, ela não se afastava dos domínios da espiritualidade que, em breve, seria reduzido a nada. O faraó não devia aos mistérios de Osíris a essência do poder? Se a Árvore da Vida secasse, a barca divina se esfacelasse, Sesóstris não seria mais do que um déspota vacilante e frágil, em quem o Anunciador daria um golpe fatal.

Por que Bega odiava aquele a quem havia venerado? Porque a autoridade suprema do país não reconhecia o seu valor. Esse erro era imperdoável.

Se, por acaso, o rei tivesse voltado atrás no erro, talvez Bega desistisse de se vingar. No entanto, depois do encontro com o Anunciador, não podia mais recuar.

— Você está de plantão no templo de Sesóstris — anunciou o Calvo.

— Os outros permanentes também?

— Cada um trabalhará no lugar em que eu designar. Amanhã de manhã, retomaremos a sequência normal dos rituais.

Bega entendeu tudo. O Círculo de Ouro se reuniria. Por que a confraria não o agregava? Essa humilhação suplementar reforçava sua determinação em provar a sua verdadeira importância, mesmo que o caminho seguido se afastasse definitivamente de Maat.

Assim que Sesóstris aparecia, todos sabiam que ele era o faraó. Gigante, de rosto sério, orelhas imensas, pálpebras caídas e maçãs do rosto salientes, ele tinha um olhar penetrante que ninguém conseguia sustentar.

O atlético chefe de todas as polícias do reino, Sobek, o Protetor, tentava, inutilmente, evitar que o monarca viajasse. Garantir a segurança em Mênfis já apresentava muitas dificuldades e os deslocamentos causavam problemas insolúveis. Formados por Sobek em pessoa e submetidos a um treinamento rigoroso, seis oficiais de elite zelavam permanentemente pelo faraó. Eles interceptariam qualquer um que ameaçasse o rei.

Outra preocupação era quando Sesóstris celebrava os ritos, sozinho no *naos* de um templo, ou concedia audiências particulares. Segundo Sobek, todos eram suspeitos. E as duas tentativas de atentado contra a pessoa real reforçavam esse ponto de vista. Perpetuamente ansioso, sono leve, o Protetor não deixava nada ao acaso.

Sobek conhecia o sonho dos seus adversários: desonrá-lo e desvalorizá-lo aos olhos de Sesóstris. A última manobra feita por eles, provavelmente por um círculo de cortesãos que ele detestava tanto quanto era detestado, havia fracassado. Mantido e mesmo apoiado no posto, Sobek estava furioso por não conseguir desmantelar a rede de terroristas cananeus que, tinha certeza, continuava a ser implantada em Mênfis e talvez em outros lugares. Não havia dúvidas de que um bom número desses criminosos voltara ao país de origem, mas outros ainda continuavam misturados à população sem cometer nenhuma imprudência. Por quanto tempo se limitariam a permanecer escondidos na toca? Que crimes estariam preparando?

O Protetor estava muito irritado com um dos dignitários: o Filho Real Iker, culpado de haver tentado eliminar Sesóstris e cujo arrependimento lhe parecia duvidoso. Apesar da atribuição desse título prestigioso, Sobek desconfiava do escriba que, para ele, ainda era cúmplice dos cananeus.

Agora, a ameaça desaparecia, pois o cadáver mutilado de Iker fora enterrado na necrópole menfita.

Sobek, o Protetor, verificou a fechadura do local. Nenhum temporário poderia entrar ali enquanto os permanentes oficiavam no templo de milhões de anos de Sesóstris. Além disso, a polícia percorria as ruas do Lugar de Resistência.

O rei podia reunir o Círculo de Ouro com toda a tranquilidade numa das salas do templo de Osíris.

Quatro mesas de oferendas estavam dispostas nos pontos cardeais. No oriente, estavam sentados o faraó e a rainha; no ocidente, o Calvo, Djehuty, prefeito de Dachur, onde estava sendo construída a pirâmide real, e o lugar vazio do general Sepi; ao sul, o vizir Khnum-Hotep, o Grande Tesoureiro Senankh e Sekari; ao norte, o Portador do Selo Real e o general Nesmontu.

O monarca deu a palavra ao Calvo.

— Nenhum outro malefício atingiu a Árvore da Vida — disse ele. — No entanto, ela não está curada. Todas as proteções mágicas se revelaram eficientes, mas será que o inimigo não as conseguirá neutralizar?

— A intervenção de Ísis foi útil? — perguntou a rainha.

— Sim, Majestade. Ao manejar o espelho de Hathor, ela conseguiu dar um pouco de vigor à acácia. Todos os nossos cuidados só atingem resultados medíocres e eu temo uma deterioração súbita.

Pessimista por natureza, o Calvo não tinha o hábito de disfarçar a verdade. No entanto, as declarações não diminuíram o otimismo inato do elegante e aristocrático Sehotep, cujo rosto fino e olhos vivos seduziam as mulheres mais bonitas do país. Rápido, nervoso, ele preservava os segredos dos templos e a prosperidade do rebanho, feliz por reunir as preocupações espirituais às materiais na sua outra função de chefe de todas as obras do faraó. E era precisamente por essa razão que ele fazia questão de reconfortar a assembleia.

— Graças ao dedicado trabalho de Djehuty — especificou ele —, o conjunto de Dachur estará terminado em breve. Da pirâmide vem o *ka* que garante a estabilidade do reino e alimenta a Árvore da Vida. Depois de recebermos golpes bem rudes, sendo que alguns deles poderiam ser mortais, passamos à ofensiva. Ao construir, enfraquecemos o adversário.

Djehuty aprovou. Friorento, sofrendo de reumatismo, sempre agasalhado por um manto comprido, o homem idoso adiava a morte trabalhando para o rei, depois de haver dirigido a rica província da Lebre. Todas as noites ele achava que não mais se levantaria. Pela manhã, o desejo de continuar a construção lhe dava novas forças e ele ia para o canteiro de obras com o mesmo entusiasmo. A iniciação no Círculo de Ouro reforçava-lhe o coração, e ele, chefe dos mistérios de Toth e sacerdote de Maat, maravilhava-se por descobrir a amplidão do segredo osiriano. Ao lhe conceder esse imenso privilégio, Sesóstris iluminava o crepúsculo de uma longa vida.

— Minha missão chega ao fim, Majestade. Dachur foi posta no mundo segundo a planta traçada por vossas mãos e consagrareis em breve esse nascimento.

— A segurança do local me parece garantida — acrescentou o vizir Khnum-Hotep. — Consultei o general Nesmontu para escolher o oficial que comandará a guarnição e garanto que uma ofensiva terrorista está destinada ao fracasso.

Conhecendo a aversão de Khnum-Hotep pela fanfarronice, o Círculo de Ouro ficou satisfeito.

— A investigação sobre a morte de Sepi progrediu?

— Infelizmente não — lamentou Senankh. — Nossas equipes de prospectores esperam conseguir informações e descobrir a pista do ouro que cura, sem nenhum sucesso até o momento.

Foi a vez da intervenção de Nesmontu. Novas rugas cortavam o rosto já marcado.

— A estratégia com o Filho Real fracassou. Tínhamos consciência dos perigos da missão e tentei desencorajá-lo. Ele se mostrou inabalável e, então, decidimos tentar a aventura fazendo-o passar por um aliado dos terroristas.

— De que maneira? — perguntou Sekari, muito abatido.

— A humilhação numa jaula levada por toda Sichem. Reservamos esse tratamento para os fanáticos. Aos olhos dos cananeus, nenhuma dúvida seria possível: inevitavelmente Iker era um deles.

— O que se passou em seguida?

— Como qualquer sedicioso condenado aos trabalhos forçados, Iker devia ser transferido para uma colônia penal onde cumpriria a sentença. Os guardas haviam recebido ordens para deixar os cananeus soltarem o prisioneiro. O plano funcionou, mas a continuação foi um desastre.

— Como explica isso?

— Não sei os detalhes. Uma patrulha descobriu os cadáveres de Iker e do meu único agente infiltrado entre os cananeus. Infelizmente, não posso deixar de acrescentar que o Filho Real foi torturado com crueldade inaudita.

— Quer que acreditemos que eles se mataram uns aos outros? — perguntou Sehotep.

— Provavelmente. Suponho que tenham caído numa cilada. Identificado, sem dúvida o meu agente recebeu ordens para eliminar Iker. Depois da execução, os cananeus largaram abertamente os despojos, provando, assim, que nenhum egípcio conseguirá enganá-los. Evidentemente, depois desse fracasso, apresento a minha demissão a Vossa Majestade.

— Não a aceito. O seu agente e Iker sabiam dos riscos, você não é absolutamente responsável pela tragédia. Expulsá-lo do posto desmoralizaria o exército.

Todos os membros do Círculo de Ouro concordaram.

— Não há dúvida — interveio Senankh — de que esses dois heróis foram traídos.

— Impossível — objetou Nesmontu. — Só eu sabia da missão de ambos.

— Certamente não — foi ainda mais longe o Grande Tesoureiro. — Ou o seu agente cometeu alguma imprudência, ou então um cananeu o identificou. Quanto a Iker, vários dignitários devem ter notado a ausência dele. Um Filho Real, principalmente recém-nomeado, não deixa a corte sem um motivo sério.

— Daí a concluir que ele havia sido enviado a Canaã — julgou Sehotep —, é um passo enorme!

— Nem tanto, se existir uma rede terrorista em Mênfis. Ela deve estar à espreita de todas as nossas iniciativas e essa não lhe deve ter escapado. Se estivesse no lugar dela, teria alertado os meus aliados.

— Se aceitarmos o que você diz — acrescentou o vizir —, a missão de Iker havia fracassado antes mesmo de começar! Além disso, o inimigo precisaria de informantes na corte. Será que agiram conscientemente ou por estupidez?

— Eu prefiro a segunda opção — avançou Sehotep —, mas não se pode excluir a primeira.

— Em outras palavras — exclamou Sekari —, é indispensável caçar os traidores!

— Essa tarefa cabe a Sobek — lembrou o rei. — A vocês todos eu reforço a necessidade de segredo, sem o qual nenhuma obra de envergadura será realizada.

— Impossível convencer a corte disso — lamentou Senankh —, a tal ponto os seus membros gostam de falatórios. E nada mudará esse mau hábito.

— Quem quer que seja que tenha causado a morte de Iker — prometeu Sekari —, eu o castigarei com as minhas próprias mãos!

— Não queira substituir a justiça — recomendou o vizir. — O culpado deve ser julgado e condenado segundo a lei de Maat.

— O que me diz da situação na Siro-Palestina? — perguntou o faraó a Nesmontu.

O velho militar não ocultou as suas inquietações:

— Apesar dos esforços dos meus soldados, e eu não os poupo, o terrorismo cananeu perdura. É verdade que já fiz inúmeras detenções e consegui desmantelar alguns grupelhos, em Sichem e nas redondezas. Mas não pesquei nenhum peixe grande e não possuo nenhuma pista séria sobre o esconderijo do Anunciador. Totalmente devotadas, as pessoas próximas a ele o cercam com uma muralha intransponível. Por isso, me parece inútil enviar mais um agente, porque não terá a menor possibilidade de se infiltrar.

— O que aconselha?

— Primeiro, reforçar os Muros do Rei; em seguida, deixar Sichem o mais limpa possível; finalmente, tentar fazer os cananeus trabalharem, para que provem a prosperidade. No entanto, são medidas insuficientes. Eu não quero enviar patrulhas muito ao norte, de medo que elas caiam em emboscadas. Consequentemente, proponho que deixemos o monstro crescer. Ele acreditará que somos incapazes de destruí-lo. Engordar a vaidade dele nos evitará inúmeras perdas. Quando as tropas do Anunciador saírem da toca, certas de conquistar Sichem, eu as enfrentarei, finalmente, a descoberto.

— Essa estratégia não é muito aventureira? — preocupou-se Khnum-Hotep.

— Ela me parece a mais bem adaptada ao terreno e às circunstâncias.

Antes de voltar para Mênfis, o rei devia cumprir uma penosa tarefa.

Ao cair da noite, ele se encontrou com Ísis, que passeava com Vento do Norte nas vizinhanças do deserto.

— Esse burro é de Iker?

— Ele o confiou a mim. Fazer com que fosse aceito no território sagrado de Osíris não prometia ser fácil, mas Vento do Norte respeita as regras de Ábidos.

— Tenho uma terrível notícia a lhe dar.

O burro e a jovem pararam. Vento do Norte ergueu os olhos para o gigante.

— Iker foi assassinado por terroristas cananeus.

A sacerdotisa teve a sensação de que um vento gelado a envolvia. De repente, o futuro lhe pareceu sem sentido, como se a ausência do jovem escriba lhe tirasse a própria vida.

A orelha esquerda do quadrúpede se ergueu, firme e rígida.

— Olhai, Majestade, essa não é a opinião de Vento do Norte.

— O general Nesmontu identificou o corpo.

A orelha esquerda do quadrúpede continuava de pé.

— A realidade é atroz, Ísis, mas é preciso aceitá-la.

— Podemos desprezar o aviso de Vento de Norte? Acredito que ele seja capaz de saber se o dono está morto ou vivo.

— E a sua sensação, Ísis?

A jovem contemplou o sol poente que cobria o horizonte de dourado e vermelho. Depois ela fechou os olhos e reviveu o momento tão intenso em que o Filho Real lhe havia declarado que a amava.

— Iker sobreviveu, Majestade.

11

Três dias e três noites o clã avançou em marcha forçada, com rápidas paradas. Depois de atravessar uma floresta, uma estepe e uma zona desértica, o grupo acompanhou um uádi e bifurcou na direção de um lago. Sanguíneo chapinhou na água, imitado apenas por Iker. Os cananeus temiam que um gênio mau surgisse do fundo do lago e os afogasse.

Em seguida, tudo voltou a ser como antes: novamente, o escriba assumiu as funções de padeiro e de cozinheiro, sob o jugo dos torturadores.

No Egito, todos acreditavam que ele havia morrido. Todo mundo, exceto, isso era certo, o único confidente, Vento do Norte.

Como o burro vivia ao lado de Ísis e, certamente, se comunicava com ela, a jovem devia duvidar que estivesse morto. Quem o encontraria, tão longe de Sichem, numa região perdida, onde nenhuma patrulha egípcia se aventurava?

Com prazer, alguns cananeus teriam chicoteado Iker para se distrair, mas as presas do molosso os dissuadiram da ideia. A atitude do cachorro divertia o chefe, já que o prisioneiro não poderia ser mais bem vigiado.

O êxodo retomou a direção do norte. De repente, as fisionomias se contraíram, as brincadeiras não mais ocorreram e cessaram de zombar do escravo. Sanguíneo rosnou, mostrando as presas.

— Lá, chefe, uma nuvem de areia! — exclamou o homem da frente.

— Com certeza são aventureiros do deserto.

— Então, vamos lutar?

— Depende. Temos de nos preparar para o pior.

Às vezes as tribos chegavam a um acordo e conseguiam se entender. Geralmente, depois de violentas discussões, a briga era desencadeada.

Desta vez não houve preliminares. Armados de fundas, de clavas e bastões, a tropa de beduínos, esfomeada, atacou os intrusos.

Como não lhe faltava coragem, o chefe entrou na luta, enquanto alguns dos seus homens fugiam.

— Voltem — gritou Iker — e lutem!

A maioria obedeceu à ordem inesperada, os outros foram vítimas de sílices cortantes lançados pelas fundas dos adversários.

— Pegue isto — disse o chefe a Iker, entregando-lhe um bastão de arremesso.

O Filho Real visou o líder, um exaltado que encorajava os companheiros gritando como um animal selvagem.

Iker não errou.

Depois de acreditar numa vitória fácil, os aventureiros do deserto hesitaram por alguns instantes, que foram aproveitados pelos cananeus.

Eles começaram a levar vantagem. Manejando uma clava pesada, Iker derrubou um homem violento, deixando-o coberto de sangue.

A carnificina foi assustadora. Ébrios de violência, os vencedores não pouparam ninguém.

— O nosso chefe... o nosso chefe está morto! — exclamou um cananeu.

Com a testa arrebentada, o guerreiro jazia entre dois beduínos. O molosso lhe lambia o rosto delicadamente.

— Vamos levantar acampamento — sugeriu o mais velho do clã. — Outros saqueadores devem rondar esta região.

— Primeiro temos de enterrá-lo! — protestou Iker.

— Não há tempo. Você lutou bem. Vamos levá-lo.

— Aonde pensam ir?

— Vamos ao encontro da tribo de Amu e nos colocaremos sob a proteção dele.

Iker se conteve para não demonstrar a sua alegria, mista de medo.

Amu, o Anunciador!

Amu era alto, magro e barbudo.

Em volta dele, guerreiros sírios, armados de lanças. Os cananeus depuseram as armas e se inclinaram profundamente, em sinal de submissão. Iker imitou-os, observando o personagem de rosto fechado, responsável pelo malefício que atingia a acácia.

Tê-lo descoberto era um milagre, mas ainda precisava ter certeza de que aquele era o culpado e, depois, achar um meio de transmitir a informação a Nesmontu. Será que o Anunciador lhe daria tempo?

— De onde vêm, bando de mendigos? — perguntou Amu, agressivo.

— Do lago amargo — respondeu o mais velho dos cananeus, com voz trêmula. — Aventureiros do deserto nos atacaram, o nosso chefe foi morto. Sem a intervenção deste jovem egípcio, nosso prisioneiro, teríamos sido massacrados. Foi ele quem reagrupou os desertores e reuniu as nossas fileiras. Conseguimos um bom escravo, ele lhe servirá bem.

— Como chegaram até aqui?

— O chefe sabia que estava acampado na região. Ele queria lhe vender o refém. Eu lhe dou de presente, como admirador.

— Então, vocês fugiram diante do inimigo!

— Os beduínos nos agrediram antes de parlamentar! Não é esse o costume.

— Os costumes da minha tribo obrigam a eliminar os covardes. Degolem todos, exceto o egípcio!

Sanguíneo se encostou nas pernas de Iker e mostrou as presas, impedindo que alguém se aproximasse.

Foi com alegria que os sírios trucidaram os cananeus. Entre os dois povos não havia nenhuma admiração nem amizade. Por isso, Amu não perdia nenhuma ocasião de eliminar a escória. Os despojos foram saqueados e abandonados às hienas.

— O seu protetor é assustador — disse Amu ao estrangeiro. — Mesmo atingido por várias flechas, um molosso desse tamanho continua a lutar. Seu nome?

— Iker.

— Onde esses ratos o pegaram?

— Eles me libertaram.

Amu franziu o sobrolho.

— Quem o havia detido?

— Os egípcios.

— Os seus compatriotas? Não compreendo.

— Depois de tentar, em vão, eliminar o faraó Sesóstris, eu me tornei um inimigo declarado. Consegui sair de Mênfis, atravessar os Muros do Rei, mas a polícia de Nesmontu me prendeu em Sichem. Eu esperava que os cananeus permitissem que eu me juntasse à resistência. Em vez de me ajudarem, reduziram-me a escravo.

Amu cuspiu.

— Esses covardes não valem nada! Aliar-se a eles leva ao desastre.

— Tenho um objetivo em mente — afirmou Iker. — Servir ao Anunciador.

Os olhinhos pretos de Amu brilharam de excitação.

— O Anunciador está diante de você! E minhas promessas, eu as mantenho.

— Continua decidido a derrubar Sesóstris?

— Ele já está vacilando!

— O malefício que se abateu sobre a Árvore da Vida não é eficaz.

— Quanto aos malefícios, lançarei outros! Há muito tempo os egípcios tentam me deter, mas nunca conseguirão. A minha tribo domina a região e as mulheres me dão muitos filhos. Em breve formarão um exército vitorioso.

— Não pensa em unir os clãs? Assim, lançaria uma ofensiva capaz de varrer as tropas do general Nesmontu.

Amu pareceu ofendido.

— Uma tribo é uma tribo, um clã é um clã. Se começarmos a mudar isso, o que será da região? O melhor chefe se impõe aos outros, essa é a exclusiva e única lei! E eu sou o melhor. Sabe manejar o bastão de arremesso, meu rapaz?

— Eu me saio bem.

— Tem dois dias para se aperfeiçoar. Depois, vamos atacar um acampamento de aventureiros do deserto que saquearam uma caravana. Acontece que, no meu território, sou o único que pode roubar e matar.

Protegido pelo molosso, Iker cochilava. Havia treinado por várias horas a lançar o bastão de arremesso, acertando alvos cada vez menores e cada vez mais distantes. Observado, não tinha direito à mediocridade. Concentrado, com gestos amplos e firmes, Iker não decepcionou.

Amu lhe dera liberdade para se movimentar, mas ele sentia que era vigiado todo o tempo. Se tentasse fugir, morreria. Seria avaliado pela tribo na luta contra os beduínos. Sob pena de ter a mesma sorte dos cananeus, deveria mostrar as suas qualidades.

Naquela hora, o que Ísis estaria fazendo em Ábidos? Provavelmente celebrando os rituais, ou meditando num templo, ou, então, lendo um texto que falasse dos deuses, do sagrado e do combate da luz contra o nada. Evidentemente não pensava nele. Com o anúncio da morte de Iker teria ficado abalada, ao menos por um instante?

No entanto, alguns dos pensamentos dela deveriam ser para ele... Nos piores momentos, era esse vínculo, por mais tênue que fosse, que o salvava. Na sua profunda solidão, Ísis continuava a lhe dar esperanças. Esperança de lhe dizer, com toda a força do seu amor, que não podia viver sem ela.

— Acorde, meu rapaz, devemos partir. O meu batedor descobriu o local do acampamento dos beduínos. Esses imbecis acreditam que estão a salvo.

Amu não se preocupava com estratégias.

Sob a ordem dele, todos atacaram. Como a maioria dos aventureiros do deserto dormia a sono solto, a capacidade de defesa estava reduzida ao mínimo. Acostumados a roubar mercadores desarmados, só mostraram uma fraca resistência aos sírios enfurecidos.

Um dos beduínos conseguiu escapar rastejando até o acampamento e fingiu-se de morto. Com o canto dos olhos, viu Amu passar bem perto dele. O sobrevivente quis vingar os companheiros. Na posição ideal, só precisava enfiar-lhe o punhal nas costas.

Estupefato com a ferocidade dos novos companheiros, Iker não intervira na luta. Mantendo-se na retaguarda, percebeu o falso cadáver que se levantava e se preparava para atacar. O Filho Real lançou o bastão de arremesso, atingindo o beduíno na têmpora.

Furioso, Amu pisoteou o ferido, destruindo-lhe o peito.

— Este roedor tentou me matar! A mim! E você, egípcio, me salvou!

Pela segunda vez, Iker voava para socorrer o inimigo. Deixar o Anunciador morrer sem obter o máximo de informações teria sido catastrófico. O Filho Real precisava ganhar a confiança dele e saber como havia enfeitiçado a acácia de Osíris.

Enquanto os homens saqueavam o acampamento, Amu arrastou Iker para a única tenda ainda intacta. As outras estavam em chamas.

Com o punhal, o chefe rasgou a tela, entrando pela abertura e provocando gritos de terror.

Dentro, estava uma dezena de mulheres e outro tanto de crianças, amontoadas umas sobre as outras.

— Olhe só estas fêmeas! As mais bonitas entrarão para o meu harém, substituindo as que já me cansaram, que poderão satisfazer os meus homens.

— Vai poupar as crianças? — preocupou-se Iker.

— As robustas servirão de escravas, as fracotas serão eliminadas. Você me dá sorte, rapaz! Nunca consegui uma vitória tão fácil. E não esqueço de que lhe devo a vida.

Enraivecido, Amu puxou uma morena pelo cabelo e apertou-a contra si.

— Você vai descobrir agora a minha excelente saúde!

O clã seguiu por um uádi seco que havia cavado o seu leito entre duas escarpas e parecia não levar a parte alguma. O batedor ia bem na frente, a tropa de retaguarda permanecia vigilante.

— Vou lhe conceder um imenso privilégio — anunciou Amu ao egípcio. — Você será o primeiro estrangeiro a ver o meu acampamento secreto.

Iker não lamentava ter usado o bastão de arremesso. Ao cair nas boas graças do Anunciador ia, finalmente, descobrir o covil!

O local era bem escondido e, ao mesmo tempo, fácil de guardar. No centro de uma região árida e desértica, um pequeno oásis fornecia água e alimento. Auxiliados por escravos, os sedentários cultivavam legumes. As aves estavam alojadas num galinheiro.

— Aqui coabitam sírios e cananeus — explicou Amu —, mas é uma exceção. Eles aprenderam a me obedecer e a não choramingar.

— Não é preciso formar uma grande coalizão para atacar Sichem? — insistiu Iker.

— Depois falaremos sobre isso. Agora, vamos festejar a vitória!

Todos os membros do clã eram devotados ao chefe, que foi massageado, ungido com óleo perfumado e instalado em almofadas macias, protegido por uma ampla tenda. Uma procissão de escravos cananeus trouxe travessas de comida e a aguardente de tâmaras correu à solta.

Quatro mulheres carinhosas e desejáveis levaram Amu para a cama, empanturrado e caindo de bêbado.

Não era assim que Iker imaginava o Anunciador.

12

Vestida com uma longa túnica branca presa na cintura por uma faixa vermelha, de cabelos soltos, Ísis acompanhou o faraó ao templo de milhões de anos.

Eles entraram numa capela com o teto estrelado. Uma única lamparina a iluminava.

— Percorrer o caminho dos mistérios implica atravessar uma nova porta — revelou o rei. — Etapa perigosa porque, para enfrentar o criminoso que manipula a força de Seth contra Osíris, você precisa se transformar numa maga autêntica. Assim, o cetro que lhe entreguei será palavra fulgurante e luz eficaz, capaz de desviar os golpes do destino. Aceita correr esse risco?

— Aceito, Majestade.

— Antes de se unir às forças da Enéade, lave a boca com natrão puro e calce sandálias brancas.

Realizado o ritual, o monarca pôs sobre os lábios de Ísis uma estatueta de Maat.

— Receba as fórmulas secretas de Osíris. Ele as pronunciou quando reinou no Egito. Elas lhe serviram para criar a idade de ouro e para transmitir a vida. Agora, enfrente as trevas.

O monarca ergueu um vaso acima da cabeça de Ísis. Dele jorrou uma energia luminosa que envolveu o corpo da sacerdotisa.

No fundo da sala, uma cobra-real se armou em cima do *naos*, pronta para o bote.

— Toque-lhe no peito e subjugue-a — ordenou Sesóstris.

O medo não impediu a jovem de avançar.

A serpente estava pronta para atacar.

Ísis não pensava nela e sim no combate pela Árvore da Vida. Por que o gênio do mundo subterrâneo, réptil temível e fascinante, pertenceria ao campo dos destruidores? Sem ele, o solo não ficaria estéril?

A mão direita se adiantou lentamente, a naja ficou imóvel.

Quando a jovem lhe tocou o peito, um halo circundou-lhe a cabeça, delineando a coroa branca.

— A força criadora da Grande de Magia circula nas suas veias — declarou o rei. — Torne-a ativa, maneje os sistros.

O monarca apresentou à sacerdotisa dois objetos de ouro, o primeiro em forma de *naos*, ladeado de duas hastes espiraladas, o segundo composto de uma espécie de régua de madeira com furos nos quais se encaixavam hastes metálicas.

— Quando fizer os sistros ressoarem, ouvirá a voz de Seth, que anima os quatro elementos. Assim, você dissipará a inércia. Graças às vibrações, as forças vitais despertam. Só uma iniciada pode tentar uma tal experiência, porque estes instrumentos são perigosos. Depositários do perpétuo movimento da criação, eles deixam cega a má musicista.

Ísis empunhou os cabos cilíndricos.

Os sistros lhe pareceram tão pesados que por pouco não os deixou cair. Mas os braços se mantiveram firmes e uma estranha melodia nasceu. O sistro-chocalho lançava notas ásperas e penetrantes; o sistro-*naos*, uma melodia suave, envolvente. Ísis procurou encontrar o ritmo certo e os sons se misturaram harmoniosamente.

Por alguns instantes, ela ficou com a visão turva. Em seguida, a música se ampliou, a ponto de fazer vibrar as pedras do templo, e a sacerdotisa sentiu um total bem-estar.

Ela devolveu os sistros ao rei, que os colocou diante da estátua da naja coroada.

Ambos saíram do templo e Sesóstris levou Ísis à beira do lago sagrado.

— Acalmando a Grande de Magia, o seu olhar vê o que os olhos profanos não conseguem discernir. Contemple o centro do lago.

Aos poucos, a superfície da água adquiriu dimensões imensas, confundindo-se com o céu. O *Nun*, oceano de energia de onde tudo nascia, se revelou para Ísis. Um fogo iluminava a água e, como da primeira vez, o lótus de ouro e pétalas de lápis-lazúli nasceu da ilha da chama.

— Que ele possa despertar todas as manhãs no vale da luz — pediu o rei. — Que renasça esse grande deus vivo originário da ilha da chama, o filho de ouro nascido do lótus. Respire-o, Ísis, como o respiram as forças criadoras.

Um odor suave e envolvente se espalhou sobre a região de Ábidos.

O lótus desvaneceu, o lago sagrado recuperou o aspecto habitual. Na superfície da água, um rosto se desenhou, rapidamente dissipado pela ondulação gerada pelo vento.

No entanto, Ísis o havia reconhecido: era o rosto de Iker.

— Ele está vivo — murmurou a moça.

— Deitados de bruços — ordenou Amu.

Imitando os guerreiros do clã sírio, Iker deitou na areia quente e dourada.

— Você os vê, meu rapaz?

Do alto da duna, o escriba observava o acampamento dos beduínos, certos de que estavam seguros. As mulheres cozinhavam, as crianças brincavam, os homens dormiam, com exceção de algumas sentinelas.

— Eu detesto essa tribo — confiou-lhe Amu. — O chefe me roubou uma fêmea magnífica que me teria dado filhos robustos. Além disso, ele possui o melhor poço da região! A água é agradável e fresca. Vou me apossar do oásis e aumentar o meu território.

"Eis um projeto digno do Anunciador", avaliou Iker, cujas dúvidas só faziam aumentar. Amu passava todo o tempo a molestar as belas mulheres do harém, a beber e a comer. Nunca mencionava a conquista do Egito e a destruição do faraó. Mimado pelas mulheres, adulado pelos guerreiros, levava a vida tranquila de um saqueador abastado. Finalmente, decidia agir!

— Vamos eliminar as sentinelas primeiro — propôs Iker.

— Essa é uma estratégia bem egípcia! — ironizou Amu. — Eu não me incomodo com essas precauções. Despencamos duna abaixo e massacramos essa escória!

Dito e feito.

Os sílices jorraram das fundas e acertaram a maior parte dos beduínos. O bando encontrou uma fraca resistência apenas e não poupou sequer as crianças. Como diversão, os sírios furaram os olhos dos poucos sobreviventes, cuja agonia foi interminável. Como o harém de Amu já transbordava, ele não agraciou nenhuma mulher.

— Sem arrependimentos — confiou a Iker, prestes a desmaiar. — São realmente muito feias! Não se sente bem, meu rapaz?

Amu bateu no ombro do Filho Real.

— Precisa ser mais duro! A vida é um rude combate. Esses beduínos? Ladrões e criminosos! Se o general Nesmontu os encontrasse antes de mim, teria dado ordens aos arqueiros para abatê-los. À minha maneira, faço uma limpeza na região!

— Quando, afinal, vai reunir as tribos para expulsar os ocupantes?

— Está obcecado por esse projeto!

— Não é o único que importa?

— O único, o único... Não vamos exagerar! O essencial consiste em reinar sozinho nos próprios domínios. Ora, pessoas ignóbeis ainda ousam duvidar da minha supremacia. Precisamos cuidar delas, meu rapaz.

Amu entregou a Iker outro bastão de arremesso.

— Nele se encarna o espírito dos mortos. Ele atravessa o lago e as planícies para atingir o adversário e depois volta para a mão de quem o lançou. Cuide dele e só o use com conhecimento de causa.

O Filho Real pensou na recomendação de Sesóstris: "Devemos conseguir as armas fornecidas pelo invisível."

Essa não era a primeira que ele obtinha, presente do inimigo?

— Vamos comer — decidiu Amu. — Depois continuaremos a limpeza.

Obstinado e cruel, o sírio eliminou, um a um, todos os grupelhos de cananeus e beduínos, acusados de beberem nos seus poços ou de roubar uma de suas cabras. Aparentemente livre para se movimentar, mas protegido e, ao mesmo tempo, vigiado por Sanguíneo, Iker se absteve de qualquer iniciativa que provocasse a suspeita dos novos companheiros de armas. Dia após dia, esforçava-se para passar despercebido e, também, para ser aceito.

Permanecendo fiel à sua única estratégia, Amu avançava sobre as presas como um tornado, e semeava o terror que eliminava a capacidade de defesa.

O escriba continuava perplexo.

Poderoso, violento, cruel, tirânico... características do Anunciador, de fato. Mas por que resistia em proclamar as suas verdadeiras intenções? Ainda desconfiaria de um egípcio a quem espreitava a primeira falha e a quem deveria ter eliminado? Iker lhe seria útil de uma maneira ou de outra. Talvez para transmitir falsas informações a Nesmontu e, assim, acelerar a derrota do exército egípcio. Por isso, o Filho Real não tentava enviar nenhuma mensagem. Primeiro precisaria ter certezas.

Então, quando os principais guerreiros da tribo, reunidos em volta de uma fogueira no acampamento, comiam um cordeiro assado no espeto, Iker se aproximou do chefe, meio embriagado.

— Certamente, o senhor goza de uma proteção mágica.

— Qual, na sua opinião?

— Da Rainha das Turquesas.

— A Rainha das Turquesas — repetiu Amu, boquiaberto. — Isso quer dizer o quê?

— Descobri essa pedra fabulosa numa mina do Sinai, onde o faraó me reduzira a escravo. Normalmente, ela seria minha. Depois de massacrar policiais e mineiros, um bando de assassinos me roubou esse tesouro.

— E você quer recuperá-la... Não sou eu quem a possuo. Deve ter sido um golpe dos aventureiros do deserto! Com um pouco de sorte, encontrará a sua rainha das turquesas. Sempre se acaba ouvindo falar de uma maravilha dessas.

— Um alto dignitário egípcio, o general Sepi, foi morto em pleno deserto. É o autor dessa façanha?

A perplexidade do sírio não parecia fingida.

— Eu? Matar um general? Se fizesse isso, eu me vangloriaria! Toda a região teria me aclamado, dezenas de tribos se prosternariam diante de mim.

— No entanto, ninguém duvida que o assassino do general Sepi seja o Anunciador.

Irritado, Amu se levantou e agarrou o escriba pelo ombro.

Imediatamente o molosso rosnou.

— Que este animal se mantenha tranquilo!

Um olhar de Iker acalmou Sanguíneo.

— Venha à minha tenda.

O cachorro os seguiu.

Com um pontapé nas costelas, Amu acordou uma cananeia, que se vestiu apressada e desapareceu.

O sírio tomou uma grande taça de aguardente de tâmaras.

— Quero conhecer o seu pensamento a fundo, meu rapaz.

— Eu me pergunto se é realmente o Anunciador ou se está representando.

Expressando-se com toda a franqueza, Iker jogava pesado.

— Atrevimento é o que não lhe falta!

— Simplesmente quero saber a verdade.

Andando em círculos como um urso na jaula, Amu evitou o olhar do rapaz.

— Se eu não fosse esse Anunciador, que importância teria?

— Arrisquei a minha vida para servi-lo.

— Servir a mim não lhe basta?

— O Anunciador quer destruir o Egito e tomar o poder. Você se contenta com o seu território.

O sírio se sentou com todo o peso nas almofadas.

— Vamos falar claro, meu rapaz. As suas suspeitas são justificadas, eu não sou o Anunciador.

Então, Iker era prisioneiro de um miserável chefe de bando, assassino e saqueador!

— Por que mentiu?

— Porque você pode se tornar um dos meus melhores guerreiros. Já que queria tanto me identificar com esse Anunciador, seria estúpido desencorajá-lo. Aliás... você não está totalmente errado.

— O que quer dizer?

— Eu não sou o Anunciador — repetiu o sírio —, mas sei onde ele está.

13

Uma pergunta, para a qual procurava ansiosamente uma resposta, obcecava o Grande Tesoureiro Senankh: um traidor se dissimulava entre o seu pessoal? Ele próprio havia recrutado os escribas que trabalhavam no Ministério da Economia, havia estudado cuidadosamente o percurso profissional e verificado as aptidões de cada um.

Exceto alguns erros mínimos, nada a lhes censurar.

Desconfiado, Senankh retomou as investigações com o máximo de espírito crítico, como se cada um dos técnicos-modelo fosse um suspeito em potencial. Ele espalhou algumas armadilhas, que não surtiram nenhum resultado. Por isso, resolveu consultar Sobek, o Protetor.

Terminando de revisar o regulamento da navegação fluvial, que julgava permissivo demais, o chefe de todas as polícias do reino estava permanentemente em ação. Ele demonstrava uma considerável energia para garantir a segurança do faraó e assegurar a livre circulação das pessoas e dos bens, perseguindo sem cessar todo tipo de malfeitor. Nenhum dossiê lhe escapava, Sobek se mantinha informado sobre todas as investigações em curso. Se a apuração não progredisse, o faltoso era alvo da fúria do Protetor, que não se esquecia de lançar a si mesmo uma insuportável autorrecriminação: não havia conseguido desmantelar a rede terrorista implantada em Mênfis. Não tinha a mínima pista, nem o menor suspeito. Será que o inimigo era apenas um sonho mau?

Na realidade, ele se tornara invisível. Mais cedo ou mais tarde, atacaria de novo.

— Fracasso total — declarou Senankh. — Por um lado, fico feliz com isso: aparentemente, nenhuma ovelha negra entre os meus escribas. Como não sou policial, talvez não tenha sabido identificá-la. Você, Sobek, certamente fez uma investigação paralela.

— Evidentemente.

— Suas conclusões?

— As mesmas que as suas.

— Poderia ter me avisado! — protestou o Grande Tesoureiro.

— Só respondo pelos meus atos ao faraó. Só ele é informado de todas as minhas missões.

— Por acaso também investigou... a mim?

— Evidentemente.

— Como ousa suspeitar de um membro da Casa do Rei?

— Eu não ouso, eu devo.

— Também espiona Sehotep e o vizir Khnum-Hotep?

— Faço o meu trabalho.

Para Sobek, que não fazia parte do Círculo do Ouro de Ábidos, Senankh não podia explicar que os iniciados eram insuspeitos!

— Ainda estou convencido — prosseguiu o Protetor — de que há um ou vários traidores na corte, entre esse bando de intelectuais cheios de pose, invejosos e pretensiosos. Ao menor incidente eles ululam, criticando a presença da polícia. Essas pessoas são inúteis, desprovidas de coragem e retidão. Felizmente, Sua Majestade não as ouve e espero que as reduza a um número mínimo.

— Medés e a administração dele?

— Sob controle, como os outros.

Sobek havia introduzido um dos seus homens entre o pessoal do Secretário da Casa do Rei, para examinar de perto os atos e gestos dele. À custa de ter olhos e ouvidos em toda parte, o Protetor aca baria obtendo algum indício.

O Portador do Selo Real, Sehotep, organizava todas as noites banquetes suntuosos, nos quais o seu intendente servia os melhores pratos e os melhores vinhos. Por isso, todos os membros da corte aguardavam com impaciência um convite do influente personagem. Poucas mulheres permaneciam insensíveis ao charme de Sehotep e vários maridos passavam uma noite angustiante, preocupados com o futuro comportamento de suas esposas. No entanto, nenhum escândalo a deplorar, pois Sehotep mantinha as suas aventuras discretas.

Essa atividade mundana, que alguns julgavam fútil, permitia que o responsável por todas as obras do rei conhecesse bem os dignitários e colhesse o máximo de informações. O vinho e a boa carne soltavam as línguas.

Naquela noite, Sehotep recebia o arquivista-chefe, a mulher e a filha, os três principais colaboradores desse homem e as respectivas esposas. Como sempre, uma conversa animada e brilhante abordava mil e um assuntos, apesar das ameaças que pesavam sobre o Egito. O Portador do Selo Real criava uma atmosfera festiva e provocava as confidências.

Os convidados não pareciam suspeitos que se devessem temer. Seguiam uma carreira tranquila e, a qualquer dificuldade, se punham sob a proteção de uma autoridade superior. De bom grado teriam se comportado como pequenos tiranos em relação aos subordinados, mas o vizir os vigiava.

Ao fim da recepção, a filha do arquivista-chefe se aproximou de Sehotep. Era um tanto quanto desprovida de inteligência, falante e muito bonita.

— Dizem que o seu terraço é o mais bonito de Mênfis... Gostaria tanto de vê-lo!

— O que o seu pai acha disso?

— Estou um pouco cansado — respondeu o envolvido no assunto. — Minha mulher e eu gostaríamos de voltar para casa. Se aceitar conceder o privilégio à minha filha, ficaríamos lisonjeados.

Sehotep fingiu não perceber a armadilha. Vários dignitários já haviam tentado jogar a prole nos seus braços, com a esperança de que terminasse em casamento. A ideia horrorizava o Portador do Selo Real. Por isso, adotava as precauções necessárias para que a moça em questão não ficasse grávida e que a única recordação fosse uma bela noite de amor.

A filha do Arquivista ficou extasiada ao contemplar a cidade.

— Que cidade maravilhosa! Você também, Sehotep, é maravilhoso.

Demonstrando uma ternura que um homem bem-educado não podia repelir, ela pôs delicadamente a cabeça no ombro do ministro, que lhe tirou a pequena peruca e lhe acariciou o cabelo.

— Não vá muito depressa, por favor.

— Quer admirar a capital por mais tempo?

— Quero... Ou melhor, não. Leve-me para ver o seu quarto; não quer?

Ele a despiu lentamente e logo percebeu que à jovem não faltava sensualidade, nem experiência. Os jogos de amor foram alegres, o prazer, compartilhado. Ao fim dessa justa deliciosa, Sehotep achou que ela daria uma esposa abominável, possessiva e caprichosa.

— O futuro não o preocupa? — perguntou a jovem.

— Um grande rei governa o Egito. Ele saberá afastar o mal.

— Essa não é a opinião geral.

— Por acaso o seu pai não aprecia Sesóstris?

— Meu pai aprecia qualquer chefe, desde que lhe pague bem e não o esmague de trabalho! Meu último pretendente, em compensação, não é da sua opinião.

— De quem se trata?

— De Eril, um estrangeiro nomeado à frente dos escribas públicos. Ele tem uma ambição que transpira por todos os poros da pele. Com um pequeno bigode, voz melosa e maneiras afáveis, tenta se fazer passar pelo melhor dos homens. Na realidade, é tão temível quanto uma víbora-cornuda! Eril só pensa em urdir intrigas e em arruinar a reputação dos concorrentes. Corruptor e corrompido, vende os serviços a quem lhe paga mais.

— Ele teria lhe causado algum mal?

— Esse rato queria me desposar, já pensou? E meu pai, um covarde, estava de acordo! Diante da minha recusa direta e definitiva, ele não insistiu. Imaginar na minha pele as mãos desse Eril, viscoso como uma lesma, que horror! Quando lhe dei um tapa, ele finalmente entendeu que eu nunca lhe pertenceria. Não contente de espalhar o veneno, ele critica o faraó.

A curiosidade de Sehotep foi despertada:

— Tem certeza?

— Estou falando sério!

— Que termos ele usa?

— Não me lembro exatamente... Desprezar o faraó não é um crime?

— Eril lhe pediu que o ajudasse ou propôs uma espécie de missão?

A filha do Arquivista ficou abismada.

— Não, não... nada disso.

— Esqueça esses maus momentos — recomendou o Portador do Selo Real — e goze o momento presente. A menos que queira dormir...

— Oh, não! — exclamou a moça deitando de costas, oferecida e desejável.

Todas as manhãs, Sekari olhava o material de escrita de Iker preciosa recordação do amigo. Gostaria tanto de devolvê-lo quando ele voltasse da Ásia! Abandoná-lo assim o desesperava, mas o faraó lhe proibira de ir à Siro-Palestina e iniciar as buscas.

Sekari não aceitava o vazio criado pela ausência de Iker. Se aceitasse, afiançaria a morte dele e mataria a esperança. Acontece que, no âmago do seu ser, o agente especial não acreditava no desaparecimento do Filho Real.

Talvez prisioneiro, talvez ferido, mas vivo.

Investigando a seu modo as medidas tomadas por Sobek para garantir a segurança do monarca, Sekari não detectara nenhuma falha maior. No entanto, ele se questionava sobre a conduta do chefe da polícia, bem satisfeito com a morte do Filho Real.

E se, na corte, o traidor disfarçado fosse o próprio Sobek? Por que razão detestaria Iker, a não ser que este último pudesse compreender o verdadeiro papel do chefe da polícia? O Protetor não era o mais bem o posicionado para ordenar a um policial que eliminasse o jovem escriba?

A resposta para essas horríveis perguntas parecia evidente.

Evidente demais.

Por isso, Sekari precisava de provas incontestáveis antes de falar com o rei. Enquanto não as conseguia, o monarca não estaria correndo um grande perigo? Elemento tranquilizador: os especialistas encarregados da proteção pessoal de Sesóstris veneravam o faraó.

Se Sobek, o Protetor, houvesse enviado Iker para o massacre, ele lhe pagaria caro.

Primeiro a chegar ao escritório, último a sair, Medés gostava do trabalho de Secretário da Casa do Rei. Trabalhar duro não o desagradava, muito pelo contrário. Extremamente organizado, assimilava rapidamente os complexos dossiês e a excelente memória guardava o essencial. Capaz de assistir reuniões sem sentir cansaço, Medés exigia dos seus funcionários um ritmo de trabalho extenuante, que alguns deles não aguentavam. Todos os meses ele se via obrigado a contratar quatro ou cinco novos escribas, que submetia a duras provas. Bem poucos aguentavam. Assim, ele formava equipes disciplinadas e eficientes.

Nem o rei nem o vizir podiam lhe dirigir a menor censura.

Agora, Medés dispunha de uma organização paralela, devotada a ele. Composta de escribas, de mensageiros e de marinheiros, essa organização lhe dava informações e transmitia as suas diretrizes por todo o território. Quando a revolta preparada pelo Anunciador ocorresse, seria uma arma decisiva.

Cada novo membro da rede tinha uma atribuição específica e só prestava contas a ele. A compartimentação continuava a reinar e, bem entendido, ninguém desconfiava do verdadeiro objetivo buscado por Medés.

O Secretário da Casa do Rei se preparava para fazer uma oferta de serviços a um escriba consciencioso, empregado há vários meses, quando Gergu pediu para vê-lo.

— Algum problema?

— O libanês quer lhe falar imediatamente.

— Em pleno dia? Fora de cogitação!

— Ele está andando no mercado. É urgente e grave.

O procedimento era tão pouco habitual quanto inquietante.

Conseguindo disfarçar o nervosismo, Medés foi ao encontro do libanês. No meio da multidão de transeuntes, eles passavam despercebidos. Lado a lado, perto da banca de um comerciante de alho-poró, eles conversavam em voz baixa, evitando se olhar.

— Você contratou um escriba originário de Imaú, de uns trinta anos, celibatário, bem alto, sem barba, com uma cicatriz no antebraço esquerdo?

— Exato, mas...

— É um policial — revelou o libanês. — O meu melhor agente o viu sair da casa de Sobek. Sem dúvida, ele recebeu ordens para espioná-lo.

Medés estremeceu. Se não fosse a vigilância do aliado, teria cometido um erro fatal.

— Gergu me livrará dele.

— De modo algum! Já que identificamos o espião, use-o para tranquilizar Sobek, o Protetor, em relação a você. Espero que essa adversidade o torne mais desconfiado.

14

Atrás de Amu, apenas uma dezena de homens, entre os mais experientes. Todos tinham a fisionomia sombria, como se o chefe os levasse para uma catástrofe.

— Aonde vamos? — perguntou Iker.

— Para onde está o Anunciador.

— Os guerreiros não parecem felizes!

— Ele é o nosso pior inimigo e jurou nos destruir.

— Por que se atirar assim na boca do monstro?

— Preciso desafiá-lo para um duelo. O vencedor se apossará da tribo do vencido. Assim, evitaremos muitas mortes.

— Você se acha capaz de vencer?

— Será difícil — confessou Amu —, muito difícil! O Anunciador nunca perdeu. A única arma eficaz é a astúcia. Mas é preciso que ele dê tempo ao adversário de usá-la.

— O Anunciador é um colosso?

— Você o verá muito em breve.

Ao contrário do que lhe era habitual, Amu caminhava a descoberto e acendeu duas fogueiras que podiam ser vistas de longe. Assinalando a sua presença, dizia ao inimigo que não pensava em atacar e sim em negociar.

Ao amanhecer do quarto dia, Sanguíneo rosnou. Alguns minutos depois, uns sessenta cananeus armados de arcos e de piques cercaram a pequena tropa. O molosso se pôs diante de Iker.

Um homem baixo de ombros quadrados se aproximou.

— Você é meu prisioneiro, Amu.

— Ainda não.

— Acha que pode se defender com o seu bando de medrosos?

— O seu chefe nos teme. Senão, porque ainda não nos exterminou? Ele não passa de uma larva, uma menininha, um cabeça-oca, de braços moles e sem vigor. Diga a ele que venha amanhã se ajoelhar diante de mim, aqui mesmo. Eu cuspirei nele, que vai chorar pedindo clemência.

O tenente do Anunciador fervia de raiva. De bom grado teria cortado a língua de Amu, mas tinha de respeitar as regras do desafio que o sírio lançava. O mestre ficaria feliz em reduzi-lo a pedacinhos.

Furibundo, o homenzinho correu para preveni-lo.

— Só resta nos prepararmos — declarou Amu.

* * *

No meio da noite, dores violentas fizeram o ventre do chefe da tribo se contorcer. Vencido pelos espasmos, ele foi obrigado a permanecer deitado de lado, com as pernas encolhidas.

Um dos guerreiros lhe deu uma poção com um odor horrível, sem resultado.

Pelo que parecia, Amu seria incapaz de lutar.

— Estamos perdidos — avaliou o médico improvisado. — Não podemos desistir do duelo sob nenhum pretexto. Vamos fugir depressa.

— Esses selvagens nos pegarão e vão massacrar o meu clã — objetou Amu. — Temos de tentar a sorte, por mais diminuta que seja.

— Você não se aguenta de pé!

— Tenho o direito de me fazer substituir. Um de vocês lutará em meu nome.

— Quem vai escolher?

— Iker.

Os sírios ficaram apavorados:

— Ele não resistirá dez segundos!

— Ele não é mais rápido do que nós todos?

— Não se trata só de correr e se esquivar, mas de matar um gigante!

Impávido, o escriba não se manifestava.

Então, a hora da verdade se aproximava. Em breve encontraria o Anunciador e só tinha uma alternativa: vencer ou morrer.

— Recuse — aconselhou um dos companheiros de caminhada. — Ninguém aceitará substituir Amu. A solução é só uma, a fuga!

— Eu aceito!

— Você é louco!

— O dia vai ser duro, vou descansar enquanto espero a luta.

Se bem que tivesse as mãos livres, Iker se sentiu novamente amarrado ao mastro do *Rápido*. Desta vez não haveria uma onda para salvá-lo, para livrá-lo do destino. Ao menos lutaria!

Consciente de que não havia nenhuma possibilidade de vencer, o Filho Real não morreria inutilmente. Por isso, na face interna de um pedaço de casca de sobreiro, ele gravou essas palavras em escrita codificada, que só o general Nesmontu saberia decifrar:

Amu não é o Anunciador. Este último, uma espécie de monstro, se esconde a menos de um dia de marcha desta região, sem dúvida na direção norte. Vou me bater em duelo contra ele. Longa vida ao faraó.

Iker enterrou o pedaço de casca da árvore e cobriu o local com pedras secas. Com um sílex, desenhou numa delas uma coruja e colocou-a na vertical. Esse hieróglifo significava "dentro, no interior". Se alguma patrulha egípcia passasse por ali, inevitavelmente ficaria intrigada.

O escriba se acomodou, encostado no tronco de uma árvore, o molosso se deitou aos pés dele. Em caso de perigo, o cão o avisaria imediatamente.

Sem conseguir dormir, Iker sonhava com os prazeres inacessíveis: rever Ísis, declarar de novo o seu amor, tentar fazer com que ela o amasse, construir uma vida juntos, servir ao faraó, descobrir os mistérios de Ábidos, transmitir Maat escrevendo, perceber ainda mais a força luminosa dos hieróglifos... Esses sonhos se despedaçavam na realidade impiedosa: o Anunciador.

* * *

A manhã estava enevoada.

Depois de vomitar, Amu cochilou.

— Ainda dá tempo de desistir — disse um sírio a Iker.

— Certamente não — objetou outro. — O monstro não tardará a se mostrar. Se não apresentarmos um adversário, ele nos cortará a cabeça!

— E se eu for vencido? — perguntou o Filho Real.

— Seremos transformados em escravos. Eis o seu arco, a aljava, cheia de flechas, e a espada.

— E o meu bastão de arremesso?

— Com ele você só fará arranhões.

— Estão chegando! — gritou uma sentinela.

O Anunciador vinha à frente da tribo, mulheres e crianças inclusive, porque ninguém queria perder o espetáculo.

Por alguns instantes, Iker ficou desconcertado.

Nunca vira igual montanha de carne e de músculos. Apesar do seu tamanho, o próprio Sesóstris teria parecido pequeno ao lado do incrível gigante.

Testa baixa, cabelos em desalinho, queixo pronunciado, o Anunciador era caolho. Uma venda acinzentada lhe cobria o olho morto.

Armado com um machado e um enorme escudo, ele parou a uma boa distância do acampamento inimigo.

A voz dele se elevou, aguda demais, ridícula para um corpo tão grande, mas ninguém riu.

— Saia da tenda, mulherzinha! Venha me enfrentar, Amu, o covarde de quem o adversário só vê o traseiro! Venha experimentar o meu machado!

Iker avançou.

— Amu está doente.

O gigante fez um ricto de desdém.

— O medo lhe esvazia as entranhas, aposto! Mesmo assim, eu o cortarei em pedaços.

— Antes, terá de lutar.

— Amu designou o seu campeão! Melhor assim, vamos nos divertir. Que esse herói apareça!

— Sou eu.

Incrédulo, o gigante inspecionou com o olhar o acampamento sírio, depois caiu na gargalhada, imitado pelos membros da tribo.

— Está zombando de mim, menino!

— Quais as regras do duelo?

— Só há uma: matar antes de ser morto.

Com uma rapidez que deixou a assistência perplexa, Iker atirou três flechas em rajada.

O enorme escudo aparou-as.

Ao gigante não faltavam reflexos.

— Boa tentativa, menino! Agora é minha vez.

O machado desceu com tanta violência que o deslocamento de ar derrubou Iker, salvando-lhe a vida.

O Filho Real se levantou e começou a correr em ziguezagues, impedindo o monstro de dar um golpe decisivo.

A cada passo dele, o chão estremecia. Ágil, apesar da sua corpulência, o gigante rodava a arma e, por pouco, vários desses movimentos giratórios não decapitaram Iker.

Excelente fundista, o rapaz conseguiu cansar o adversário.

Ahanant, o monstro, jogou longe o escudo.

— Vou esmagá-lo, homúnculo!

Iker se aproximou do acampamento dos sírios, perplexos por ele haver aguentado tanto tempo.

— Meu bastão de arremesso, rápido!

Ainda tonto, mas de pé, Amu lhe entregou a arma.

Quando o Anunciador avançou para cima de Iker, Sanguíneo pulou em cima dele e lhe enfiou as presas na perna direita.

Urrando de dor, o gigante ergueu o machado, decidido a cortar o cachorro em dois. No instante em que se abaixava, a extremidade pontiaguda do bastão lançado por Iker entrou no meio do olho dele.

O Anunciador soltou a arma e levou as mãos à horrível ferida. A dor era tão insuportável que ele caiu de joelhos.

Ainda cambaleando, Amu se apossou do machado e, com toda a força, cortou o pescoço do seu inimigo jurado.

Finalmente Sanguíneo abriu a boca, recebendo uma carícia de Iker, molhado de suor.

Os sírios festejavam a vitória, os cananeus choravam.

Amu ordenou o massacre de velhos, de crianças doentes, de uma mulher histérica e de dois adultos, cujas fisionomias o desagradaram. Os outros membros da tribo de Amu doravante o obedeceriam sem pestanejar.

— Benditos sejam os meus intestinos! — disse ele a Iker. — Sem essa indisposição eu teria sido vencido. Só você, graças ao fôlego inesgotável, poderia cansar esse bruto e obrigá-lo a cometer um erro fatal.

— Não podemos esquecer Sanguíneo. A intervenção dele foi decisiva.

O cachorro ergueu os olhos cheios de afeto na direção de Iker.

— Para ser franco, meu rapaz, não acreditei um segundo na sua vitória. Um homenzinho que derruba um gigante, que milagre! Por várias centenas de anos ainda se falará de você. De hoje em diante, todos o consideram um herói. E suas surpresas ainda não terminaram. Vamos conquistar o território do monstro!

Iker sentia uma profunda insatisfação. Sim, ele estava vivo. Sim, havia participado da eliminação do Anunciador. Mas o objetivo da missão que recebera consistia em saber como ele enfeitiçara a Árvore da Vida e de que maneira poderia romper o malefício. Para essas perguntas essenciais não havia mais resposta possível.

O desaparecimento do ser maléfico seria suficiente para curar a acácia de Osíris?

Última esperança: talvez no esconderijo dele o Filho Real encontrasse os elementos decisivos. Seguindo Amu, ele esperava encontrar um acampamento protegido.

Iker estava enganado.

A região na qual reinava o Anunciador era plantada de videiras, figueiras e oliveiras. Rebanhos de vacas e de carneiros ali cresciam; no centro, havia um povoado gracioso.

Ao novo senhor do clã foi oferecido vinho, carne de boi, ave assada no espeto e bolos ao leite cozidos.

— Graças a você — reconheceu Amu —, agora possuímos um pequeno paraíso! É justo que seja recompensado. Tenho alguns filhos aqui e acolá, mas são preguiçosos e incapazes. Você é diferente. Quem mais, a não ser um grande herói, poderia me suceder? Escolha uma mulher, eu lhe darei uma fazenda e empregados. Você terá vários filhos e administraremos juntos esse vasto domínio. Ele nos dará belos lucros. Diante da sua reputação, ninguém ousará nos importunar e, de tempos em tempos, nos daremos ao luxo de algumas pequenas invasões para nos distrairmos. O seu futuro promete ser radioso!

Amu coçou a orelha.

— Depois da sua façanha, preciso lhe dizer a verdade. Há muito tempo eu queria eliminar esse bruto. Como ele ameaçava a minha tribo, decidi agir, a despeito dos riscos. E você me deu sorte.

— Isso significa... que o gigante não era o Anunciador?

— Não sei se esse fantasma existe realmente. Em todo caso, ele não anda pela região. Esqueça-o e goze a sua boa sorte. Aqui você conhecerá a felicidade.

Iker estava consternado, pois havia arriscado a sua vida por uma miragem e transmitido uma falsa informação ao general Nesmontu.

O futuro? Uma nova forma de cativeiro.

15

Normalmente, a pequena patrulha de policiais do deserto não se aventurava naquela região perdida de Canaã. Mas o chefe, caçador inveterado, teimara em perseguir um porco selvagem. Depois de percorrer um bosque de tamargueiras e atravessar um uádi, o animal havia despistado os perseguidores.

— Devíamos voltar — sugeriu um dos policiais. — O lugar não é seguro.

O chefe não podia desmenti-lo. Diante de um bando de aventureiros do deserto determinados a matar os egípcios, eles não poderiam reagir.

— Vamos até a extremidade do vale — decidiu. — Abram os olhos e os ouvidos.

Nenhuma pista do animal.

— Olhem isso. É bem curioso.

O policial contemplava um amontoado de pedras que não tinha nada de natural.

— A que está na vertical tem o signo da coruja.

— A letra M — explicou o chefe —, “no interior, dentro”. Tirem as pedras.

Intrigado, o oficial resolveu cavar ele mesmo o solo mole e descobriu um pedaço de casca de árvore. Nela estavam gravados alguns hieróglifos.

— Estranho — constatou. — Todos os signos foram traçados por uma mão experiente. Acontece que o conjunto não tem sentido.

— Não seria uma das mensagens criptografadas que nos pediram para recolher?

Morrendo de frio, Djehuty fechou as extremidades do manto comprido que, apesar do tecido grosso, não o aquecia quase nada. No entanto, a temperatura estava bem agradável e nenhum vento frio soprava na região de Dachur. Estranhamente, o reumatismo já não lhe provocava dores atrozes, mas a doença corroía o pouco de vitalidade de que ainda dispunha.

Ele nem se importava, pois assistia à conclusão da pirâmide real! Graças ao entusiasmo e à competência dos construtores, os trabalhos haviam demorado menos do que o previsto. Por várias vezes, o Grande Tesoureiro Senankh interviera com eficiência e rapidez para satisfazer as exigências dos construtores.

Instalado na liteira, Djehuty deu a volta no muro de bastiões e redentes, que imitava o do faraó Djóser em Saqqara. O conjunto arquitetônico tinha o nome de *kebehut*, "a água fresca celeste", de onde emergia a pirâmide qualificada de *hotep*, "a plenitude". Desse modo se encarnava o mito segundo o qual a vida, nascendo do oceano das origens, se manifestava sob a forma de uma ilha onde havia sido edificado o primeiro templo, oriundo da pedra primordial.

— Pode se orgulhar do seu trabalho — disse uma voz grave.

— Majestade! Não vos esperava tão cedo, o protocolo...

— Esqueça-o, Djehuty. Ao respeitar escrupulosamente a planta da obra, você traçou as linhas de força que permitem a este monumento emitir o *ka*. Assim se afirma a vitória de Maat sobre *isefet*.

De uma brancura resplandecente, as faces da pirâmide, cobertas de calcário de Tura polido à perfeição, refletiam os raios do sol. Os triângulos de luz iluminavam o céu e a Terra.

Acompanhado por Djehuty, o monarca procedeu à cerimônia de abertura da boca, dos olhos e dos ouvidos do templo. Ali seria celebrada eternamente a festa de regeneração da alma real. Estátuas colossais representavam o faraó como Osíris, encarregado de receber a vida divina e de transmiti-la. Enquanto uma morada fosse construída para abrigá-lo, o Egito resistiria às trevas.

Todos os dias, em nome do rei, os sacerdotes realizariam os rituais, vivificando as procissões dos portadores de oferendas e tornando real o diálogo entre o monarca e as divindades.

Em seguida, Sesóstris entrou na parte subterrânea e caminhou até a sala do sarcófago, o barco de granito vermelho onde navegaria o seu corpo de luz. A paz sobrenatural que reinava no local reforçou a vontade de Sesóstris de lutar contra o demônio que tentava impedir a ressurreição de Osíris.

Ao contemplar essa pedra eterna, o rei foi movido por uma convicção: não, Iker não estava morto.

Estabelecido em Mênfis há uns dez anos, Eril se felicitava pelos sucessos conseguidos. Meio libanês, meio sírio, agora dirigia um grupo de escreventes públicos composto de escribas que não poderiam ter acesso às mais altas funções, mas que eram muito competentes no seu campo: o acordo dos litígios entre os cidadãos e a administração.

Sem um bom número de rasteiras habilmente distribuídas e um uso perfeito da corrupção, Eril nunca teria conseguido esse posto que cobiçava há muito tempo. Prosperando à sombra do seu antecessor, um pequeno tirano vaidoso e bem enfronhado na corte, aprendera com esse bom mestre a arte de eliminar os adversários, ao mesmo tempo que construía uma reputação de homem honesto.

Naquela noite, Eril atingiria o ápice. Ele, o oportunista, o furtivo manipulador, se via reconhecido como um grande personagem, uma vez que Sehotep o convidara para jantar!

Durante todo o dia se haviam sucedido o cabeleireiro, o manicuro, o pedicuro, o perfumista e o costureiro para transformar Eril num alto dignitário elegante. Todos sabiam que o Portador do Selo Real detestava a falta de gosto. Diante da qualidade dos profissionais dedicados à sua pessoa, Eril não corria risco de cometer nenhum deslize.

Pergunta angustiante: quem seriam os outros convidados? Diferentemente de Sehotep, o diretor dos escribas públicos de Mênfis detestava a companhia das mulheres. Inevitavelmente haveria muitas delas e ele teria de suportar atitudes provocantes e falatórios. Ser admitido à mesa de um membro da Casa do Rei atenuava essas contrariedades menores. Inevitavelmente a noite seria o prenúncio de uma promoção. Talvez, com o tato indispensável, até tivesse oportunidade de expressar uma parte das suas ambições.

Os rumores não mentiam: a vila de Sehotep era uma verdadeira maravilha, os menores detalhes seduziam o olhar. E a exuberância do jardim era de tirar o fôlego.

A inveja provocou azia no pequeno bigodudo. Por que, ele também, não teria direito a esse fausto? No fim das contas, será que possuía menos qualidades e méritos do que um filho de uma família beneficiada pela sorte?

Um servo recebeu Eril com deferência e o introduziu numa ampla sala perfumada com um odor suave de lírio. Nas mesas baixas, aperitivos, sucos de frutas, cerveja e vinho.

— Sente-se — recomendou o intendente.

Tenso, Eril preferiu andar pela sala enquanto esperava pelo anfitrião. Mordiscou uma cebola fresca coberta de um purê de favas e admirou as pinturas murais que representavam acianos, papoulas e crisântemos.

— Sinto muito pelo atraso — desculpou-se Sehotep, quando foi ter com o convidado. — Fiquei preso no palácio. Os negócios de Estado são sempre prioritários. Gostaria de um pouco de vinho?

— Naturalmente. Acho que estou adiantando, porque os outros convidados ainda não chegaram e...

— Esta noite, você é o único.

Eril não disfarçou a estupefação:

— É uma honra... uma enorme honra!

— Para mim, um grande prazer. E se jantássemos?

O bigodudo baixinho não se sentiu à vontade. Nem a qualidade dos pratos, nem os grandes vinhos, nem a amabilidade do dono da casa fizeram-no esquecer a característica inusitada desse *tête-à-tête*.

— Você exerce uma profissão delicada — observou Sehotep — e se sai bastante bem, é o que parece.

— Eu... faço o melhor possível.

— Satisfeito com os resultados?

O estômago de Eril se contraiu. O principal era não se precipitar e manobrar com habilidade.

— Graças ao vizir, a administração menfita só melhora. Ainda subsistem alguns problemas, que minha equipe e eu mesmo tentamos resolver no interesse dos cidadãos.

— Não gostaria de um trabalho que o... valorizasse mais?

O pequeno bigodudo relaxou. Então, o seu desempenho havia chamado a atenção das autoridades! O Portador do Selo Real ia lhe oferecer um posto na administração e lhe confiar grandes responsabilidades.

Sehotep contemplou a taça, cheia de um sublime vinho tinto de Imaú.

— O meu amigo, o Grande Tesoureiro Senankh, fez uma profunda investigação sobre a sua fortuna. A fortuna real, bem entendido.

Eril empalideceu.

— O que... o que significa isso?

— Que você é um corruptor e um corrupto.

Indignado, o acusado se levantou.

— É mentira, totalmente mentira e...

— Senankh reuniu provas irrefutáveis. Você explora vergonhosamente os clientes e se envolveu em várias operações duvidosas; há algo ainda mais sério.

Transtornado, Eril se sentou de novo.

— Eu... eu não compreendo.

— Creio que compreende. Por desonestidade, seria a prisão. Por participar de uma conspiração contra o rei, a pena de morte.

— Eu? Conspirar contra o faraó? Como pode imaginar...

— Pare de mentir, tenho uma testemunha. Se quiser escapar da execução, diga imediatamente o nome dos seus cúmplices.

Perdendo toda a dignidade, o pequeno bigodudo se jogou aos pés de Sehotep.

— Minhas intenções foram mal interpretadas! Sou um servo fiel da monarquia.

— Já basta, miserável! Você pertence a uma rede de terroristas implantada em Mênfis. Exijo todos os seus contatos.

Eril ergueu os olhos assustados.

— Terroristas... Não, está enganado! Conheço apenas uma dezena de dignitários... compreensivos.

Eril denunciou-os, explicou em detalhes o mecanismo do plano e se desmanchou em lamúrias semeadas de arrependimentos.

Decepcionado, Sehotep o ouvia sem prestar muita atenção. Pelo visto, havia desentocado um medíocre e não um partidário do Anunciador.

— Assim que decifrei a mensagem — declarou o general Nesmontu —, saí de Sichem para vos comunicar o teor. Sem sombra de dúvida, Majestade: o Filho Real Iker está vivo. Tentaram nos enganar com um cadáver que não era o dele.

— Em que se fundamentam as suas certezas? — perguntou Sesóstris, tendo Sobek, o Protetor, ao seu lado, visivelmente cético.

— Iker e eu havíamos combinado um código que só eu poderia decifrar.

— Qual o conteúdo do texto? — perguntou Sobek.

— Iker encontrou o esconderijo do Anunciador, um monstro contra o qual ia se bater em duelo.

— Grotesco! — avaliou o Protetor. — O Filho Real foi obrigado a escrever um texto ditado por alguém, a fim de atrair os soldados para uma emboscada.

— Mesmo que tenha razão — avaliou o monarca —, Iker está vivo.

— Com certeza não está, Majestade! Depois de redigir essas linhas, ele deve ter sido executado.

— Por que o Anunciador não o manteria como refém? — perguntou Nesmontu.

— Porque ele já não servia para nada!

— Não estou tão certo. Iker poderia continuar a nos iludir com outras mensagens. Sem dúvida, a verdade é bem mais simples: o Filho Real conseguiu cumprir a missão. Neste momento, deve estar tentando voltar a Mênfis.

— Bela fábula, mas incrível! — julgou o Protetor.

— Em que região se esconde o Anunciador? — perguntou Sesóstris.

Nesmontu fez uma careta.

— Numa das regiões menos controladas, na fronteira da Palestina com a Síria. Florestas, pântanos, ravinas, animais selvagens, ausência de trilhas... O lugar ideal para um terrorista. Impossível espalhar as tropas. Nos nossos mapas, uma zona em branco, sem pontos de referência.

Sobek se regozijava.

— A armadilha perfeita! Quais as recomendações do general Nesmontu?

— O envio de uma patrulha de voluntários, habituados às paisagens sírias.

— Por que condenar soldados experientes? — insurgiu-se Sobek. — Temos de nos render à evidência: Iker só sobreviveu por ser cúmplice dos terroristas.

— Prepare a patrulha — ordenou o rei a Nesmontu. — Ela só partirá depois de uma segunda mensagem confirmando a primeira.

16

Cara-atravessada se aproximava da solitária fazenda. Acompanhado do bando de saqueadores, mais uma vez espoliaria uma das famílias de camponeses, às quais concedia proteção. Aterrorizados com esse monstro cruel, elas não ousavam avisar a polícia, com receio das horríveis represálias.

Desde o fracasso do atentado contra o faraó Sesóstris, Cara-atravessada vivia na clandestinidade. Os seus homens suplicavam para se juntarem ao Anunciador, mas ele achava que era capaz de se virar sozinho. No entanto, por causa da ruptura com "o grande chefe", a sorte parecia haver mudado. O bandido zombava dos sermões do pregador barbudo disposto a estabelecer um credo devastador, mas reconhecia que ele era suficientemente inteligente e cruel para triunfar.

Sem confessar a si mesmo, Cara-atravessada, que não temia nem Deus nem o diabo, estava com medo do Anunciador e não ousava aparecer diante dele depois do fiasco pelo qual seria culpado. Tomado de fúria, o homem-falcão não o dilaceraria com as suas garras?

Precisava pensar em se alimentar. Antes de violentar a dona da casa, os campônios lhe dariam um almoço de rei. Impossibilitando qualquer veleidade de resistência, Cara-atravessada se divertia em humilhar as vítimas.

O instinto de caçador evitou um desastre.

A duzentos passos da fazenda, ele parou. Os homens o imitaram.

— O que há, chefe?

— Escute, imbecil!

— Eu... eu não ouço nada.

— Exatamente! Não lhe parece estranho essa ausência de barulho? Até o galinheiro está silencioso!

— Então...

— Então, isso quer dizer que os nossos protegidos foram embora. Não são os camponeses que nos esperam. Vamos dar o fora.

Quando o vigia da polícia viu os bandidos fugirem, deu o sinal de ataque.

Tarde demais.

O bando de Cara-atravessada já estava fora de alcance.

* * *

Honesto, servil, muito estimado pelos habitantes do bairro, o vendedor de sandálias fizera com que esquecessem a sua origem estrangeira e se havia misturado à gente humilde de Mênfis. Ninguém poderia desconfiar que pertencia à rede adormecida de agentes do Anunciador.

Quando entrava em casa, à noite, um braço enorme apertou-lhe o pescoço.

— Cara-atravessada! — exclamou o comerciante. — O que faz aqui? Pensávamos que estivesse morto.

— Onde está o grande chefe?

— Eu não sei, eu...

— Você pode ser que não saiba, mas certamente não o seu superior! Meus homens e eu queremos nos reunir ao Anunciador. Ou me ajuda, ou vou massacrar todos os seus seguidores, começando por você.

O vendedor de sandálias não levou a ameaça na brincadeira.

— Vou ajudá-lo.

Ao sul de Sichem, a região era sinistra. Árvores secas, terra vermelha e estéril, um uádi empedrado, rastros de serpentes.

— Não pode ser aqui, chefe!

— Ao contrário — julgou Cara-atravessada —, este é o tipo de paisagem de que ele gosta. O sujeito é completamente diferente de qualquer pessoa, meu caro. Vamos nos instalar e esperar.

— E se nos prepararam mais uma armadilha?

— Espalhe quatro sentinelas.

— Ali, alguém!

Surgido não se sabe de onde, um homem alto, com um turbante na cabeça e usando uma longa túnica de lã, contemplava o pequeno grupo.

— É um prazer revê-lo, meu amigo — disse o Anunciador, com uma voz tão suave que arrepiou Cara-atravessada.

— E eu então, senhor!

Prudente, o selvagem se prostrou.

— Não sou responsável por nada — afirmou. — Tentei me virar, mas a polícia me persegue. Imagine que alguns camponios me denunciaram! No fundo, levei uma vida aborrecida. Eu e os meus rapazes precisamos de ação. Por isso estamos aqui.

— Finalmente está decidido a me obedecer?

— Decidido e prometido!

O Anunciador havia instalado o centro de comando num emaranhado de grutas interligadas por galerias. Em caso de ataque, teria diversas possibilidades de fuga. Espalhadas em torno desse fim de mundo alimentado por várias fontes, sentinelas garantiam o máximo de segurança.

O Anunciador ocupava um alojamento de vários cômodos. Uma ampla sala era usada para transmitir os ensinamentos; ali, todos os dias, os fiéis escutavam atentamente a boa palavra.

A única verdade revelada, a conversão forçada dos incrédulos, o fim da instituição faraônica, a submissão das mulheres: contundentes, os mesmos temas eram repetidos e gravados nas mentes. Um dos primeiros adeptos, Shab, o Torto, identificava os indiferentes. Se esses medíocres não demonstrassem uma crescente devoção, tinham um fim brutal. Com uma faca de sílex, Shab degolava o condenado, cujo cadáver servia de exemplo. No caminho da conquista, nenhuma fraqueza era perdoada.

O discípulo mais jovem do Anunciador, Treze-anos, tinha um instinto infalível para descobrir os covardes. Com grande prazer, Shab o autorizava a torturá-los e, depois, a executá-los sumariamente, certo de que o trabalho seria benfeito. Só mereciam continuar vivos aqueles que se comprometiam a morrer pela causa.

Enclausurada, Bina saía pouco. A serviço do seu senhor e mestre, adquiria uma notoriedade crescente. Não gozava do extraordinário privilégio de ser íntima do Anunciador?

A situação desagradava Ibcha, chefe do comando asiático. Apaixonado pela linda morena, esperava pelas furtivas aparições da jovem. Responsável por dois fracassos, em Kahun e em Dachur, mesmo assim os compatriotas ainda confiavam nele. Para surpresa geral, o Anunciador não lhe dirigira nenhuma crítica. E o ex-artesão de armas, de barba espessa, ainda era membro do estado-maior do Anunciador.

— Você parece bem nervoso, Treze-anos.

— E você, não está? O chefe não deveria ter saído sozinho!

— Não se preocupe. O Anunciador não controla os demônios do deserto?

— Todos nós devíamos nos preocupar com a segurança dele. Sem o Anunciador, não somos nada.

Treze-anos ficara enfurecido ao saber da morte de Iker por intermédio de um aventureiro do deserto que conhecia a crueldade de Amu, o sírio. Não que o menino sentisse qualquer afeição pelo escriba, mas gostaria de lhe aquebrantar a alma e transformá-lo num fantoche vingativo, ávido por lutar contra um faraó que o abandonara. Ao massacrar a tribo cananeia encarregada da educação de

Iker, Amu havia destruído esse belo projeto. E, como era conhecido pelo ódio aos egípcios, não se podia duvidar do destino do Filho Real.

— Da próxima vez — prometeu Treze-anos — seguirei o Anunciador. Se alguém ousar ameaçá-lo, vou interferir.

— Não devia obedecer às ordens? — lembrou Ibcha.

— Às vezes, desobedecer é necessário.

— Você pode despencar por uma encosta perigosa, meu rapaz.

— Ele me compreenderá. Ele sempre me compreenderá.

O fanatismo do menino e dos mais chegados ao Anunciador começava a preocupar Ibcha. É claro que deviam expulsar o invasor egípcio e libertar o país de Canaã, mas que tipo de poder seria imposto depois na região? Esse adolescente sonhava com massacres, o mestre queria conquistar o Egito, a Ásia e outros países mais! Não corriam o risco de submergir num delírio assassino, provocando uma desgraça? Ibcha gostaria de se abrir com a jovem e bela Bina, de saber o que pensava, mas ela continuava inacessível. Antes tão selvagem e independente, Bina agora se comportava como uma escrava. Seria essa a sorte de todos os fiéis embevecidos com as palavras do pregador?

— É ele! — exclamou Treze-anos. — Está voltando!

Com um passo tranquilo, o Anunciador vinha à frente de um pequeno grupo.

— Deem de beber e de comer aos combatentes da verdadeira fé — ordenou.

Shab, o Torto, bateu no ombro de Cara-atravessada.

— Finalmente se arrependeu! Levou muito tempo para compreender. Deve ficar aqui, conosco, e mais em nenhum outro lugar. Longe do chefe, só encontrará o fracasso. Sob as ordens dele, vencerá.

— Não me diga que vou levar um sermão!

— Algum dia, a sua mente se abrirá para os ensinamentos do Anunciador.

O misticismo de Shab exasperava Cara-atravessada, mas não era hora para discussões. Muito feliz por se sair tão bem, o brutamontes comia, enquanto olhava o quartel-general do grande chefe.

— Esperto, muito esperto... Impossível surpreender vocês.

— O Anunciador nunca erra — lembrou o Torto. — Deus se expressa pela boca desse homem e lhe dita as ações.

Uma bela morena saiu da gruta principal, se ajoelhou diante do Anunciador e lhe apresentou uma taça cheia de sal.

— Que magnífica fêmea — comentou Cara-atravessada, excitado.

— Nem pense em se aproximar de Bina. Ela, agora, é a serva do Anunciador.

— O patrão não se aborrece nem um pouco!

As feições de Shab, o Torto, se contraíram.

— Proíbo que fale assim do senhor.

— Tudo bem, não se irrite! Uma fêmea é sempre uma fêmea, tanto Bina quanto as outras. Não vamos fazer disso um problema.

— Bina é diferente. Está sendo formada pelo Anunciador para realizar grandes tarefas.

"Era só o que faltava", pensou Cara-atravessada, devorando um bolo coberto de favas quentes. Com o canto dos olhos, ele viu um barbudo se dirigir a Bina no momento em que ela entrava na gruta.

— Quero falar com você — disse Ibcha, em voz baixa.

— Inútil.

— Lutei sob as suas ordens, eu...

— O nosso único chefe é o Anunciador.

— Bina, você acredita...?

— Só acredito nele.

E ela desapareceu.

Shab também vira a cena. E avisou o mestre.

— Senhor, se esse Ibcha estiver importunando a sua serva...

— Não se preocupe com ele. Depois dos dois lamentáveis fracassos, penso em confiar a ele um papel à altura.

Eles eram mais de trinta.

Trinta chefes de tribos cananeias, grandes e pequenas, haviam respondido ao chamado do Anunciador, uns intrigados, outros decididos a reafirmar total independência, mas todos curiosos para encontrar o personagem que a maioria considerava um espectro, um fantasma inventado para perturbar o sono dos egípcios.

Um gordo baixinho, de barba ruiva, tomou a palavra:

— Eu, Dewa, falo em nome da tribo mais antiga de Canaã! Ninguém nunca nos venceu, ninguém nos dá ordens. Roubamos quem queremos e quando o queremos. Por que esta assembléia?

— A divisão é a causa da fraqueza de vocês — disse calmamente o Anunciador. — O exército inimigo está vulnerável. Para vencê-lo, vocês devem se unir. Eis a minha proposta: esqueçam as brigas, coloquem-se sob o comando de um único chefe e libertem Sichem. Atacados de surpresa, os egípcios serão exterminados. Diante de uma tal demonstração de força, o faraó ficará sem ação.

— Ao contrário — objetou Dewa —, ele enviará todo o contingente!

— É certo que não.

— O que sabe sobre isso?

— O Egito vai passar por sérios problemas internos. O rei se ocupará em resolvê-los.

Abalado por um momento, o tagarela logo se recuperou:

— Não conhece o general Nesmontu!

— Um velho em fim de carreira — comentou o Anunciador. — Ele desistiu de conquistar os territórios de vocês porque tem medo e se sente incapaz de dominá-los. Aterrorizando Sichem, faz com que Sesóstris acredite que o Egito reina em Canaã. E vocês ajudam a manter essa ilusão!

Vários chefes de tribo concordaram.

— Juntos, vocês serão três vezes mais numerosos do que a tropa já cansada de Nesmontu. O exército cananeu de libertação varrerá tudo ao passar e dará à luz um Estado forte e independente.

Apesar de se opor ao projeto, Dewa sentiu que não podia simplesmente descartá-lo.

— Precisamos deliberar.

17

— Senhor — adiantou-se Shab, o Torto —, esse monte de tagarelas formará realmente um exército digno desse nome?

— Certamente não, meu bravo amigo.

— Mas então...

— O faraó não poderá desprezá-los. Enquanto esses medíocres agem, nós iniciaremos a verdadeira ofensiva. Canaã continuará a ser o que é: uma região de guerrilhas, de conflitos mais ou menos latentes e de lutas intermináveis, ritmadas por golpes baixos. Depois que eu acabar com o Egito, farei reinar aqui a verdadeira religião e ninguém me desobedecerá.

— E se as tribos não quiserem se unir?

— Desta vez isso não acontecerá, Shab. Sichem é uma tentação para elas.

Agitada, a deliberação durou a noite toda.

Ao raiar do dia, Dewa interpelou o Anunciador:

— Que parte do saque você vai querer?

— Nenhuma.

— Ah... Isso facilita as coisas. Então quer comandar as tropas!

— Não.

O gordo baixinho de barba ruiva ficou perplexo:

— O que você exige?

— A derrota dos egípcios e a vitória de vocês.

— Eu comandarei o exército cananeu!

— Não, Dewa.

— Como não? Acha-me incapaz?

— Nenhuma tribo deve predominar. Aconselho que escolham um mestre em tática, o asiático Ibcha, acostumado a esse tipo de combate. Alcançada a vitória, vocês retribuirão de acordo com os méritos dele e escolherão um novo rei para Canaã.

A proposta entusiasmou os chefes das tribos.

Imediatamente foi servida uma aguardente de tâmaras e a união foi selada.

— Eu não esperava essa honra — confiou Ibcha ao Anunciador —, sobretudo depois das duas derrotas.

— As circunstâncias não eram favoráveis e você não dispunha de homens e armamentos suficientes. Desta vez, será diferente. Todo um exército de guerreiros selvagens seguirá as suas instruções e você levará vantagem com um número maior de soldados e a surpresa.

— Eu conseguirei, senhor!

— Tenho certeza disso, servo fiel.

— Estou autorizado a não fazer prisioneiros, mesmo que os soldados egípcios se rendam?

— Não se incomode com nenhuma boca inútil.

Ibcha gostaria de falar com Bina sobre a fabulosa promoção, mas deixou a jovem de lado para se reunir com os chefes cananeus e estabelecer uma estratégia.

— Aproxime-se, Treze-anos — ordenou o Anunciador.

O adolescente ergueu os olhos extasiados para o mestre.

— Não estou satisfeito comigo mesmo, senhor. Queria transformar esse tal de Iker num guerreiro sanguinário dedicado à nossa causa e ele foi tolamente morto por Amu, o sírio!

— Não tem importância, jovem herói. Você nos livrou dele e eu o felicito.

— Não... não está zangado?

— Ao contrário, e vou lhe confiar uma missão de importância capital.

Treze-anos vibrou dos pés à cabeça.

— Você conhece o general Nesmontu, não conhece?

— Quando esse verme me interrogou e humilhou, jurei me vingar!

— O momento se aproxima, Treze-anos. A vitória é proclamada quando se corta a cabeça do inimigo. E a sua nova missão consiste em matar Nesmontu, decapitá-lo e exibir o troféu para os cananeus.

Para grande surpresa de Ibcha, as discussões não se eternizaram. Seduzidos pela sua determinação e seriedade, os chefes das tribos renunciaram às habituais exigências. Todos aceitaram levar os seus guerreiros ao ponto de reunião combinado, a dois dias de marcha de Sichem, numa região hostil onde o exército de Nesmontu não se aventurava.

Vários batedores foram encarregados de determinar o dispositivo militar do adversário. Sem dúvida, seria preciso destruir vários acampamentos egípcios antes de avançarem sobre Sichem, cujas fortificações provavelmente haviam sido aperfeiçoadas.

Nenhuma dificuldade preocupava Ibcha.

Graças ao Anunciador, transformara-se num autêntico general e saberia provar o seu valor. Uma possibilidade dessas, tão inesperada, tornara-o invencível.

Mais um fato inesperado: nenhum dos chefes das tribos desistiu da coalizão! No dia marcado, todos se reuniram com os seus guerreiros, prontos para lutar.

— Notícias dos batedores? — perguntou Ibcha.

— Excelentes — respondeu Dewa. — Conforme as previsões do Anunciador, os soldados egípcios recuaram e se isolaram em Sichem. Esses covardes nos temem! E eis os restos da principal defesa deles.

O gordo baixinho de barba ruiva despejou aos pés de Ibcha o conteúdo de uma alcofa.

Amuletos e escaravelhos quebrados, papiros rasgados, pedaços de tabuinhas de argila cobertas de textos de execração.

— Bobagens, bobagens insignificantes! Os egípcios parecem crianças. Acham que a magia deles nos deterá, mas a nossa é ainda maior. Desenterramos e destruímos estas proteções insignificantes.

— Não haverá nenhum soldado de Nesmontu entre Sichem e o nosso exército de libertação?

— Efetivamente, não.

— E as fortificações da cidade?

— Igualmente insignificantes — avaliou Dewa. — O velho general só fortaleceu a parte norte, bastará contorná-la. Vamos atacar rápido e maciçamente. Como Nesmontu acredita que as tribos cananeias são incapazes de se unir, o efeito surpresa será total.

— Tudo em ordem? — perguntou Nesmontu ao ajudante de ordens.

— Afirmativo, general.

— Os batedores inimigos desenterraram as armadilhas?

— Os feiticeiros das tribos se encarregaram disso. Diante dos gritos de alegria, devem estar convencidos de que o caminho que leva a Sichem não tem nenhum obstáculo.

— Então, o ataque parece iminente. Diante da nossa evidente fraqueza e a debilidade das nossas fortificações, os cananeus lançarão todo o seu potencial na batalha. Finalmente, o momento tão esperado! Tínhamos de fazê-los sair do maldito refúgio, onde qualquer combate de envergadura seria impossível! Muitos cursos de água, muitas colinas, muitas árvores, muitos caminhos esburacados e impraticáveis... Aqui, eles ficarão a descoberto e aplicarei os bons e velhos métodos. Estado de alerta máximo!

Apostando na venalidade de um chefe de tribo chamado Dewa, Nesmontu não se havia enganado. Pouco ligando para a unificação cananeia e só pensando em enriquecer, o gordo baixinho de barba ruiva vendera ao general preciosas informações em troca da impunidade e de um extenso território.

Ele esperava que o pulha não houvesse mentido demais.

* * *

— Não acha a jovem magnífica? — perguntou Amu a Iker.

Pequena, delicada, cabelo trançado, perfumada, maquiada, a jovem síria estava radiosa. De olhos baixos, não ousava olhar o futuro marido.

— A virgem mais bonita da região! — afirmou o sírio. — Os pais dela possuem um rebanho de cabras e lhe darão uma casa e terras. Você ficou famoso, Iker! E manterei a promessa: você me ajudará a administrar os bens que possuo e será o meu sucessor.

O Filho Real agradeceu com um débil sorriso.

Amu lhe bateu no ombro.

— Você não tem experiência com mulheres! Não se preocupe, esta jovem saberá satisfazê-lo. Há um certo encanto na inexperiência. E, depois, vocês acabarão se saindo bem! Amanhã, no seu casamento, haverá uma festança da qual nos lembraremos. Não se esqueça de pôr a sua esposa a salvo antes do fim do banquete, pois não respondo pela moralidade dos meus homens. Aliás, nem pela minha!

Dominado por um riso incontido, Amu levou a jovem de volta para os pais. Ao fim da noite de núpcias, a prova da virgindade deveria ser mostrada para toda a tribo.

Desamparado, Iker andava sem destino. Sanguíneo o acompanhava.

O Anunciador continuava bem vivo, o esconderijo não fora encontrado e o escriba estava condenado a um futuro insuportável.

O casamento forçado o repugnava. Ele amava apenas uma mulher e nunca lhe seria infiel.

Só havia uma solução: fugir naquela noite e tentar voltar para o Egito, com ínfimas chances de sobreviver.

Precisava convencer o seu aliado e guardião.

— Escute atentamente, Sanguíneo.

O molosso se esticou, se levantou e, em seguida, se sentou nas patas traseiras, os olhos mergulhados nos do dono.

— Quero ir embora para longe daqui, para muito longe. Você pode me impedir e, ao latir, anunciar a minha fuga. Como não aceito a vida que Amu quer me impor, lutarei contra ele e contra toda a tribo, em nome de Sesóstris. Sozinho contra todos, não vou aguentar muito tempo. Ao menos, essa morte me parecerá agradável. Se concordar em me ajudar, monte guarda diante da minha tenda. Eles vão pensar que estou dormindo. Quando Amu perceber a minha ausência, terei uma certa vantagem e a esperança de escapar dos meus perseguidores. Não posso levá-lo comigo, Sanguíneo, mas não vou esquecê-lo. Cabe a você decidir: ou me ajuda, ou me denuncia.

Finalmente, a excitação diminuiu um pouco.

Os preparativos para a cerimônia haviam terminado, todos foram rapidamente para a cama. Era aconselhável que acordassem descansados e dispostos, em vista da inesquecível jornada de comilança, seguida de uma noite animada, quando os recém-casados não seriam os únicos a sentir prazer.

Depois de jantar na companhia de um eloquente Amu, que continuava a lhe prometer mundos e fundos, Iker se retirou.

No meio da noite, ele saiu do abrigo.

Diante dele estava o molosso.

— Vou partir, Sanguíneo.

Iker beijou na cabeça do cachorro e acariciou-o longamente.

— Aja como achar melhor. Se você me prender aqui, não deixarei de gostar de você.

Curvado, o escriba se dirigiu para a extremidade sul do acampamento, vigiada por uma sentinela. Ele a contornou, rastejando.

Depois, o desconhecido. Um longo caminho que, sem dúvida, levava ao abismo.

Lentamente, o molosso se deitou na frente da tenda de Iker, emitindo um breve ganido de tristeza.

— Que belo dia! — exclamou Amu, percorrendo o acampamento que, em breve, se transformaria num povoado próspero, administrado por Iker. — A futura noiva ficará pronta logo?

— Ah, sim, chefe! — respondeu o guarda encarregado de vigiar a barraca da prometida. — Já faz algum tempo que a maquiam!

— Espero que o noivo não a tenha importunado.

— Eu não o teria deixado passar — respondeu a segurança, com um olhar malicioso. — Devemos saber esperar, não é?

Diante da tenda de Iker, Sanguíneo montava guarda.

— Todo mundo já se levantou há muito tempo — constatou o sírio, intrigado. — Por que o noivo dorme tanto?

Ele quis se aproximar, o molosso rosnou e mostrou as presas.

— Acorde, Iker! — gritou Amu, imediatamente cercado de curiosos.

Nenhuma resposta.

— Afastem o cachorro com as lanças — ordenou aos homens.

Não foi um trabalho fácil, mas as armas obrigaram o molosso a sair do lugar.

Amu entrou na tenda e saiu em seguida. Sanguíneo se acalmara subitamente.

— Iker foi embora — anunciou.

— Vamos persegui-lo e trazê-lo de volta! — exigiu um homem exaltado.

— É inútil, ele fugiria mais cedo ou mais tarde. Eu havia esquecido que um egípcio não consegue viver longe do seu país. Iker nunca voltará a vê-lo. A distância é grande e muitos os perigos.

18

Ísis saía da biblioteca da Casa da Vida de Ábidos quando um sacerdote temporário lhe entregou uma carta com o selo real.

Receando uma terrível notícia, ela foi ao templo de Sesóstris para encontrar um pouco de serenidade. Cercada das divindades presentes nas paredes e dos textos hieroglíficos que celebravam um imperecível ritual, ela reviveu as etapas da iniciação sem conseguir esquecer Iker. Ísis nunca havia imaginado que pudesse ficar tão abalada com a ausência de uma pessoa que nem mesmo estava certa de amar.

Se a carta lhe informasse sobre a morte de Iker, ainda teria coragem para continuar a lutar contra a adversidade?

Ao sair do santuário, ela, normalmente tão sorridente, mal cumprimentou os temporários com os quais cruzava e que lhe desejavam um bom dia dizendo a fórmula: "Proteção para o seu *ka*".

Ísis se isolou num jardinzinho em frente a uma pequena tumba. Ali haviam sido assentadas as estelas que permitiam àqueles aos quais eram dedicadas participarem magicamente dos mistérios de Osíris. Trêmula, ela quebrou o lacre e desenrolou o papiro.

Sesóstris lhe revelava a existência de uma mensagem codificada assinada por Iker.

Iker, vivo...

Ísis apertou a carta contra o peito. A intuição não a enganara.

Onde estaria ele? Que perigos enfrentava? Ter sobrevivido provava a extraordinária capacidade de adaptação do rapaz e aptidão para contornar o perigo. Por quanto tempo ainda a sorte e a magia iriam protegê-lo?

Vestido com uma tanga colorida, calçado com sandálias pretas e segurando a espada, o general Ibcha tinha um porte altivo. Ao lado dele, os chefes das tribos observavam gulosamente a futura presa: a cidade de Sichem, em breve capital de uma Canaã libertada!

Todos eles já pensavam em tomar o poder e em eliminar os ex-aliados, mas primeiro seria preciso conseguir uma vitória esmagadora, trucidando o máximo possível de egípcios.

— Que erro se enclausurar na cidade! — constatou Ibcha. — Nesmontu é realmente velho demais para comandar. Vamos lançar um ataque maciço ao sul, desprovido de fortificações. E repito as instruções: nada de prisioneiros.

Aos gritos, a tropa se lançou contra o inimigo.

* * *

— Estão chegando — anunciou o ajudante de ordens.

— Só pelo sul? — perguntou Nesmontu.

— Só.

— Primeiro erro. Forças de reserva?

— Não, general.

— Segundo erro. Os chefes das tribos?

— Juntos e à frente.

— Terceiro erro. Todos os nossos homens estão nos seus postos?

— Afirmativo.

— Esta será uma bela jornada — calculou Nesmontu.

Ibcha previa uma resistência implacável. Porém, a tropa não encontrou nenhum obstáculo.

Os cananeus invadiram as ruas e as ruelas procurando, em vão, um inimigo para trucidar. Então, enquanto alguns deles recuperavam o fôlego, centenas de arqueiros egípcios se ergueram ao mesmo tempo nos terraços e nos telhados.

Com toda a precisão, facilitada pela proximidade dos alvos, em poucos minutos eliminaram a metade do exército cananeu.

Em pânico, os sobreviventes tentaram sair da armadilha.

Dois regimentos, armados de lanças, lhes barraram o caminho.

— Ao ataque! — gritou Ibcha, tentando esquecer o dardo que lhe atravessava a panturrilha.

A luta foi rápida e violenta. Continuando a atirar, os arqueiros dizimavam o adversário. E a muralha de lanças não deixou passar nenhum fugitivo.

— Não me mate, eu sou um aliado! — gritou Dewa, descontrolado. — Vocês devem a vitória a mim!

O general Nesmontu achara melhor não revelar a estratégia ao corrupto. O baixinho de barba ruiva contava desaparecer e voltar para buscar o pagamento pela sua colaboração, mas o rumo que a luta tomara o condenava.

Transpassado pelas flechas, moribundo, o efêmero general Ibcha ainda teve forças para cravar o punhal nas costas do traidor Dewa.

Em seguida fez-se silêncio, por um instante quebrado pela corrida desenfreada de um sobrevivente, interrompida pelo tiro de um arqueiro.

Os próprios egípcios se espantaram com a facilidade e a rapidez do triunfo.

— Viva Nesmontu! — gritou um soldado, cuja aclamação foi repetida em coro.

O general felicitou os seus homens pelo rigor e sangue-frio.

— O que fazemos com os feridos? — perguntou o ajudante de ordens.

— Vamos tratá-los e interrogá-los.

Ao cair em cima de Treze-anos, o chefe de uma tribo havia salvo o menino, consciente da extensão do desastre. Impossível se levantar sem ser imediatamente abatido.

Com o canto dos olhos, Treze-anos via os cadáveres dos cananeus que juncavam a artéria principal de Sichem.

A sua dor maior era não poder cumprir a missão e decepcionar o Anunciador.

Mas o destino lhe sorria!

Oficiais egípcios se aproximavam. À frente vinha Nesmontu.

O general ordenava que queimassem os cadáveres e fumigassem a cidade.

Mais alguns passos e o chefe do exército inimigo estaria ao seu alcance. Assim, o triunfo acabaria em desastre e o sacrifício dos cananeus não teria sido inútil.

Treze-anos apertou o cabo do punhal que enfiaria com toda a força no peito do general.

Quando um soldado retirou o cadáver que o salvara, Treze-anos saltou como uma serpente e atacou.

No mesmo instante, uma dor atroz lhe dilacerou as costas.

Mesmo com a visão enevoada, conseguiu distinguir Nesmontu.

— Eu... eu o matei!

— Não — respondeu o general. — É você quem está morrendo.

Treze-anos expeliu um jato de sangue, revirando os olhos.

Fazendo uma barreira com o próprio corpo, o ajudante de ordens de Nesmontu lhe salvara a vida: o punhal de Treze-anos se lhe cravara no antebraço e um lanceiro havia abatido o terrorista.

— Bem que eu achei que alguém se mexia por baixo — esclareceu o oficial.

— Para você, condecoração e promoção — decretou o general. — Para este pobre menino, o vazio.

— Pobre menino? Não, um fanático! — lembrou o ajudante de ordens, de quem o médico do exército já cuidava. — Enfrentamos um exército das trevas que recruta uma criança e só lhe incute o ideal de matar.

* * *

Ao entrar em Mênfis na companhia de Bina e de Shab, o Torto, o Anunciador parou.

Os olhos dele se tingiram de um vermelho vivo.

— O exército cananeu foi exterminado — declarou — e a repressão será rigorosa. Agora, Sesóstris sabe que os inimigos são capazes de se unir. E a próxima revolta poderá ser mais abrangente. Ele deverá concentrar o máximo das forças na Siro-Palestina. O rei nos deixará o campo livre e atacaremos o coração das Duas Terras.

— Treze-anos teve êxito? — perguntou Bina com uma voz estranha.

— Ele me obedeceu, mas não consigo ver claramente o resultado do gesto do menino. Se Nesmontu houver sido assassinado, o moral do exército será profundamente afetado. Ibcha está morto. Ele não a importunará mais.

Cara-atravessada e os seus homens haviam seguido por outro acesso à cidade, misturados aos mercadores. Todos passaram sem dificuldade pelo controle da polícia, que procurava, sobretudo, por armas.

Acontece que a polícia não poderia descobrir as armas que, em breve, seriam usadas pelo Anunciador.

O gato selvagem rosnou.

Depois de vários dias de marcha extenuante através dos bosques, dos pântanos e das estepes, Iker se sentia no fim das forças.

Se o felino pulasse da árvore seca e se jogasse em cima dele, Iker seria derrubado.

Enfurecido, ele empunhou o bastão de arremesso e o ergueu.

Assustado, o gato selvagem se afastou.

Continuar... precisava continuar.

O Filho Real se ergueu, as pernas o levaram automaticamente, como se movidas por vida própria.

Porém, acabaram cedendo.

Iker se deitou e dormiu.

O canto dos pássaros o acordou.

A alguns passos, um vasto espelho d'água coberto de lótus. Perplexo por sobreviver, o escriba apreciou o banho com uma alegria infantil. Mastigando as hastes açucaradas de papiro, começava a recuperar a esperança, quando uma sombra escura tapou o sol.

Centenas de gralhas de bico pontudo.

Uma delas se separou do bando e o agrediu, errando por pouco. Outras dez a imitaram, obrigando Iker e se deitar no meio dos juncos.

Furiosos, os pássaros davam voltas acima da presa soltando grasnidos estridentes.

O Filho Real se ergueu e lançou o bastão de arremesso para cima.

Impregnado de magia, será que não dissiparia o malefício que se apossara da alma das gralhas?

Uma delas lhe bicou o ombro esquerdo fazendo o sangue jorrar. Uma outra lhe roçou o cabelo. Em seguida, as predadoras voaram em grandes círculos e se afastaram.

O bastão de arremesso caiu aos pés de Iker.

Temendo um novo ataque, ele saiu do lugar maldito.

* * *

Um deserto interminável.

Uma terra vermelha, gretada. Plantas secas, mortas de sede. Nem um único pequeno poço.

Onde estaria o Egito?

Longe, muito longe.

Nada de pontos cardeais, nada de horizonte, nenhuma esperança. Só o calor e a sede. Iker morreria sozinho, sem ritual, sem sepultura. A tragédia do *Rápido* recomeçava. Desta vez, nenhuma onda o levaria até a ilha do *ka* e ninguém viria em seu socorro.

Indiferente às queimaduras de um sol inclemente, Iker sentouse na posição de escriba.

Agora, a morte estava diante dele como a cura depois de uma doença, o aroma de um perfume envolvente, a volta à pátria depois do exílio, a suavidade de um fim de tarde sob um alpendre ao fim de um dia de calor muito forte.

Iker desistia.

Da luz surgiu um pássaro com rosto humano.

O rosto dele.

— Pare de se lamentar — disse a ave. — Cometer suicídio é uma covardia. Você precisa transmitir ao faraó uma mensagem essencial à sobrevivência do Egito, não se entregue à inanidade.

Com um forte bater de asas, o pássaro voltou para o sol.

— Que direção tomar? Por todo lado, a desolação e a incerteza.

Então, ele a viu.

Uma coluna de quatro faces. Todas tinham os traços de Ísis, serena e sorridente.

A do sul brilhava mais.

— Eu a amo, Ísis. Oriente-me, eu suplico!

Maxilares cerrados, o Filho Real tomou a direção do sul.

19

Nenhum menfita ignorava o triunfo de Nesmontu. O Secretário da Casa do Rei fizera chegar a todas as províncias os textos redigidos por Medés. Eles anunciavam o fim da revolta dos cananeus e elogiavam a façanha memorável do valoroso general.

No entanto, foi um vencedor melancólico que se apresentou ao faraó.

— Sichem continua sob controle, Majestade, e várias tribos de exaltados foram parcialmente destruídas. No entanto, não há com o que se alegrar.

— Por que esse ceticismo?

— Porque não se tratava de um verdadeiro exército, mas de uma súcia aos gritos. Eles marcharam para o desastre e nem perceberam.

— Quem os comandava?

— Ninguém. Formavam uma tropa incapaz de uma ofensiva inteligente e até de bater em retirada. Não estamos falando de uma batalha e sim de uma execução.

— Essas não eram as suas previsões, Nesmontu?

— Entre os cananeus, a mentira e a traição são a regra e eu havia tomado precauções. Porém, não esperava tanta facilidade.

— Qual a sua mais profunda opinião?

— Os imbecis foram enviados deliberadamente para o massacre. Quiseram nos convencer de que os cananeus haviam reunido um exército de libertação, que representava um perigo real.

— Você não preparou tudo para que saíssem da toca e para atraí-los a Sichem?

— Afirmativo, Majestade, e deveria me regozijar. Entretanto, tenho a impressão de que fui enganado.

— Não acabou com a revolta?

— A curto prazo, sem dúvida. Na realidade, eles nos lançaram um engodo.

— Os cananeus recrutarão outro exército?

— Se se aliarem aos sírios, pode ser. Não acredito nem um pouco nessa união.

— Mesmo assim, devemos manter o máximo possível de tropas em Canaã?

— Ponto essencial! Ou essa investida ridícula era destinada a provar a nulidade dos revoltosos e baixamos a guarda, nos expondo a um verdadeiro ataque às nossas bases, ou, então, continuamos de sobreaviso e preservamos a região. Será que não nos darão um golpe fatal?

— Recebeu outra mensagem de Iker?

— Não, Majestade. Ao contrário de Sobek, tenho certeza de que o texto nos fornece uma indicação válida. Infelizmente, a falta de precisão me impede de arriscar a vida dos soldados, mesmo experientes, numa região tão perigosa. Se o Filho Real não nos der mais detalhes sobre o esconderijo do Anunciador, continuaremos no mesmo lugar.

Sobek, o Protetor, estava triunfante.

— Como eu supunha, Majestade, a mensagem de Iker só tinha um objetivo: desorientar-nos! Ele queria provocar a dispersão das nossas tropas, enquanto as tribos cananeias atacavam Sichem, desprovida de defesas. Felizmente, o general Nesmontu não mordeu a isca.

— A minha análise difere da sua — objetou Sekari. — Iker foi usado para nos transmitir falsas informações. Assim que percebeu a manipulação, o Filho Real fugiu, com a esperança de nos encontrar e nos dizer a verdade.

— Iker está morto ou nos traiu — martelou Sobek. — Os sentimentos de amizade de Sekari privam-no de lucidez.

— Vivi muitas situações perigosas e nunca me deixei enganar por nenhum sentimento. Conheço Iker muito bem. Só há uma certeza: traidores, que pertencem à corte de Mênfis, venderam-no ao inimigo. Mesmo assim, ele voltará.

— Nesse caso — prometeu Sobek —, eu o jogarei pessoalmente na prisão!

— Por que tanto ódio? — perguntou Sekari.

— Não se trata de ódio, mas de perspicácia. O traidor é o próprio Iker. Embora eu deteste a maior parte dos dignitários, nenhuma investigação teve resultado. São lisonjeadores e covardes, incapazes de assumir riscos! E Iker tentou assassinar o faraó.

— Ele não deu provas de inocência?

— Ao contrário; foi se juntar aos aliados e, agora, nos combate de fora! Se voltar para Mênfis, tentará novamente eliminar o rei. Esse réptil fracassará, porque eu lhe esmagarei a cabeça.

— O futuro vai mostrar que está enganado, Sobek.

— É você quem está enganado.

O faraó continuava em silêncio.

Cada um dos adversários considerou esse mutismo como uma aprovação pessoal.

Finalmente, uma reação!

Sekari já estava perdendo as esperanças de abrir uma brecha entre os policiais mais próximos de Sobek. Não formavam um bloco sólido?

No entanto, um deles, um quinquagenário grisalho, aceitou conversar, em total segredo.

— Está investigando Sobek?

— Essa é uma palavra bem pesada — retificou Sekari. — Nada me leva a duvidar da honestidade desse homem.

— Então, o que reprova em Sobek?

— A hostilidade dirigida a algumas pessoas ilustres. Às vezes, ele demonstra um caráter rígido demais, prejudicial à busca da verdade.

— Tem toda a razão! — exclamou o grisalho. — Sobek é teimoso e nada o faz mudar de opinião. No entanto, nem sempre ele está certo.

— Por exemplo, sobre o Filho Real?

— É um exemplo.

— Ele usa de meios ilícitos para prejudicá-lo?

— Temo que sim.

— Seja mais explícito.

O grisalho hesitou.

— Difícil. Sobek é o meu chefe, eu...

— Trata-se de uma questão de Estado e não de uma troca entre mercadores! Se concordar em falar, estará prestando um grande serviço ao faraó.

— Conseguirei finalmente a promoção que Sobek me recusa?

— Eu não sabia desse detalhe. Os motivos?

O policial baixou os olhos.

— Ninharias.

— Quais?

— Não sou um homem de ação, é só isso! A violência, as prisões, os riscos...

— Vá embora.

— Não quer ouvir as revelações?

— Você só quer falar mal do seu superior e não tem nada de sério para me dizer. Contente-se com o seu posto e esqueça os ressentimentos injustificados.

Envergonhado, o grisalho não protestou.

As investigações de Sekari foram interrompidas.

* * *

Largando a pesada sacola de couro cheia de remédios, o doutor Gua deu um suspiro de exasperação. Nenhum dos seus ilustres pacientes era fácil de tratar, mas a esposa do Secretário da Casa do Rei conseguiria exaurir todo um batalhão de médicos.

Magro, de constituição franzina, o médico parecia frágil diante daquela opulência exaltada que acreditava ter todas as doenças possíveis e imaginárias.

— Finalmente chegou, caro doutor! Todo o meu corpo dói, minha vida é um suplício! Preciso de remédios, de muitos remédios!

— Pare de gesticular e sente-se. Se continuar assim, vou embora.

A esposa de Medés obedeceu, assumindo ares de menina.

— Agora responda francamente às minhas perguntas. Quantas refeições por dia?

— Quatro... Talvez cinco.

— Eu disse francamente!

— Cinco.

— Bolo, todas as vezes?

— Quase... Sim, todas as vezes.

— Gorduras?

— Sem elas — confessou a paciente — a comida não tem gosto.

— Nessas condições — avaliou o médico — nenhum medicamento vai resolver. Ou modifica os hábitos alimentares ou eu a porei nas mãos de um colega.

— A angústia me corrói, doutor! Privada desse consolo, não sobreviverei por muito tempo. Ao comer, consigo me acalmar e pegar no sono.

Gua franziu o cenho.

— Você tem um bom marido, uma casa magnífica, é rica... Por que tanta ansiedade?

— Eu... eu não sei.

— Não sabe ou não quer me dizer?

A esposa de Medés desabou em pranto.

— Bom... Vou prescrever pílulas calmantes, à base de papoula. Mesmo assim, será preciso comer melhor e menos, depois, identificar a causa dos seus tormentos.

— O senhor é a minha salvação, doutor, a minha salvação!

Com receio dos extravasamentos de gratidão de que tinha horror, Gua abriu a sacola e tirou um saquinho.

— Uma pílula de manhã, duas antes de deitar.

— Quando voltarei a vê-lo, doutor?

— São necessárias várias semanas de tratamento. Respeite escrupulosamente a minha prescrição.

Intrigado, Gua saiu da casa de Medés. Se aquela mulher não fosse louca, estava sofrendo por causa de um segredo pesado demais para carregar. Se conseguisse livrá-la da carga, talvez pudesse curá-la.

O Secretário da Casa do Rei considerou a mulher, perplexo.

— Você parece bem alegre hoje!

— Agradeça ao doutor Gua. Esse médico é um verdadeiro gênio!

O olhar de Medés ficou mais intenso.

— Espero que não tenha falado demais!

— Oh, não, fique tranquilo! Gua só se interessa pelos tratamentos e não gosta de conversar.

— Melhor assim, minha querida, melhor assim. Nunca fale com ele sobre mim e sobre os seus dons para imitar letras. Fiz-me entender bem?

Ela se aconchegou ao marido.

— Sou o seu melhor apoio, meu amor.

Medés começava a se tranquilizar. Nem o chefe da polícia nem o Grande Tesoureiro tinham razões para atingi-lo. Que tenham suspeitado dele, nada mais normal, pois qualquer um podia ser suspeito numa corte rumorejante de mil boatos! O veneno destilado pelo Anunciador se espalhava aos poucos. Desgastava a confiança e minava as fundações do Estado faraônico, incapaz de encontrar a resposta adequada para a situação.

Todos os dias Medés se congratulava pela aliança que fizera com o Anunciador. Em vez de se limitar à violência, ele seguia caminhos alternativos para atingir os objetivos.

Alertado por uma mensagem codificada, o Secretário da Casa do Rei foi à residência do libanês, tomando as precauções costumeiras. Assegurando-se de que não era seguido, apresentou ao porteiro o pedaço de cedro com o hieróglifo da árvore.

Nas mesas baixas da sala não havia nenhum doce.

A expressão jovial do libanês havia desaparecido.

— As mercadorias chegarão daqui a alguns dias.

— Está falando de...

— A quantidade prevista será ultrapassada. Portanto, estamos prontos para agir.

Medés limpou a garganta.

— O Anunciador realmente ordenou isso?

— As consequências o assustam?

— Não serão abomináveis?

— Esse é o objetivo da operação, Medés. Se estiver assustado, desista.

— O Anunciador não me perdoaria.

— Fico feliz que tenha compreendido. Toda essa bela lucidez não basta: encarregue-se das providências administrativas para que tenha início a mais extensa operação terrorista jamais concebida.

20

Como todas as noites, o encarregado das lamparinas do templo de Hathor em Mênfis foi buscar o óleo no depósito situado do lado de fora do edifício. Haviam, justamente, acabado de entregar uma grande quantidade de óleo.

Maníaco, o encarregado realizava todos os dias os mesmos gestos, seguindo o mesmo percurso. Gostava de contemplar o resultado do trabalho realizado, quando a luz suave banhava a morada da deusa.

Com o passo lento e solene, levou a chama até a sala da barca, a primeira a ser iluminada.

Compenetrado da importância do seu gesto, acendeu a mecha.

Num minuto o óleo pegou fogo.

Uma chama enorme lhe devorou as mãos, o torso e o rosto. Ao recuar, gritando de dor, a barca foi atingida e o incêndio se propagou.

Como de hábito, o chefe dos escribas encarregado de administrar o abastecimento de frutas e legumes da capital estava desconfiado.

— Você garante a qualidade do óleo de rícino? Todos os meus escritórios devem receber uma iluminação perfeita.

— O produtor foi categórico.

— Prefiro recontar o número de jarras.

— Mas eu já contei três vezes!

— É possível, mas eu não.

Feita a verificação, o funcionário, por fim, consentiu em apor o selo que permitiria ao entregador receber o pagamento no escritório do vizir.

Os próximos dias prometiam ser difíceis, pois o chefe dos escribas precisaria de várias horas suplementares para recuperar o atraso da sua administração. Conhecendo a rigidez do vizir Khnum-Hotep, essa situação não podia continuar. Por isso, exigiu que os funcionários desistissem do próximo período de descanso e se mostrassem à altura da missão a cumprir.

De péssimo humor, eles se dobraram às exigências. Temendo que uma censura lhes comprometesse a promoção, os especialistas executariam o trabalho.

O dia declinava.

— Acendam as lamparinas — ordenou o superior.

Umas dez foram acesas ao mesmo tempo.

Aos gritos de pavor, sucedeu o pânico. O incêndio queimou os papiros, o material de escrita, as cadeiras de madeira e, em seguida, as paredes.

Um jovem escriba conseguiu sair da fornalha.

Estupefato, viu outras colunas de fumaça subindo do centro da capital. Vários imóveis de escritórios estavam em chamas.

O chefe dos cozinheiros não cessava de praguejar. Um banquete para trinta convivas a preparar e a entrega do óleo de primeira qualidade não chegava!

Finalmente, uma caravana de burros muito carregados.

— Não o conheço — disse ele ao bigodudo que os conduzia.

— O meu patrão está doente, sou o substituto.

— Com tanto atraso, corre o risco de ser despedido!

— Minhas desculpas, mas dizem que você é muito exigente. Perdi muito tempo selecionando os melhores produtos.

— Mostre-me.

O entregador abriu todas as jarras, uma por uma.

— Óleos de moringa, de oliva e de balanita, categoria excepcional.

Desconfiado, o cozinheiro provou.

— Parece que está certo. Que não ocorram mais incidentes no futuro!

— Não há perigo, tomarei as devidas precauções.

Apesar de detestar trabalhar com pressa e invadido por um ligeiro mal-estar, o chefe dos cozinheiros conseguiu preparar *hors-d'oeuvre*, carnes e peixes de maneira relativamente satisfatória. Os convidados comeram com apetite e os elogios espocaram.

Em seguida, o entusiasmo desapareceu.

Uma mulher vomitou. Os servos a levaram, mas logo depois foi a vez de dois outros convivas serem vítimas dos mesmos sintomas. Rapidamente todos os comensais foram atingidos, alguns deles entraram em coma.

Chamado com urgência, o doutor Gua só pôde constatar as várias mortes. Depois de examinar os sobreviventes, o diagnóstico apavorou o chefe dos cozinheiros:

— A comida foi envenenada.

O intendente do chefe dos arquivistas de Mênfis estava feliz em dar à esposa do patrão o produto de luxo preferido por ela: um frasco de ládano, com odor ambreado e cálido. Graças às indicações de um primo, ele o havia conseguido com um revendedor até então desconhecido na capital.

A rica proprietária ficou verdadeiramente extasiada. Achou que as melhores amigas morreriam de inveja, ignorando que todas elas haviam conseguido o caro produto usando o mesmo filão.

Assim que se perfumou com algumas gotas de ládano, a esposa do alto funcionário se desequilibrou. Tentando desesperadamente se segurar num móvel, ela caiu para a frente.

Surpreso com a ausência da esposa no almoço, o marido entrou no quarto.

O pescoço da infeliz era uma ferida só, corroído por um ácido.

* * *

— Você não parece bem — disse o imediato ao capitão, que manejava, indolente, o timão de um pesado cargueiro de trigo, com destino a Fayum.

— Estou sim, não se preocupe. Apenas um pouco cansado.

— O que comeu hoje de manhã?

— Pão e tâmaras.

— Esqueceu o remédio para as dores?

— Ao contrário! O médico me deu mais uma porção, com ládano proveniente da Ásia. Não sinto mais nenhuma dor nas costas.

O Nilo balançava diante dos olhos do capitão. De repente, ele pensou ver uma dezena de barcos de guerra avançando.

— Vamos fugir, estamos sendo atacados!

Soltando o timão, tentou pular na água. O imediato segurou-o pela cintura.

— Estamos perdidos, vamos morrer!

A cabeça do capitão caiu para trás, o corpo amoleceu. O imediato deitou-o no convés e lhe deu tapinhas no rosto.

— Capitão, acorde! Não há nenhum perigo.

— Está morto — sentenciou um marinheiro.

A bela Nenúfar vivia no auge da felicidade. Além de estar casada com um homem importante, bonito e rico, os prognósticos sobre o nascimento iminente do seu primeiro filho eram excelentes. A jovem morava numa agradável vila ao sul de Mênfis, e os dois empregados que, de bom grado, ela mimava, a tratavam com a maior delicadeza.

Quanto ao último presente que o marido lhe dera, sonhara tanto com ele que ainda não acreditava que era real: um magnífico frasco de gravidez importado de Chipre! Com a forma de uma mulher grávida amamentando o bebê, ele continha óleo de moringa, com o qual a massagista lhe untava o corpo. Os canais de energia se abriam e tanto as defesas da mãe quanto as do filho seriam reforçadas.

Mãos experientes lhe apalpavam a pele, dando-lhe uma maravilhosa sensação de bem-estar.

Ela já cochilava, quando ardências atrozes lhe arrancaram gritos de dor.

Perplexa, a massagista se afastou.

— Meu corpo está em fogo! Água, depressa!

A emenda foi pior do que o soneto.

Menos de uma hora depois, a jovem agonizava num horrível sofrimento. E o seu filho jamais veria a luz.

Mais de uma centena de casos semelhantes foi apresentada ao doutor Gua. Embora se desdobrasse, o médico não pôde salvar nenhuma das vítimas do óleo de massagem.

O cargueiro atracou no cais de Ábidos.

Uma dezena de soldados se perfilou embaixo da prancha de desembarque. À frente deles, um comandante nomeado por Sobek, o Protetor.

Subindo a bordo, ele se dirigiu ao capitão do barco:

— O que está transportando?

— Um carregamento especial proveniente de Mênfis. Quer ver as autorizações?

— Evidentemente.

Os documentos pareciam em ordem.

— Óleo de moringa para tratamentos e para a cozinha, óleos para iluminação e frascos de ládano — explicou o marinheiro.

— Quem é o responsável por essa remessa?

O capitão passou a mão no queixo.

— Não sei e esse não é um problema meu! Podemos descarregar?

— Vá em frente.

Intrigado, o militar verificou a lista de movimento dos barcos que recebera no começo do mês. Aquela embarcação não estava incluída. Nada com o que se preocupar, porque as exceções eram comuns. O selo da administração do vizir, aposto na declaração de mercadorias, deveria ter dissipado todas as dúvidas do oficial encarregado da segurança do porto de Ábidos.

Mas não ocupava esse posto por causa de uma desconfiança visceral? Por essa razão, ele chamou uns vinte soldados suplementares. Nenhum tripulante deveria sair do cargueiro.

O oficial subiu a bordo, enquanto os estivadores terminavam o trabalho.

— Você é de Mênfis? — perguntou ao capitão.

— Não, de um povoado do Delta.

— O seu patrão?

— Um armador da capital.

— Primeira viagem a Ábidos?

— Exato.

— Não ficou preocupado com a ideia de fazer esse transporte?

— Por que ficaria?

— Ábidos não é um destino como os outros.

— Sabe, na minha profissão não nos fazemos esse tipo de pergunta.

— Você se responsabiliza por todos os membros da tripulação?

— Cada um que cuide da sua vida, comandante! Eu cuido do trabalho e nada mais.

Com esse interrogatório nada comum, o oficial esperava que o marinheiro perdesse o sangue-frio e lhe relatasse algum detalhe significativo.

Nada ofendido com a rajada de perguntas, o capitão continuou impassível.

— Quando poderei ir embora?

— Assim que as formalidades habituais terminarem.

— Vai demorar?

— Eu gostaria de inspecionar o seu barco.

— É costume?

— Por ordem do faraó, a segurança de Ábidos exige medidas excepcionais.

— Sem problema. À vontade.

Surpreso com a falta de resistência, o comandante revistou a embarcação, sem resultado.

Estaria enganado ou devia ouvir o instinto?

— Tenha paciência, vou cuidar das últimas providências administrativas.

Com o barco e a tripulação sob rigorosa vigilância, nada a temer. No entanto, a angústia persistia. O oficial mandou chamar um sacerdote temporário.

— Quero que um especialista examine os produtos antes de dividi-los. Traga um deles até aqui.

Quando Ísis se apresentou, o comandante ficou cismado. A jovem seria realmente capaz de lhe fornecer uma perícia confiável?

— Do que suspeita, comandante?

— A entrega me deixou desconfiado.

— Quais as razões?

— Apenas uma intuição.

Ísis derramou um pouco de óleo de moringa num pedaço de tecido, depois sobre um biscoito e, em seguida, sobre um pequeno peixe que um soldado acabara de pescar.

Alguns minutos depois, manchas suspeitas apareceram.

— Este óleo não é puro. Poderia até ser nocivo.

— Vamos passar ao produto de iluminação.

— Encha uma lamparina — recomendou Ísis.

A operação foi efetuada, o oficial quis acender a mecha.

— Espere — interveio a sacerdotisa. — Use uma vara longa e mantenha-se a distância.

O comandante obedeceu.

Foi a sorte, porque o óleo pegou fogo. Se estivesse mais perto, o comandante teria sido gravemente queimado.

— Você me salvou — disse ele, pálido.

— Ainda há outros produtos suspeitos?

— Ainda um.

Mais prudente com os resultados das primeiras experiências, o comandante manipulou o frasco de ládano delicadamente.

— Vou examiná-lo no laboratório — decidiu Ísis.

Quando viu a sacerdotisa levar o frasco, o capitão do cargueiro mergulhou no rio.

Já conhecendo o resultado da avaliação, a fuga era a sua única opção.

O terrorista nadava mal. Quando os arqueiros começaram a atirar, ele ficou preso num remoinho e entrou em pânico. Lutando em vão contra a corrente, bebeu uma grande quantidade de água, desapareceu, voltou para a superfície, gritou por socorro, afundou novamente e se afogou.

21

Iker correu.

A passada parecia curta, mas se repetia, incansável, de acordo com a técnica aprendida por ocasião da sua formação militar. O rapaz agradecia diariamente ao chefe de província Khnum-Hotep, agora vizir, pela imposição dessa disciplina!

Certo de que a aparição de Ísis não o havia enganado, Iker devorava as distâncias. Não faltavam pontos de água; ele comia bagas, dormia algumas horas e continuava.

A exaustão e o desespero estavam esquecidos! Todos os esforços o aproximavam do Egito.

Ao longe, ele percebeu o primeiro fortim dos Muros do Rei.

O rapaz acelerou o passo. Em menos de uma hora os soldados o acolheriam. Depois voltaria a Mênfis, onde prestaria contas da sua missão a Sesóstris. Assim o país evitaria a cilada cananeia.

Uma flecha se fincou aos seus pés, chamando-o de volta à realidade. Aos olhos das sentinelas, ele passava por um revoltoso decidido a algum golpe baixo!

O rapaz parou e ergueu os braços.

Cinco soldados saíram do fortim, armados de azagaias, e foram ao seu encontro, desconfiados.

— Quem é você?

— O Filho Real Iker.

A declaração causou uma certa agitação. O oficial recuperou imediatamente o controle da situação.

— Tem o selo real que prova essa qualificação?

— Estou chegando de Canaã. Por ordem de Sua Majestade, me infiltrei entre o inimigo sem nenhum objeto comprometedor. Queira me conduzir a Mênfis.

— Primeiro falará com o comandante do fortim.

Ríspido, o oficial de carreira era convencido da própria importância.

— Pare de dizer tolices, meu rapaz, e diga quem é realmente.

— O Filho Real Iker.

— Os boatos dizem que ele está morto.

— Estou bem vivo e preciso falar sem demora com o rei.

— Ao menos não lhe falta audácia! Em geral, os cananeus não são tão obstinados.

— Dê-me com o que escrever.

Intrigado, o comandante anuiu ao pedido do suspeito.

Em belos hieróglifos, Iker traçou as primeiras *Máximas* de Ptah-Hotep.

— Isto basta para provar que sou um escriba egípcio?

O oficial ficou perplexo.

— Não é o estilo dos cananeus... Bom, vamos examinar o seu caso com mais atenção.

O libanês podia se sentir satisfeito.

A totalidade das operações terroristas havia sido um perfeito sucesso e espalhara o terror na capital. Rumores insensatos circulavam, o trono de Sesóstris vacilava. Os sinistros emissários da deusa Sekhmet não semeavam venenos, miasmas e doenças ao atirarem flechas mortais, visíveis e invisíveis?

A rede do libanês funcionava às mil maravilhas. Todos os entregadores dos produtos adulterados haviam respeitado as instruções ao pé da letra. Nenhuma interpelação, nenhuma pista possível para a polícia.

As previsões do Anunciador se realizavam.

Doravante, todos os seus adeptos o considerariam senhor absoluto. Ele não havia atacado o faraó no coração do reino?

Faltava um ponto tão delicado quanto irritante: Ábidos.

O êxito estrondoso conseguido em Mênfis baseara-se na rede pacientemente implantada que, agindo rapidamente, conseguira fugir das autoridades. A situação dos domínios sagrados de Osíris parecia muito diferente. Por isso, o libanês tinha muitas dúvidas quanto à possibilidade de, ali, introduzir o ládano e os óleos envenenados. À frente de uma tripulação que não sabia o que transportava, um dos seus melhores elementos, um autêntico marinheiro, havia aceitado a difícil incumbência em troca de uma enorme gratificação.

O libanês recebeu o carregador de água.

— Excelentes notícias, patrão. Mênfis está em chamas e banhada em sangue. Vários incêndios difíceis de dominar, templos danificados, escritórios destruídos, numerosas vítimas. Isso sem contar as mulheres grávidas da alta sociedade que passaram desta para a melhor!

— Novidades sobre Ábidos?

— Malogro confirmado. O carregamento despertou as suspeitas do exército. Devido a verificações aprofundadas, nenhum produto passou pelo cordão de segurança.

— O capitão?

— Morreu afogado ao tentar fugir.

— Portanto, ele não falou... Nossos agentes estão a salvo?

— Os agentes externos já saíram da cidade para se reunirem ao Anunciador. Os outros se dedicam às ocupações habituais e se lamentam ostensivamente junto com o povo.

O rosto de Sesóstris estava ainda mais sério do que de hábito.

— Não se trata de acidentes, Majestade — declarou o vizir Khnum-Hotep —, mas de um ataque em regra efetuado por terroristas bem organizados.

— Meus piores temores se confirmam: — lamentou Sobek, o Protetor, abalado — a rede de Mênfis, até então adormecida, acordou. Ao traficar óleos de iluminação e de cozinha, ela provocou inúmeras mortes e uma série de incêndios. Os estragos são consideráveis.

— O horror não para por aí — continuou o vizir, com uma voz desanimada. — Muitas mulheres grávidas foram envenenadas pelo óleo adulterado dos frascos de gravidez. Apesar da intervenção do doutor Gua e dos colegas, nenhuma delas foi salva.

— É o Egito que querem destruir — deduziu Sobek. — Estão matando os escribas, os ritualistas, as elites e até as futuras crianças!

— Restabeleçam a calma e cuidem dos doentes e feridos — ordenou o monarca. — Que Medés me dê notícias de Ábidos o mais rápido possível.

O Secretário da Casa do Rei mobilizou todos os funcionários para redigir as mensagens tranquilizadoras dirigidas às províncias do norte e do sul e enviou-as com urgência. Ao mesmo tempo que se deleitava com o sucesso do Anunciador, ele demonstrava eficiência a serviço do faraó.

É bem verdade que muitos inocentes haviam perdido a vida. Mas essa inocência não contava aos olhos de Medés. Só lhe importava tomar o poder e, ao seguir esse caminho sinuoso, os seus aliados eram obrigados a ferir profundamente.

Quando ia enviar um barco rápido a Ábidos para conseguir informações seguras, Medés foi avisado da chegada de uma sacerdotisa, proveniente da cidade sagrada de Osíris.

Ele correu ao porto.

Ísis estava acompanhada de Vento do Norte.

— A visita é protocolar ou...

— Leve-me ao palácio, por favor.

— Alguma tragédia em Ábidos?

— Preciso ver Sua Majestade imediatamente.

Observando ordens rigorosas de prudência, Medés evitara qualquer contato com o libanês desde o início das operações terroristas. Por isso, ignorava a sorte do centro espiritual do país.

Diante do rosto sério de Ísis, o sítio não devia ter sido poupado.

— Evitamos um desastre, Majestade. Se não fosse a vigilância do comandante nomeado por Sobek, os produtos envenenados teriam sido distribuídos aos residentes de Ábidos. Teríamos muitas vítimas a lamentar.

— A sua perícia não foi determinante?

— Eu tive sorte e o Calvo confirmou as minhas análises. Mênfis... Mênfis foi atingida?

Embora a voz não vacilasse e o olhar permanecesse firme, a jovem percebeu o profundo sofrimento do soberano. Havia sido seriamente atingido, como homem e como rei, mas nenhuma desventura o impediria de continuar a luta.

— A capital não escapou à abominável agressão. Muitos menfitas morreram.

— Só o demônio das trevas, que tenta matar a acácia de Osíris, pode ser o autor de uma abominação dessas — adiantou Ísis.

— O Anunciador... Sim, sem sombra de dúvida. Ele acabou de nos provar a extensão dos poderes que possui. E não vai parar por aí.

— É realmente impossível identificá-lo e localizá-lo?

— Apesar das nossas buscas, não conseguimos pegá-lo. Eu esperava que Iker pudesse descobrir alguma pista.

— Ele enviou outra mensagem?

— Não, Ísis.

— No entanto, Majestade, ele está vivo!

— Fique alguns dias em Mênfis. As sacerdotisas do templo de Hathor vão cuidar dos feridos, os conhecimentos que você possui lhes serão úteis.

O Grande Tesoureiro Senankh e o Portador do Selo Real Sehotep punham em ação todos os meios materiais para ajudar as vítimas, restaurar os templos e reconstruir com presteza escritórios e prédios destruídos pelas chamas.

Quanto a Sobek, ele mandava interrogar as poucas testemunhas que viram os entregadores dos produtos mortais. Todas as respostas convergiam para o mesmo ponto: eram indivíduos desconhecidos. Ou moravam em outros bairros da cidade ou vinham de fora. Nesse caso, eles haviam conseguido o apoio de cúmplices que conheciam bem a capital.

Cúmplices tão inatingíveis quanto o chefe.

Infelizmente, as descrições colhidas eram vagas e contraditórias. Por que prestar atenção especial a entregadores amáveis, discretos e apressados?

Nenhum caminho a seguir.

Nenhum suspeito.

Sobek tinha vontade de gritar de ódio e de bater no primeiro suspeito que aparecesse, a tal ponto a impotência o desesperava. Sonhava em jogar na prisão os maus elementos da capital e bater neles com a clava até conseguir alguma informação interessante. Mas a lei de Maat proibia a tortura e o faraó não lhe perdoaria essa infração.

Por que um fracasso tão cruciante? Só havia uma explicação: o adversário havia identificado todos os seus informantes. A organização terrorista contratava militantes tarimbados, perfeitamente integrados na população, que obedeciam ao chefe com incrível disciplina. Nenhum traidor, nenhum tagarela, nenhum venal! Se errassem, o castigo deveria ser tão terrível que todos os membros da legião das trevas desempenhavam o seu papel cumprindo sem reservas as instruções do guia supremo.

Desgostoso, Sobek saberia ser paciente.

Mais dia menos dia a rede terrorista cometeria algum erro, por mínimo que fosse. E ele o exploraria a fundo.

Enquanto esperava, mandara controlar os óleos e os produtos médicos. A serenidade voltaria à linha de frente, mas como adivinhar a natureza do próximo ataque?

— Chefe — contou-lhe um dos tenentes —, o boato não para de aumentar. Dizem que o rei ingeriu o óleo envenenado e está morto. Grupos já se formam aqui e ali e podemos ter algumas revoltas.

Sobek correu ao palácio para informar o monarca.

Imediatamente Sesóstris chamou o seu camarista e o guarda das coroas.

Sob o olhar perplexo dos curiosos, a liteira do faraó percorreu os bairros da capital. Usando a Dupla Coroa, vestido com uma longa tanga ornamentada com um grifo matando os inimigos, o peito coberto por um grande colar de ouro que representava a Enéade criadora, Sesóstris segurava o cetro de comando e o cetro

"Magia", que lhe permitia fazer da multiplicidade a unidade. Tão imóvel quanto o de uma estátua, o rosto do faraó era tranquilizador.

O rei não estava morto e essa presença em público provava o seu propósito de restabelecer a ordem.

Ao ouvir as aclamações que se elevavam da multidão, Sobek ficou mais calmo. A horrível vitória do Anunciador seria efêmera.

Quando Sesóstris voltou são e salvo ao palácio, depois de devolver a esperança ao povo, o policial reconheceu a pertinência do enorme risco que ele assumira.

Um dos seus tenentes lhe disse em voz baixa:

— Chefe, você vai ficar contente.

— Um indício de pista?

— Melhor do que isso!

— Prendeu algum suspeito?

— É uma surpresa.

22

Iker estava irreconhecível. Com a barba crescida como um habitante dos pântanos, sujo, usando uma tanga empoeirada, ele teria horrorizado todos os dignitários da corte.

A volta ao Egito não correspondeu às suas expectativas. Da fortaleza principal dos Muros do Rei, uma patrulha o levara para Mênfis e, sem nenhum interrogatório, o jogara numa cela da prisão do subúrbio norte. Indiferente aos seus protestos, o guarda se recusava a conversar com ele, limitando-se a lhe trazer, uma vez por dia, biscoitos velhos e água.

Quem ordenara que ele fosse mantido incomunicável?

Iker começava a fazer planos de evasão, quando a porta de madeira foi aberta com força.

Na soleira estava Sobek, o Protetor.

— Então, você diz ser o Filho Real?

O escriba se levantou.

— Embora eu não esteja muito apresentável, você deve me reconhecer.

O chefe de todas as polícias do reino rodeou o prisioneiro.

— Francamente, não. Aqui são encarcerados os desertores, os que tentam escapar ao trabalho obrigatório e os estrangeiros em situação irregular. A que categoria você pertence?

— Eu sou o Filho Real Iker, e você sabe muito bem disso.

— Já vi esse rapaz na corte e você não se parece com ele. O infeliz morreu em algum lugar na Siro-Palestina.

— Ninguém recebeu a minha mensagem?

— Uma falsificação, ao que tudo indica. Ou, então, um engodo para fazer o exército cair numa armadilha.

— Pare com essa farsa, Sobek, e leve-me a Sua Majestade. Tenho informações importantes a transmitir ao rei, com a máxima urgência.

— As divagações de um rebelde não divertirão o soberano. Em vez de gastar saliva dizendo mentiras, conte-me por que resolveu enfrentar os Muros do Rei.

— Não seja ridículo! Consegui sobreviver fugindo de cananeus e sírios e quero prestar contas ao meu pai dos resultados da minha missão.

Com um sorriso irônico nos lábios, Sobek cruzou os braços.

— Nem o mais valoroso dos heróis voltaria daquele inferno. Só existem duas possibilidades: ou você é um terrorista que tenta passar pelo Filho Real Iker para assassinar o faraó, ou você é realmente Iker, um traidor com intenções idênticas. Cabe a você escolher a sua identidade antes de ser condenado aos trabalhos forçados até o fim dos seus dias.

O Protetor bateu a porta da cela.

Depois de cuidar de inúmeros queimados, dos quais a maior parte sobreviveria aos ferimentos, Ísis se preparava para subir no barco com destino a Ábidos, quando Vento do Norte soltou uma sucessão de zurros dilacerantes. Imóvel, ele se recusava a subir na prancha de embarque.

Ísis acariciou-o.

— Você está doente?

"Não", respondeu o burro levantando a orelha esquerda.

— Precisamos partir, Vento do Norte.

"Não", insistiu o quadrúpede.

— O que você quer?

Vento do Norte deu meia-volta e tomou a direção do palácio. Ísis apressou o passo, com medo de perdê-lo. Perto dos edifícios oficiais, o animal farejou o ar longamente. Em seguida, saiu a todo galope, obrigando os passantes a se afastarem.

A sacerdotisa não conseguiu segui-lo.

— Problemas? — perguntou Sekari, que garantia discretamente a segurança da jovem.

— Vento do Norte se recusa a voltar para Ábidos. É a primeira vez que se comporta de maneira tão estranha.

— Você lhe perguntou o porquê?

— Não tive tempo.

— Eu tenho uma vaga ideia.

Graças às informações dos curiosos, Sekari encontrou a pista do burro.

— Ainda nenhuma pista, Sobek?

— Se eu tivesse alguma, Sekari, Sua Majestade seria informada com prioridade. E do seu lado?

— Parece que um bandido cananeu foi encarcerado na prisão do subúrbio norte. Gostaria de interrogá-lo.

— Qual a razão?

— Investigação pessoal.

— Sinto muito, esse canalha está incomunicável. Só o vizir pode lhe dar autorização para vê-lo. Mas não tenho certeza de que ele ainda esteja em condições de agir.

— O que houve com Khnum-Hotep?

— Investigue pessoalmente.

Sekari foi imediatamente ao palácio. Encontrou Sehotep visivelmente nervoso.

— O rei convocou o vizir — revelou ele.

— E sabe por quê?

— Pela fisionomia transtornada de Khnum-Hotep, sérios problemas.

Diante do vizir, Sesóstris leu em voz alta o relatório do comandante do porto de Ábidos, que Sobek, o Protetor, entregara ao monarca.

— Os selos da minha administração usados por um assassino! Nada mais abjeto poderia me atingir, Majestade. Sem dúvida, entrego imediatamente a minha demissão. Antes de me retirar para a província natal, se me concedeis um último privilégio, permiti que eu vos faça uma última pergunta: pensastes, por um instante sequer, que eu seja culpado?

— Não, Khnum-Hotep. E você continuará no seu posto nesse período de tempestades, quando todos os servos de Maat só devem pensar na sobrevivência do país.

Comovido, demonstrando a idade pela primeira vez, o idoso vizir ficou tão sensibilizado com essa prova de confiança que jurou a si mesmo não economizar uma onça das suas forças e executar da melhor maneira possível a sua função.

— Sou culpado de negligência — confessou — porque os selos eram muito fáceis de ser imitados e usados. De hoje em diante, só eu os terei. Nem os meus colaboradores mais próximos terão acesso a eles.

— Seria difícil, e até impossível, identificar o ladrão?

— Infelizmente, sim, Majestade. Foi preciso um desastre para que eu me conscientizasse da negligência, pela qual me considero o único responsável.

— Remoer os erros passados não o levará a lugar algum. Impeça o inimigo de explorar novamente as suas fraquezas e torne o vizirato um exemplo administrativo.

— Podeis contar comigo, Majestade.

Sekari achou Khnum-Hotep envelhecido e preocupado, mas não usou de rodeios:

— Preciso de uma autorização.

— De que tipo?

— Quero conversar com um prisioneiro.

— Sobek a dará.

— Ele se recusa.

— Quais as razões?

— A identidade do prisioneiro deve ser mantida em segredo.

— Quer se explicar melhor, Sekari?

— Eu me explicarei depois de interrogar esse homem.

— Teimoso como é, você não vai desistir enquanto não obtiver essa autorização.

— Concordo.

Munido do precioso documento, Sekari correu até a prisão, diante da qual Vento do Norte estava deitado. Ninguém conseguiria tirá-lo de lá. E se ele se comportava desse modo, Iker não devia estar longe.

Os membros da Casa do Rei escutaram atentamente o relatório detalhado de Sobek, o Protetor, que não omitia nenhum dos aspectos da tragédia. Graças às equipes de Sehotep, as chagas dos edifícios seriam rapidamente curadas, mas não as dos humanos. Entretanto, diante do grande número de policiais e de soldados espalhados pela cidade, os temores começavam a diminuir, sobretudo porque centenas de escribas controlavam os produtos usados pelos citadinos.

— Sabemos como os terroristas agiram — especificou Sobek. — Depois de assassinar vários entregadores, tomaram o lugar deles. Os clientes não desconfiaram.

— O ládano não é um produto comum — interveio Senankh.

— É verdade, e eu esperava chegar ao filão seguindo a pista da entrega! Acontece que as listas discriminativas eram forjadas. Mas ao receber as qualidades normais pela vias habituais, os médicos não desconfiaram de nada.

— E os frascos de gravidez? — perguntou o vizir.

— Importação ilegal e clandestina. Só as famílias ricas podiam comprar esses caros objetos. Graças aos depoimentos, encontrei o entreposto do vendedor. Infelizmente o proprietário desapareceu e ninguém soube dar informações confiáveis a respeito dele, a não ser que era de origem asiática.

— Não vamos discutir — recomendou Nesmontu. — O verdadeiro responsável por esses crimes abomináveis é o Anunciador. Apesar das dificuldades, é preciso fazê-lo sair do covil. Que Sobek e os policiais zelem por Mênfis. Eu e o meu exército cuidaremos desse demônio.

— Essa estratégia tem possibilidade de sucesso? — preocupou-se Senankh.

— Vamos atacar com rapidez e força. Diante das dificuldades da ação, vou precisar de todas as minhas tropas.

— Que o general Nesmontu prepare um plano de ataque à Siro-Palestina — ordenou o faraó.

Ao reconhecer Sekari, Vento do Norte se levantou e se deixou acariciar.

— Você me parece em plena forma! Eu diria que se aclimatou em Ábidos. Ísis cuida bem de você.

O burro olhou fixo para a prisão.

— Iker está preso lá dentro?

A orelha direita do burro se ergueu.

— E se fôssemos buscá-lo?

Os grandes olhos castanhos do quadrúpede brilharam de esperança.

O policial de plantão se aproximou de Sekari.

— Não o conheço. O que quer?

— Interrogar o bandido cananeu.

— Com que direito?

— A autorização do vizir Khnum-Hotep lhe basta?

A primeira preocupação de um bom guarda de prisão consistia em evitar aborrecimentos. É bem verdade que o chefe Sobek dera instruções rigorosas, mas não se punha em dúvida uma ordem do vizir.

— Não vai demorar muito?

— Provavelmente não.

— Então, apresse-se.

A porta da cela foi aberta.

Não tendo outra opção a não ser atacar o carcereiro para tentar fugir, Iker se jogou em cima dele.

Treinado para evitar esse tipo de ataque, o agente especial do faraó bloqueou os braços do agressor que, no entanto, não afrouxou o golpe.

Juntos, eles rolaram pelo chão.

— Sou eu, Sekari!

O Filho Real se soltou e encarou o adversário.

— Você... É você mesmo?

Sekari se levantou.

— Não mudei muito. Você, em compensação... Será preciso muito trabalho para que recupere uma aparência conveniente!

Um zurro incrivelmente alto assustou os dois homens.

— Vento do Norte!

— Ele me trouxe até a prisão e o aguarda impaciente.

— Sobek me acusa de traição e deseja a minha morte.

— Resolveremos isso depois.

Quando saíam da cela, três policiais lhes barraram a passagem.

— O salvo-conduto do vizir o autorizava a interrogar o prisioneiro, não libertá-lo.

— Este rapaz é o Filho Real Iker — declarou Sekari.

— Ele já cansou os nossos ouvidos com essa música. Você e o seu protegido, fiquem quietinhos aqui.

— Preciso levá-lo ao palácio.

— Você não me é nada simpático, meu caro. Ou obedece ou vai provar o meu bastão.

Sekari não ia deixar que Iker apodrecesse naquele cárcere.

Como eram dois contra três, eles tinham alguma possibilidade de vencer, mesmo que fosse lamentável espancar representantes da força pública.

Um rosnado ameaçador imobilizou os cinco homens.

Com o canto dos olhos, um dos policiais viu um enorme molosso, com o beiço levantado e presas à mostra.

— Sanguíneo! — exclamou Iker. — Você conseguiu me encontrar!

— Um dos seus amigos? — perguntou Sekari.

— Felizmente! Por mais numerosos que sejam os adversários, nunca conseguiriam deixá-lo fora de ação. Basta um sinal meu e ele ataca.

Entre dois fogos, os três policiais acharam que a luta seria desigual. Não eram pagos para morrer estupidamente.

— Você e o seu monstro não irão muito longe!

— Não faça buscas inúteis — recomendou Iker. — Estaremos no palácio.

23

A alguns passos da entrada secundária do palácio, os guardas barraram um estranho quarteto formado por Sekari, por um pobre coitado repulsivo de tão sujo, um burro de impressionante musculatura e um molosso aterrador.

— Chame o Portador do Selo Real — exigiu Sekari.

Sehotep consentiu em examinar a situação.

— Dizem que o seu barbeiro é o melhor de Mênfis — afirmou o agente especial. — O meu amigo precisa muito dos serviços dele.

— O seu amigo... Quem é?

— Não o reconhece?

— Posso... me aproximar?

— Ele não está cheirando bem, já vou avisando.

Hesitante, Sehotep encarou o miserável.

— Impossível! Não é...

— É sim, mas está precisando de uma faxina.

— Vamos para a minha casa.

Entre Vento do Norte e Sanguíneo nasceu uma franca camaradagem. O burro considerou o cachorro um interlocutor conveniente por causa do tamanho. Ao ajudar Iker a sair da prisão, o molosso passara no exame e, portanto, podia fazer parte do círculo de amigos íntimos. Do seu lado, Sanguíneo compreendia que o quadrúpede escultural era, ao mesmo tempo, o cabeça e o mais antigo amigo de Iker, portanto tinha prioridade nas discussões. Resolvidos esses problemas de protocolo, zelariam juntos pelo Filho Real.

Enquanto saboreavam lado a lado uma substancial refeição servida por um dos servos de Sehotep, o barbeiro, circunspecto, examinava o cliente. Ele já vira casos difíceis, mas aquele era, de longe, o pior de todos!

Ele escolheu a lâmina de barbear de bronze mais bem afiada, com 16 centímetros de comprimento e cinco de largura. De forma pentagonal alongada, ela possuía dois lados convexos e três côncavos. Os dois primeiros tinham arestas afiadas, a serem usadas com prudência. Segurando no cabo de madeira fixado na navalha propriamente dita por vários rebites de cobre, o barbeiro deu uma primeira aparadela.

— Ele não tem muitos remoinhos, o cabelo é sedoso, de boa qualidade... Talvez eu consiga corrigir o desastre.

Água quente, espuma de sabão, loção para diminuir a ardência do rosto, corte de cabelo elegante adaptado ao formato do rosto:

Iker recebia os cuidados atentos de um grande profissional, decidido a realizar uma obra-prima.

— Esplêndido — opinou Sekari. — Você está muito mais sedutor do que antes de partir para Canaã. Barbeiro, você é um gênio!

O artista enrubesceu de contentamento.

— A beleza não basta — lembrou Sehotep —, também é preciso saúde. Depois de uma viagem tão longa, vou deixá-lo nas mãos experientes do meu massagista pessoal.

Nas costas, nádegas e pernas de Iker, o técnico espalhou o grande unguento protetor composto de pó de coriandro, farinha de favas e de frumento, sal marinho, ocre e resina de terebinto. Em seguida, ele relaxou todas as fibras musculares antes de reestruturar o corpo maltratado.

Ao fim de uma hora de tratamento, o escriba se sentiu revigorado. As dores e as contrações desapareceram, a energia circulou de novo.

— Só falta vesti-lo de acordo com a sua posição — decretou Sehotep, que forneceu ao Filho Real uma tanga, túnica e sandálias.

Como os guardas do palácio, escolhidos com cuidado por Sobek, deviam reagir? É bem verdade que se proibissem a entrada de Sehotep, teriam sérios problemas. Mas o Filho Real Iker, se fosse ele realmente, não estava autorizado a passar pelo cordão de segurança.

— Chame o seu chefe — exigiu o Portador do Selo Real.

O Protetor não demorou.

— Está reconhecendo Iker? — perguntou Sehotep, irônico. — Provavelmente ele já não se parece com o temível cananeu que você jogou na prisão.

— Este criminoso só pensa numa coisa: assassinar o faraó Sesóstris. Ao acreditar nas mentiras dele, você põe a vida do rei em perigo.

Iker desafiou o chefe da polícia:

— Está enganado, Sobek. Pelo nome do faraó, juro que está enganado. Preciso comunicar a ele os resultados da minha missão. Tome as medidas de precaução necessárias, mas pense primeiro no Egito.

A determinação de Iker abalou o Protetor.

— Siga-me.

— Vamos acompanhar Iker — decidiu Sehotep. — Você pode ser tentado a esquecê-lo em alguma cela.

Sobek deu de ombros.

— O Portador do Selo Real tem razão — aprovou Sekari. — Diante do arbitrário, nunca se é prudente demais.

Na entrada dos apartamentos reais estava o general Nesmontu.

— Sua Majestade receberá Iker depois de ele ser purificado.

O Filho Real foi levado ao templo de Ptah. Um sacerdote desnudou-o, lavou-lhe as mãos e os pés, depois o introduziu numa capela onde só brilhava uma lamparina.

Senankh e Sehotep se posicionaram de um lado e do outro do rapaz.

Diante deles, o vizir Khnum-Hotep.

— Possa a água da vida purificar — declarou ele —, reunir as energias e reanimar o coração do ser que respeita Maat.

Os dois ritualistas ergueram um vaso acima da cabeça de Iker.

Dele saiu um fluxo de luz que envolveu o corpo do rapaz.

Iker se lembrou do ritual celebrado na tumba de Djehuty e das palavras do general Sepi: "Você, que queria conhecer o Círculo de Ouro de Ábidos, veja como ele age."

Agora, gozando de um incrível privilégio, o Filho Real estava no lugar de Djehuty!

A confraria lhe entreabria a sua porta? Tentando esquecer essa pergunta, o escriba desfrutou o banho do líquido suave e, ao mesmo tempo, regenerador.

O general Nesmontu devolveu ao Filho Real a faca do gênio guardião.

— Eu tinha certeza de que você voltaria. Não se separe mais desta arma.

No pescoço do rapaz, o vizir Khnum-Hotep pôs um fino colar de ouro ao qual estava preso um amuleto que representava o cetro "Poder".

— Possa a magia protegê-lo e lhe conceder a coragem dos justos.

Sorrindo, foi a vez de Sekari se aproximar.

— Eis o seu material de escriba, meu amigo. Não falta nem um pincel.

Iker deu valor a esses poucos bens e, mais ainda, à confiança que demonstravam. Mas como ser feliz depois de Sekari lhe descrever a tragédia de Mênfis?

— Sua Majestade nos espera — esclareceu o vizir.

* * *

Iker queria revelar ao monarca a imensa alegria que sentia em revê-lo. A solenidade da sala do conselho não se prestava para isso. Distanciado, sério, o rei envelhecera. Entretanto, o gigante continuava inabalável e no olhar não mostrava nenhuma fraqueza.

O Filho Real relatou as aventuras em detalhes, sem omitir os seus medos, os erros cometidos e a tristeza por não ter obtido nenhum indício sobre o assassino do general Sepi. Ele não falou sobre Ísis. Só ela saberia o quanto o havia ajudado.

Sobek, o Protetor, não deixou de fazer mil e uma perguntas, com a esperança de que Iker se contradissesse. O rapaz não se desmentiu, e Nesmontu confirmou a maior parte das declarações.

— Suas conclusões? — perguntou o monarca.

— A Siro-Palestina é um engodo, Majestade. O Anunciador não mora mais lá, ele quer atrair o nosso exército e imobilizá-lo longe do Egito, onde continuará a espalhar a desgraça. Esse demônio sabe que os cananeus são incapazes de travar uma guerra de verdade contra nós e, sobretudo, de ganhá-la. Eles se limitarão a operações de guerrilha para cansar os nossos soldados, cuja presença maciça se revelará inútil.

— Estávamos a ponto de lançar uma ofensiva — explicou Nesmontu.

— Aquela região nunca será controlada — afirmou Iker — e não aceitará a lei de Maat. As tribos não deixarão de lutar e de se destruir, as alianças continuarão volúveis e ladrões e mentirosos sempre disputarão o poder. Por mais generosas que sejam, as tentativas de mudança das mentalidades fracassarão. Temos de nos contentar em impor uma paz frágil nas principais cidades, como Sichem, e prevenir qualquer invasão, consolidando os Muros do Rei.

— Isso seria renunciar à nossa soberania — resmungou Sobek.

— Ela não existe e não existirá jamais. O Anunciador compreendeu isso e procura nos prender nessa armadilha.

— Essa é exatamente a proposta de um colaborador dos cananeus! — exclamou o Protetor. — Eles não demonstram essa duplicidade?

— Ao contrário — interveio Sehotep. — Eu partilho dessa opinião há muito tempo, mas não tinha em que me apoiar. Iker me forneceu os elementos necessários.

— O general Nesmontu não preconiza a invasão da Siro-Palestina e uma guerra total?

— Na falta de coisa melhor — admitiu o velho soldado — e, sobretudo, para interceptar o Anunciador! Se ele tiver deixado a região, uma exibição de força evidentemente seria inútil. Se as tribos se devorarem entre si, melhor! Existe maneira mais perfeita de se prevenir contra a eventual formação de um exército cananeu? Se alguns potentados pagos por nós fomentarem os distúrbios locais, o Egito se beneficiará com isso. Parece-me que chegou a hora de adotar uma nova estratégia. Isso levará tempo, mas não duvido de que seja eficiente.

— A principal pergunta continua sem resposta: — lamentou Senankh — onde se esconde o Anunciador? E temos a certeza de que foi ele quem cometeu esses crimes abomináveis? Nesse caso, não os teria reivindicado de uma maneira ou de outra?

— A assinatura dele é a própria extensão do desastre. Quem mais poderia conceber e levar a cabo um projeto desses, se não o agressor da acácia de Osíris?

Senankh temia essa resposta, mas precisava se render à evidência.

— Você não conseguiu mesmo nenhuma indicação do esconderijo do Anunciador? — perguntou Sehotep a Iker.

— Infelizmente, nenhuma! A maioria dos cananeus e dos sírios considera-o uma sombra assustadora, um espectro ao qual obedecem, sob pena de sofrerem terríveis represálias. A ideia fabulosa do Anunciador é a seguinte: tornar-se senhor absoluto dos adversários de Maat e do Egito, insinuando-se na mente desses homens. Ele nem precisa aparecer para convencê-los. Volto a dizer: a Siro-Palestina é uma armadilha. O Anunciador vai abandonar os protegidos ao deus-dará para provocar distúrbios devastadores em outros lugares. E esses "outros lugares" começam por Mênfis.

— A capital está sob controle — afirmou Sobek.

— Esperemos que sim — disse Sehotep. — E as outras cidades?

— Decretos reais porão os prefeitos em estado de alerta — prometeu o vizir. — Como os efetivos locais são insuficientes, garantir a segurança exige a presença militar em todo o território. Uma escolha se impõe: ou Nesmontu varre a Siro-Palestina ou assegura a proteção das Duas Terras.

— Realizada a missão, o Filho Real nos dá a resposta — decidiu o faraó. — Resta um ponto a ser esclarecido: a atitude de Sobek.

— Acho que agi bem ao encarcerar um suspeito, Majestade.

— Considera injusta a sua prisão? — perguntou o monarca a Iker.

— Não, Majestade. Aprovo a decisão do chefe da polícia. Agora, ele deve examinar a realidade dos fatos e se livrar dos *a priori*. Um dos planos do Anunciador foi neutralizado, mas ainda estamos longe da vitória. Só a alcançaremos se nos unirmos.

— Ao trabalho — ordenou Sesóstris. — Que um plano de proteção das Duas Terras me seja apresentado amanhã.

Medés estava assombrado.

Iker, vivo! Como pudera, sozinho, escapar dos cananeus e dos sírios? A convocação do rapaz para comparecer diante do conselho fazia supor graves acusações. Se o testemunho não fosse convincente, o escriba lamentaria o retorno ao Egito. Depois da tragédia de Mênfis, as sanções seriam pesadas.

A demora da reunião incitava a um otimismo. Sobek, o Protetor, não gostava de Iker e a opinião dele tinha peso suficiente para congregar a Casa do Rei e obter uma rigorosa condenação.

Finalmente, Senankh saiu da sala do conselho.

— Chegou a ocasião de provar que a sua administração é realmente eficiente, meu caro Medés. Um decreto real, mensagens oficiais, cartas confidenciais para as autoridades locais, ordens para as guarnições... E tudo isso o mais rápido possível!

— Conte comigo, Grande Tesoureiro. Qual é o objetivo prioritário?

— Pôr o Egito a salvo dos terroristas.

24

Partilhar o café da manhã com Sesóstris no jardim do palácio era um privilégio ao qual Iker dava o devido valor. Todos os dignitários sonhavam com um favor como esse, e toda a corte, sob o choque da volta inesperada do Filho Real, transbordava de inveja.

O monarca contemplava a dança dos raios de sol no topo das árvores.

Apesar do medo respeitoso que sentia, Iker ousou quebrar o silêncio:

— Majestade, o Círculo de Ouro de Ábidos me teria purificado e regenerado?

— O Egito não é deste mundo. Governado por Maat, ele se sujeita ao plano da obra concebida na origem dos tempos. O nosso país a concretiza aqui na Terra. O invisível escolheu o seu reino e nós o veneramos como o tesouro mais precioso. Quando Osíris ressuscita, o olho fica completo. Nada lhe falta. Então, o Egito vê e cria. Senão, ele continuaria cego e estéril. Essa é, exatamente, a ameaça.

— Podemos evitar o desastre?

— O sucesso dependerá da nossa lucidez e da nossa vontade. Ou nos submetemos ao tempo e à História, e a obra de Osíris estará perdida, ou nos situamos na origem, antes da criação do céu e da Terra, e, mais uma vez, saberemos conciliar os opostos, unir a coroa vermelha à branca, fazer Hórus e Seth se confraternizarem. As divindades, os justos de voz, o faraó e os humanos formam um conjunto que só Osíris pode tornar coerente graças à lei de Maat. Se um desses componentes não estiver incluído ou for rejeitado, o edifício desaba.

— O sagrado não continua a ser o elo maior?

— O sagrado separa o essencial do inútil, ilumina e desimpede o caminho, dissipa as miragens e as brumas. Só a oferenda faz a harmonia celeste penetrar na sociedade humana. Da matéria, ela extrai os elementos indispensáveis e nutre a alma de Osíris.

— Majestade... algum dia me julgaríeis digno de conhecer esses mistérios?

— Esse julgamento é você quem o pronunciará em função dos seus atos. Então, Osíris o chamará. Eis o novo selo da sua função, que é, ao mesmo tempo, poder e perigo. Só o use com conhecimento de causa.

Sesóstris entregou a Iker um anel de sinete com seu nome e título.

Pela primeira vez, o rapaz teve consciência da sua responsabilidade.

Ele já não era um adolescente rebelde e um aventureiro, mas um dos representantes da instituição faraônica sem a qual as Duas Terras sofreriam desordens e injustiças.

— Majestade, eu serei...?

— Ninguém é digno de uma tal função. No entanto, é preciso assumi-la. A grande serpente da ilha do *ka* não conseguiu salvar o mundo dela, devorado pelas chamas. Mênfis quase teve o mesmo destino, mas sobreviveu. Não entregaremos o Egito nas mãos do Anunciador.

Iker contemplava a joia, diferente do selo do Filho Real, do qual nunca ousara se servir. Naquele dia, somente naquele dia, começava a avaliar as suas responsabilidades.

— Compareça ao conselho de guerra de Nesmontu — ordenou o rei — e não hesite intervir. Antes, vá ao cais principal. Está sendo esperado.

O barco com destino a Ábidos se preparava para levantar âncora.

Usando uma longa túnica vermelha, Ísis admirava o rio.

Precedido por Vento do Norte e Sanguíneo, Iker não passou despercebido. O burro recebeu uma carícia da jovem, o molosso soltou um lamento, enciumado, para ter direito às mesmas atenções. Apesar do tamanho do cachorro e do impressionante maxilar, a sacerdotisa não sentiu o menor medo.

— Sanguíneo a adotou — constatou Iker. — Na Siro-Palestina, ele foi o meu guardião e protetor. Precisei fugir sozinho, mas ele conseguiu me encontrar.

— Parece que Vento do Norte aprecia a companhia dele.

— Eles até se tornaram amigos! Vai... vai embora da capital?

— Volto para Ábidos. Tinha a certeza de que você sobreviveria à difícil situação.

— Unicamente graças a você, Ísis. Quando ficava desesperado, você me aparecia. Só você permitiu que eu enfrentasse a desesperança e voltasse para o Egito.

— Está me atribuindo muitos poderes, Iker.

— Você não é uma maga de Ábidos? Se não fosse a sua ajuda, os seus pensamentos protetores, eu teria morrido. Como posso convencê-la da minha sinceridade e mostrar-me digno de você? Ao passar para mim os ensinamentos, o rei me abriu os olhos para os deveres de um Filho Real: encher o espírito de ideias justas, ser reservado, respeitar a seriedade da palavra, afrontar o medo, perseguir a verdade, mesmo com perigo de vida, praticar uma vontade de retidão e integridade, não ceder à avidez, desenvolver a percepção do invisível... Não possuo essas qualidades, mas eu a amo.

— Depois das suas façanhas, uma grande carreira se abre à sua frente. Eu não passo de uma sacerdotisa, cuja aspiração é não sair de Ábidos.

— Minha única ambição é viver ao seu lado.

— Neste período dramático em que o futuro da nossa civilização vacila, será que o amor ainda tem sentido?

— Eu lhe ofereço o meu, Ísis. Se ele fosse compartilhado, não nos tornaria, a ambos, mais fortes diante da adversidade?

— Em que consiste a sua nova missão?

— Trabalhar com a Casa do Rei e garantir a segurança do território. Como não caímos na armadilha siro-palestina, o Anunciador atacará de novo, provavelmente aqui mesmo no Egito.

— Ábidos continua ameaçada — conjeturou a jovem. — Os residentes poderiam ter sofrido a mesma sorte dos menfitas. Esse demônio queria matar o máximo de ritualistas e enfraquecer os domínios sagrados de Osíris.

— Então, você também correu perigo!

— A única coisa que conta é a Árvore da Vida. Se a oferenda da minha vida pudesse curá-la, eu não hesitaria.

Sob o olhar do burro e do cachorro, atentos à conversa, Iker se aproximou da jovem.

— Ísis, tem certeza de que não me ama?

A sacerdotisa hesitou.

— Gostaria de ter, mas não aceito a mentira. Por ocasião de um rito, fizeram-me subir num pedestal, símbolo de Maat, e eu jurei sempre enfrentar a verdade, qualquer que fosse ela.

— Eu também vivi esse ritual — revelou Iker — e fiz um juramento idêntico. Depois da minha luta vitoriosa contra o falso Anunciador, o sírio Amu quis que eu me casasse. Conhecer outra mulher me era insuportável! Decidi partir, com o risco de morrer. Independentemente do que decidir, Ísis, você será a única mulher da minha vida.

O capitão estava impaciente. Diante do número de barcos que circulava no Nilo, devia aproveitar um momento de calma para levantar âncora.

— Quando voltaremos a nos ver?

— Não sei, Iker.

Ela subiu lentamente a prancha de embarque, como se lamentasse não prolongar esse *tête-à-tête*.

Iker não estaria enganando a si mesmo para manter a esperança?

* * *

A apresentação de Nesmontu era convincente. Dotado de surpreendente capacidade de adaptação, o velho general havia imaginado, em tempo recorde, um novo dispositivo capaz de surpreender o adversário. Reduzidas ao mínimo, as forças de ocupação na Siro-Palestina se dedicariam à manutenção do *status quo*, à prisão dos fomentadores de distúrbios e à desinformação, destinada a semear a discórdia entre as tribos e os clãs.

No Egito, o exército nacional não se apresentaria num bloco maciço, muito difícil de se locomover, mas em vários regimentos com quarenta arqueiros e quarenta lanceiros cada um, sob o comando de um tenente assistido por um porta-estandarte, um capitão de barco, um escriba, uma intendência e um especialista em mapas geográficos.

Os tenentes só receberiam ordens de Nesmontu, que coordenaria permanentemente o desdobramento e a ação das tropas em todo o território, encarregadas de vigiar prioritariamente os pontos estratégicos e os desembarcadouros. Às polícias locais caberia garantir a segurança dos citadinos e habitantes dos povoados. E um outro exército, o dos escribas, controlaria as entregas e os produtos. A tragédia de Mênfis não devia se repetir.

— A Dupla Casa Branca está em condições de assumir as despesas necessárias? — perguntou o vizir.

— Certamente — respondeu Senankh. — Às nossas forças armadas não faltará nada.

— Quanto a mim — prometeu Sehotep —, consolidarei a maioria dos cais. As manobras de atracação serão facilitadas.

— O Filho Real aprova essas medidas? — perguntou Sobek com uma ponta de ironia.

— Se a cooperação entre a polícia e o exército não sofrer nenhuma restrição, os efeitos serão excelentes.

— Estaria me acusando de má vontade?

— Eu não disse nada disso! Uma perfeita coordenação exigirá muitos esforços.

— Afirmativo — concluiu Nesmontu. — E nós os despenderemos.

Trabalhando com o vizir, Iker aprendia a conhecer o funcionamento dos serviços do Estado. A ameaça latente incitava os escribas a cumprirem rigorosamente as tarefas de modo que nenhuma agressão, por mais grave que fosse, impedisse a administração de tornar efetivo o respeito a Maat.

No momento em que o Filho Real consultava um dossiê fornecido por Nesmontu e que proporia naquela mesma noite ao monarca, Sobek o interrompeu:

— Sua Majestade quer vê-lo imediatamente.

Sob a proteção dos policiais de elite de Sobek, Sesóstris saiu da capital. Iker os seguiu até um canal, onde pegaram um barco em direção ao sul.

Desta vez, o Filho Real não tomou a liberdade de interromper a meditação do rei.

A atmosfera estava pesada.

No entanto, quando viu as pirâmides de Dachur se perfilarem, o rapaz experimentou uma sensação de serenidade. Os monumentos do faraó Snefru pareciam indestrutíveis, ancorados na eternidade do deserto, e o de Sesóstris, embora menor, exprimia a mesma majestade.

Sacerdotes e soldados encarregados da segurança do local se reuniram para receber o monarca. Iker se mantinha alguns passos atrás do gigante.

De cabeça baixa, um ritualista se aproximou do soberano.

— Quando Djehuty morreu? — perguntou Sesóstris.

— Ontem, ao amanhecer. Assim que foi constatado o falecimento, nós vos enviamos uma mensagem. Ontem seria um grande dia, Majestade, pois Djehuty considerava os trabalhos terminados. Os escultores haviam acabado o último baixo-relevo que representa Atum, o príncipe criador. Djehuty pretendia pedir-vos para vivificá-lo e conceder a plena força a todo o vosso conjunto arquitetônico.

O faraó e Iker foram à casa funcional do prefeito de Dachur, cujo corpo repousava numa cama com os pés em forma de pata de touro. Envolvido por um grande manto, o morto exibia um rosto calmo.

— Fiquei com ele até o fim — esclareceu o ritualista. — O último pensamento foi dirigido a Vossa Majestade; ele fazia questão de expressar o reconhecimento, pois o trabalho de construtor lhe havia iluminado a velhice. Djehuty sabia que a irradiação de Dachur serviria a Osíris. "Agora não sentirei mais frio" foram as suas últimas palavras.

O sacerdote se retirou, deixando o rei e o filho sozinhos com o morto.

— A hora do julgamento chegou — declarou o monarca. — Cabe a nós pronunciá-lo. O que deseja a esse viajante do além, Iker?

— Que ele atravesse as trevas da morte e ressuscite na luz de Osíris. Djehuty foi uma pessoa justa e boa. Agradeço a ele pela ajuda e não tenho nenhuma recriminação a fazer.

Como o monarca demorava a tomar a palavra, Iker receou que ele tivesse alguma queixa contra o ex-chefe da província da Lebre, no período em que se recusara a se unir à Coroa.

— Sacerdote de Toth e servo de Maat, iniciado no Círculo de Ouro de Ábidos, Djehuty viveu os mistérios de Osíris. Que viaje em paz.

Sesóstris ordenou aos especialistas que mumificassem o seu Irmão em espírito e lhe preparassem a morada eterna.

Iker sentia uma dor profunda. Djehuty o havia acolhido na província da Lebre, permitindo que aprendesse a profissão de escriba e decifrasse os arcanos da língua sagrada sob a direção do general Sepi, também morto. Graças a esses dois sábios, o destino do rapaz se havia iluminado quando ele andava às cegas.

Diante da pirâmide do rei, de um branco reluzente e criadora da luz que protegeria a acácia de Osíris, Sesóstris e o filho se faziam uma tripla pergunta: onde, quando e como o Anunciador atacaria de novo?

25

O ventre da pedra era uma região esquecida pelos deuses. Exibindo um aglomerado de blocos enormes, escurecidos, e de ilhotas que obstruíam o curso do Nilo, a segunda catarata apresentava uma desolação de granito e basalto, decididamente hostil a qualquer forma de vida. Furiosas cascatas tentavam forçar esse bloqueio, provocando uma efervescência e um estrondo perpétuos. O combate entre a água e a pedra jamais cessava.

Um rochedo dominava esse caos de onde se desprendiam forças aterradoras.

Ali estavam o Anunciador, Bina, Shab, o Torto, e Cara-atravessada

Depois de uma longa viagem através do deserto, eles haviam atingido o lugar mais fascinante e mais perigoso da Núbia.

— É impossível atravessar esta catarata — constatou o Torto, impressionado com tanta selvageria.

— Poderia jurar que braços gigantes dilaceram as margens e se divertem em torturar as rochas! — comentou Cara-atravessada, cujos comandos se mantinham na retaguarda.

Estendendo-se por duzentos quilômetros, a segunda catarata deixava escapar um filete de água azul que apresentava um forte contraste com a areia ocre do deserto e o verde das palmeiras; no ventre da pedra nenhuma vegetação resistia à fúria da torrente.

— Daqui surgirá a morte que atingirá o Egito — previu o Anunciador.

Deixando o promontório, ele se dirigiu à pequena tropa, compenetrada e atenta.

— Mênfis foi duramente atingida — lembrou — e o faraó não consegue curar a Árvore da Vida. Todos os egípcios tremem de medo do nosso próximo ataque. O exército inimigo nos procura na Siro-Palestina, onde operações de guerrilha o enfraquecerão dia após dia. Os clãs e as tribos continuam fiéis a mim. Os fogos do céu e da Terra devorarão os traidores. A nossa rede em Mênfis continua intacta, e os policiais de Sobek, o Protetor, não prenderam nenhum dos meus discípulos. No entanto, os nossos sucessos passados não significam nada. Aqui, a energia de que dispomos aumentará consideravelmente o nosso poder. E nao será um exército humano que invadirá as Duas Terras.

— Não somos mais do que uma centena — constatou Cara-atravessada, olhando em volta.

— Observe melhor.

— Vejo turbilhões e mais turbilhões!

— São eles as nossas tropas invencíveis.

Shab, o Torto, estava assombrado.

— Como mobilizá-las, senhor?

— Não somos capazes de manipular as forças consideradas incontroláveis?

— Pode... deslocar esses blocos escuros?

O Anunciador pôs a mão no ombro do Torto.

— Veja além das aparências, não se prenda aos limites materiais. O pensamento pode ultrapassá-los e fazer com que surjam recursos ocultos nos rochedos e na água em fúria.

O Anunciador se voltou para o ventre da pedra.

De repente, pareceu que ele crescia.

Espontaneamente, os fiéis se prostraram.

— O Egito sobrevive graças aos mistérios de Osíris. Enquanto eles forem celebrados, o país dos faraós resistirá. Por isso, devemos procurar estratégias sobrenaturais. O próprio Osíris nos oferece uma, que é ele mesmo, a onda criadora, a inundação de origem celeste que leva a prosperidade e o alimento aos egípcios. Todos os anos, a preocupação toma conta deles: qual será o nível da cheia? Baixo demais, é ameaça de fome; alto demais, provoca uma lista infindável de prejuízos. É precisamente essa cheia que usaremos. Ela será grande e devastadora, como nunca.

Boquiaberto, Cara-atravessada foi o primeiro a se erguer.

— Está pensando em... em manipular a fluxo da água?

— Já o decepcionei, meu amigo?

— Não, senhor, mas...

— O próprio ventre da pedra desencadeará o cataclismo. Cabe a nós saber excitá-lo para que manifeste uma fúria destruidora.

O Anunciador e os discípulos instalaram um acampamento próximo ao promontório que dominava o coração efervescente da segunda catarata. Devido à quantidade de provisões transportada pelos comandos, ninguém passava fome. O Anunciador se satisfazia com um pouco de sal e não tirava os olhos do espetáculo aterrorizador, chave da sua próxima vitória.

Bina não dormia. Depois que o sangue do mestre circulava nela, só precisava de um mínimo de sono. A moça também não resistia ao fascínio daquele ruído que não parava nem por um instante.

O Anunciador abriu a grande caixa de acácia e tirou duas tornozeleiras ornadas com garras de felinos.

— Ponha-as nos tornozelos — ordenou.

Lentamente, ela obedeceu.

— Você não é mais uma mulher como as outras — afirmou o Anunciador. — Em breve, deverá agir.

Bina se inclinou.

O sol se levantava. Em menos de uma hora, o calor se tornou sufocante.

De repente, o Torto correu até o Anunciador.

— Mestre, os núbios! Dezenas de núbios!

— Eu já os esperava.

— Parecem ameaçadores!

— Vou falar com eles.

Enquanto Cara-atravessada e os seus assassinos se preparavam para lutar, o Anunciador foi ao encontro de uma tribo formada por uma centena de guerreiros negros, vestidos com tangas de pele de leopardo. Enfeitados com colares de contas coloridas, pesadas argolas de marfim nas orelhas, faces escarificadas, eles brandiam as azagaias.

— Que o chefe se adiante! — exigiu o Anunciador.

Um magro alto, com duas plumas enfeitando o cabelo, saiu da fileira.

— Você fala a nossa língua? — surpreendeu-se ele.

— Falo todas as línguas.

— Quem é você?

— O Anunciador.

— E o que anuncia?

— Vim libertá-los da ocupação egípcia. Há muitos anos são oprimidos pelo faraó. Ele mata os guerreiros que vocês possuem, pilha as suas riquezas e os reduz à miséria. Eu sei como destruí-lo.

Com um gesto, o chefe ordenou aos seus homens que abaixassem as lanças. Cara-atravessada imitou-o.

— Você conhece a Núbia?

— O fogo desta terra é meu aliado.

— Você é um mago?

— Os monstros do deserto me obedecem.

— Ninguém supera os feiticeiros núbios!

— A desunião os torna ineficazes. Em vez de se bater em duelos inúteis, não deveriam se aliar para combater Sesóstris, o verdadeiro inimigo?

— Já examinou de perto a fortaleza de Buhen, que vigia esta catarata? Ela marca a fronteira do território controlado pelos egípcios. Se nós a atacássemos, as represálias seriam catastróficas!

— Não imaginava que os núbios fossem medrosos.

Os lábios do chefe da tribo tremeram de indignação.

— Ou você se ajoelha diante de mim implorando perdão, ou lhe arrebento a cabeça!

— Ajoelhe-se você e torne-se meu vassalo.

O núbio ergueu a clava bem alto.

Antes que ela fosse abaixada na cabeça do Anunciador, as garras de um falcão se enfiaram no braço do agressor, obrigando-o a soltar a arma. Em seguida, o bico da ave de rapina, com terrível precisão, furou os olhos do chefe da tribo.

Mesmo assim, os guerreiros negros continuavam incrédulos.

No entanto, o moribundo se contorcia de dor.

— Obedeçam-me — exigiu o Anunciador, com voz tranquila. — Senão, morrerão como este covarde.

Alguns ainda hesitavam, outros queriam reagir. A violência triunfou.

— Vamos matar o assassino do nosso chefe! — gritou um deles, de rosto escarificado.

— Que a leoa do deserto extermine os incrédulos — ordenou o Anunciador.

Um rugido de uma altura nunca vista aterrorizou os núbios. O entusiasmo desapareceu e viram avançar para cima deles uma fera de tamanho inimaginável.

Ela mordeu, dilacerou, pisoteou, se regalou com os afluxos de sangue e não poupou um único guerreiro.

Da caixa de acácia, o Anunciador tirou a rainha das turquesas, expondo-a à luz do sol antes de apresentá-la à exterminadora.

Quase que imediatamente, a leoa se acalmou.

Um pesado silêncio cobriu o local do massacre.

Bela, altiva, Bina se mantinha à esquerda do mestre. O Anunciador limpou uma mancha vermelha na testa da moça com um pedaço da sua túnica de lã.

— As outras tribos não tardarão a reagir — presumiu Cara-atravessada.

— É o que espero.

— Conseguiremos repeli-las?

— Nós as convenceremos, meu amigo.

Não foram guerreiros armados de lanças e clavas que surgiram do deserto para se dirigir ao acampamento do Anunciador, mas uns vinte núbios idosos, com o corpo coberto de amuletos. À frente deles, um velho de pele muito preta e cabelos brancos. Apoiando-se numa bengala, ele se locomovia com dificuldade.

— Isso é tudo que eles nos mandam? — divertiu-se Cara-atravessada.

— Não existe nenhum regimento mais perigoso — esclareceu o Anunciador.

— Como esses velhinhos podem ser perigosos?

— Nem pense em desafiá-los, eles o reduziriam a cinzas. Eis a fina flor dos feiticeiros núbios, capazes de lançar os piores malefícios

O velho se dirigiu ao Anunciador:

— Foi você quem exterminou a tribo dos filhos da hiena?

— Fui obrigado a castigar o bando de insolentes.

— Pode manipular as forças obscuras?

— Eu, o Anunciador, uso todas as formas de poder para eliminar o faraó Sesóstris.

O núbio balançou a cabeça.

— Todos nós aqui presentes possuímos poderes consideráveis. No entanto, não conseguimos nos livrar do invasor.

O Anunciador deu um sorriso condescendente.

— Vocês se isolam no seu país perdido. Eu vou difundir uma nova fé no mundo inteiro. E vocês me ajudarão a despertar a violência de que esta terra é portadora. O fogo do ventre da pedra devastará o Egito.

— Nenhum de nós se arriscaria a provocar essa fúria!

— Você e os seus compatriotas estão adormecidos porque temem o faraó. Eu vim acordá-los.

Irritado, o velho bateu no chão com a bengala.

— Você reanimou a Aterradora?

— A leoa me obedece.

— Bravata! Ninguém pode controlar a fúria da leoa.

— Pode, se possuir a rainha das turquesas.

— Lenda ridícula!

— Quer vê-la?

— Está zombando de mim!

O Anunciador mostrou o tesouro ao decano dos feiticeiros negros.

O velho contemplou longamente a enorme turquesa de reflexos azuis-esverdeados.

— Então não é uma fábula...

— Obedeçam aos preceitos de Deus, obedeçam-me. Senão, a Aterradora os massacrará.

— O que veio realmente fazer aqui?

— Continuarei a repetir: livrá-los de um tirano. Mas, primeiro, é preciso que se convertam e se tornem meus adeptos. Depois, unirão os seus poderes mágicos aos meus e provocaremos um cataclismo do qual o Egito não vai se recuperar.

— O Egito parece ser inabalável!

— Na Siro-Palestina e, também, no centro da capital, em Mênfis, já lhe infligi feridas profundas.

O velho ficou surpreso:

— Em Mênfis... Você ousou?

— Sesóstris os deixa paralisados. Agora, ele e o povo estão com medo. E os tormentos vão aumentar.

— Esse rei não é um gigante de força colossal?

— Exato — reconheceu o Anunciador. — Por isso, seria inútil e estúpido atacá-lo frontalmente. As minhas redes agem na sombra, fora do alcance da polícia e do exército do faraó, e os ferimentos que causam pegam, a todos, desprevenidos. Com a ajuda dos núbios e do ventre da pedra, aplicarei em Sesóstris um golpe de violência inaudita.

O velho olhou o pregador de modo diferente. Ele se expressava com uma calma temível, como se nada pudesse impedi-lo de realizar os insensatos projetos.

— Depois que o primeiro Sesóstris construiu a fortaleza de Buhen — lembrou o núbio —, o Egito nos deixou em paz. O exército não ultrapassa essa fronteira e as nossas tribos dividem o poder.

— Em breve, o faraó irá além desse limite e devastará este país. Depois de espalhar o terror em Canaã, o conquistador esmagará a Núbia. Só lhes resta uma possibilidade: ajudar-me a desencadear a enchente que o impedirá de agir.

Perplexo, o velho se apoiou na bengala.

— Preciso consultar todos os feiticeiros. Vamos deliberar e lhe comunicarei a nossa decisão.

— E não cometam um engano — recomendou o Anunciador.

26

No lugar que correspondia ao Oriente, sentavam-se o faraó e a Grande Esposa Real; ao Sul, o Grande Tesoureiro Senankh e Sekari; ao Norte, o general Nesmontu e o Portador do Selo Real Sehotep; ao Ocidente, o vizir Khnum-Hotep e o Calvo.

Depois de celebrar o ritual dos funerais de Djehuty, o Círculo de Ouro de Ábidos orientou o pensamento para o futuro.

— A bela deusa do Ocidente recebeu o nosso irmão — declarou Sesóstris —, que renascerá eternamente no Oriente. Como Sepi, ele ficará para sempre entre nós.

O faraó gostaria de prolongar a ação ritual e reforçar os vínculos do Círculo de Ouro com o invisível, mas precisava submeter um problema sério à confraria.

— Depois da tragédia de Mênfis, o Anunciador está em silêncio. Essa calma aparente, sem dúvida, precede uma nova tempestade, cuja natureza ignoramos. As medidas tomadas por Sobek e pelo general Nesmontu garantem a segurança em todo o território. Evidentemente, o inimigo previu a nossa reação.

— Ele foi reduzido ao silêncio e à incapacidade de nos causar prejuízo — observou o vizir.

— É nisso que ele quer que acreditemos! — protestou Sekari. — Um criminoso dessa envergadura não vai desistir.

— Graças a Iker, sabemos que o próximo campo de batalha não será a Siro-Palestina — lembrou o general Nesmontu. — Quanto à capital, a rigorosa vigilância torna a rede do Anunciador inoperante. Ele agirá em algum outro lugar.

— O verão está muito quente — constatou Senankh —, a seca chegou ao máximo antes da cheia. É um período pouco propício para se locomover e tentar uma operação importante. As condições climáticas nos dão uma trégua.

A Grande Esposa Real falou sobre o trabalho das sacerdotisas de Ábidos e sobre os cuidados com a Árvore da Vida. Em seguida, o Calvo citou o rigor dos ritualistas. Nenhum acidente a relatar. Apesar da preocupação, os domínios sagrados de Osíris se mantinham firmes diante da adversidade.

— A jovem Ísis está progredindo no caminho dos grandes mistérios? — perguntou o vizir.

— Ela avança passo a passo, num ritmo próprio — respondeu a rainha. — Apesar do nosso desejo de educá-la, não vamos nos precipitar, pois lhe seria prejudicial.

— Diante do papel que terá de desempenhar — confirmou o rei —, Ísis deve ter uma formação excepcional.

— Como a de Iker? — presumiu Sehotep.

— Eu o oriento como o meu pai espiritual me orientou.

Depois de o casal real derramar a água e o leite no pé da acácia, o Calvo a incensou, enquanto Ísis manipulava os sistros. A moça havia adquirido um tal domínio desses instrumentos que conseguia extrair uma incrível quantidade de sons.

— Os arquivos da Casa da Vida me deram uma informação que poderá ser essencial — confiou a sacerdotisa ao término do ritual. — O ouro é indispensável à alquimia osiriana, porque a carne do ressuscitado é formada do metal puro, síntese dos outros elementos. Nele, a luz se solidifica e reflete o aspecto imaterial das forças divinas. A sua irradiação passa a ser a de Maat.

Tudo isso o rei, a rainha e o Calvo já sabiam há muito tempo. Mas era bom que Ísis aprendesse por si mesma. A jovem seguia o caminho que, mais cedo ou mais tarde, iria levá-la a uma descoberta de importância capital.

— Segundo os textos antigos — continuou ela — o faraó é o prospector, o ourives capaz de trabalhar o ouro para que o brilho do metal ilumine os deuses e os humanos e mantenha a harmonia entre o céu e a Terra. O relatório de um explorador que data da época das grandes pirâmides dá a seguinte indicação: os próprios deuses teriam enterrado o seu maior tesouro nas terras do sul, na Núbia. O que poderia ser essa maravilha que encerra a energia dos deuses se não o ouro destinado a Osíris?

— Sem ele — lembrou o Calvo — é impossível restaurar os objetos usados na celebração dos mistérios. Privados da eficácia, eles se tornariam inertes. E não me refiro ao segredo sobre o qual os meus lábios devem permanecer mudos.

"A Núbia, região selvagem, mal controlada, povoada de perigos visíveis e invisíveis", pensou Sesóstris. A Núbia onde havia sido morto o general Sepi, cujo assassino continuava impune. Sim, Ísis via corretamente. Era lá que se escondia o ouro dos deuses. Nessa época agitada não prometia ser fácil organizar uma expedição de peso para lá.

— Alguma especificação? — perguntou ele à sacerdotisa.

— Infelizmente, não, Majestade. Continuo a pesquisar.

O faraó se preparava para deixar Ábidos quando Sobek, o Protetor, lhe trouxe uma mensagem urgente de Elefantina. O texto vinha do ex-chefe de província Sarenput, agora prefeito da grande cidade comercial, na fronteira do Egito com a Núbia.

— Não voltarei para Mênfis — declarou o monarca, depois de ler a missiva. — Reúna imediatamente os membros da Casa do Rei.

A reunião se realizou no pátio principal do templo de Sesóstris, longe dos olhos e dos ouvidos. As decisões tomadas teriam graves consequências.

— Sarenput pode ser considerado um servo fiel? — perguntou o rei.

— A gestão dele não tem falhas — esclareceu Senankh — e não constatei nenhum abuso de poder, nem desonestidade. Os vossos decretos são rigorosamente seguidos.

— Da minha parte — acrescentou Sehotep —, nenhuma crítica. Homem direto e rude, Sarenput não desdenha os prazeres da vida, mas, hoje em dia, se contenta com a alta função.

— Nada a acrescentar — pontuou o vizir.

— Eu sou mais reservado — interveio Sobek —, porque não posso esquecer o seu passado. E se for preciso importuná-lo e intervir em Elefantina, talvez ele não reaja com entusiasmo.

O general Nesmontu deu razão a Sobek.

— Se os fatos relatados na carta de Sarenput forem exatos — continuou o faraó —, provavelmente conhecemos o local da nova batalha que o Anunciador quer começar.

O velho militar grunhiu de satisfação.

— O exército estará apto a agir rapidamente, Majestade.

— Segundo um relatório do comandante da fortaleza de Buhen, construído pelo primeiro Sesóstris para marcar a fronteira extrema do Egito e conter as tribos guerreiras, uma dessas tribos acabou de ser dizimada no ventre da pedra.

— O ventre da pedra, um verdadeiro inferno! — exclamou Sobek.

— A nossa guarnição está aterrorizada. Fala-se de monstros que massacram todos os seres vivos. E alguns dizem ter visto uma leoa assustadora, de tamanho sobrenatural, que um exército de caçadores não conseguiria abater.

— Percebo claramente a marca do Anunciador — declarou Sehotep. — Em outras circunstâncias, tenderíamos a acreditar num simples incidente local. Mas, atualmente, essa atitude seria de uma ingenuidade condenável.

— A Núbia não é um país comum — frisou Senankh. — Vossos antecessores, Majestade, tiveram enormes dificuldades para impor uma aparente pacificação, muito longe de uma real amizade.

— Tenho um certo número de arqueiros núbios entre os meus soldados — lembrou Nesmontu. — São hábeis, corajosos e disciplinados. Se receberem ordens para lutar contra os irmãos de raça, eles a cumprirão. Optaram por viver no Egito e não na Núbia.

— As qualidades guerreiras não me tranquilizam — observou Sehotep. — Os cananeus e sírios fogem diante do adversário, os núbios se defendem com obstinação. E temo os seus feiticeiros, cuja reputação assusta a maior parte dos nossos homens.

— Vou encabeçar a expedição — declarou Sesóstris.

Khnum-Hotep estremeceu.

— Majestade, será que o Anunciador não procura atrair-vos para uma armadilha?

— O confronto direto parece inevitável. E não podemos nos esquecer da busca do ouro dos deuses. Ísis tem razão: ele está na Núbia. O general Sepi deu a vida por ele e essa oferenda não será em vão.

O faraó havia tomado uma decisão e seria inútil discutir. Apesar da enormidade dos riscos, haveria outra saída?

— Vizir Khnum-Hotep, eu o encarrego de gerir o país durante a minha ausência. Todas as manhãs você deve consultar a Grande Esposa Real, na companhia de Senankh. Ela governará em meu nome. Se eu não voltar da Núbia, ela subirá ao trono dos vivos. Você, Sehotep, deverá me acompanhar. Você, Nesmontu, reúna os regimentos em Elefantina.

— Nesse caso, desguarnecemos as províncias — salientou o general.

— Vou correr o risco. Você, Sobek, volte a Mênfis.

O chefe da polícia reagiu:

— Majestade, vossa proteção...

— Será garantida pela minha guarda pessoal. Vamos prever o pior: se a Núbia for um engodo, Mênfis será o alvo principal. Por isso, deve voltar toda a sua atenção para a capital. E se a batalha decisiva ocorrer no extremo sul, a rede do Anunciador deve se mostrar menos cautelosa. Se ela cometer um único erro, você poderá pegar toda a organização.

Os argumentos do rei eram irrefutáveis. No entanto, o Protetor sentiu desgosto e tristeza à ideia de ser afastado do monarca.

— Mande o Filho Real Iker me encontrar em Edfu — acrescentou Sesóstris.

— Iker, ao vosso lado? Majestade, eu penso...

— Sei o que pensa, Sobek. Ainda persiste no erro. Durante a campanha núbia, você se convencerá, pelas ações de Iker, que ele é absolutamente leal a mim.

No templo de Edfu[1], desde a aurora da civilização, reinava o falcão sagrado, encarnação do deus Hórus, protetor da instituição faraônica. As suas asas tinham o tamanho do Universo, o olhar penetrava no segredo do sol. E quando pousava na nuca do rei, insuflava-lhe uma visão nutrida pelo além.

Um sacerdote recebeu Ísis no cais e levou-a a uma forja instalada não muito longe do santuário. Na presença do faraó, dois artesãos faziam uma estátua do deus Ptah, com a cabeça coberta por um barrete azul e o corpo envolvido num sudário branco, de onde saíam os braços, que seguravam vários cetros, símbolos da vida, do poder e da estabilidade.

— Contemple a obra de Ptah, mestre dos artesãos, ligada à de Sokaris, senhor dos espaços subterrâneos. Ptah cria pelo pensamen-

[1] A 245 quilômetros ao sul de Ábidos.

to e pelo Verbo. Ele dá nome às divindades, aos humanos e aos animais. A Enéade se encarna nos dentes e nos lábios de Ptah, que tornam real o que o coração dele concebe. Toth revela as suas fórmulas por intermédio da língua desse deus. Os pés dele tocam a Terra, a cabeça, o céu longínquo. Ele eleva a obra realizada usando o próprio poder. O nome de *Sokaris* deriva da raiz *seker*. Ela significa "malhar o metal", mas também se refere ao transporte do corpo de ressurreição através deste mundo. Quando você limpa ritualmente a boca, *sek-r*, você abre a consciência para Sokaris. E quando Osíris fala ao iniciado no seio das trevas, ele usa essa mesma expressão, cujo sentido é, então, "venha para mim". A crença e a piedade não o levarão a Osíris. Os bons guias são o conhecimento e a obra alquímica. Na véspera da luta contra os feiticeiros núbios, peço a Ptah que fabrique a minha lança, e a Sokaris, a minha espada. Olhe-as sair do fogo.

O primeiro ferreiro produziu uma lança tão longa e tão pesada que só Sesóstris seria capaz de manejá-la. E o segundo, uma espada, cujo clarão obrigou a sacerdotisa a proteger os olhos.

O faraó pegou as armas ainda quentes.

— A guerra contra o Mal exclui toda covardia e todo subterfúgio. Partimos para Elefantina.

27

O Anunciador se alimentava da extraordinária energia do ventre da pedra. Tornava-se cada um dos turbilhões, cada um dos ataques furiosos das cascatas contra a rocha. Sentada aos pés do chefe, silenciosa, Bina contemplava o impressionante espetáculo com um olhar vazio.

Por vezes, conforme o vento, ouviam-se frases soltas da disputa retórica travada entre os feiticeiros núbios.

Finalmente, depois de longas horas de intensas argumentações, o velho de cabelos brancos reapareceu.

— Optamos por não ajudá-lo, mas sim expulsá-lo do nosso território — disse ele ao Anunciador, que não mostrou surpresa nem indignação.

— Parece que nem todos tinham a mesma opinião.

— O mais hábil dentre nós, Techaí, votou a seu favor. A maioria prevalece, ele se deu por vencido.

— O seu voto não foi decisivo?

O velho pareceu irritado:

— Exerci o meu privilégio de decano e não lamento.

— Cometeu um erro grave. Reconheça-o, convença os seus amigos a mudar de opinião e serei indulgente.

— É inútil insistir: saia imediatamente da Núbia.

O Anunciador deu as costas para o velho.

— O ventre da pedra é meu aliado.

— Se insistir, você morrerá.

— Se ousar agredir a mim e aos meus fiéis, serei obrigado a castigá-los.

— A nossa magia é mais forte do que a sua. Teime e começaremos a agir esta noite.

Martelando o solo com a bengala, o velho se juntou aos outros feiticeiros.

— Quer que eu o livre desse monte de negrinhos? — perguntou Cara-atravessada.

— Preciso de alguns deles.

— Devemos realmente temê-los? — perguntou Shab, o Torto.

— Sigam escrupulosamente as minhas instruções e nada sofrerão. Durante três dias e três noites, os núbios ocultarão os olhos do cosmos, o sol e a lua. Em vez da irradiação habitual, eles nos enviarão ondas mortais. Cubram-se com túnicas de lã. Se um pequeno pedaço do corpo ficar exposto, serão devorados pelo fogo. O crepitar das chamas vai apavorá-los e vão pensar que estão queimando no centro de uma fornalha. Não tentem olhar, nem fugir. Permaneçam imóveis até que volte a calma.

— E o senhor? — preocupou-se Shab.

— Eu continuarei a escrutar o ventre da pedra.

— Tem certeza de que não tem nada a temer desses núbios?

O olhar do Anunciador tornou-se duro.

— Fui eu quem ensinou tudo a eles. Antes de eles esmorecerem e se comportarem como covardes, eu estava lá. Quando os meus exércitos invadirem o mundo, amanhã, depois de amanhã, daqui a muitos séculos, eu ainda estarei lá.

Ninguém, nem mesmo Cara-atravessada, se fez de valente e todos respeitaram as instruções. O Anunciador, em pessoa, protegeu Bina com duas túnicas firmemente amarradas com faixas na cintura.

No fim do dia, os núbios começaram a ofensiva.

Surgindo do promontório onde estava o Anunciador, uma chama o envolveu, antes de se propagar numa velocidade extraordinária. O crepitar das chamas abafou o ruído da catarata. Os corpos dos fiéis desapareceram no fogaréu, a rocha ficou em brasa. Nuvens negras ocultaram a lua que nascia.

O suplício continuou por três dias e três noites.

Um dos adeptos, desesperado, se livrou das roupas e saiu correndo. Uma língua de fogo se enrolou nas pernas dele, queimando-as em alguns segundos. Em seguida, o torso e o rosto foram reduzidos a cinzas.

Finalmente, o sol voltou a brilhar. O Anunciador desfez os nós das faixas e soltou Bina.

— Vencemos — proclamou. — Levantem-se.

Exaustos, apavorados, os discípulos só tinham olhos para o mestre.

O Anunciador apresentava um rosto calmo e repousado, como se saísse de um sono reparador.

— Vamos punir os imprudentes — decidiu. — Não saiam daqui.

— E se os negros nos atacarem? — perguntou Cara-atravessada, impaciente para lutar.

— Vou procurá-los.

O Anunciador levou Bina para trás de um enorme rochedo batido pelas águas, a salvo dos olhares.

— Dispa-se.

Quando ela ficou nua, ele lhe acariciou as costas, que se tingiram da cor do sangue. O rosto adquiriu as feições de uma leoa com olhos chamejantes.

— Você, a Aterradora, castigue os incrédulos.

Um rugido petrificou todos os seres vivos num largo perímetro, até a fortaleza de Buhen. A fera atacou.

O primeiro a morrer foi o velho de cabelos brancos. Incrédulo diante do fracasso dos melhores feiticeiros da Núbia, ele os exortava a reiterar o encobrimento dos luminares quando a leoa fez com que se calasse, ao fechar os maxilares na cabeça dele. Alguns feiticeiros, mais audaciosos, tentaram pronunciar as palavras de conjuração, mas a exterminadora não lhes deu tempo de formulá-las. Ela despedaçou, dilacerou e pisoteou.

Apenas cinco núbios escaparam das suas garras e das suas presas.

Quando o Anunciador lhe apresentou a rainha das turquesas, a leoa se acalmou. Aos poucos, foi aparecendo uma magnífica jovem morena, de corpo flexível e delicado, que o Anunciador se apressou a cobrir com uma túnica.

— Aproxime-se, Techaí, e prosterne-se diante de mim.

Alto, magro, coberto de tatuagens, o feiticeiro obedeceu.

— Techaí... O seu nome significa realmente "o saqueador"?

— Sim, senhor — murmurou ele, com voz trêmula. — Tenho o dom de me apropriar das forças obscuras e usá-las contra os meus inimigos. Votei a seu favor, porém a maioria não me ouviu!

— Você e todos que o imitaram foram poupados.

Por sua vez, todos os sobreviventes se prosternaram.

Com os olhos de um vermelho vivo, o Anunciador agarrou um deles pelo cabelo e lhe arrancou a tanga.

À visão do sexo, não restou nenhuma dúvida.

— Quase não tem seios, mas é uma mulher!

— Eu o servirei, senhor!

— As mulheres são criaturas inferiores. Continuam infantis por toda a vida, só pensam em mentir e devem ser submissas aos maridos. Só Bina, a rainha da noite, está autorizada a me ajudar. Você não passa de uma tentadora impudica.

A maga beijou os pés do Anunciador.

— Techaí — ordenou ele —, apedreje-a e queime-a.

— Senhor...

O olhar abrasador fez o núbio compreender que não tinha escolha.

Ele e os acólitos cataram algumas pedras.

A infeliz tentou fugir. Um primeiro projétil acertou-a na nuca, um segundo na região dos rins.

Ela só se levantou uma vez, tentando, em vão, proteger o rosto.

Sobre o corpo ensanguentado que ainda apresentava alguns espasmos, os quatro núbios jogaram galhos secos de palmeiras.

O próprio Techaí pôs fogo nos galhos.

* * *

Ainda trêmulos, os feiticeiros só pensavam em sobreviver. Techaí tentou se lembrar de duas ou três fórmulas de conjuração que, normalmente, deixavam sem ação os piores demônios. Quando viu o Anunciador matar a sede com sal, olhando fixo para ele com os olhos vermelhos, Techaí admitiu a derrota e compreendeu que qualquer tentativa de rebelião, por menor que fosse, o levaria à morte.

— O que espera de nós, senhor?

— Anunciem a minha vitória às respectivas tribos e ordenem que se reúnam num local inacessível aos batedores egípcios.

— Eles nunca se aventuram nas nossas terras. Quanto aos nossos chefes, eles respeitam a magia. Depois das suas façanhas, até Triah, o poderoso príncipe de Kush, será obrigado a lhe conceder a sua estima.

— A estima não me é suficiente. Exijo obediência absoluta.

— Triah é um homem orgulhoso e suscetível, ele...

— Resolveremos esse problema depois — prometeu o Anunciador, com voz suave. — Volte com alimentos e mulheres. Elas só sairão de suas casas para dar prazer aos meus homens e para cozinhar. Depois, falaremos sobre a minha estratégia.

Ao ver os feiticeiros núbios saírem correndo, Cara-atravessada se mostrou cético:

— É muito indulgente, senhor. Não mais os veremos.

— Veremos sim, meu amigo, e ficará surpreso com a rapidez com que isso ocorrerá.

O Anunciador não se havia enganado.

À frente de um pequeno exército de guerreiros negros, Techaí ressurgiu dois dias depois, visivelmente cansado.

— Aqui estão quatro tribos decididas a seguir o mago supremo — declarou. — O príncipe Triah foi avisado e, sem dúvida, mandará um emissário.

Cara-atravessada examinou a musculatura dos núbios armados com azagaias, punhais e arcos.

— Nada mal — reconheceu. — Esses sujeitos deverão se tornar bons soldados, se resistirem aos meus métodos de treinamento.

— E a comida? — perguntou Shab, o Torto.

Techaí fez um sinal para os carregadores avançarem.

— Cereais, legumes, frutas, peixe seco... A região é pobre. Conseguimos o melhor.

— Prove — ordenou o Torto a um carregador.

O homem comeu todos os tipos de alimento.

Nenhum deles envenenado.

— E as mulheres? — perguntou Cara-atravessada, cobiçoso.

Elas eram vinte.

Vinte esplêndidas núbias, bem jovens, de seios nus, vestidas apenas com uma tanga de folhas.

— Venham, minhas lindas mulheres, construímos uma residência espaçosa para vocês! Eu serei o primeiro a saboreá-las.

Enquanto Shab organizava o acampamento, longe da fortaleza de Buhen, o Anunciador levou os feiticeiros para perto do centro efervescente da catarata.

Mesmo para eles o calor estava quase insuportável.

— Segundo o estado do rio e os avisos da natureza, que tipo de cheia preveem?

— Forte, muito forte — respondeu Techaí.

— Então, o nosso trabalho será facilitado. Ao concentrarmos os nossos poderes no ventre da pedra, provocaremos a fúria de um afluxo devastador.

— Quer... quer afogar o Egito?

— Em vez de um Nilo fecundador cobrir as margens sedentas, uma torrente arruinará esse país maldito.

— Um trabalho bem árduo, porque...

— Seriam incapazes de fazê-lo?

— Não, senhor, não! Mas devemos temer o movimento de reversão das águas.

— Vocês não são a elite dos magos? Uma vez que querem expulsar os invasores e libertar o país, o Nilo não vai se virar contra vocês. E essa não é a única arma que usaremos.

Techaí ficou atento.

— Teria... algum tipo de garantia?

O Anunciador falou com voz melíflua:

— Alguns núbios não prestam serviço de arqueiros ao exército inimigo?

— Renegados, vendidos! Em vez de ficarem no país e de lutarem em favor do clã, preferiram uma vida fácil se alistando no exército inimigo!

— Vantagem ilusória — afirmou o Anunciador. — Faremos com que paguem a traição, desorganizando as fileiras egípcias.

— Seria capaz de destruir a fortaleza de Buhen?

— Acha que simples muralhas me impedirão?

Consciente de haver proferido um insulto, Techaí abaixou a cabeça.

— Por muito tempo temos nos comportado como um povo submisso... Graças ao senhor, recuperamos a esperança!

O Anunciador sorriu.

— Vamos preparar o despertar do ventre da pedra.

28

A esposa de Medés, Secretário da Casa do Rei, teve uma crise de histeria. Insultando a cabeleireira, a maquiadora e a pedicure, ela rolava pelo chão. Foi preciso a intervenção do marido e vários pares de tapas no rosto para acalmá-la.

E mesmo sentada numa cadeira de ébano, ela continuava a bater os pés.

— Perdeu toda a dignidade? Controle-se imediatamente!

— Você não percebeu, fui abandonada... O doutor Gua deixou Mênfis!

— Eu sei.

— Onde ele está?

— No sul, com o rei.

— Quando voltará?

— Não sei.

Ela se agarrou ao pescoço do marido. Temendo ser estrangulado, ele a esbofeteou novamente e forçou a mulher a se sentar.

— Estou perdida, só ele sabe me tratar!

— De jeito nenhum! Gua formou excelentes alunos. Em vez de um único médico, você terá três.

A crise de choro cessou.

— Três... Está zombando de mim?

— O primeiro vai examiná-la pela manhã, o segundo, à tarde, e o terceiro, à noite.

— Verdade, meu querido?

— Tão verdade quanto eu me chamo Medés.

A mulher se esfregou nele e o beijou.

— Você é o melhor dos maridos!

— Agora, vá se embelezar.

Deixando-a nas mãos da maquiadora, ele foi ao palácio receber as instruções do vizir. O primeiro dignitário que encontrou foi Sobek, o chefe da polícia.

— Eu ia justamente convocá-lo.

Tenso, mesmo assim Medés se mostrou agradável.

— Às ordens.

— O seu barco está pronto.

— Meu barco...

— Você vai para Elefantina, o faraó o aguarda. Gergu ficará responsável pelos cargueiros de cereais, indispensáveis à expedição que está sendo preparada.

— Eu não seria mais útil em Mênfis?

— Sua Majestade o encarregou de organizar o trabalho dos escribas. Você redigirá o diário de bordo, os relatórios cotidianos e os decretos. O trabalho o assusta?

— Ao contrário, muito pelo contrário! — protestou Medés. — Mas não gosto de viajar. Navegar me deixa enjoado.

— O doutor Gua cuidará de você. Partida amanhã de manhã.

A missão ocultaria uma cilada ou, realmente, correspondia a uma necessidade? O que quer que fosse, Medés não se arriscaria. Ao colocá-lo sob vigilância como os outros altos funcionários, Sobek esperava que desse um passo em falso.

Portanto, o Secretário da Casa do Rei não entraria em contato com o libanês antes de deixar a capital. O cúmplice compreenderia a razão do silêncio. Infelizmente, Medés não poderia delegar a ninguém a delicada tarefa de liberar da aduana um carregamento de madeira preciosa proveniente de Biblos e nem teria a possibilidade de divulgar a volta de Iker.

A rede do libanês continuava adormecida. Comerciantes, vendedores ambulantes e cabeleireiros se dedicavam às suas ocupações, conversando com os clientes para mostrar a sua angústia quanto ao futuro e elogiar os méritos do faraó. Os policiais e os informantes de Sobek continuavam a vasculhar em vão.

Até receber novas instruções do Anunciador, o libanês se consagraria às atividades comerciais e aumentaria a fortuna, já considerável.

A visita do seu melhor agente, o carregador de água, o surpreendeu.

— Algum problema?

— Medés acabou de embarcar para o sul.

— Tínhamos um encontro marcado para esta noite!

— Gergu também vai viajar. Ele cuida dos cargueiros de trigo, para uso do exército.

Precaução óbvia: Sesóstris saía do Egito e tomava o caminho da Núbia, onde a comida poderia faltar!

A estratégia do Anunciador funcionava às mil maravilhas.

O único detalhe aborrecido: a requisição de Medés!

— O que acontece no palácio?

— A rainha governa, o vizir e Senankh administram os negócios do Estado. Sobek aumentou o controle das mercadorias e esquadrinha os bairros da capital, sem descuidar da intensa vigilância dos dignitários. Ao que tudo indica, o rei lhe ordenou que redobrasse os esforços.

— Um verdadeiro carrapato esse Protetor!

— A compartimentalização da nossa rede é rigorosa — lembrou o carregador de água. — Mesmo que prenda um dos nossos, Sobek estaria num impasse.

— Você me deu uma ideia... Para acalmar uma fera que está à caça, a melhor solução não é lhe dar uma presa?

— Manobra ousada!

— Você não elogiou a rigidez da nossa compartimentalização?

— É verdade, mas...

— Sou eu quem dirige essa rede, não se esqueça!

Irritado, o libanês devorou um doce cremoso.

— Medés ausente, quem cuidará dos aduaneiros? O próximo desembarque de madeira preciosa estava previsto para a ocasião da lua cheia!

— Sobek reforçou as medidas de segurança em todo o cais — esclareceu o carregador de água.

— Esse sujeito está começando a incomodar! Em outras palavras, a nossa embarcação deverá permanecer em Biblos com a carga. Já imaginou o prejuízo? E não sabemos quando Medés voltará da Núbia, e nem se voltará!

O enfoque religioso do Anunciador preocupava bem menos o libanês do que o progresso do seu próprio negócio. Pouco lhe importava o regime vigente e a forma de poder, desde que o comércio clandestino continuasse a florescer e os lucros fossem vantajosos.

Acontece que a polícia começava a incomodar.

E o libanês não se deixaria arruinar.

Se a situação piorasse, Gergu ia perder o controle! Vermelho, suado, vociferando, ele não sabia mais para que deus se voltar. Navegar para o sul o agradava bastante, mas controlar os cargueiros era um pesadelo.

Faltavam uma carga cuja tonelagem não constava das listas e um cargueiro fantasma, que ele não conseguia encontrar no porto! Enquanto esses mistérios não fossem esclarecidos, não poderia levantar âncora. E caberia a ele, Gergu, a responsabilidade pelo atraso. De nada adiantaria esperar por uma ajuda de Medés, os dois homens deviam se manter distantes um do outro.

— Algum problema? — perguntou Iker, acompanhado de Vento do Norte.

— Não consigo resolver isso — confessou Gergu, se lamentando. — No entanto, já verifiquei e tornei a verificar.

À beira das lágrimas, o inspetor-chefe dos celeiros estava a ponto de ter uma crise de depressão.

— Posso ajudá-lo?

— Não vejo como.

— Mesmo assim, me explique o que está havendo.

Gergu entregou ao Filho Real um papiro amarfanhado de tanto ser consultado.

— Primeiro, o conteúdo de um silo se volatilizou.

Iker examinou o documento redigido em escrita cursiva por um escriba, particularmente difícil de ser decifrado.

Somente na terceira leitura foi que descobriu a solução:

— O funcionário contou duas vezes a mesma quantidade!

Os traços grosseiros de Gergu se relaxaram.

— Então... tenho o total de cereais exigidos pelo rei?

— Sem dúvida. O que mais?

Gergu estava aflito:

— O cargueiro desaparecido... Não serei perdoado!

— Uma embarcação de transporte não evapora como uma nuvem de primavera — avaliou Iker. — Vou investigar na capitania.

O inventário dos cargueiros de cereais parecia em ordem.

Aparência enganosa!

Um escriba negligente, ou muito apressado, havia misturado dois dossiês. E esse erro provocava o desaparecimento administrativo de uma unidade da marinha mercante, inscrita com o nome errado.

Gergu se desmanchou em agradecimentos.

Iker pensava no *Rápido*. Um passe de mágica como esse não fora suficiente para fazer desaparecer um veleiro de longo curso dos efetivos da frota real?

— Você tem talento!

— Com a minha formação de escriba, estou acostumado a esse tipo de sumiço, nada demais.

Gergu, finalmente, conseguiu enxergar:

— Você... você é o Filho Real Iker?

— O faraó me deu esse título.

— Perdoe-me, eu só o vi de longe, no palácio. Se eu soubesse, não teria ousado incomodar você... o senhor, com isso.

— Nada de cerimônia entre nós, Gergu! Conheço bem o seu trabalho, porque cuidei da gestão dos celeiros, quando morava em Kahun. É uma tarefa delicada e essencial! Em caso de crise ou de uma cheia má, a sobrevivência da população depende das reservas acumuladas.

— Só penso nisso — mentiu o inspetor-chefe. — Eu poderia ter uma carreira lucrativa, mas trabalhar em prol do bem comum não é uma nobre função?

— Estou convencido disso.

— Na corte, não cessam os rumores sobre as suas façanhas na Siro-Palestina... Eis mais uma com a qual fui o feliz beneficiado! E se bebêssemos um bom vinho para comemorar?

Sem esperar pela resposta do Filho Real, Gergu tirou a tampa de uma ânfora e derramou um vinho tinto frutado numa taça de alabastro que ele tirou do bolso da túnica.

— Tenho mais uma para emergências — murmurou, exibindo-a. — À saúde do nosso faraó!

O excelente vinho agradava o paladar.

— Dizem que você derrubou um gigante, é verdade?

— Ao lado dele — reconheceu Iker —, eu parecia um anão.

— Era o tal Anunciador temido por todos?

— Infelizmente, não.

— Se esse monstro existir realmente, vamos encontrá-lo! Nenhum terrorista porá o Egito em perigo.

— Não partilho do seu otimismo.

Gergu pareceu surpreso:

— O que devemos recear, na sua opinião?

— Nenhum argumento, nem mesmo um exército poderoso, convencerá os fanáticos a desistirem dos projetos.

Aproximando-se com discrição exemplar, Vento do Norte molhou a língua na taça de Iker.

— Um burro apreciador de vinho! — exclamou Gergu. — Eis um bom companheiro de estrada!

O olhar enfurecido de Iker dissuadiu o burro de continuar.

— Mais algum problema, Gergu?

— Por ora, está tudo bem! Permita-me agradecer-lhe mais uma vez. Os invejosos da corte não cessam de criticá-lo, porque não o conhecem. Eu tive a imensa sorte de encontrá-lo. Tenha a certeza da minha estima e amizade.

— Também pode contar com a minha.

O capitão deu o sinal de partida.

No último momento, Sekari subiu a bordo do barco da frente, onde estavam os oficiais mais graduados. O Filho Real tentava explicar a Vento do Norte que as bebidas alcoólicas prejudicariam a saúde dele.

— Nada a assinalar, Iker. Ninguém suspeito a bordo. No entanto, vou continuar com a minha inspeção.

— Alguma preocupação específica?

— Este comboio não poderia passar despercebido. Talvez um membro da rede menfita tenha sido incumbido de nos causar problemas.

— Com todo o controle da polícia, seria surpreendente!

— Já tivemos surpresas horríveis.

No momento em que Sekari fazia nova revista no barco, Medés, esverdeado, cumprimentou o Filho Real:

— Com todas as suas obrigações, ainda não tive tempo de felicitá-lo.

— Só cumpri a minha missão.

— Com risco de vida! A Siro-Palestina não é um lugar seguro.

— Infelizmente, as pesadas ameaças estão longe de ser descartadas.

— Dispomos de grandes trunfos — expôs Medés. — Um rei excepcional, um exército organizado e bem comandado e uma polícia eficiente.

— No entanto, Mênfis foi duramente atingida e ainda não achamos o Anunciador.

— Acredita mesmo que ele exista?

— Eu me faço essa pergunta constantemente. Às vezes, um fantasma semeia o terror.

— É verdade, mas Sua Majestade parece achar que o espectro realmente se incorporou. Acontece que o olhar dele vai além da razão comum. Sem ele, seríamos cegos. Ao restabelecer a unidade do Egito, o rei lhe devolveu o vigor de antigamente. Possam os deuses conceder um total sucesso a essa expedição e a paz ao nosso povo.

— Já conhece a Núbia?

— Não — respondeu Medés —, e eu a temo.

29

No cais principal de Elefantina havia um sem número de soldados. Ao pé da prancha de desembarque, o general Nesmontu.

— Nenhum incidente durante a viagem? — perguntou ele a Iker.

— Nenhum.

— Sua Majestade tomou sérias decisões. Ele está convencido de que o Anunciador se esconde na Núbia.

— A região não é inacessível?

— Em parte, mas o ouro dos deuses provavelmente está aqui. Você ficará na linha de frente, ao lado do rei. Depois de sair do vespeiro siro-palestino, irá mergulhar no caldeirão núbio. Realmente, você é abençoado pelos deuses, Iker!

— Espero com isso obter a confiança de Sobek.

— Desde que saia vitorioso! Os guerreiros e feiticeiros núbios são temíveis. Na minha idade, é uma oportunidade inesperada desdobrar um verdadeiro exército no coração de um país tão hostil, com mil perigos diários! Já me sinto remoçado e estamos apenas no começo.

Uma intensa atividade reinava em Elefantina. Apesar do calor sufocante, a expedição era preparada. Foi preciso verificar tudo: o estado dos barcos de guerra, o equipamento dos soldados, o barco-hospital, a intendência.

— Se o Anunciador acreditava estar seguro — disse Nesmontu —, vai sofrer uma grande desilusão.

Vento do Norte precedia os dois homens, Sanguíneo vinha atrás. O burro não se enganava ao tomar a direção do palácio de Sarenput.

O drama ocorreu em frente à entrada principal.

Bom Companheiro e Gazela, os dois cachorros do prefeito, montavam guarda. O primeiro era preto, esguio e rápido. A segunda, pequena, gorda, tinha as tetas salientes. Sempre juntos, um protegendo o outro, os cães rosnaram ao ver o molosso.

— Calma, Sanguíneo — ordenou Iker. — O território é deles.

Gazela foi a primeira a se aproximar e rodeou o recém-chegado sob o olhar vigilante do Bom Companheiro. Quando ela lhe lambeu o focinho, o clima ficou mais calmo. Para festejar o encontro, os três cachorros começaram a brincar, correndo cada um do seu jeito, latindo alegremente. Bom Companheiro ergueu a pata, Sanguíneo urinou no mesmo lugar. A amizade estava selada. Cansada, a fêmea se instalou à sombra e os dois machos a protegeram.

— Tomara que Sarenput se mostre tão conciliador — desejou Nesmontu. — Você foi convidado para a reunião decisiva, no fim da manhã.

De testa baixa, boca firme, maçãs do rosto salientes e queixo pronunciado, a expressão do rosto de Sarenput não era nada amável. Enérgico, ríspido, o ex-chefe de província morava num palácio despojado, onde reinava um agradável frescor graças à circulação de ar proporcionada por altas janelas, habilmente localizadas.

O conselho restrito era composto de Sarenput, do general Nesmontu, de Sehotep e Iker. Apresentado como Filho Real ao prefeito de Elefantina, o jovem escriba sentiu pesar sobre ele um olhar crítico, quase de desprezo.

— O demônio que tenta matar a Árvore da Vida está escondido na Núbia — revelou Sesóstris. — Ele se nomeia o Anunciador e golpeou Mênfis duramente. Iker nos permitiu evitar a armadilha armada na Siro-Palestina. Decidi enfrentá-lo.

— Os núbios precisam de uma boa lição — considerou Sarenput. — Recebi uma nova mensagem preocupante da fortaleza de Buhen. Existem distúrbios na região, as tribos estão cada vez mais agitadas e a guarnição teme ser atacada.

— O Anunciador tenta organizar uma revolta — conjeturou Nesmontu. — Vamos intervir o mais rápido possível.

— A comunicação entre o Egito e a Núbia ainda é difícil — avaliou o rei. — Por isso, escavaremos um canal, navegável em todas as estações. Nem a cheia nem os rochedos da catarata nos atrapalharão. Assim, os barcos de guerra e as embarcações mercantes circularão em total segurança.

Como reagiria Sarenput, maior conhecedor da região? Se o projeto lhe parecesse fora da realidade, ele se mostraria bem pouco cooperativo, até mesmo hostil. Uma novidade dessas poderia chocá-lo, a não ser que se envergonhasse por não ter pensado nisso antes.

— Majestade, aprovo totalmente a vossa decisão. Antes da reunificação das Duas Terras, um canal como esse teria posto a província em perigo. Agora, ele é indispensável. Evidentemente, os canteiros e talhadores de pedra de Elefantina estão à vossa inteira disposição.

— Eis o resultado dos meus cálculos: — mostrou Sehotep, chefe de todas as obras do rei — o canal terá 150 côvados de comprimento por 50 de largura e 15 de profundidade[1].

— O sucesso da obra depende da anuência das divindades da catarata — especificou Sesóstris. — Preciso consultá-las sem demora.

Desde que havia sido profanada, a ilhota sagrada de Biggeh era rigorosamente vigiada. Ninguém, com exceção do faraó e de seus representantes, podia entrar ali, para que a obra da deusa Ísis continuasse a revivificar Osíris no mistério.

Uma água límpida, um céu calmo e brilhante. Longe dos ruídos da cidade, a ilhota pertencia a um outro mundo.

[1] Ou seja: 78 metros de comprimento por 26 de largura e 8 de profundidade.

O monarca remava com agilidade e em silêncio. Na proa da barca, Ísis, recolhida, contemplava o lugar admirável, onde repousava uma das formas do ressuscitado.

O esquife atracou sem ruído.

As 365 mesas de oferendas de Biggeh sacralizavam o ano. Diariamente, a deusa ali derramava uma libação de leite, proveniente das estrelas.

A jovem sacerdotisa seguiu o faraó até a caverna que abrigava uma das pernas de Osíris e o vaso de Hapy, causador da cheia. No alto da rocha, uma acácia e uma jujubeira.

Ísis pegou um jarro que continha água da inundação anterior e purificou as mãos do monarca.

— Soberanas da catarata — implorou a sacerdotisa —, sejam-nos favoráveis. O rei é o servo de Osíris e a encarnação do filho dele, Hórus. Deusas Anukis e Satis, deem-lhe vida, força e vigor, para que ele reine segundo Maat e dissipe as trevas. Que a coragem do rei seja vitoriosa.

Na entrada da caverna apareceram duas mulheres de beleza prodigiosa. A primeira usava um enfeite na cabeça de plumas multicoloridas; a segunda, a coroa branca com chifres de gazela. Anukis apresentou ao soberano o signo do poder, Satis lhe entregou um arco e quatro flechas.

Sesóstris atirou a primeira flecha na direção do oriente, a segunda na direção do ocidente, a terceira para o norte e a quarta para o sul. No azul do céu, elas se transformaram em traços luminosos.

As duas deusas haviam desaparecido.

— Podemos voltar para o outro lado do real — disse o rei a Ísis — e começar a escavar o canal.

* * *

Sehotep estava feliz com a presença de Iker. Infatigável, o jovem escriba era uma mão na roda para qualquer trabalho, quer se tratasse de verificar os cálculos, de organizar o canteiro de obras, de resolver mil e um problemas técnicos ou de estimular os artesãos, enquanto lhes ouvia as queixas.

Medés também não ficava à toa.

Ele mergulhou de cabeça no decreto, datado do ano 8 de Sesóstris III, que anunciava a criação do canal de Elefantina, para ligar a primeira província do Alto Egito à Núbia. O trabalho não lhe fazia esquecer um futuro inquietante: inevitavelmente a partida ocorreria antes do início da cheia e ele não tinha nenhuma notícia do Anunciador. Atrair Sesóstris para aquela região inóspita, povoada de tribos perigosas, não havia sido uma má ideia. Mas o conflito poderia ser longo. Medés, que não gostava de viagens, da natureza, nem do calor, não poderia ser vítima de uma flecha perdida ou da clava de um guerreiro negro? Em vez de se envolver tão de perto nas lutas, preferia ter permanecido em Mênfis. Pedir demissão? Arruinaria a sua carreira e atrairia a fúria do Anunciador! Quaisquer que fossem as circunstâncias, teria de ir até o fim da aventura.

Gergu também estava de moral baixo. Obrigado a trabalhar duro, ele bebia muito. Quando se apresentou a Medés embriagado, este último percebeu que precisava repreendê-lo.

— Pare de se comportar como um irresponsável! Terá um importante papel a desempenhar nesta expedição.

— Conhece o nosso destino? Um país de selvagens que adoram massacrar e torturar! Estou com medo. Quando tenho medo, eu bebo.

— Se um dos seus subordinados apresentar queixa contra você por bebedeira, você será demitido das suas funções. O Anunciador não o perdoará por isso. Ao provocar esta guerra, ele previa a nossa participação no exército de Sesóstris.

Gergu temia mais ainda o Anunciador do que os núbios. O aviso lhe curou imediatamente a bebedeira.

— Mas então... o que ele espera de nós?

— As ordens nos serão transmitidas no momento certo. Se o trair, seja da maneira que for, ele se vingará.

Gergu se jogou numa cadeira de palhinha.

— Vou me limitar a uma cerveja leve.

— Conquistou a amizade de Iker?

— Sucesso total! Um rapaz simpático e afetuoso, fácil de enganar. E, sobretudo, eficiente! Ele já me tirou de várias enrascadas.

— Mais cedo ou mais tarde, teremos de eliminá-lo. Ele não sabe, mas é a nós que procura. Se descobrisse a nossa verdadeira identidade, estaríamos perdidos.

— Não há perigo, ele não é uma pessoa desconfiada! Nunca perceberá.

— Faça-o falar ao máximo. Como pessoa próxima ao rei, certamente possui informações que nos podem ser úteis.

— Iker não é muito falante e, para ele, o trabalho vem em primeiro lugar.

— Saiba provocar confidências.

Ao fim de um dia extenuante, Iker pegou uma barca, atravessou o Nilo e desceu na margem oeste para, conforme a recomendação de Sarenput, admirar o local onde estava sendo escavada a tumba dele, quase terminada. Naquele fim de tarde, os artesãos já deviam ter voltado para casa, depois de fechar a porta da tumba. O rapaz desfrutaria o sossego do sol poente e o esplendor do local.

A expedição se preparava para partir. Enfrentando o forte calor, todos trabalhavam arduamente e o escriba sentia necessidade de relaxar. Também cansados, o burro e o molosso dormiam lado a lado. Como não haviam manifestado o desejo de acompanhar o dono, Iker não devia correr nenhum perigo. Quanto a Sekari, ele aproveitava o descanso em sedutora companhia.

Ao se afastar do movimento e do cotidiano, Iker recuperava o gosto pela escrita. Diante da grandiosa paisagem que o sol recobria de um dourado suave e belo, a sua mão corria pela paleta e traçava sinais de poder que compunham um hino à luz do cair da tarde.

A felicidade continuava inacessível.

É bem verdade que inúmeros cortesãos se teriam contentado com a função muito invejada de Filho Real. Mas como Iker poderia esquecer Ísis? Ele nem via as outras mulheres. No entanto, por causa do título, era rondado por inúmeras pretendentes. Mas não achava graça em nenhuma delas, só Ísis reinava no seu coração.

Ela se situava além do sentimento e da paixão.

Ela era o amor.

Sem Ísis, qualquer que fosse o brilho aparente do destino de Iker, não passaria de um doloroso vazio.

Com passadas pesadas, ele se dirigiu à tumba de Sarenput. Nas proximidades, ele parou, intrigado.

Uma luz saía da morada eterna, cuja porta estava aberta.

Iker entrou.

Uma primeira sala, com seis pilares de arenito. Depois uma escada e uma espécie de longo corredor com as paredes trabalhadas à perfeição, que levava à capela onde seria venerado o *ka* de Sarenput, seis vezes representado como Osíris.

À luz de lamparinas equipadas com uma mecha que não soltava fumaça, Ísis pintava hieróglifos.

Fascinado, Iker não ousava interrompê-la.

De bom grado ficaria ali toda a sua vida, contemplando-a.

Bela, concentrada, elegante em cada um dos seus gestos, não havia dúvida de que Ísis comungava com as divindades.

O rapaz nem ousava respirar, tentando gravar no seu íntimo esses instantes miraculosos.

Ela se virou.

— Iker... Está aqui há muito tempo?

— Eu... eu não sei. Não queria de maneira alguma incomodá-la.

— Sarenput me pediu que verificasse os textos e acrescentasse as fórmulas correspondentes à espiritualidade osiriana. Ele não quer que nada falte à morada eterna.

— Sarenput se transformará em Osíris?

— Se for reconhecido como justo de voz, este lugar será vivificado magicamente e permitirá que o corpo de luz ressuscite.

Ísis foi apagando as lamparinas uma a uma.

— Permita-me carregá-las — pediu o Filho Real.

Diante de uma delas, Ísis parou.

— Este texto não é extraordinário?

Iker leu a inscrição iluminada pela chama: "Eu estava cheio de alegria ao conseguir atingir o céu, a minha cabeça tocava o firmamento, eu roçava o ventre das estrelas, eu mesmo era uma estrela e dançava como os planetas."

— Simples imagem poética ou algum ser viveu realmente essa experiência?

— Só um iniciado nos mistérios de Osíris poderia lhe responder.

— Você vive em Ábidos, Ísis, e conhece a verdade!

— Estou percorrendo o caminho, ainda faltam muitas portas a serem atravessadas. Sem a iniciação e a descoberta das forças criadoras, que sentido teria a nossa vida? Por mais árduas que sejam as provas, eu nunca desistirei.

— Você me considera um obstáculo?

— Não, Iker, não... Mas você me deixa confusa. Antes de conhecê-lo, o estudo dos mistérios de Osíris atraía toda a minha atenção. Agora, alguns dos meus pensamentos continuam ao seu lado.

— Embora o conhecimento desses mistérios também seja o meu objetivo, devo obedecer ao faraó. Só ele poderá me permitir ter acesso a Ábidos. Isso não me impede de amá-la, Ísis. Por que esse amor obstruiria a nossa busca?

— Eu me pergunto todos os dias — confiou ela, emocionada.

Se ele pudesse pegar-lhe as mãos, apertá-la nos braços... Mas isso seria destruir a frágil esperança que acabara de surgir.

— A cada dia eu a amo mais. Nunca haverá outra mulher. Será você ou ninguém.

— Não é exagero? Não está me cobrindo de virtudes imaginárias?

— Não, Ísis. Sem você, a vida não tem sentido.

— Vamos voltar a Elefantina, está bem?

Iker remou lentamente.

Ela estava ali, tão próxima, tão inacessível! A simples presença da moça fazia brilhar o sol na noite que nascia.

Na margem estava Sekari.

— Vamos imediatamente ao palácio. O faraó acaba de receber uma péssima notícia.

30

Os especialistas no nilômetro de Elefantina estavam consternados.

Segundo as previsões, a cheia prometia ser enorme, portanto perigosa e devastadora. Todos conheciam os números e os seus significados: 12 côvados de altura, penúria; 13, barriga vazia; 14, a felicidade; 15, fim das preocupações, 16[1], a alegria perfeita. Acima disso, os dissabores começavam.

— Qual a extensão do perigo? — perguntou o rei ao chefe dos técnicos.

---

[1] 16 côvados = 8,32 metros.

— Não ouso dizer, Majestade.

— Encobrir a realidade seria um erro grave.

— Posso me enganar, e os meus colegas também. Tememos uma espécie de cataclismo, uma onda gigante que ultrapassará em força e em altura tudo o que já vivenciamos desde a primeira dinastia.

— Em outras palavras, uma boa parte do país corre o risco de ser destruída.

Trêmulos, os lábios do especialista murmuraram um "sim" dificilmente audível.

Imediatamente o faraó reuniu o conselho restrito, composto de Sehotep, Nesmontu, Iker e Sarenput.

— Você, Sarenput, organize a remoção da população para as colinas e para o deserto, com as provisões necessárias. Você, Sehotep, consolide as fortalezas, porque o inimigo poderia aproveitar o início da cheia para atacar, e termine o canal o mais rápido possível. Você, Nesmontu, reforce o nosso dispositivo de segurança. Você, Iker, coordene o trabalho dos escribas e dos artesãos, e dite a Medés a mensagem de alerta, que deve chegar a todas as cidades do Egito. Que o vizir tome imediatamente as medidas indispensáveis.

Medés continuava cético:

— Estamos realmente em perigo?

— Os técnicos foram categóricos — explicou Iker.

— O país já sofreu fortes cheias e não nos deixamos levar pelo pânico!

— Desta vez, o fenômeno promete ser excepcional.

— As mensagens partirão amanhã. Graças à minha nova organização e à flotilha de barcos rápidos de que disponho, a informação será rapidamente divulgada.

— Os mensageiros militares devem ir até os povoados mais longínquos e dar ordens de retirada. Os prefeitos deverão executá-las sem demora. Sua Majestade quer que o máximo de vidas seja poupado.

Medés se pôs imediatamente ao trabalho.

Então era esse o sinal do Anunciador!

Ou se tratava de um artifício destinado a alarmar as autoridades e desorganizar os sistemas de defesa, visando a uma invasão núbia, ou o Anunciador transformava o Nilo numa arma de destruição maciça.

Em ambos os casos, o início de uma grande ofensiva!

A rede de terroristas implantada em Mênfis atacaria novamente a capital.

Reanimado, Medés tinha uma preocupação: refugiar-se para não ser vítima dos acontecimentos.

Até Cara-atravessada estremeceu.

Do ventre da pedra subiu um barulho ensurdecedor. A luta da água em fúria contra a rocha redobrava de intensidade, o fluxo continuava a crescer e a se elevar.

Os mágicos núbios salmodiavam incansavelmente fórmulas incompreensíveis, enquanto os olhos vermelhos do Anunciador, com uma luminosidade agressiva, se voltavam para o norte. Aos pés dele, Bina contemplava um céu caótico, dominado pela fúria de Seth. Ao pôr em ação as forças negativas da catarata, o Anunciador intensificava um fenômeno natural e lhe dava uma extensão gigantesca.

Shab, o Torto, puxou Cara-atravessada para trás.

— Afaste-se, uma onda poderia arrastá-lo!

— Era só o que faltava... O patrão não é de brincadeira!

— Finalmente começa a compreender?

— Então, ele supera o faraó?

— Sesóstris continua a ser um adversário temível. Estrategista incomparável, nosso mestre sempre desfere o golpe antes.

— Conseguir enfurecer o rio... Era só o que faltava!

— A verdadeira fé é como ele. Ela varrerá o mundo e destruirá os incrédulos.

A água jorrava desenfreada do ventre da pedra e abria um caminho de largura excepcional.

"Daqui a alguns dias", pensou o Anunciador, "Osíris sairá do silêncio e tomará a forma da cheia. Desta vez ele não levará a vida ao Egito e sim a morte."

Do alto da escarpa da margem oeste, Elefantina parecia tranquila, adormecida sob o forte sol de verão. O calor era sufocante, o verde das palmeiras, brilhante, o azul do Nilo, furta-cor.

As últimas horas da paisagem encantadora antes da desolação. Depois de desaparecer por setenta dias, duração ritual da mumificação de um faraó, a constelação de Órion reapareceria. Ao se erguer na noite, ela marcaria a ressurreição de Osíris e o início da elevação das águas, que se haviam tornado o pior inimigo de um país ao qual deveriam dar alegria e prosperidade.

— O orvalho mudou de consistência e de aspecto — declarou Ísis. — A cheia começará amanhã.

— Não é Osíris que ataca assim o seu povo — avaliou o faraó — e a natureza não se descontrolou sozinha.

— Está se referindo ao Anunciador, Majestade?

— Irritado com a resistência da Árvore da Vida, ele ataca de outra forma.

— Um homem sozinho seria capaz de desencadear tamanha fúria?

— Ele conseguiu a ajuda dos feiticeiros núbios. Se sobrevivermos ao ataque, teremos de neutralizar esta região.

— Como podemos lutar?

— O rio terrestre nasce do Nilo celeste, que se origina no *Nun*, o oceano primordial. O Anunciador perturbou o fluxo, mas não sabe atingir a verdadeira nascente, mãe e pai da Enéade oculta no seio da água fertilizadora. Só ela acalma a cheia, só ela ainda pode nos salvar. Por isso, devo ir à caverna de Biggeh e invocar a Enéade.

— O país e o povo precisam da vossa presença, Majestade. A todo momento as vossas diretrizes serão solicitadas. Se não vos virem, se acreditarem que desaparecestes, será uma debandada. O Anunciador vencerá.

— Não há outro meio de debelar a fúria do Nilo.

— Se me considerais capaz de conseguir, agirei em vosso nome.

— A caverna será inundada rapidamente, não tenho o direito de pôr a sua vida em perigo.

— Todas as nossas vidas estão em perigo, Majestade. Se me refugiar longe do cataclismo, estarei cumprindo o meu dever de sacerdotisa? Já que me concedestes o privilégio de passar pelas primeiras etapas da iniciação aos grandes mistérios, gostaria de me mostrar digna desse direito. E uma vez que é tarde demais para apelar para os meus superiores e que vossos deveres vos solicitam em outros lugares, o meu caminho não está traçado?

Iker enrolou o último papiro e fechou a última caixa de madeira, que um assistente de escriba levou imediatamente. Os arquivos da administração de Elefantina ficariam a salvo. O Filho Real verificou se nenhum documento havia sido esquecido.

Graças à autoridade de Sarenput, a população estava sendo removida com ordem e calma. Levando os principais objetos de valor, os habitantes tentavam, em vão, se consolar. A angústia lhes torturava as entranhas, atenuada pela presença do faraó. Em vez de deixar a região, ele se mantinha na linha de combate, enfrentando o perigo.

— O canal está pronto e consolidado — anunciou Sehotep a Iker. — A mais violenta das cheias só lhe causará alguns arranhões.

— Vamos nos juntar a Sua Majestade na cidadela — propôs Sekari, que, conforme o hábito, havia vasculhado em todos os lugares, temendo a presença de um ou vários terroristas.

Por que, em suma, o inimigo se infiltraria numa cidade destinada a desaparecer?

Seguindo as plantas de Sehotep, a engenharia havia trabalhado bem. Meio danificada, a antiga construção se transformara numa fortaleza, cuja parte de baixo havia sido feita com sólidos blocos de granito. Do alto da torre principal, o monarca contemplava a primeira catarata.

Uma água efervescente começava a cobrir os rochedos. Em breve, eles desapareceriam.

— Esta construção deve resistir à força das águas — anunciou Sehotep —, mas não tenho absoluta certeza. É melhor proteger-vos, Majestade.

— Ao contrário, o meu lugar é à frente do combate. O mesmo não ocorre com os meus fiéis companheiros.

— Negativo — retorquiu Nesmontu, mal-humorado. — Os meus soldados estão aqui e sou o chefe deles. Abandoná-los seria deserção. Achais que sou capaz de tamanha covardia, na minha idade?

— Ao espetáculo não faltará grandiosidade — avaliou Sekari. — Não quero perdê-lo. E talvez Vossa Majestade me confie alguma missão urgente.

— Ou eu sou um arquiteto sério — declarou Sehotep — e não tenho nada a temer, ou sou um incompetente e o rio me castigará.

— O lugar de um filho não é ao lado do pai? — perguntou Iker.

— Se morrermos — decidiu Nesmontu —, a rainha e o vizir continuarão trabalhando. Juntos, ao lado do rei, não corremos nenhum risco. O faraó é imortal.

Não querendo desperdiçar palavras em discursos inúteis, Sesóstris aceitou a decisão dos seus fiéis. No rosto sério não havia nenhum traço da profunda emoção gerada por essa prova de fraternidade.

As águas roncavam cada vez mais fortes.

A cheia nunca havia subido com tanta velocidade.

— Majestade — perguntou Iker —, sabeis onde Ísis se refugiou?

— Ela está na gruta de Hapy, o gênio da inundação, recitando as fórmulas de apaziguamento.

— Uma gruta... Não será submersa?

— Ísis é a nossa última muralha. Se ela não conseguir despertar a Enéade, oculta no centro da enxurrada, todos nós morreremos.

Um ansioso silêncio se instalou, apenas rompido pelos latidos sinistros de Sanguíneo e pelo lamento estridente de Vento do Norte.

Um fluxo enorme lançava a ofensiva de um rio descontrolado, cor de sangue.

Ísis invocava Atum, o princípio criador, cujo nome significava "Aquele que é" e, ao mesmo tempo, "Aquele que ainda não é". No senhor da Enéade se originava o casal primordial, formado por Shu, o ar luminoso, e Tefnut, a chama. Deles nasceram a deusa-Céu, Nut, e o deus-Terra, Geb. Os filhos destes completavam a Enéade, a saber, Néftis, a senhora do templo; Seth, a força perigosa do cosmos; Ísis e Osíris. No momento em que a sacerdotisa pronunciou o nome de Atum, um barulho ensurdecedor encobriu a sua voz.

As águas revoltas iam invadir a gruta e afogá-la.

Mesmo assim, ela continuou a recitar o hino à Enéade, que o faraó lhe havia ensinado.

Uma imensa serpente oculta no fundo da caverna de Hapy se deslocou e formou um círculo cobrindo a entrada, engolindo a própria cauda. Ela traçava, assim, o símbolo do tempo cíclico, eternamente renovado a partir da sua própria substância.

A onda em fúria se quebrou no corpo dela, sem destruí-lo.

A cheia devastava a ilhota de Biggeh, arrastando com ela as mesas de oferendas.

Ísis obstinava-se em pedir a Enéade para acalmar a fúria destruidora.

* * *

— A torre está tremendo — murmurou Sekari.

— Ela vai aguentar — prometeu Nesmontu.

O espetáculo era alucinante. O que se via não era um rio e sim uma sucessão de ondas monstruosas que recobria a cidade, varria as casas de tijolos crus e devastava as plantações.

— A população se afastou o suficiente? — afligiu-se Sehotep.

— Se a água continuar a subir, até as colinas serão atingidas!

Impassível, o faraó pensava na jovem sacerdotisa. Ele também dizia as fórmulas rituais, celebrando a volta feliz da inundação, o indispensável encontro entre Ísis e Osíris, e a presença da Enéade encarregada de transformar a subida das águas em força benéfica.

Iker só pensava em Ísis. A coragem e a abnegação não a levariam à morte?

E a torre da fortaleza tremeu de novo.

31

Com a cabeça coberta por um capuz, completamente embriagado, Gergu não parava de chorar. Refugiado no alto de uma colina, acreditava estar a salvo. Como ocorria com todos, a violência da inundação o assombrava. Convencido de que logo seria engolido, ele não queria, de jeito nenhum, encarar a morte.

Alguém lhe bateu no ombro.

— Sou inocente! — gemeu para o guarda do outro mundo, decidido a degolá-lo. — Precisava obedecer às ordens, eu...

— Acalme-se! — ordenou Medés. — Já acabou.

— Quem... quem é você?

— Acorde!

Gergu se descobriu e reconheceu o Secretário da Casa do Rei.

— Estamos... vivos?

— Por pouco.

A água havia se estabilizado a dois dedos do abrigo.

A região de Elefantina se transformara num imenso lago sobrevoado por milhares de pássaros. Só o alto da torre principal da cidadela havia ficado de fora.

Iker e Sekari remavam numa velocidade de perder o fôlego, na direção de Biggeh. A enchente se acalmara, as ondas desapareceram dando lugar a um Nilo veloz. Vários remoinhos ainda tornavam a navegação difícil, mas o Filho Real não podia esperar pelas condições ideais.

— A ilhota ficava aqui — arriscou Sekari, com a fisionomia sombria.

Biggeh havia sido totalmente coberta pela cheia. Como Ísis poderia ter escapado?

— Vou mergulhar — decidiu o Filho Real.

Lamacenta, opaca, a água estava mais clara no fundo. Iker se dirigiu para a luminosidade que saía de uma gruta. Enroscada em torno da entrada, uma imensa serpente.

Ao se aproximar, ele a viu.

Recolhida, Ísis continuava a recitar as fórmulas de pacificação.

Ao chamá-la, Iker engoliu água e foi obrigado a voltar à superfície para respirar.

— Ela está viva! — gritou para Sekari. — Vou voltar para buscá-la.

O agente secreto meneou a cabeça, mostrando comiseração.

O mergulhador encontrou facilmente a entrada da gruta. Desta vez, Ísis o viu.

Quando ela saiu do refúgio e pegou a mão que Iker lhe estendia, a serpente se liquefez e o Nilo invadiu a caverna de Hapy.

Mesmo sendo boa nadadora, Ísis aceitou que ele a ajudasse. Quando se aproximaram do barco, lado a lado, Sekari se perguntou se a inundação não o havia perturbado mentalmente.

— Você... é você mesma?

— Ísis sobreviveu, eu lhe disse!

A túnica de linho modelava as formas admiráveis da jovem. Vítima de outro tipo de perturbação, Sekari virou a cabeça e olhou fixo para o remo.

— Vamos voltar — decidiu. — Mas não serei o único a remar.

Abalado, Iker imprimiu uma velocidade infernal.

Ele também não ousava olhar para a jovem sacerdotisa.

Os estragos materiais eram consideráveis, porém só havia uma dezena de vítimas a lamentar, camponeses apavorados que saíram do abrigo. A enchente os havia levado.

Quando começaram a se abrir os frutos das pérseas, celebrando o reencontro de Ísis e Osíris, a população voltou ao trabalho. De catástrofe, a abundância da cheia se transformava em bênção. Iker e Sehotep dirigiram os trabalhos de retirada das águas das terras destinadas às plantações. Mês a mês, as bacias de retenção soltariam o precioso líquido, até a próxima inundação. Diante da incrível quantidade de aluviões trazidos pelo Nilo, as colheitas prometiam ser excepcionais. Precisariam construir canais guarnecidos de diques, preservando as zonas pantanosas, propícias à caça, à pesca e à criação.

— Reconstrua esta cidade — ordenou o rei a Sarenput.

— Ela será mais linda do que nunca!

— Comece por restaurar Biggeh. Novas mesas de oferendas devem ser instaladas.

O prestígio de Sesóstris chegou ao auge. Alguns o comparavam aos faraós da idade do ouro e ninguém duvidava de que tivesse capacidade de proteger o Egito das calamidades. Indiferente aos elogios, desconfiando dos aduladores, o rei devia a Osíris e a uma jovem sacerdotisa, que não hesitara em arriscar a vida, a vitória sobre a magia negra do Anunciador.

O libanês andava em círculos.

Ele, que em geral controlava o nervosismo, cedia à ansiedade. Na ausência de Medés, era impossível prosseguir com o comércio tão lucrativo de madeira preciosa. Só o Secretário da Casa do Rei sabia corromper os aduaneiros.

Ser um simples administrador de fortuna não era suficiente para o libanês. É fato que poderia se contentar com a riqueza que possuía e levar uma vida agradável, permitindo-se mil e um prazeres. O contato com o Anunciador lhe dera novas dimensões e ele descobrira outros horizontes.

O poder... O poder da sombra, ver sem ser visto, saber tudo sobre os indivíduos sem que eles percebam, tecer uma teia, manipular os fantoches! Essas atividades embriagavam mais do que um vinho capitoso. O libanês detestava a calma e o equilíbrio. E apreciava plenamente a sua missão: corroer a capital por dentro.

No momento em que se empanturrava de doces, o carregador de água pediu para vê-lo.

— O palácio está alarmado — contou. — Uma cheia aterradora destruiu Elefantina. Em breve, a inundação devastará todo o Egito. Em 15 dias, no máximo, Mênfis será atingida.

— O faraó morreu?

— Ninguém sabe, mas as vítimas devem ser muitas. Eis a mensagem de Medés, já antiga.

Um texto codificado.

Mencionando um detalhe, o incrível retorno de Iker, o texto anunciava o essencial: uma cheia devastadora.

O plano do Anunciador continuava a evoluir de maneira implacável. Da Núbia, ele conseguira provocar um cataclismo e deixar o adversário sem ação, antes que este atacasse. O pânico não tardaria a se apoderar de Mênfis.

Instruções claras: caberia ao libanês revigorar a rede, aumentar a confusão e o medo, e preparar a invasão da capital.

A rainha do Egito devolveu um pouco de calma à corte, presa de rumores alarmistas.

— Deixem de se comportar como medrosos — exigiu dos principais responsáveis pelo Estado, reunidos no palácio. — As Duas Terras continuam a ser governadas, o vizir assumiu as funções dele e eu, as minhas.

— Majestade — disse o arquivista-chefe —, o rei Sesóstris morreu?

— Certamente, não.

— Mas não tendes nenhuma prova de que ele sobreviveu ao desastre!

— Por vários dias o rio não será navegável. Depois disso, receberemos notícias precisas.

— Todos os habitantes de Elefantina morreram afogados! Em breve, teremos o mesmo destino.

— A inundação ainda não atingiu a região tebana, o vizir está tomando as precauções necessárias. Diques e barragens serão reforçados.

— Essas medidas não são insignificantes?

— Por que essa falta de confiança? — interveio Khnum-Hotep. — O trono dos vivos não vacila, Maat continua a vigorar.

— Que todos continuem nos seus postos — ordenou a rainha. — Quando eu souber mais alguma coisa, eu os convocarei novamente.

Um conselho restrito foi imediatamente reunido.

— Mensagens provenientes de Ábidos? — perguntou a soberana a Senankh.

— A saúde da Árvore da Vida está estacionada, Majestade.

— Sobek, a calma reina em Mênfis?

— Apenas na aparência, Majestade. — A iminência da catástrofe provocará o despertar da rede adormecida. Os meus homens estão em estado de alerta.

— Senankh, qual a quantidade das nossas reservas de alimentos?

— Aguentariam dois anos de miséria.

— De nada adiantaria enganarmos a nós mesmos — ponderou Khnum-Hotep. — A cheia não tem nada de natural. Só o demônio que deseja a morte da acácia poderia agravá-la para destruir uma boa parte do país. A quase totalidade do exército, agrupada em Elefantina, provavelmente foi aniquilada. Nesse caso, Ábidos é a única cidade a se beneficiar de uma proteção.

— Em outras palavras — constatou Senankh —, Mênfis passa a ser uma presa fácil.

— Está esquecendo os meus policiais! — protestou Sobek.

— Apesar da coragem, eles não deteriam uma invasão de guerreiros núbios — lamentou o vizir. — Há muito tempo somos ameaçados por ela. Achávamos que a havíamos impedido com os fortins entre a primeira e a segunda cataratas, mas eles são poucos. Infelizmente, o inimigo já percebeu isso.

— Sesóstris não morreu — afirmou a rainha. — Sinto a presença dele.

— De quem é a vez? — proferiu o cabeleireiro itinerante.

Um sujeito alto e forte saiu da fila de espera e sentou-se numa banqueta de três pés.

— Bem curto no pescoço e as orelhas descobertas.

— O bigode?

— Em camadas.

— Gosta do verão em Mênfis?

— Prefiro a primavera em Bubastis.

Depois de trocadas as frases de identificação, os dois líbios, membros da rede do libanês, podiam conversar sem desconfiança. Os próximos clientes, bem afastados, tagarelavam ou jogavam em grupo.

— Vamos sair da letargia — pressagiou o cabeleireiro.

— Ainda transporte de mercadorias?

— Não, ação direta.

— Outro ataque ao palácio?

— Impossível, não conseguiremos surpreender Sobek uma segunda vez. Há várias semanas estudamos o dispositivo de segurança. Nenhuma falha.

— A nossa missão?

— A cheia vai causar sérios estragos na capital. Todos os habitantes serão mobilizados para reforçar os diques, inclusive os policiais. Se a situação evoluir favoravelmente, o Anunciador trará as tropas núbias até aqui. Temos de desorganizar a defesa da cidade.

— De que maneira?

— Tirando dos menfitas a ilusão de segurança.

— Belo programa — reconheceu o rapaz alto e forte. — Gostaria de detalhes concretos.

— Vamos atacar um posto da polícia.

— Você ficou louco!

— Ordens do patrão.

— Então é ele quem está louco!

— Ao contrário, Sobek não espera um ato desses. Ele será humilhado, provavelmente destituído do cargo, e toda a cidade se sentirá desprotegida.

— Os policiais vão se defender!

— Se prepararmos bem a operação, não haverá tempo para isso. Ordem suplementar: nada de sobreviventes.

— Muito arriscado.

— Já detectei o posto de polícia mais vulnerável, no subúrbio ao norte: apenas uma dezena de homens, dos quais dois só sabem escrever e quatro são velhos. De manhã bem cedo, antes do revezamento, eles estarão cansados e pensando apenas na refeição matinal.

— Visto sob esse ângulo...

— Depois do sucesso dessa operação, os próprios policiais ficarão com medo.

32

Iker supervisionou a instalação da cama real no barco almirante que conduziria a frota de guerra para a Núbia. Obra-prima da marcenaria, ao mesmo tempo simples, despojada e de uma solidez a toda prova, a cama forneceria ao colosso o repouso perfeito. O estrado era feito de meadas de cânhamo cruzadas, presas à armação e apoiadas em duas correias, o que lhe dava flexibilidade. Os quatro pés, em forma de pata de leão, garantiam a estabilidade duplicada pela vigilância do animal, encarregado de proteger o sono do monarca ao lado do deus Bés, armado de facas, que degolavam os sonhos maus.

O Filho Real arrumou as roupas do pai nos baús de sicômoro e se certificou de que nenhum objeto indesejável havia sido ali colocado. A qualidade das sandálias de sola tripla de couro e costuras reforçadas foi examinada.

Unidade após unidade, os soldados de Nesmontu subiam nas embarcações. Seguindo os porta-estandartes, as tropas observavam uma rigorosa disciplina sob o olhar aguçado do velho general. Os escribas da intendência colaboravam com Gergu e nada faltaria a bordo dos cargueiros de provisões. Eles também cuidaram do embarque das armas: arcos, flechas, escudos, azagaias, machados, adagas e outras espadas curtas.

— O nosso exército não encarna apenas a força — confiou Nesmontu a Iker. — Ele também é uma das expressões da ordem do mundo conseguida pelo faraó, porque não basta clamar as palavras "amor, paz, fraternidade" para que elas sejam respeitadas. O homem não nasce bom. As inclinações naturais são inveja, violência e desejo de dominar. O Criador não trava uma batalha contra as trevas? O senhor das Duas Terras se inspira nesse exemplo.

Carregando com grande esforço a pesada sacola de couro, o doutor Gua se dirigiu ao Filho Real:

— Onde está o barco-enfermaria?

— Lá atrás.

— Terei remédios, curativos e materiais cirúrgicos suficientes?

— Venha verificar pessoalmente — propôs Iker.

De estatura mediana, cabelos prateados, expressão séria, um homem ocupado em separar os sachês de ervas medicinais os recebeu.

— Médico-chefe Gua. Quem é você?

— Farmacêutico[1] Renseneb.

— Qual a sua formação?

— Fui educado na Casa da Vida do templo de Khnum, em Elefantina, e sei preparar poções, infusões, pílulas, pastilhas, unguentos e supositórios.

— Temos à disposição uma quantidade adequada de substâncias curativas?

— Previ uma longa permanência e muitos feridos.

— Vamos examinar juntos.

Iker deixou os dois especialistas e voltou para o cais. Auxiliada pelas sacerdotisas de Satis e de Anukis, Ísis enchia os jarros com a água do novo ano.

— A água contém um máximo de *ka* — explicou a jovem — e rejuvenesce o organismo extinguindo o cansaço e as doenças benignas. As paredes internas foram revestidas com uma argila que as torna impermeáveis e garante uma perfeita conservação. Uma amêndoa doce por litro evitará qualquer surpresa desagradável. As tampas são mais delicadas. Para fazê-las foram necessários vários botões de tamareira e tampões de ervas verdes. No caso das jarras grandes, usamos cones de terra argilosa de formato hemisférico, colocados sobre um disco de vime do tamanho do gargalo. Essa técnica proporciona uma vedação ideal e deixa o líquido respirar.

Todos os recipientes eram numerados e tinham a data em que foram enchidos. Nem mesmo no fundo do caldeirão núbio os soldados ficariam sem água.

— Ísis... Mais uma vez nos separamos, talvez definitivamente.

---

[1] A palavra "farmacêutico" deriva do egípcio *pekheret net heka*, "preparação, remédio do mago".

— O dever vem antes dos nossos sentimentos.

— Você disse nossos sentimentos, incluindo os seus?

Ela olhou ao longe.

— Enquanto você arrisca a vida, eu cuidarei da Árvore da Vida em Ábidos e cumprirei da melhor maneira possível as minhas funções de sacerdotisa. A crise atual não nos dá o direito de sonhar. E tenho uma importante confidência a fazer.

O coração do rapaz batia forte.

— Esse conflito não tem nada de comum. Você está prestes a travar uma batalha diferente de todas as outras. Não se trata de expulsar um simples invasor, nem de conquistar um território, mas de salvar os mistérios de Osíris. O inimigo se alimenta das trevas e assume várias formas, a fim de estender o reino de *isefet*. Os núbios são instrumentos inconscientes nas mãos dele. Ao se imaginar longe de mim, você estará, na realidade, próximo a Ábidos. Pouco importa a distância geográfica, o que conta é a comunhão vivida na nossa luta comum.

Ísis já não parecia tão inatingível.

— Posso... posso beijá-la no rosto?

Como ela não respondeu, Iker se atreveu a lhe dar um beijo.

O perfume da jovem o invadiu, a suavidade da pele o embriagou. Ele nunca esqueceria essa rápida sensação.

— Preparar para a partida! — bradou a voz possante do general Nesmontu. — Todos a postos!

Imediatamente o cais entrou em ebulição. As últimas caixas de armas e as provisões foram rapidamente carregadas, pois o velho militar não brincava com a disciplina.

— Seja extremamente vigilante — recomendou ela a Iker.

— Se eu voltar vivo, Ísis, você me amará?

— Volte vivo e lembre-se a todo instante: a sobrevivência de Osíris está em jogo.

O olhar doce e, ao mesmo tempo, grave, não traía um sentimento que ela ainda não se permitia confessar?

O barco almirante ia levantar âncora e só esperavam pelo Filho Real para retirar a prancha de embarque. Transtornado, ele subiu a bordo no momento em que Sesóstris apareceu na proa.

Na fronte no monarca, uma naja de ouro, realçada com lápis-lazúli e olhos de granate. A temível serpente precederia a frota, afastando os inimigos do caminho.

Além disso, o rei segurava uma lança tão comprida e tão pesada que ninguém mais poderia manejá-la.

— Neste oitavo ano do meu reinado — declarou ele —, seguimos por um novo canal denominado "Belos são os caminhos do poder da luz que se ergue gloriosa[1]". Graças a ele, o Egito e a Núbia estão, doravante, ligados para sempre. Portanto, as provisões chegarão facilmente até nós. No entanto, a nossa tarefa promete ser dura. Desta vez, atingiremos realmente o foco da revolta.

Com um olhar inexpressivo, indiferente ao balanço da embarcação, Vento do Norte observava Medés vomitar.

— Venha comigo — disse o doutor Gua, compadecido.

Verde, sem forças, o Secretário da Casa do Rei sentia-se ridículo. Tomaria qualquer coisa para recuperar o porte marcial.

[1] *Kha-kau-Ra*, um dos nomes de Sesóstris.

Iker descobria as primeiras paisagens da Núbia. Em plena estação quente, que a brisa do norte tornava suportável e facilitava a navegação, o sol ressecava as raras plantações. Em compensação, as tâmaras atingiam a maturação plena e, em cada parada, os soldados as colhiam aos milhares. Naquela época do ano, a natureza lhes fornecia um alimento digestível e repleto de energia. Os frutos das palmeiras-de-tebas, cujos galhos pareciam varinha de feiticeiro, não eram comestíveis, mas o deus Toth e os escribas taciturnos gostavam de meditar à sombra dessas árvores. Existentes no sul do Egito, elas proliferavam na Núbia.

O Filho Real sentiu um mal-estar que não resultava do forte calor, nem da viagem. Naquela região isolada reinava uma atmosfera estranha, opressiva. Assim que atravessaram o canal, um outro mundo havia começado, muito diferente das Duas Terras.

— Você parece preocupado — notou Sehotep.

— Não sente uma magia negativa?

— Ah... você também?

— Não tem nada de natural, na minha opinião. São forças destrutivas que nos rondam.

— O Anunciador... Ele teria poderes tão extensos?

— É melhor prever o pior.

— O rei compartilha da sua prudência. O general Sepi foi assassinado nas proximidades. Nós nos dirigimos aos fortins de Ikkur e Kuban, cujas guarnições controlam várias trilhas, sobretudo o uádi Allaki, que leva a uma mina de ouro abandonada. Há mais de dois meses elas não mandam nenhum relatório a Elefantina. Talvez os mensageiros tenham se perdido, talvez os soldados tenham sido reduzidos ao silêncio. Entretanto, Ikkur e Kuban estão situados ao norte da nossa base principal na Núbia, Buhen, aparentemente intacta. Em breve saberemos a causa desse mutismo.

Sanguíneo começou a latir furiosamente, assinalando um perigo.

— Hipopótamos à vista! — gritou o vigia.

Os paquidermes detestavam ser perturbados durante as sestas intermináveis e não hesitavam em atacar as embarcações, que, em geral, soçobravam. Com as longas presas, eles conseguiam furar madeiras bem grossas.

Os arqueiros se posicionavam, quando uma ária de flauta se espalhou, lenta e suave.

Sentado na proa, Sekari tocava maravilhosamente um longo instrumento de dois côvados. Devido a uma série de furos na parte inferior de um junco de diâmetro grande, ele produzia uma rica gama de sons, de variada intensidade.

O molosso se acalmou.

Os hipopótamos se juntavam. O líder, um monstro de duas toneladas, abriu a boca, enfurecido.

— Vamos arpoá-lo! — sugeriu um soldado.

Sekari continuou a tocar a sua flauta transversal.

O líder parou e os outros permaneceram imóveis, só deixando para fora da água os olhos, as narinas e as orelhas. Eles tinham a pele sensível demais para suportar a ardência do sol.

Na margem surgiu uma criatura inesperada.

— O hipopótamo branco! — exclamou um marinheiro. — Estamos salvos!

O macho, com o dorso coberto de secreções que pareciam sangue, era conhecido por hipopótamo vermelho. Encarnação de Seth, ele destruía as culturas. Em compensação, a fêmea, qualificada de branca, recebia o poder benéfico de Tueris, "a Grande", protetora da fertilidade e do nascimento. Todos os anos, o faraó, portador da coroa vermelha e vencedor do macho perigoso, celebrava a festa do hipopótamo branco.

O chefe do rebanho foi o primeiro a sair do rio, logo imitado por todos os membros do clã. Dóceis, eles seguiram a fêmea, que se embrenhou nos juncos.

Com o caminho livre, a frota retomou o curso.

Já bem alto, o moral das tropas passou a ser indestrutível. E todos começaram a recordar os sucessos de Sesóstris. Ele não havia submetido, um a um, os chefes das províncias, sem perder nenhum soldado? Conduzida por um tal chefe, a campanha da Núbia só poderia ser vitoriosa.

Notas aéreas e alegres concluíram a melodia em honra de Sesóstris.

— Mais um dos seus talentos ocultos — constatou Iker. — Essa ária sempre acalma os hipopótamos?

— Na realidade, atrai as fêmeas. Com um pouco de sorte, elas acalmam os machos.

— Onde aprendeu essa arte?

— Na minha profissão enfrentam-se mil e uma situações perigosas. Nem sempre a violência resolve. Infelizmente a flauta não é uma panaceia, pois adversários menos receptivos do que os hipopótamos não se sensibilizam com ela.

— O Círculo de Ouro de Ábidos lhe revelou os segredos da música?

— Por ocasião do seu reinado terrestre, Osíris ensinou aos humanos a saírem da barbárie construindo, esculpindo, pintando e tocando música. Nós nos aproximamos de Ábidos por uma via perigosa e não travaremos uma guerra comum. Esse é o preço da ressurreição de Osíris.

As palavras de Sekari faziam eco às de Ísis! Subitamente, Iker teve a certeza de que participava de uma expedição sobrenatural. O fragor das armas ocultaria um outro conflito, decisivo para o futuro dessa humanidade à qual Osíris dera o entendimento de uma certa harmonia agora ameaçada.

— O comportamento dos mercenários núbios me preocupa — confessou Sekari.

— Teme uma traição?

— Não, eles são bem pagos e não têm o menor desejo de retornar para as suas tribos, que os consideram traidores. Mas estão ficando nervosos, irritáveis, sendo que, normalmente, são alegres e tranquilos!

— Será que algum terrorista se infiltrou entre eles, decidido a semear a discórdia?

— Eu o teria notado.

— Você avisou o general Nesmontu?

— Evidentemente. Ele está tão perplexo quanto eu. O general conhece esses homens há muito tempo e confia neles.

— Então, as estratégias clássicas não nos serão de nenhuma utilidade. Se uma traição ocorrer, não será semelhante a nada que conhecemos.

— É provável.

— Vou pedir a Sua Majestade que tome imediatamente medidas preventivas de caráter excepcional.

Enquanto Iker expunha o seu plano a Sesóstris, a frota se aproximou de Ikkur e Kuban.

Os fortins pareciam intocados. No entanto, nenhum soldado apareceu nas ameias das torres de guarda.

— Isso está me cheirando a uma bela emboscada — avaliou Sekari.

33

Em tempos normais, os fortins de Ikkur e Kuban recebiam caravanas e prospectores em busca de ouro. Até há pouco tempo, ali era armazenado o metal precioso destinado aos templos egípcios. A planta dos fortes era simples: um retângulo de muros de tijolos, ampliados por bastiões aos quais se agregava uma passagem coberta que levava ao rio. Os soldados podiam, assim, buscar água, protegidos das flechas de eventuais agressores.

Acima das construções militares esvoaçavam abutres e urubus.

— Vou enviar batedores — decidiu Nesmontu.

Uns dez homens desembarcaram na margem oeste, uns vinte na margem leste. Eles se dispersaram, correndo até os objetivos.

Inspecionando a embarcação reservada aos arqueiros núbios, Sekari continuava a observá-los.

De repente, alguns deles começaram a gritar, outros rasgaram as velas, muitos dos atiradores de elite quebraram os seus arcos.

Um oficial interveio:

— Já chega! Acalmem-se imediatamente!

Então, quando ele andava entre as fileiras de soldados com a intenção de castigar os mais excitados, um negro alto enfiou-lhe uma faca entre as omoplatas.

Gritos bestiais espocaram.

Incapaz de conter a revolta sozinho, Sekari pulou na água e nadou até o barco almirante. Valendo-se de um cabo, subiu a bordo.

— Os mercenários núbios enlouqueceram — participou a Iker, que veio ao encontro dele. — Precisamos intervir com urgência.

— Enfrentar um dos nossos regimentos de elite... Que catástrofe! — lamentou Nesmontu.

— Se não agirmos rapidamente, causarão estragos irreparáveis.

A embarcação amotinada avançava na direção do barco almirante.

— Revoltem-se contra o rei! — gritou o assassino. — Um espírito feroz nos insufla, a vitória nos abre os braços!

Sesóstris pôs num altar portátil estatuetas de argila confeccionadas por Iker. Elas representavam os vencidos sem as pernas, com as mãos amarradas nas costas. Na cabeça, tinham espetada uma pena de avestruz, símbolo de Maat. Textos de conjuração cobriam-lhes o torso. O faraó os leu com uma voz tão grave e tão forte que os atacantes estremeceram.

— Vocês são as lágrimas do olho divino, a multidão que ele deve conter agora para que não se torne nociva. Que o inimigo seja reduzido a nada.

Com a clava branca, o faraó destruiu cada uma das estatuetas; em seguida, jogou-as ao fogo.

Mesmo assim, o barco dos revoltosos manteve a rota.

Os núbios dançavam e vociferavam.

Os arqueiros do barco almirante se posicionaram.

— Aguardem a minha ordem e não errem o alvo — ordenou Nesmontu. — No corpo a corpo, esses homens são inigualáveis. Nesse grau de excitação, será pior!

O líder se pavoneava na proa, gritando insultos.

Para espanto geral, a cabeça dele estourou, como uma fruta madura.

As danças foram interrompidas. A maioria dos núbios morreu, outros andaram em ziguezagues, como fantoches desarticulados, e caíram na água.

— Vamos assumir o controle dessa embarcação — ordenou Nesmontu.

Temerosos, os marinheiros obedeceram, sem encontrar a mínima resistência. Nenhum soldado negro sobrevivera.

— Feitiço coletivo — concluiu Sehotep.

— Os outros regimentos não terão a mesma sorte? — preocupou-se Iker.

— Não — respondeu o rei. — Os feiticeiros núbios, responsáveis por esse crime, exerciam muita influência no espírito destes infelizes, irmãos de raça. Eles visavam a enfraquecer o nosso exército.

Os batedores voltaram.

— Ikkur e Kuban estão vazios — declarou um oficial. — Em toda parte há vestígios de sangue seco. Provavelmente as guarnições foram massacradas, mas não há nenhum cadáver.

— Nenhum indício da identidade dos agressores?

— Só um pedaço de lã, Majestade. Deve ter saído de uma túnica bem grossa. Os núbios não usam esse tipo de roupa.

Sesóstris esfregou entre os dedos o fragmento de tecido. Era parecido com o que havia encontrado na ilhota de Biggeh, profanada por um demônio que escarneceu dos rituais e quis desequilibrar a cheia.

— O Anunciador... Ele perpetrou mais uma abominação e nos aguarda no coração da Núbia.

Todos estremeceram. Que inferno encontraria a expedição?

— Vejam — avisou a sentinela —, um homem está fugindo!

Um atirador de elite já retesava o arco.

— Precisamos dele vivo — exigiu Nesmontu.

Vários soldados se lançaram atrás dele, acompanhados de Iker.

Correndo muito rápido, logo perderam o fôlego. O calor lhes queimava os pulmões e os deixava exaustos.

Embora parecesse distanciado, o Filho Real não alterou o ritmo. Especialista em longas distâncias, economizava as forças mantendo o passo.

Aos poucos, a distância foi reduzida.

E o fugitivo caiu, incapaz de se levantar.

Quando Iker se aproximou, viu que uma víbora-cornuda, de cabeça grande, pescoço fino e cauda grossa, se afastava.

Picado no pé, o infeliz não sobreviveria por muito tempo.

Um rapaz núbio, de olhar desvairado.

— Os deuses me puniram! Eu não devia ter espoliado os cadáveres dos fortins de Ikku e Kuban... Eu não sabia que ela voltaria para devorá-los!

— De quem está falando?

— Da leoa, da enorme leoa! Ela massacrou as duas guarnições, as flechas não lhe faziam mal, os punhais não a feriam...

O moribundo queria continuar a descrever a fera monstruosa, mas teve a respiração bloqueada e o coração parou.

— O rapaz disse a verdade — afirmou Iker, depois de relatar as palavras do núbio.

— A situação é bem mais séria do que eu imaginava — confessou Sesóstris. — As tribos núbias se revoltaram sob o comando do Anunciador. Ele preparou uma série de emboscadas para nos exterminar e depois invadir o Egito. Quem mais poderia acordar a leoa destruidora que nenhum exército pode vencer? Agora a Aterradora intimida o extremo sul. Portanto, já estamos antecipadamente derrotados.

— Não existe nenhum meio de dominá-la? — perguntou Sehotep.

— Só a rainha das turquesas pode acalmá-la e transformar-lhe a fúria em docilidade.

— Essa pedra existe — lembrou Iker. — Eu a extraí das minas de Serabit el-Khadim.

— Infelizmente ela está nas mãos do Anunciador — explicou o rei.

— Então, a armadilha se fecha! — observou o general Nesmontu. — Ele quer nos atrair para Buhen, quem sabe mais à frente, para o ponto de reunião das tribos núbias. Elas nos esmagarão com a ajuda da leoa invencível. E esse demônio não terá mais nenhum obstáculo pela frente!

— Não seria melhor retrocedermos — propôs Sekari — e fortalecermos Elefantina?

— Eu já passei por esse tipo de situação em que a superioridade do inimigo deveria me levar a desistir. Se tivesse cedido ao medo e ao desespero, o que teria sido do Egito? Todos vocês já perceberam que os nossos adversários não são apenas humanos desejosos de conquistar um território. É Osíris que querem destruir, impedindo a celebração dos mistérios. Só o ensinamento dele nos permitirá agir com retidão.

— Vou enviar imediatamente um batalhão de prospectores para recolherem o máximo possível de jaspe vermelho e de cornalina — decretou o velho general. — Todos os soldados deverão carregar fragmentos dessas pedras para manter a leoa a distância. Essa fera tem horror do sangue do olho de Hórus coagulado no jaspe, e da chama oculta no coração da cornalina. Isso não será suficiente para destruí-la, e os homens, mal equipados, podem ser devorados. Ao menos, poderemos ir em frente.

— Conhece bem a fera!

— Na minha idade, meu rapaz, já enfrentei muitas tempestades. Não estou descontente em enfrentá-la uma segunda vez, e tenho a esperança de fazê-la engolir a própria cauda!

— Um detalhe me intriga — interveio Sekari. — Por que atacar os fortins de Ikkur e Kuban e, assim, nos prevenir dos perigos que nos espreitam? Teria sido mais astucioso deixar que avançássemos e nos pegar de surpresa.

— O Anunciador prevê a nossa reação — avaliou Iker —; quer que avancemos, apesar dos obstáculos. Ele quer que deixemos esse lugar o mais rápido possível.

— Que segredo ele esconde?

— A trilha do uádi Allaki leva a uma mina de ouro — respondeu o rei. — Foi lá que o Anunciador assassinou o general Sepi.

— Mina exaurida e caminho impraticável, segundo o relatório dos especialistas — salientou Nesmontu.

— Eles não cometem muitos erros? — ironizou Sekari.

— Ofereço-me como voluntário para explorar a região — anunciou Iker. — O meu professor, o general Sepi, certamente havia feito uma grande descoberta.

— O objetivo supremo da nossa expedição ainda é a descoberta do ouro dos deuses — lembrou o faraó. — Nele se materializa o fogo da ressurreição. Síntese e ligação dos elementos que constituem a vida, ele encerra a luz que transmite os mistérios de Osíris. Vá, meu filho, vá até o fim dessa pista.

— Vou acompanhá-lo — declarou Sekari.

Os dois homens desceram do barco almirante.

— Parece contrariado, Nesmontu — observou o rei.

— Iker não pertence ao Círculo de Ouro de Ábidos, mas já conhece alguns dos segredos. Não devíamos pensar em admiti-lo?

— Ele ainda precisa percorrer um longo caminho e não sei se o conseguirá.

— Sente-se melhor? — perguntou Gergu a Medés.

Menos pálido, o Secretário da Casa do Rei começava a se alimentar.

— Depois que este maldito barco acostou, eu revivi!

— O Anunciador exterminou as tropas de Ikkur e Kuban — murmurou Gergu. — Os mercenários núbios se revoltaram e foram todos mortos. Em desespero de causa, o faraó reuniu os auxiliares. Na minha opinião, ele está pensando em bater em retirada. Que humilhação! O exército ficará desmoralizado, o país, fragilizado.

— Procure saber mais.

Gergu viu Iker em grandes conversas com o doutor Gua.

— Está doente?

— Fiz uma consulta antes de um passeio pelo deserto.

— Um passeio... Seria esse o termo adequado? Detesto esses lugares ermos! Não são habitados por uns bichinhos atemorizadores?

— Justamente por isso — interveio o doutor Gua — dei ao Filho Real um remédio eficaz contra picadas e mordidas.

Sal marinho, junça, gordura de íbex, óleo de moringa e resina de terebinto eram os componentes de um bálsamo com o qual os exploradores se deviam untar várias vezes por dia.

— Aonde vai? — perguntou Gergu.

— Sinto muito, missão secreta.

— E... perigosa?

— Não estamos em guerra?

— Seja prudente, Iker, muito prudente. Nenhum caminho é seguro!

— Já conheci piores.

Gergu observou uma dezena de prospectores que preparavam as ferramentas, provisões de água e de alimentos. Uma verdadeira expedição à vista! Fazer perguntas o tornaria suspeito.

Quando Gergu se reuniu a Medés, este último escrevia o diário de bordo.

— Um escriba de ligação me sobrecarrega de notas esparsas para formalizar. O rei decretou o aumento dos fortins de Ikkur e Kuban e dobrou as guarnições do local. A retirada está fora de cogitação.

— A frota continuará imobilizada aqui, até Iker voltar de uma estranha missão — revelou Gergu. — Não sei qual o objetivo, mas me parece importante.

34

— Mapa errado — constatou Sekari. — Ele nos afasta da suposta posição da velha mina. Vamos seguir a direção oblíqua, a leste.

Depois de conversarem, Vento do Norte anuiu. À frente de um destacamento de uns vinte burros que carregavam água e alimentos, ele levava a sério o novo papel de comandante. O seu auxiliar, Sanguíneo, continuava sempre alerta.

Eles fizeram várias paradas. Por causa do forte calor, homens e animais precisavam beber água com frequência, em pequenas quantidades. Sem as tempestades de areia, avançavam com mais facilidade

— Antes da partida — confiou Iker a Sekari —, o rei me falou sobre a descoberta de Ísis: uma cidade de ouro, citada num antigo documento. Infelizmente, nenhuma localização exata.

— De acordo com as minhas investigações, nessa zona só havia uma instalação mineira, antes explorada periodicamente e, depois, abandonada, em consequência do esgotamento dos filões.

— E se for uma informação falsa, difundida pelo Anunciador?

Sekari meneou a cabeça.

— Se estiver certo, ele quer nos afastar desse lugar, multiplicando as pistas falsas.

— Foi lá que ele assassinou o general Sepi. Por que o faria, a não ser que Sepi se aproximasse de um tesouro?

Um monte de pedras pretas impedia o caminho.

Estavam cobertas de desenhos grosseiros que representavam os demônios do deserto, alados, com chifres e garras.

— Meia-volta — recomendou o mais velho dos prospectores.

— Estamos perto do objetivo — opôs-se Iker. — Mesmo se considerarmos a falta de exatidão do mapa, a mina não deve estar a mais de um dia de marcha.

— Há três anos que nenhum profissional transpõe este limite. Se formos além, morreremos.

— Tenho uma missão a cumprir.

— Não conte conosco.

— Insubordinação caracterizada — observou Sekari. — Estamos em guerra, conhece as sanções.

— Seis contra vocês dois: sejam razoáveis.

— Agora, ameaças!

— Não vamos desbravar o nada, retornemos a Kuban.

— Você e os seus companheiros podem ir embora. Quando forem presos, terei prazer em comandar o pelotão de arqueiros que os executará por covardia e deserção.

— Os monstros do deserto não são de brincadeira. Você e o Filho Real vão cometer uma imprudência funesta.

Obedecendo às ordens de Vento do Norte, os burros se recusaram a seguir os desertores. A atitude ameaçadora do molosso convenceu-os a não insistir. Sem se voltar, os prospectores se afastaram.

— Que alívio! Medrosos e incapazes fazem fracassar as expedições mais bem preparadas.

— Será que a nossa foi realmente bem preparada? — preocupou-se Iker.

— Não lhe recomendaram várias vezes para se equipar?

O Filho Real se lembrou dos avisos do prefeito de Kahun e de Heremsaf, o intendente do templo de Anúbis, assassinado por um dos adeptos do Anunciador.

— Os monstros desenhados nas pedras maléficas nos espreitam do outro lado — afirmou Sekari. — O Anunciador enfeitiçou a região. Ou batemos em retirada, ou as garras e os bicos dessas criaturas nos rasgarão. O general Sepi não recuou porque sabia as fórmulas que as tornam inofensivas.

— Mesmo assim, ele morreu!

— O Anunciador também conhece as fórmulas. Ao modificar o comportamento dos monstros, ele neutralizou as palavras de Sepi.

— Então já estamos antecipadamente derrotados?

— Vou recorrer a esse famoso equipamento!

De uma das sacolas de couro que Vento do Norte carregava Sekari tirou duas redes de pesca, com malhas apertadas e resistentes.

— Seriam essas as redes que devemos colocar entre o céu e a Terra, para capturar as almas errantes dos maus viajantes? — perguntou o escriba.

— Você vai aprender a usá-las.

— Elas vêm de Ábidos, não é?

— Chega de falatório, vamos ao treinamento!

Inicialmente desajeitado, Iker assimilou rapidamente a técnica de lançamento da rede. Mas não deixaria de usar as duas outras armas, a faca e o bastão de arremesso.

— Aposto que serão três adversários — disse Sekari. — Os dois primeiros atacarão pela frente, o terceiro, por trás.

— E quem cuidará dele?

— Sanguíneo. Ele não conhece o medo.

— E se forem mais numerosos?

— Morreremos.

— Então, fale-me sobre o Círculo de Ouro de Ábidos.

— De nada adianta falar. Observe como ele age.

Eles contornaram o obstáculo. Iker nunca vira o molosso tão nervoso. Com exceção de Vento do Norte, os burros tremiam.

O ataque ocorreu quase que imediatamente.

Cinco monstros alados, com cabeça de leão. Iker e Sekari lançaram suas redes ao mesmo tempo. Presas, duas das criaturas se dilaceraram ao se debaterem, enquanto Sanguíneo enfiava as presas no pescoço de uma terceira.

Sekari se afastou no exato momento em que garras lhe raspavam o rosto. Deitando-se no chão, Iker enfiou a faca no ventre da fera, rolando, em seguida, para evitar a boca escancarada da quinta fera, cega de raiva. Levantando-se, o Filho Real lançou o bastão de arremesso.

A arma subiu na direção do sol; Iker achou que errara o golpe. Ela caiu na velocidade de um raio e partiu a cabeça do monstro que o ameaçava.

Um vento fraco soprou, levantando uma nuvem de areia.

Todos os vestígios dos agressores, das redes, da faca do gênio guardião e do bastão de arremesso desapareceram.

— Será que existiram? — perguntou-se Iker.

— Olhe a boca do molosso — aconselhou Sekari. — Está cheia de sangue.

O cachorro agitava o rabo rapidamente. Consciente de haver cumprido a missão, ele apreciou os afagos do dono.

— As minhas armas desapareceram!

— Elas vieram do outro lado e para lá voltaram. Você as recebeu para travar essa luta e passar por essa porta. Sem a sua coragem e rapidez, seríamos vencidos. Vamos continuar a seguir a pista do general Sepi, ele deve estar contente conosco.

Eles conseguiram chegar à mina abandonada, as instalações estavam em bom estado. Sekari explorou uma galeria e constatou a existência de um belo filão, Iker descobriu um pequeno santuário. No altar, um ovo de avestruz. O rapaz tentou erguê-lo; em vão, tão pesado ele era. Com grande esforço, ele e Sekari o tiraram da capela.

— Vamos quebrá-lo — decidiu Sekari. — De acordo com a tradição, este ovo contém maravilhas.

Quando Iker pegou uma pedra enfiada até a metade na areia, foi picado por um escorpião, que fugiu.

O agente secreto conhecia os sintomas que viriam: náusea, vômito, transpiração, febre, bloqueio da respiração e parada cardíaca. Diante do tamanho do assassino, Iker poderia morrer em menos de 24 horas.

Sekari untou a mão ferida com o bálsamo do doutor Gua e recitou as fórmulas de conjuração:

— Cuspa o seu veneno, os deuses o rejeitam. Se ele queimar, o olho de Seth ficará cego. Rasteje, desapareça, seja destruído.

— Tenho alguma possibilidade de sobreviver?

— Se você sufocar, farei uma incisão no seu pescoço, na altura da garganta.

Vento do Norte e Sanguíneo se aproximaram do rapaz e lhe lamberam delicadamente o rosto, coberto de um suor maléfico.

— Não era um escorpião comum — avaliou Sekari —, mas o sexto monstro, encarregado de guardar este tesouro.

Iker já sentia dificuldade para respirar.

— Diga... a Ísis...

Descendo do alto do céu, um abutre-do-egito de plumagem branca e bico laranja com a extremidade preta pousou ao lado do escriba. Pegando um sílex com o bico, bateu em cima do ovo, que se quebrou em mil pedaços, deixando à mostra lingotes de ouro. Depois, o grande pássaro levantou voo.

— Ele é a encarnação de Mut, cujo nome significa “morte” e, ao mesmo tempo, “mãe”. Você vai se salvar, Iker.

Sekari pôs um lingote na ferida.

Pouco tempo depois, a respiração do escriba ficou normal e a sudação parou.

— Este é, realmente, o ouro que cura.

Escoltada por uma centena de soldados, uma equipe de mineiros recomeçou a explorar a mina. Depois da extração, da lavagem, pesagem e transformação em lingotes, o ouro seria expedido para Ábidos num comboio especial, sob grande vigilância.

Recebidos como heróis, Iker e Sekari acreditavam ter feito um achado decisivo. As palavras do faraó os trouxeram de volta a uma cruel realidade:

— Vocês conseguiram uma bela vitória. Entretanto, a guerra continua. Mesmo sendo indispensável, o ouro não basta. O complemento necessário está oculto no coração da Núbia, na cidade perdida cujos vestígios Ísis encontrou. Eu também preferia voltar para o Egito, mas a ameaça ainda é terrível. Não vamos deixar o Anunciador reunir as tribos contra nós. E se não apaziguarmos a leoa horripilante, nunca mais a cheia será normal. Em vez da água regeneradora, é o sangue que correrá.

A frota continuou a avançar para o sul.

Ao se aproximarem do fortim de Miam[1], os soldados esperavam por uma acolhida entusiástica da guarnição.

Nada além de um pesado silêncio. Nem um único defensor apareceu nas ameias.

— Vou investigar — decidiu Sekari — acompanhado de alguns arqueiros.

A exploração não demorou muito.

— Nenhum sobrevivente, Majestade. Em toda parte há traços de sangue e fragmentos de ossos. Aqui também a leoa atacou.

— Ela não nos ataca diretamente — observou Sehotep — e nos atrai para o sul! Ao permitir que essa leoa controle o jogo, não assumimos muitos riscos?

---

[1] Aniba, 250 quilômetros ao sul de Assuã.

— Vamos continuar — anunciou o rei. — Determinarei a minha estratégia em Buhen.

Buhen, o posto mais avançado na Núbia, retranca da Segunda Catarata que impedia os núbios de se lançarem na conquista do Egito. Buhen, que há muito tempo não enviava nenhuma mensagem.

Ansiosa, a tripulação do barco almirante se aproximou do forte que abrigava o centro administrativo da longínqua região.

Apesar dos danos aparentes, os altos muros ainda se aguentavam.

No alto da torre principal, um soldado agitava os braços.

— Pode ser uma emboscada — suspeitou Sekari.

— Desembarcaremos com todo o nosso efetivo — preconizou Nesmontu. — Se o portão principal não se abrir, nós o derrubaremos.

O portão se abriu.

Uns trinta soldados exaustos se jogaram nos braços dos recém-chegados e descreveram núbios arrebatados, ataques assassinos e uma leoa sanguinária. Buhen estava a ponto de cair.

— Que o doutor Gua cuide desses bravos — ordenou o general. — Nós vamos organizar a defesa.

Rápido e disciplinado, o exército se espalhou.

Sesóstris contemplava o ventre da pedra da segunda catarata.

O seu gigantesco projeto parecia impossível. No entanto, precisava ser realizado.

35

Todos os egípcios presentes em Buhen ouviram atentamente o discurso do faraó. A voz grave anunciava decisões espantosas:

— Não é um inimigo comum que quer a nossa perda e, portanto, não lutaremos da maneira habitual. À frente dos revoltosos, um demônio desencadeia as forças destrutivas e procura impor a tirania de *isefet* ao propagar a violência, a injustiça e o fanatismo. Para combatê-lo, vamos construir uma barreira mágica intransponível, composta de várias fortalezas, desde Elefantina até o sul da segunda catarata. As antigas serão aumentadas e consolidadas, e construiremos muitas outras. Na realidade, elas formarão apenas uma, tão poderosa que desencorajará o invasor. Os trabalhos começam hoje. Em breve, centenas de artesãos virão do Egito, e eu ficarei na Núbia com o exército para proteger as obras e rechaçar qualquer agressão. Todos serão equipados com amuletos e nunca deverão se separar deles, sob pena de serem vítimas da leoa. Mãos à obra.

O projeto do monarca provocou um verdadeiro entusiasmo. A engenharia escavaria fossos, milhares de tijolos seriam produzidos visando à edificação de muros altos e grossos, coroados de ameias. Passagens cobertas e entradas duplas dariam segurança aos acessos.

Entre duas fortalezas não haveria mais de setenta quilômetros, o que permitiria a comunicação com sinais visuais, de fumaça ou com pombos-correios. Protegidos nos caminhos de ronda, os arqueiros poderiam acertar um eventual agressor, inclusive algum barco que tentasse forçar os postos de controle.

Buhen foi o primeiro resultado espetacular de uma rápida transformação feita com mão de mestre por Sehotep, auxiliado pelo Filho Real Iker. Ocupando uma superfície de 27 mil m^2, a praça forte, parcialmente talhada na rocha, se apresentava como uma pequena cidade dividida em seis blocos, separados por ruas em ângulos retos.

Todas as manhãs, o rei celebrava o ritual no templo dedicado a Hórus, próximo da sua residência, protegido por muros de 11 metros de altura e oito de largura. A cada cinco metros havia torres quadradas ou bastiões circulares. Duas portas se abriam para o cais, onde atracavam os barcos de guerra, de provisões e cargueiros cheios de materiais. A atividade dos estivadores e a navegação no Nilo eram incessantes.

Satisfeito com um escritório bastante confortável, Medés mantinha uma intensa correspondência com as outras fortalezas e com a capital, verificando a redação correta das mensagens enviadas pela sua administração. Gergu também mergulhava no trabalho. Coordenando os movimentos dos produtores de cereais, controlava o abastecimento dos celeiros e a distribuição dos gêneros alimentícios.

Naquelas condições não se podia trapacear. A exemplo de Medés, ele era obrigado a se comportar como um servo devotado ao faraó.

— O que eles pretendem? — impacientou-se Cara-atravessada. — Os egípcios não deviam estacionar em Buhen, e sim vir até o ventre da pedra!

— Eles virão — profetizou o Anunciador.

— Eles aumentaram e consolidaram a fortaleza — lamentou Shab, o Torto. — É impossível atacar do lado do rio. Seríamos destruídos antes de atingir a muralha.

— Do lado do deserto não é melhor — acrescentou Cara-atravessada. — Em frente à porta de duas folhas há uma ponte levadiça sobre um fosso profundo.

— Meus fiéis amigos, não compreendem que eles estão com medo e se escondem atrás de ilusórias proteções?

De repente, gritos de alegria se elevaram do acampamento núbio.

— Eis o homem que eu aguardava.

O Anunciador viu um negro alto, com o rosto marcado por várias cicatrizes, se aproximar num passo pesado. Usando uma peruca vermelha, grossas argolas de ouro enfeitando as orelhas, ele vestia uma tanga curta, presa por um cinto largo.

Cercado por uma dezena de robustos guerreiros, o olhar denotava extrema violência.

— Eu sou Triah, o príncipe do país de Kush, depois da terceira catarata. Você é o Anunciador?

— Eu mesmo.

— Disseram-me que você quer libertar a Núbia e conquistar o Egito.

— Eu confirmo.

— Nada será feito sem mim.

— Estou convencido disso.

— Você realmente acordou os demônios do ventre da pedra e a leoa aterradora?

— Eles já atacaram duramente o inimigo e continuam a devastação.

— Você conhece a feitiçaria, e eu, a guerra. Eu conduzirei as minhas tribos à vitória e, depois, reinarei em toda a Núbia.

— Ninguém contesta esse direito.

Triah ficou desconfiado:

— Centenas de guerreiros me obedecem cegamente. Portanto, nem pense em tentar me enganar.

— A escolha do momento da ofensiva é primordial — declarou o Anunciador. — Ele me será indicado por Deus e você terá de aceitar. Senão, o ataque será um fracasso. Só os meus poderes poderão rachar as muralhas de Buhen e deslocar as portas. Se me desobedecer, você morrerá e a sua província cairá nas mãos do faraó.

A mudança do tom surpreendeu o príncipe de Kush:

— Ousa me dar ordens? A mim?

Triah era um selvagem, mas dotado de um senso agudo de perigo. Quando viu os olhos do Anunciador se avermelharem, percebeu que tinha à frente um feiticeiro particularmente temível, cuja capacidade para fazer o mal não devia ser subestimada.

— Vou repetir, Triah, Deus fala pela minha boca. Você o obedecerá, porque ele nos dará a vitória.

O olhar do núbio pousou em Bina, sedutoramente radiosa. A maravilhosa morena se mantinha atrás do Anunciador, de olhos baixos.

— Essa mulher, eu a quero.

— Impossível.

— Entre os chefes, oferecem-se presentes! Eu a troco por várias das minhas esposas e alguns burros incansáveis.

— Bina não é uma mulher comum.

— O que isso significa? Uma fêmea é sempre uma fêmea!

— Tem razão, exceto no que concerne à rainha da noite. Ela só obedece a mim.

Pela segunda vez, Triah foi humilhado.

— Vamos armar as nossas tendas — decidiu ele. — Avise-me quando quiser discutir os planos da batalha.

Em vários locais ao mesmo tempo, os trabalhos avançavam num ritmo incrível, graças à notável coordenação entre a engenharia civil e a militar. Embora sobrecarregado, Medés conseguia resolver todos os problemas administrativos, garantindo uma excelente comunicação com as fortalezas. Funcionário-modelo, ele não sabia como sair dessa armadilha para avisar o Anunciador sobre as verdadeiras intenções do faraó. Onde se esconderia o homem da túnica de lã e o que estaria preparando?

— Estou exausto — confessou Gergu, desabando numa cadeira. — Felizmente, ainda me resta um pouco de água da cheia! O fortificante ideal.

— Você bebe dessa água?

— Ela me devolve o tônus de manhã, antes da cerveja. Nunca trabalhei tanto e o calor me esgota. Por sorte, acabei de conseguir uma bela jogada.

— Não cometeu uma imprudência? — preocupou-se Medés.

— Mas que ideia! Alguns nativos pacíficos se instalaram na cidade de Buhen, sob intensa vigilância. Imediatamente, requisitei os burros deles. Uma espécie de confisco de guerra. E estou organizando um início de comércio, legal e lucrativo. Notícias do Anunciador?

— Nenhuma.

— Esse silêncio não me deixa tranquilo.

— Ele não está inativo, pode ter certeza.

Quando Iker entrou, os dois homens se levantaram.

— Surgiu um sério problema: é preciso revisar vários barcos. Para evitar um congestionamento nos cais de Buhen, pretendo instalar uma marcenaria numa ilhota vizinha. Ali reuniremos as unidades que estão nesta lista. Prepare as ordens de convocação.

Mal Medés concordou, o Filho Real já foi saindo.

— E é assim todos os dias! — queixou-se Gergu.

— Um cargueiro de cereais vai atracar agora de manhã. Cuide do descarregamento.

O único habitante da ilhota, um macaquinho-verde, examinava espantado o burro e o molosso, também surpresos, mas nada agressivos. Prudente, o macaco escalou um rochedo, depois permitiu que Iker se aproximasse.

— Não tem o que temer — tranquilizou-o, oferecendo uma banana.

O primata descascou-a delicadamente antes de saboreá-la e de se instalar no ombro do rapaz.

— Não fiquem com ciúmes — recomendou ele ao burro e ao cachorro. — Vocês também vão comer, desde que respeitem o nosso hóspede.

Os técnicos aprovaram a decisão de Iker. De fato, inúmeras embarcações exigiam reparos importantes que iam desde a calafetagem dos cascos à instalação de um novo leme. Cada um deles tinha um papel específico na reforma e a realização do incrível planejamento de obras de Sesóstris não devia sofrer nenhuma interrupção.

— E nós ainda não atravessamos a segunda catarata! — lembrou Sekari. — Do outro lado, os confrontos podem ser violentos. Lá, o Anunciador nos espera.

— Será que ele não está cometendo um erro, ao permitir que consolidemos as nossas bases de retaguarda?

— Ele não acredita que sejam eficazes. De que adiantarão, se ele destruir a maior parte do exército?

— O faraó não nos levaria a um desastre desses — avaliou Iker.

— Mais cedo ou mais tarde, será preciso atravessar o ventre da pedra.

— Certamente o rei vai preparar uma boa resistência.

— Se tivéssemos de lutar apenas contra o chefe de uma tribo núbia, eu não teria medo nenhum. Mas é o inimigo de Osíris que nos espreita.

* * *

No pequeno povoado de Buhen, não muito longe da enorme fortaleza, as conversações transcorriam. Várias famílias núbias ali se amontoavam para fugir do príncipe de Kush, Triah, cuja selvageria os assustava. Grande apreciador de sacrifícios humanos, Triah não poupava nem as crianças. Todos sabiam que o temível guerreiro se instalara ao sul da Segunda Catarata. Só os egípcios podiam impedi-lo de massacrar as populações vizinhas.

Um sentimento de revolta agitava os refugiados. Por que um oficial requisitava os burros, a principal riqueza deles? Até então haviam sido tratados corretamente e estavam mais bem alimentados do que antes, e não aceitavam essa injustiça. Entretanto, depois de longas negociações, os núbios decidiram ficar. Se voltassem para casa, os guerreiros de Triah lhes cortariam a cabeça e as exibiriam como troféus. Seria melhor passar pela ocupação egípcia, menos violenta e mais vantajosa, porque as trocas já começavam a se organizar. O faraó não havia prometido uma forma de governo local ao criar um tribunal misto, encarregado de evitar os deslizes dos militares?

Revoltado contra os pais, um adolescente não compartilhava dessas esperanças. Maldizendo a covardia paterna, deixou a cabana e percorreu a savana em busca das tropas de Triah, o seu ídolo. O conhecimento da região lhe permitiu atingir o objetivo.

Ao vê-lo correr na direção deles, dois arqueiros atiraram sem nenhum aviso.

A primeira flecha entrou no ombro esquerdo do adolescente, a segunda, na coxa direita.

— Sou um aliado! — gritou o menino se arrastando.

Os arqueiros hesitaram em matá-lo.

— Venho de Buhen e quero ver o príncipe Triah! As minhas informações lhe serão úteis!

Se o que ele dizia fosse verdade, os dois arqueiros seriam recompensados. Por isso, levaram o ferido até a tenda do chefe.

Triah acabara de ter relações com duas de suas mulheres e tomava aguardente de tâmaras.

— Príncipe, este prisioneiro deseja lhe falar.

— Que ele se ajoelhe e abaixe a cabeça.

Os arqueiros trataram o adolescente com brutalidade.

— Explique-se, e rápido!

— A minha família se refugiou no novo povoado, os egípcios roubaram os nossos burros. Ajude-nos, senhor!

Encolerizado, Triah deu um tapa no ferido.

— Ninguém tem o direito de agir assim. Agora, já chega! Vou castigar o faraó.

— Recrutamos o menino? — perguntou um dos arqueiros.

— Não preciso de impotentes. Matem-no.

Triah convocou os tenentes e gratificou-os com um discurso inflamado, elogiando a bravura dos núbios e a covardia dos egípcios. Buhen não resistiria por muito tempo à investida dos guerreiros negros.

Não era preciso ter a aprovação do Anunciador, pois o príncipe de Kush, depois da vitória, mandaria empalá-lo.

Ninguém insultava impunemente um chefe como ele.

36

Mênfis dormia quando os dez homens do modesto posto de polícia do bairro ao norte saudaram o entregador de bolos. Depois da refeição matinal, seriam substituídos.

Os outros saíram do prédio de tijolos caiados, se instalaram em frente à porta e desfrutaram dos primeiros raios do sol nascente. Ainda sonolentos, estavam esfomeados.

Como o previsto, esse foi o momento escolhido pelos terroristas.

Dez presas fáceis. A execução desses homens semearia o terror na capital e propagaria um clima permanente de insegurança.

Quando o primeiro atacante deparou com Sobek, o Protetor, em pessoa, ficou tão surpreso que nem pensou em aparar a extraordinária cabeçada que lhe acertou o rosto.

Os seus acólitos tiveram a veleidade de resistir, mas, em poucos minutos, foram dominados pelos combatentes de elite que haviam substituído o efetivo habitual.

— Ali, um fugitivo!

O próprio Sobek pegou o chefe do bando, agarrando-o pelo cabelo.

— Vejam, o nosso cabeleireiro! Então, queriam matar os policiais?

— Está... está enganado!

— O nome do chefe da sua rede?

— Não existe uma rede, não fiz nada errado! Fugi porque não gosto de brigas.

— Escute, meu rapaz, está sendo espionado há muitas semanas. Você reuniu uma bela corja de bandidos e calmamente preparou o ataque. Se quiser salvar a sua cabeça, fale, fale bastante.

— Não tem o direito de me torturar!

— Correto, e nem tenho essa intenção.

— Então... vai me soltar?

— O que acha de um passeio pelo deserto? Eu teria água, mas você não. E você iria à frente. Nesta época do ano, os escorpiões e as serpentes são bem virulentos.

O cabeleireiro nunca se havia aventurado fora de Mênfis. Como a maioria dos citadinos, tinha um medo pânico das perigosas solidões desérticas.

— Isso é ilegal, é desumano, você...

— A caminho, rapaz.

— Não, não, eu falo!

— Sou todo ouvidos.

— Não sei de nada, quase nada. Só recebi ordens para organizar essa... operação. Como os policiais não eram numerosos, nem fortes, devia ser fácil.

O Protetor fervia. Dez assassinatos programados por covardes! Mas, finalmente, pegava um dos inimigos tão bem escondidos nas trevas e autores de tanta devastação.

— Quem lhe deu a ordem?

— Um outro cabeleireiro.

— O nome?

— Não sei.

— Onde ele mora?

— Ele anda de bairro em bairro, não tem domicílio fixo e me dá ordens quando lhe apraz. Eu não tomo nenhuma iniciativa.

— Por que obedece a um crápula desses?

O olhar do terrorista se encheu de ódio. Subitamente, o medo que sentia de Sobek desapareceu.

— Porque o deus do Anunciador reinará em breve no Egito! Você e os ímpios, os servidores cegos do faraó, serão exterminados. Nós, os adeptos da verdadeira fé, obteremos a fortuna e a felicidade. E o meu país de origem, a Líbia, finalmente terá a sua desforra!

— Enquanto isso, dê-me a lista dos esconderijos do seu patrão.

Os ecos de uma altercação acordaram o gordo rapaz de bigode.

Acostumado à vida clandestina, o cabeleireiro que havia transmitido a ordem de assassinar os policiais pressentiu o perigo.

Uma olhada pela janela provou que estava certo.

Sobek procurava por ele.

Portanto, o seu subordinado e os capangas haviam fracassado e falado!

A única possibilidade de fuga: o terraço. Mas os policiais já o haviam invadido e forçavam a porta do seu quarto.

O líbio não resistiria ao interrogatório de Sobek.

Calmamente, ele pegou a sua melhor navalha, cuja lâmina havia acabado de amolar. O Anunciador se orgulharia dele e abriria as portas do paraíso para o mártir.

Com um gesto preciso, o adepto da verdadeira fé cortou a própria garganta.

A explosão de alegria da população de Mênfis foi barulhenta; a cheia abundante não causaria nenhum dano à cidade! Mais uma vez, a magia de Sesóstris salvara o Egito da desgraça.

Diante da rainha, do vizir e do Grande Tesoureiro, tranquilos com as notícias provenientes da Núbia, Sobek terminava o relatório oral.

— Cabeleireiros... Então eram eles os principais elementos da rede terrorista? — surpreendeu-se Khnum-Hotep.

— Com certeza, não. Todos foram interpelados e interrogados, três deles confessaram: os líbios eram agentes de ligação. Eles só conheciam um superior, outro líbio, que cometeu suicídio. O fio parece momentaneamente cortado. É impossível identificar os mandantes.

— No entanto, eis um primeiro e magnífico sucesso — julgou a rainha. — Não só o rei sobreviveu à prova da cheia, como também o inimigo não mais se sentirá invulnerável. Pelo menos por algum tempo eles não se comunicarão. Que o destino faça com que esse primeiro passo em falso seja seguido de um segundo.

— O vento dá voltas — ponderou o vizir. — Ao construir uma barreira mágica de fortalezas, o rei extinguirá a influência negativa do extremo sul. Pouco a pouco, recuperamos o terreno perdido.

O libanês engoliu, em seguida, dez doces cremosos. Enquanto o carregador de água não o informasse sobre o resultado do ataque contra o posto de polícia, a sua bulimia não seria controlada. E o seu melhor agente estava atrasado, bem atrasado!

Finalmente, ele chegou.

— Fracasso total — anunciou, consternado. — Sobek estava no local.

O libanês empalideceu.

— O cabeleireiro escapou?

— Não, foi preso.

O obeso foi vítima de um mal-estar. Obrigado a se sentar, enxugou a testa com um pano perfumado.

— A tragédia não para por aí — continuou o carregador de água. — Sobek lançou uma extensa operação, todos os cabeleireiros foram interpelados.

— Inclusive o responsável pela nossa rede?

— Ele cortou a própria garganta antes de ser interrogado.

— Que bravo rapaz! Portanto, é impossível chegar a mim.

Mais calmo, o libanês se serviu de uma taça de vinho branco.

— Agora — especificou o agente —, as nossas células não podem mais se comunicar. Com a polícia onipresente, levará tempo para refazermos ligações seguras.

— Os vendedores ambulantes?

— Aconselho a deixá-los quietos. Inevitavelmente, despertarão o interesse de Sobek.

— Precisamos eliminar esse cão raivoso!

— Ele é intocável, verdadeiramente cultuado pelos policiais. Depois da última façanha, a popularidade dele será acentuada.

— Intocável, pode ser. Incorruptível, certamente não. O sucesso lhe subirá à cabeça e o tornará vulnerável.

Os habitantes do povoado próximo à cidadela de Buhen construíam casebres, celeiros, cercas para o gado e paliçadas de proteção. Acostumando-se com as novas e agradáveis condições de vida, os refugiados foram pegos desprevenidos pelo ataque dos kushitas.

Encarregado do abastecimento de água e de cereais do povoado, um oficial egípcio foi a primeira vítima. Triah lhe cortou a cabeça e espetou-a numa estaca. Os soldados massacraram os compatriotas, crianças inclusive.

Em menos de meia hora, a comunidade havia sido exterminada.

— Vamos tomar Buhen! — clamou o príncipe de Kush, avançando na direção da grande porta da fortaleza, do lado do deserto.

Os egípcios não tiveram tempo de erguer a ponte levadiça e de fechar o acesso à imponente construção. Aos berros, uma tropa se precipitou no interior da fortaleza, convencida de que a vitória seria fácil. Triah já se imaginava cortando a garganta de Sesóstris e, depois, exibindo o cadáver na porta do seu palácio.

Os kushitas esperavam encontrar um pátio extenso, onde certamente seriam favorecidos numa luta corpo a corpo. Mas foram obrigados a se amontoar numa espécie de estreita construção em ziguezague.

Posicionados no alto e protegidos por ameias, os arqueiros egípcios atiraram, a um sinal de Nesmontu.

Os poucos sobreviventes responderam, sem atingir nenhum dos adversários.

— Avante! — gritou o príncipe, persuadido de que ao sair da armadilha, finalmente, lutaria frente a frente com o inimigo.

Uma segunda passagem em ziguezague sucedia à primeira, desembocando num espaço reduzido, fechado por um pesado portal.

Prisioneiros nessa armadilha, os atacantes receberam uma chuva de projéteis mortais.

Nenhum deles conseguiu fugir, porque uma brigada egípcia, que chegara por trás, havia fechado a ponte levadiça. Triah foi o último a morrer, com o corpo atravessado por uma dezena de flechas.

Shab, o Torto, ousou acordar o Anunciador.

— Perdoe-me, senhor, o príncipe de Kush atacou a fortaleza de Buhen.

— Imbecil! Cedo demais, muito cedo!

— Ele se embebedou durante horas e decidiu se vingar por causa de uma requisição de burros.

— Esse degenerado cometeu um grave erro.

— Quem sabe ele teve sucesso e conseguiu abalar seriamente as defesas inimigas.

Seguido de Bina, fresca e graciosa, o Anunciador foi à zona desértica, próxima a Buhen.

A cidadela parecia intacta.

Soldados egípcios retiravam os cadáveres dos kushitas, amontoando uns sobre os outros antes de queimá-los. O de Triah sofreu idêntico tratamento.

— Um verdadeiro desastre — constatou o Torto, amargo.

O exército núbio, com o qual o Anunciador contava para enfrentar o de Sesóstris, havia sido exterminado.

— Não vamos ficar aqui, senhor. Retornemos a Mênfis. Lá, estará em segurança.

— Você se esquece do ventre da pedra. Entusiasmado com a vitória, Sesóstris tentará atravessá-lo e conquistar os territórios situados do outro lado.

— Mesmo com a ajuda da leoa, será que conseguiremos rechaçá-los?

— Não duvide, meu bravo amigo. Ele não passa de um faraó, eu sou o Anunciador. O reinado dele chega ao fim, o meu começa. A sua fé poderia ser abalada por um incidente tão pequeno?

Shab, o Torto, ficou envergonhado.

— Ainda tenho de progredir muito, senhor! Não me queira mal.

— Eu o perdoo.

De volta ao acampamento, o Anunciador interrogou Cara-atravessada sobre o posicionamento dos egípcios. A maior parte dos soldados estava em Buhen, mas um destacamento vigiava uma ilhota vizinha, local de conserto dos barcos.

— Mate todos os que ali estão e incendeie as embarcações — ordenou o Anunciador. — Sesóstris compreenderá que a resistência está longe de se esgotar. A intendência ficará desorganizada e a derrota inesperada abaterá o moral dos soldados.

— Vou me divertir muito — afirmou Cara-atravessada, feliz por entrar em ação.

37

Sekari acordou sobressaltado.

— Que pesadelo, eu estava comendo pepino! Mau presságio, sérios aborrecimentos em perspectiva.

— Volte a dormir — aconselhou Iker, que estava morto de sono.

— Não zombe da chave dos sonhos! Além do mais, veja: Sanguíneo e Vento do Norte também levantaram.

O Filho Real deu uma olhada, cético.

Os dois companheiros estavam agitados, o olhar voltado para o rio.

— Isso é anormal. Será que as sentinelas estão nos seus postos?

— Fique aí, vou verificar.

Cauteloso, Sekari se aproximou do ateliê dos carpinteiros.

O guarda havia desaparecido.

Sekari correu para a tenda onde dormiam os soldados.

— De pé — ordenou — e espalhem-se. Estamos sendo atacados.

Quando os egípcios saíram, os atacantes já estavam incendiando o abrigo com tochas, certos de que cozinhariam os adversários adormecidos.

Seguiram-se ferozes combates corpo a corpo, de resultado incerto.

Preocupado, Sekari foi ao encontro de Iker, agredido por dois sírios. Ágil e rápido, o rapaz evitava os golpes de punhal. Ele matou o primeiro, Sanguíneo derrubou o segundo e lhe enfiou as presas no pescoço.

Três barcos já estavam em chamas.

Sem a vantagem de um total efeito surpresa, os terroristas não eram suficientemente numerosos para derrotar a guarnição egípcia. Apesar das perdas, ela vencia.

À luz das chamas, Iker reconheceu o brutamontes peludo prestes a incendiar um quarto barco.

— Cara-atravessada!

O interpelado se voltou.

— Você devia estar morto, maldito escriba!

Lançado com violência, o punhal raspou no rosto do Filho Real.

Cara-atravessada mergulhou e desapareceu.

* * *

O faraó dirigiu pessoalmente o ritual do funeral do oficial egípcio, morto no ataque ao povoado mártir de Buhen. Depois da identificação do cadáver, um mumificador havia posto a cabeça de volta. Os civis assassinados também receberam sepulturas decentes.

A presença de Sesóstris tranquilizava as tropas, horrorizadas com tanta crueldade. O extermínio da horda de Triah não era uma prova de que a estratégia do monarca estava certa?

Ao lado dele, estava o Filho Real, Iker, que rechaçara um assalto inesperado, efetuado no meio da noite. Certamente, ele lamentava a perda de vários soldados e de três barcos, mas a operação terrorista havia fracassado.

— Não faremos nenhuma pausa — anunciou o monarca. — Chegou o momento de atravessarmos o ventre da pedra.

Murmúrios de preocupação percorreram as fileiras.

— Eu serei o primeiro a ali me aventurar, na companhia de Iker. Não esqueçam os amuletos protetores e respeitem escrupulosamente as ordens do general Nesmontu.

Quando ficou a sós com Sesóstris, Iker viu que o rei escrevia algumas palavras numa paleta de ouro, símbolo da sua função de sumo sacerdote de Ábidos.

A escrita do rei se metamorfoseou e outros sinais apareceram, substituindo aqueles que havia traçado. Em seguida, desapareceram e a paleta ficou novamente imaculada.

— O invisível responde às perguntas vitais — disse o monarca. — Amanhã, um pouco antes da aurora, acostaremos no ventre da pedra.

— Ele não é navegável, Majestade!

— Nessa hora, será. Quatro forças alimentam o ato justo: a capacidade da luz, a generosidade, a faculdade de manifestar o poder e o domínio dos elementos[1]. Quinta-essência das forças criadoras do Universo, a vida é a mais sutil e a mais intensa. Ela nos atravessa a todo instante, mas quem, realmente, tem consciência disso? Rá, a luz divina, abre o nosso espírito por ocasião das sucessivas iniciações. Quando a sua alma-pássaro despertar, você poderá atingir o céu, passar do visível para o invisível e voltar para o visível. Viajar de um mundo para o outro permite que você não continue escravo da mediocridade humana e escape da servidão dos tempos. Olhe acima dos acontecimentos, saiba discernir os dons do céu.

— A leoa não sairá vitoriosa sobre mil exércitos?

— Ela é Sekhmet, a soberana das forças. Você usa no pescoço o amuleto do cetro *sekhem*, a força do poder, e eu uso esse cetro para consagrar as oferendas. É impossível destruir a leoa de Sekhmet. Como os poderes dela foram desviados pelo Anunciador, preciso devolvê-la ao lugar que é dela.

Sekari estava congelado.

Em pleno verão, uma aurora glacial se erguia na segunda catarata do Nilo, muito longe do ar suave do Egito. Sem sombra de dúvida, era um novo malefício do Anunciador.

Cinco exploradores contemplavam o ventre da pedra: o faraó, Iker, Vento do Norte, Sanguíneo e Sekari. O exército egípcio contornava o obstáculo pelo deserto.

Sendo um iniciado no Círculo de Ouro de Ábidos, Sekari conhecia a extensão dos poderes do faraó. Ali, diante daquela barreira de rochedos e de águas tumultuadas, ele duvidava do sucesso.

---

[1] *Akh*, *user*, *ba*, *sekhem*.

No entanto, quando fizera o juramento, ele havia declarado que seguiria o rei aonde quer que ele fosse. E aquela paisagem, tão monstruosa, não o faria recuar. A palavra não se emprestava, dava-se. O perjuro tornava-se um morto-vivo.

— Olhe o rochedo que domina a catarata — recomendou Sesóstris a Iker. — Com que ele se parece?

— Ele tem a forma do uraeus, a naja armada para o bote na fronte de Vossa Majestade.

— Eis por que estaremos protegidos. Esqueça as quedas-d'água e o ruído.

Manejando o leme, o faraó atravessou uma passagem estreita, batida pelas ondas descontroladas. O caos rochoso se estendia a perder de vista.

Encharcado até os ossos, Sekari se segurava na amurada. O Nilo redobrou a agressividade, o barco estalava de todos os lados, prestes a se desmanchar.

— Pegue o timão — ordenou Sesóstris ao filho.

O monarca retesou um arco gigantesco. A ponta da flecha era feita de cornalina e de um jaspe vermelho brilhante.

A flecha atravessou a cortina de bruma.

— Fizemos muitos estragos — afirmou Cara-atravessada.

— Quantos barcos destruídos? — perguntou o Anunciador.

— Três, e um quarto danificado.

— Resultado decepcionante.

— Três cargueiros de menos, isso descontrola a intendência! Além do mais, os egípcios terão medo todos os segundos. Provocaremos escaramuças todo o tempo e em todos os lugares. Quanto mais avançarem pela Núbia, mais vulneráveis ficarão.

— Os mágicos núbios fugiram — lembrou Shab, o Torto, preocupado.

— Esses negrinhos fogem ao primeiro susto! Os meus comandos líbios não temem nenhum adversário. E nós temos a leoa. Sozinha, ela fará o exército egípcio fugir!

Cara-atravessada omitiu que tinha visto o fantasma de Iker.

— Vamos descansar — ordenou o Anunciador. — Amanhã, recomeçaremos os ataques.

Um pouco antes da aurora, ele saiu da tenda com a companheira. A atmosfera estava gelada, a agonia opressiva das trevas.

A jovem titubeou.

— Não consigo respirar, senhor.

Um risco de fogo incendiou a noite que terminava. A princípio pareceu se perder ao longe, depois ele caiu numa velocidade inaudita, transpassando a coxa direita de Bina, que soltou um rugido de dor.

O Anunciador nem teve tempo de tratar da leoa ferida porque, com o primeiro raio de sol, surgiu um imenso falcão de olhos de ouro, que sobrevoou a presa.

Imediatamente, as mãos do Anunciador se transformaram em garras e o nariz num bico de ave de rapina. Quando o falcão soltou um grito estridente, ele achou que se tratava do sinal de ataque. Capaz de ver o invisível, a encarnação do faraó não costumava dar a menor chance à presa. Desta vez, no entanto, seria vencido.

A um metro do chão, as redes do Anunciador iriam pegá-lo numa armadilha.

Então, ele cortaria a cabeça do Hórus Sesóstris.

O falcão subiu novamente para as alturas do céu, iluminado pelo sol nascente.

— Senhor — observou Shab —, a catarata está silenciosa!

Uma sentinela chegou correndo.

— Vamos fugir, o exército egípcio está chegando!

Nunca uma navegação havia sido tão calma. O ventre da pedra havia se transformado num simples amontoado de blocos de rochas, entre os quais o Nilo abria um caminho por onde passava o barco real.

— Eu jamais acreditaria nisso — reconheceu Sekari.

— Vento do Norte e Sanguíneo não duvidaram — observou Iker.

— E você?

— Eu segurava o timão e vi a flecha do rei perfurar as trevas. Por que faria a mim mesmo perguntas inúteis?

Sekari resmungou uma resposta incompreensível.

Descontraídos, o burro e o cachorro se deitaram no convés. O monarca retomou o timão.

— O falcão Hórus eliminou o Anunciador? — perguntou Iker.

— Não era esse o objetivo. Com a leoa imobilizada pelo ferimento, o pássaro das origens apaziguou as tormentas do rio. Escavaremos um canal, navegável o ano inteiro. Ele nos permitirá chegar às grandes fortalezas que construiremos do outro lado da catarata. As forças maléficas do extremo sul não atravessarão esses postos avançados da nossa muralha mágica.

— O Anunciador e a leoa perderam a capacidade de destruição?

— Infelizmente, não. Nós lhes desferimos golpes bem duros, eles levarão algum tempo para reagir. Porém, o mal e a violência sempre encontram os alimentos necessários para renascer e recomeçar os ataques a Maat. Por isso é que tantas fortalezas são necessárias.

— A cidade do ouro está nas proximidades?

— Em breve você partirá para procurá-la.

Os soldados egípcios saíram do deserto cantando e foram ao encontro do faraó. Nesmontu permitia essa manifestação de alívio que expulsava a angústia e reforçava a coesão. Todos eles ficaram estupefatos ao verem a calma que reinava no ventre da pedra.

— Encontrou uma forte resistência? — perguntou o rei ao general.

— Desorganizada, às vezes perigosa. Alguns farrapos de tribos núbias, mercenários líbios e sírios, muito bem treinados.

— As nossas perdas?

— Um morto, inúmeros feridos leves e dois graves. O doutor Gua os salvará. Entre os nossos adversários, nenhum sobrevivente. Eles lutaram em pequenos grupos e não queriam se render. Na minha opinião, a estratégia do Anunciador parece clara: operações de comandos e ataques de fanáticos suicidas. Temos de ficar bem vigilantes e tomar rigorosas medidas de segurança.

A vitória foi festejada com um banquete. Quem amava o faraó era um bem-aventurado que tinha o que lhe era necessário, lembrou Nesmontu; quem se revoltava contra ele não conhecia o bem-estar terrestre, nem a felicidade celeste. Um poema de Sehotep, destinado à escola dos escribas, comparava o rei ao regulador do rio, ao dique que segurava as águas, à sala arejada onde se dorme bem, à muralha indestrutível, ao guerreiro que presta socorro e cujo braço não falha, ao refúgio para o enfraquecido, à água fresca no verão, a uma casa quente e sem umidade no inverno, à montanha que segura os ventos e dissipa as tempestades.

Sob os olhares atentos e emocionados, o gigante, usando a dupla coroa, ergueu a estela de granito vermelho que demarcava a nova extremidade dos territórios egípcios. "Fronteira do sul, implantada no ano 8 de Sesóstris", dizia o texto. "Nenhum núbio poderá atravessá-la por água, nem por terra, a bordo de um barco ou com um grupo de companheiros. Só terão autorização para fazê-lo os comerciantes nativos, os mensageiros credenciados e os viajantes com boas intenções.[1]"

Assim que terminaram as festividades, iniciou-se a construção das novas fortalezas, as mais longínquas e as mais colossais jamais edificadas na Núbia.

[1] Estela de Semna-Oeste.

38

O sacerdote permanente Bega sofria em silêncio.

Por que os aliados não davam sinais de vida? Silêncio de Gergu, nenhuma mensagem de Medés. O tráfico de estelas fora interrompido, a cidade santa de Ábidos vivia isolada, sob a proteção do exército e da polícia. Segundo as raras informações que os temporários divulgavam, Sesóstris travava duras batalhas na Núbia. A armadilha do Anunciador seria suficientemente destrutiva?

Quanto mais os dias passavam, mais o ex-geômetra ficava irritado, mais aumentava o ódio que sentia pelo rei e por Ábidos. Certo de haver encontrado o meio de se vingar, deveria se deixar dominar pelo desespero? Não, precisava ter paciência. Graças aos extraordinários poderes do Anunciador, esse período de incertezas não tardaria a terminar. Ao acreditar que dominaria o extremo sul, Sesóstris se mostrara presunçoso. Ele encontraria forças desconhecidas, superiores às dele.

Quando os vencedores invadissem Ábidos, Bega seria o novo sumo sacerdote!

Naquele dia, tinha ao menos um motivo para se alegrar: o declínio de Ísis. Por muito tempo desconfiara da bela sacerdotisa, pois ela subira muito rápido na hierarquia que, segundo ele, deveria ser reservada aos homens. O sacerdote permanente detestava as mulheres, sobretudo aquelas que se ocupavam do sagrado. Em perfeita conformidade com a doutrina do Anunciador, considerava-as incapazes para o sacerdócio. O lugar delas era em casa, a serviço do marido e dos filhos. Quando governasse Ábidos, Bega expulsaria as sacerdotisas.

Por sorte, o destino de Ísis ia por água abaixo. Presença constantemente solicitada pelo rei em Mênfis, ela poderia se tornar a superiora do colégio feminino e, por essa razão, uma das personalidades marcantes da cidade sagrada. No entanto, a tarefa que o Calvo lhe havia confiado cortava essa trajetória pela raiz! Sem dúvida, a jovem havia desagradado o monarca. Agora, fora condenada a realizar tarefas ignóbeis, normalmente reservadas aos lavadeiros, que, aliás, não paravam de se queixar: lavar a roupa no canal!

Bega suspeitava que Ísis fosse uma espiã a serviço de Sesóstris, encarregada de observar as atividades dos permanentes e avisar o soberano sobre qualquer comportamento suspeito! Na realidade, era uma medíocre intrigante, uma ingênua, brutalmente rebaixada ao lugar que merecia. Radiante por vê-la assim humilhada, Bega se absteve de dirigir a palavra a uma serva de categoria tão baixa e se dedicou aos deveres rituais.

* * *

Ísis lavava delicadamente a túnica real de linho branco, com uma pequena quantidade de espuma de nitro, para recuperar o brilho e a pureza da preciosa relíquia. Como imaginar que o Calvo lhe confiaria uma tarefa tão sagrada, a lavagem da roupa de Osíris, revelada na celebração dos mistérios?

Concentrada, a jovem não prestava a menor atenção nos olhares de desdém e de desprezo. Ao manipular a túnica tecida em segredo pelas deusas, ela atravessava uma nova etapa, o contato direto com esse objeto. Bem poucas pessoas, desde o nascimento da civilização faraônica, haviam tido a oportunidade de contemplá-la.

— Terminou? — perguntou o Calvo, sempre rabugento.

— Está satisfeito com o resultado?

A túnica branca de Osíris brilhava ao sol.

— Dobre-a e ponha nesta arca.

O pequeno móvel de marchetaria, enfeitado de marfim e de faiança azul, era decorado com umbelas de papiro abertas. Ísis guardou ali a vestimenta.

— Você percebe a fronteira imaterial que se encarna aqui? — continuou o Calvo.

— Ábidos é a porta do céu.

— Deseja atravessá-la?

— Desejo.

— Então, siga-me.

Obedecendo ao faraó, mestre do Círculo de Ouro de Ábidos, o Calvo levou Ísis a uma capela do templo de Osíris.

Numa mesa baixa havia um jogo de *senet*, “a passagem”.

— Instale-se e dispute essa partida.

— Contra qual adversário?

— O invisível. Uma vez que você tocou na túnica de Osíris, é impossível subtrair-se a essa prova. Vencedora, você será purificada e o seu espírito se abrirá para novas realidades. Perdedora, morrerá.

A porta da capela se fechou.

Retangular, o tabuleiro do jogo possuía trinta casas dispostas em três fileiras paralelas. Doze peões[1] em forma de carretel para um jogador, 12 cônicos com a extremidade arredondada para o adversário. Eles avançavam conforme o total obtido num arremesso de palitos com números. Certas casas eram favoráveis, outras, desfavoráveis. O jogador tinha de passar por várias armadilhas antes de chegar ao *Nun*, o oceano primordial, onde se regeneraria.

Ísis chegou à casa 15, "a morada do renascimento". Ali figurava o hieróglifo da vida, enquadrado por dois cetros *uas*, "o Poder Flo rescente".

Os palitos se viraram bruscamente, e cinco peões adversos andaram juntos para bloquear o avanço da sacerdotisa.

A segunda jogada foi infeliz: casa 27, uma extensão de água propícia ao afogamento! Ísis teve de recuar, a posição a fragilizava.

Quando o invisível se manifestou de novo, ela achou que havia perdido.

O que tinha a temer? Não tentava levar uma vida de retidão, a serviço de Osíris? Se chegasse a hora de comparecer diante do tribunal, o seu coração falaria por ela.

Ísis lançou os palitos.

Vinte e seis, a casa da "morada perfeita". A jogada ideal que dava acesso à porta celeste, além do jogo.

---

[1] Ou cinco, ou sete, conforme a versão do jogo.

As casas desapareceram, a passagem havia sido realizada.

O Calvo abriu a porta e apresentou à sacerdotisa um lingote de ouro.

— Acompanhe-me até a acácia.

O ritualista deu a volta na árvore.

— Pegue este metal, Ísis, e ponha-o num galho.

Do lingote emanava um suave calor.

Alimentado por uma nova seiva, todo o galho reverdeceu.

— O ouro que cura! — constatou a jovem, deslumbrada. — De onde ele veio?

— Iker o descobriu na Núbia. Esta é apenas uma primeira amostra. Precisaremos de muitas outras, e de melhor qualidade, antes de pensarmos numa cura completa. Entretanto, estamos progredindo.

Iker... Então o Filho Real participava da regeneração da Árvore da Vida!

Como não era um homem comum, talvez o destino dele se ligasse ao de uma sacerdotisa de Ábidos.

Mirgissa, Dabernati, Shalfak, Uronarti, Semna e Kumma: do norte para o sul, não menos do que seis fortalezas constituiriam, doravante, a porta trancada do ventre da pedra. Sesóstris visitava todos os dias as obras organizadas por Sehotep, com o auxílio de Iker e do general Nesmontu. Ao verem subir as muralhas, os construtores esqueciam o cansaço e o rude esforço. Bem alimentados e dispondo de água e cerveja à vontade, os artesãos recebiam a atenção de Medés e de Gergu, obrigados a cooperar, e tinham consciência de que participavam de uma obra essencial para a segurança da região.

Mirgissa[1] impressionava os mais indiferentes. Erguida num promontório, a uns vinte metros acima do Nilo, logo a oeste da extremidade sul da segunda catarata, "Aquela que repele os oasianos" ocupava um retângulo de oito hectares e meio. Cercada de um fosso, a fortaleza tinha um muro duplo com redentes e bastiões que protegiam as entradas. Graças às muralhas, com oito metros de largura e dez de altura, Mirgissa podia ser defendida por uma guarnição pequena, com apenas 35 arqueiros e um outro tanto de lanceiros.

Protegidos pelas muralhas, um pátio pavimentado cercado de colunas, alojamentos, escritórios, armazéns, celeiros, um paiol, uma forja e um templo. Os técnicos consertavam e fabricavam lanças, espadas, punhais, azagaias, arcos, flechas e escudos.

A cidade fortificada era seguida de outra, aberta, bem próxima e de extensão similar, onde haviam sido construídas casas de tijolos crus, fornos de pães e ateliês. Com a irrigação do deserto, os egípcios plantavam árvores e criavam pequenos jardins, para grande espanto das tribos vizinhas. Uma a uma, elas se submetiam ao faráó

Como o doutor Gua e o farmacêutico Renseneb eram eficientes no tratamento dos enfermos, um clima de confiança se estabeleceu. Mirgissa se transformou num ponto comercial e no principal centro econômico de uma região deserdada que, assim, saía da miséria. Todos tinham comida à vontade e não se falava mais de revoltas, nem de lutas. Hostis à sinistra província de Kush, tomada por facções preocupadas apenas em matar umas às outras, as populações se voltavam para o protetor egípcio. Em vez de ser acusado de tirania,

---

[1] *Der-uetiu*, também conhecida por *iken*.

Sesóstris, ao contrário, era visto como um libertador, um deus vivo. Ele não garantia a prosperidade e a segurança?

A inovação, pela qual o chefe das obras se sentia mais orgulhoso, era uma rampa escorregadia para os barcos, com uma inclinação de dez graus, no máximo, feita de pranchas cobertas de limo, irrigadas todo o tempo quando se queria rebocar os barcos. Com dois metros de largura, essa rampa escorregadia permitia evitar uma passagem perigosa no período da estiagem; também facilitava o transporte de víveres e de materiais, em pesados trenós.

Do alto da torre de Mirgissa, sentinelas observavam permanentemente as idas e vindas dos núbios. Como aprenderam a identificar as tribos e a conhecer-lhes os hábitos, informavam qualquer incidente, por menor que fosse, ao comandante da fortaleza, que, imediatamente, enviava uma patrulha. Todos os nômades passavam por um controle e nenhum deles entrava em território egípcio sem uma autorização explícita.

Auxiliado por uma equipe de escribas, Medés mantinha fichas detalhadas, cujas cópias eram enviadas para as outras fortalezas e para Elefantina. Assim, a imigração clandestina seria reduzida ao mínimo.

Vítima de violenta enxaqueca, o Secretário da Casa do Rei apelou para o doutor Gua:

— Eu me sinto quase incapacitado para o trabalho — confessou Medés. — Minha cabeça está em brasa.

— Vou prescrever dois remédios complementares — decidiu o médico. — Primeiro, estas pílulas preparadas pelo farmacêutico Renseneb; desentupirão os canais obstruídos do fígado e aliviarão a dor. Em seguida, porei a cabeça de um siluro pescado hoje de manhã na sua cabeça. A dor passará para o osso do peixe e você ficará bom.

Um tanto cético, Medés não demorou a constatar a eficácia do tratamento.

— Você é meio mágico, doutor?

— A medicina sem magia não teria nenhuma possibilidade de ter sucesso. Vou deixá-lo, tenho muito o que fazer. Se precisar, eu voltarei.

Onde aquele homenzinho magro, carregando a eterna e pesada sacola de couro, buscava tanta energia? Nessa pacificação da Núbia, Gua e o colega farmacêutico desempenhavam um papel determinante. Não contentes em tratar dos autóctones, eles formavam os médicos que os substituiriam depois que partissem. Impulsionada por Sesóstris, uma extensa região finalmente saía da anarquia e da pobreza.

— Falta um relatório — disse um escriba a Medés.

— Administrativo ou militar?

— Militar. Uma das cinco patrulhas de vigilância não entregou o informativo regulamentar.

Medés foi ao quartel-general de Nesmontu.

— General, preciso informá-lo sobre um incidente, provavelmente sem importância, mas que, no entanto, convém esclarecer. Um dos chefes de patrulha deixou de redigir o relatório.

Imediatamente, Nesmontu mandou buscar o oficial responsável.

O ajudante de ordens voltou sozinho, contrariado.

— Impossível encontrá-lo, general.

— E os soldados?

— Ausentes do quartel.

A constatação era evidente: a patrulha não havia voltado.

Seguiu-se um conselho de guerra presidido pelo rei.

— Que direção ela tomou? — perguntou Sesóstris.

— A trilha do oeste — respondeu Nesmontu. — Missão de rotina, controle de uma caravana de nômades. Esta última nunca chegou a Mirgissa. Acho que os homens caíram numa cilada. É preciso descobrir se se trata de um ato isolado ou da preparação de um ataque maciço.

— Eu cuido disso — declarou Iker.

— O que não falta no exército são excelentes batedores! — protestou Nesmontu.

— Não vamos nos iludir: essa é a primeira reação do Anunciador. Tomando as precauções indispensáveis, sei que sou capaz de avaliar a situação. Alguns soldados destemidos serão suficientes.

Sesóstris não formulou nenhuma objeção.

Na ocasião desse novo enfrentamento com o Anunciador, o Filho Real continuaria a sua formação, por mais arriscada que fosse. Não havia outro caminho para se passar das trevas para a luz.

Sekari lamentou ter de deixar o quarto confortável e o refeitório dos oficiais, onde eram servidos excelentes pratos. Decididamente, deveria ter escolhido um amigo menos agitado. Mas o seu papel não era protegê-lo?

39

O general Nesmontu se mostrou intransigente: todos os membros da patrulha, Iker inclusive, deveriam usar um colete à prova de flechas, isto é, um papiro mágico firmemente preso ao peito por uma corda. A espessura não era tão importante quanto as fórmulas hieroglíficas capazes de afastar o perigo.

À sombra de uma balanita descansava uma caravana composta de burros e de núbios. Quando os egípcios se aproximaram, os comerciantes ergueram a mão em sinal de amizade.

Sanguíneo rosnou significativamente, Vento do Norte se recusou a avançar.

Percebendo a desconfiança dos adversários, os arqueiros kushitas pararam de representar e atiraram.

Iker agradeceu ao general, porque as flechas erraram os alvos.

— Outros estão chegando por trás — anunciou Sekari. — E outros ainda pelos flancos. Estamos cercados.

— Deitem-se — ordenou o Filho Real — e vamos cavar!

Protegidos pelas insignificantes trincheiras, eles não aguentariam muito tempo. A morte do príncipe não havia desmobilizado os kushitas, ainda capazes de organizar uma cilada.

— Sem querer ser pessimista — observou Sekari —, o futuro imediato me parece sombrio! Pelo menos descobrimos como massacraram a nossa patrulha, mas não teremos a chance de contar a ninguém. Quanto a atacar, nem pense nisso. Eles são vinte vezes mais numerosos do que nós.

Iker não via nenhum motivo para ter esperanças.

Então, ele dirigiu os últimos pensamentos para Ísis. Ela já não o salvara? Se o amasse um pouco, não o deixaria cair nas mãos desses bárbaros.

— Está ouvindo um ruído? — perguntou Sekari. — Parece um zumbido de abelhas!

Era realmente um enxame que vinha na direção deles.

Nenhum apicultor jamais vira um enxame como aquele, tão extenso que escondia o sol.

A abelha, símbolo do rei do Baixo Egito.

E o exército de insetos atacou os kushitas.

— Vamos acompanhá-las! — bradou Iker. — Não temos nada a temer!

Sekari se chocou com um negro alto, decidido e lhe barrar a passagem. Vítima de dezenas de picadas, o kushita caiu por terra.

Sem dar atenção ao zumbido ensurdecedor das aliadas, a patrulha egípcia as seguiu e, assim, saiu da emboscada.

Iker correu muito tempo, virando-se por várias vezes para se certificar de que nenhum dos seus soldados se distanciara.

Depois, como se aspirado pelo céu, o enxame desapareceu.

— Salvos, mas sem saber onde estamos — constatou Sekari.

— Assim que a noite cair, poderemos nos orientar pelas estrelas.

O deserto se estendia a perder de vista. Não havia o menor sinal de vegetação.

— Vamos nos abrigar atrás desta duna.

Iker percebeu um objeto de pedra, meio enfiado na areia. Ele o pegou, sob o olhar intrigado de Sekari.

— Sem dúvida alguma é uma forma de lingote! Havia uma mina por esses lados.

Ao pé da duna, outros vestígios.

Os soldados desimpediram a entrada de uma galeria bem escorada.

Iker e Sekari entraram na mina. Encarregados de dar o alerta em caso de perigo, Sanguíneo e Vento do Norte ficaram na superfície.

No fim da galeria havia uma espécie de esplanada circundada de abrigos de pedra, que continham balanças, pesos de basalto e vários moldes de tamanhos diversos.

Emoldurando a porta de uma pequena capela, duas colunas encimadas pelo rosto da deusa Hathor.

O rosto de Ísis.

— Ela nos guiou até a cidade do ouro — murmurou Iker.

Dentro do santuário havia pequenos lingotes cuidadosamente alinhados.

* * *

Bina sofria tanto que suplicou ao Anunciador para matá-la. Apesar da gravidade do ferimento que provocaria a amputação, ele conseguiu acalmá-la e se empenhou em curá-la com as plantas fornecidas pelos feiticeiros núbios.

Se o faraó acreditava ter imobilizado a leoa aterradora, estava enganado. Posta em cima da ferida, a rainha das turquesas acelerava a cura.

Com o tempo, a moça já não dava gritos dilacerantes nos quais se misturavam a voz dela e o urro da fera. Drogada com soníferos, ela dormia por longas horas.

Apesar da perda do exército de Triah, os kushitas sobreviventes e várias tribos núbias continuavam a obedecer o grande mago. Incontáveis guerreiros ouviam os seus ensinamentos, transmitidos com uma voz suave e envolvente. O novo deus lhes permitiria expulsar as tropas de Sesóstris, destruir as fortalezas e, em seguida, invadir o Egito. Isso porque o Anunciador previa um futuro inevitável. Todos os infiéis seriam exterminados.

— Os egípcios constroem numa velocidade incrível — afirmou Cara-atravessada. — Agora, se instalaram em Shalfak! Desse promontório rochoso controlarão ainda mais o rio e o deserto.

— Não deixe os trabalhos continuarem.

Cara-atravessada se sentiu revigorado.

— Tomar Shalfak seria um belo sucesso! E não seremos expulsos de lá facilmente. Evidentemente, nada de prisioneiros!

— O que houve com a nossa falsa caravana que havia emboscado uma patrulha inimiga?

— Desapareceu no deserto. Sem dúvida um contra-ataque de Sesóstris. Esse gigante não nos dará nenhuma margem de manobra e devolverá cada golpe. Mesmo assim, nós o destruiremos!

O otimismo de Cara-atravessada incentivava os guerreiros. O Anunciador continuava circunspecto. À medida que conquistava a Núbia, Sesóstris se cobria de magia e se tornava tão resistente quanto as muralhas das suas fortalezas.

Por sorte, ainda restavam muitos pontos fracos.

Sentado numa banqueta dobrável com os pés em cruz, Sekari degustava um vinho capitoso.

— Mais uma taça, Iker?

— Já bebi demais.

— Estude a Chave dos Sonhos! Se você se vir tomando vinho num sonho, se nutrirá de Maat! Isso ocorre sempre comigo. E, num lugar sinistro como este, não conheço melhor remédio.

A fortaleza de Shalfak, "Aquela que submete os países estrangeiros[1]", não tinha nada de atraente. Aos pés dela ficava um estreitamento do Nilo, fácil de controlar. De tamanho modesto[2], mas com muros de cinco metros de espessura, a praça-forte abrigaria uma pequena guarnição e celeiros. Das escarpas, uma escada descia até o Nilo. O único acesso a Shalfak seria uma porta pequena e bem vigiada. Usando de uma técnica desenvolvida com perfeição, os construtores progrediam rapidamente. O único perigo, até o término da muralha principal, podia surgir do deserto. Por isso, o Filho Real e um destacamento de vinte arqueiros garantiam a segurança da obra.

— Embriague-se todos os dias e todas as noites — prosseguiu Sekari —, e não se esqueça de apreciar os melhores vinhos! Assim,

---

[1] *Uaf-khasut.*

[2] 80x49 metros.

ficará feliz e sereno, porque eles inundam as pessoas de alegria e se unem ao ouro dos deuses. Essas palavras de um poeta não são admiráveis?

— Nessas palavras não há um sentido simbólico? — sugeriu Iker. — Elas não descrevem a embriaguez divina, na comunhão com o invisível?

— Um símbolo incorpóreo é inútil! E o ouro enviado para Ábidos... será que é eficaz?

Sekari tocou um alaúde, cuja caixa de ressonância era a carapaça de uma tartaruga coberta por uma pele de gazela esticada e pintada de vermelho, com seis buracos. Dispondo de três cordas, ele compôs uma ária melancólica que servia de apoio ao seu canto, grave e lento.

— Ouvi as palavras dos sábios. O que é a eternidade? Um lugar onde reina a justiça, onde o medo não existe, onde o tumulto está proscrito, onde ninguém ataca o próximo. Lá não há inimigo. Os ancestrais vivem em paz.

Deitados de lado, o molosso e o burro escutavam o artista com deleite.

Iker pensava em Ísis.

Em contato diário com os mistérios de Osíris, próxima da origem da vida, ela devia julgar insignificante o amor de um homem.

Se o alaúde não estivesse apoiado na coxa de Sekari, a flecha a teria transpassado.

Sanguíneo latiu raivoso e Vento do Norte soltou zurros que arrancaram os soldados do torpor.

Preparados para esse tipo de agressão, eles reagiram como profissionais e se protegeram atrás dos blocos de granito preto, usados nas fundações da fortaleza.

Sekari e Iker, correndo enormes riscos, contornaram os atacantes e os pegaram por trás.

Graças ao alerta dado pelo burro e pelo cachorro, o batalhão de reserva, que não estava muito longe de Shalfak, interveio imediatamente.

Só o chefe do clã núbio conseguiu escapar, despencando encosta abaixo até o rio. Ele entrou na água e se escondeu entre os rochedos.

Ao ouvir ruído de passos, achou que estava perdido.

Mas os dois egípcios se limitaram a observar o Nilo.

— Nenhuma barca — constatou Sekari. — Os loucos vieram pelo deserto, eram muito poucos, e não localizaram o nosso dispositivo de segurança.

— Uma missão suicida — avaliou Iker. — O Anunciador achou que mantínhamos em Shalfak as pilhas de ouro provenientes da cidade perdida. O faraó teve razão em colocá-las a salvo na fortaleza de Askut.

Os dois homens se afastaram.

Esquecido da morte dos seus guerreiros, o chefe do clã acabara de colher uma informação essencial que deixaria o Anunciador extasiado.

40

— Então — constatou o Anunciador —, os egípcios descobriram o ouro.

— Eles o escondem em Askut! — revelou com orgulho o chefe do clã.

— Por que não destruiu a praça-forte de Shalfak?

— Porque... porque não éramos muito numerosos.

— Você não lançou um ataque às cegas, antes de receber as ordens de Cara-atravessada?

— O importante foi saber onde eles armazenam o tesouro.

— O importante é me obedecer.

Com um golpe de clava, Cara-atravessada quebrou a cabeça do núbio.

— Um medíocre, sem capacidade para comandar! E todos esses negrinhos são iguais a ele! Formá-los levará muitos meses e não tenho certeza de consegui-lo.

— É impossível chegar até Askut — lamentou Shab, o Torto. — Depois da construção das fortalezas de Semna e de Kumma, todos os barcos são rigorosamente controlados.

— Preciso saber se esse ouro constitui uma ameaça real e, portanto, se é preciso destruí-lo — declarou o Anunciador. — Logo Bina estará curada, mas ainda é muito cedo para usá-la. Eis como vamos proceder.

Sofrendo com o calor, sobrecarregado de trabalho, Medés perdia sais minerais. E não seria em Semna, a fortaleza mais meridional, que encontraria repouso e refrigério. Destinado a isolar definitivamente a Núbia, esse conjunto arquitetônico era composto de três partes: Semna-Oeste, que tinha o nome de "Sesóstris exerce o seu domínio", com fortificações marcadas pela alternância de torres altas e baixas; Semna-Sul, "Aquela que rechaça os núbios"; Kumma, construída na margem oriental e que abrigava um pequeno templo.

A fronteira do Egito nunca havia sido tão profundamente demarcada nessas terras longínquas. De ambos os lados de uma estreita passagem rochosa que o Nilo atravessava com dificuldade, as fortalezas bloqueariam facilmente qualquer ataque. Sob a direção de Sehotep, a engenharia havia feito obras consideráveis: elevara o nível da água do estreito de Semna, acumulando rochedos para criar um canal onde os barcos mercantes circulariam em segurança.

Além disso, ao norte de Semna, havia sido edificado um muro com cinco quilômetros de comprimento, destinado a proteger a rota do deserto.

Medés redigiu o decreto que nomeava 150 soldados para Semna e cinquenta para Kumma. Esses corpos de elite contariam com condições de vida bem agradáveis. Casas confortáveis, ruelas pavimentadas, ateliês, celeiros, sistema de drenagem, reservatórios de água, abastecimentos regulares... As guarnições não seriam privadas de nada. E o Secretário da Casa do Rei continuava a trabalhar em favor de Sesóstris e contra o Anunciador!

Carregando a pesada sacola de couro, o doutor Gua entrou no escritório, onde um empregado não parava de abanar Medés, num ritmo intenso.

— O que o incomoda hoje?

— Os intestinos. E estou emagrecendo neste lugar.

— O clima me parece muito saudável e você possui belas reservas de gordura.

Depois da auscultação, o médico tirou da sacola um vaso de medidas, idêntico ao que Hórus usava para tratar do olho, de modo a conseguir vida, saúde e felicidade. O vaso permitia dosar os remédios e torná-los eficazes. Gua derramou uma poção composta de suco de tâmaras frescas, folhas de rícino e leite de sicômoro.

— O plexo venoso das suas coxas ainda está silencioso, o seu ânus, inflamado. A terapia restabelecerá o equilíbrio e os seus intestinos funcionarão normalmente.

— Estou à beira de um esgotamento!

— Tome esta poção três vezes por dia, fora das refeições, coma menos, beba mais água e voltará para Mênfis com boa saúde.

— O estado de saúde das nossas tropas não o preocupa?

— Por acaso o farmacêutico Renseneb e eu passamos o dia na folga?

— Longe de mim tal ideia, mas o calor, o...

— Os nossos soldados são bem tratados. Não diria o mesmo dos inimigos. A nossa vitória será facilitada.

Apressado, o doutor Gua correu para a enfermaria de Semna. Alguns casos mais sérios o aguardavam.

Medés recebeu um oficial agitado.

— Acabei de prender um suspeito. Quer interrogá-lo?

Como a maior autoridade do forte, Medés não podia se furtar ao interrogatório.

Qual não foi a sua surpresa ao reconhecer Shab, o Torto!

— Por que esse homem foi interpelado?

— Porque ele não possui um salvo-conduto.

— Explique-se — exigiu o Secretário da Casa do Rei.

— Pertenço ao serviço postal de Buhen — respondeu o Torto, humilde e submisso. — Não sabia da nova regra e da necessidade desse documento. Trago instruções do quartel-general.

— Deixe-nos a sós — ordenou Medés ao oficial.

A porta se fechou.

— Há uma eternidade que estou sem notícias! — protestou Medés.

— Fique tranquilo, está tudo bem. Os núbios são aliados medíocres, mas o Anunciador os usa da melhor maneira possível.

— A linha de fortalezas construída por Sesóstris é intransponível. Estamos nos encaminhando para a catástrofe, eu caí numa armadilha! E Iker... Iker está vivo!

— Não se preocupe e dê-me um salvo-conduto que me permita andar em todos os lugares.

— O Anunciador ousaria... atacar Semna?

— Não deve sair deste escritório. Aqui estará seguro.

O ambiente era alegre no mercado de Semna. Bancas de frutas e de legumes, peixaria, produtos do artesanato local eram objetos de negociação entre vendedores e compradores. Uma boa parte da guarnição tinha prazer nessa troca. E os autóctones enriqueciam.

Todos os olhares convergiam para uma sublime criatura, que usava um cinto de cauris e pérolas. Nos tornozelos, estranhos braceletes em forma de garra de ave de rapina. Com a ferida cicatrizada, Bina se sentia bem forte para executar a primeira parte do plano do Anunciador.

— Você não é daqui — notou um soldado.

— E você, de onde é?

— De Elefantina. O que está vendendo, beleza?

— Conchas.

Ela lhe mostrou um magnífico cauri. A forma lembrava a do sexo feminino.

O militar sorriu.

— Bonita, muito bonita... Acho que compreendo. O que quer em troca?

— A sua vida.

O homem mal teve tempo de dar um sorriso amarelo. A parte pontuda da tornozeleira de Bina perfurou-lhe o baixo-ventre.

No mesmo instante os kushitas tiraram as armas, escondidas nos cestos, e massacraram comerciantes e clientes.

Do alto da torre principal de vigia, uma sentinela deu o alerta. Imediatamente, as portas das duas fortalezas de Semna-Oeste se fecharam e os arqueiros correram para os postos de tiro.

Medés saiu do escritório e interpelou o comandante:

— Por que esses gritos?

— Estamos sendo atacados. Um bando de kushitas descontrolados!

— Avise Mirgissa e Buhen.

— Impossível, o inimigo bloqueou a circulação no rio. Os mensageiros seriam mortos.

— E os sinais visuais?

— O sol está do lado contrário e o vento dissiparia os sinais de fumaça.

— Em outras palavras, estamos sitiados e isolados!

— Problemas momentâneos, pode ter certeza. Os kushitas não terão tempo suficiente para tomar as nossas praças-fortes.

Quando Medés, atrás de uma ameia, viu a multidão de guerreiros negros superexcitados, não se sentiu tão seguro. Será que morreria estupidamente, sob o ataque dos bárbaros enviados pelo Anunciador?

Diante do modesto tamanho da fortaleza de Askut, erigida numa ilhota ao sul da segunda catarata, Cara-atravessada só levou uns trinta homens muito bem treinados Atacariam rápido e decisivamente.

Com a fortaleza de Semna destruída e impotente, os três barcos rápidos não encontrariam obstáculos. Convencidos da excelente qualidade do bloqueio defensivo, os egípcios não haviam deixado nenhum barco de guerra entre Semna e Askut.

Não foi difícil atracar. Nenhum guarda à vista.

Habituados ao exercício, os comandos se espalharam. Cara-atravessada escalou um rochedo e viu um forte com os muros inacabados. Ainda faltava o portão de madeira.

Desconfiado, Cara-atravessada mandou um batedor para explorar o terreno.

O líbio passou pela entrada e entrou na construção, de onde saiu logo depois.

— Ela me parece vazia.

Cara-atravessada foi se certificar.

Instalações destinadas à lavagem do ouro, inúmeros silos de trigo e um pequeno santuário consagrado ao crocodilo Sobek: Askut possuía enormes reservas de alimentos e material necessário para o tratamento do precioso metal.

Por que o lugar parecia abandonado?

— A guarnição foi avisada do ataque a Semna — arriscou um núbio. — E se refugiou em Mirgissa.

— Revistem tudo e tragam-me os lingotes, se houver algum.

— Ali, alguém vem vindo!

Cara-atravessada reconheceu imediatamente o rapaz que saía do santuário.

— Não atirem. Esse aí eu quero vivo.

Iker parou a uns dez passos do terrorista.

— Você de novo, maldito escriba! Por que não foi embora com os outros?

— Acha que os soldados de Sesóstris são covardes?

— Não há nenhum deles por aqui! Dê-me o ouro e a sua vida será salva.

— A mentira está mesmo enraizada em você. A sua triste carreira termina aqui.

— Um contra trinta; acha que poderá vencer?

— Só estou vendo você, um líbio e um núbio. Os seus cúmplices foram neutralizados. De tanto andar com o Anunciador e lhe obedecer cegamente, o seu instinto está embotado. Sekari e eu preparamos uma armadilha para um dos seus aliados, um chefe de clã. Ele transmitiu ao seu líder uma informação de grande importância: aqui foi trabalhado o ouro da Núbia por especialistas, agora fora do seu alcance. Eu gostaria de pescar um peixe maior. No entanto, a sua captura e a dos seus melhores elementos enfraquecerão o Anunciador.

De todos os lados surgiram soldados egípcios.

Cara-atravessada tirou o punhal da bainha. A flecha de Sekari atravessou o punho do terrorista.

Os dois acólitos que tentaram protegê-lo foram abatidos.

Aproveitando-se do momento de confusão, Cara-atravessada correu até a margem e mergulhou no rio.

— Ele está fugindo de novo! — enfureceu-se Sekari.

— Desta vez, não — objetou Iker —, porque o deus Sobek protege este lugar. O crocodilo sagrado não é meu aliado desde que mergulhei no lago de Fayum?

Dois enormes maxilares com dentes cortantes abocanharam Cara-atravessada pela cintura. A cauda do predador batia na água, rapidamente tingida de sangue. Em seguida, ficou tudo calmo e a corrente apagou todos os vestígios da tragédia.

Iker e Sekari foram imediatamente para Mirgissa, onde Sesóstris, o general Nesmontu e o grosso das tropas egípcias os aguardavam.

— Vamos travar a última batalha com a Núbia — anunciou o faraó. — Espero que consigamos acalmar a leoa aterradora.

41

O Servo do *ka* foi buscar Ísis em casa e levou-a ao templo de milhões de anos de Sesóstris. Ele não disse uma só palavra e ela não fez nenhuma pergunta.

Cada nova etapa da iniciação aos mistérios de Osíris começava assim, com silêncio e recolhimento.

Na véspera, o ouro proveniente da Núbia recuperara o verde de três galhos da acácia. A Árvore da Vida se curava aos poucos, porém os remédios careciam de maior eficácia. Entretanto, esses resultados permitiam encarar o futuro com mais otimismo.

Na entrada do templo estava o Calvo.

— Chegou a hora de saber se você é justa de voz e digna de pertencer à comunidade dos vivos, que se alimentam da luz. Por isso, deve comparecer diante do tribunal das duas Maat. Você aceita?

Ísis conhecia o desfecho: um novo nascimento ou a morte. As provas anteriores não eram mais do que uma preparação para essa temível passagem.

Ela pensou em Iker, na coragem dele, nos perigos que vivia enfrentando. Então, a jovem sacerdotisa compreendeu que sentia por ele mais do que uma simples amizade. Como o Filho Real, ela precisava vencer o medo.

— Aceito.

Ungida com olíbano, vestida com uma túnica de linho fino e usando sandálias brancas, Ísis foi introduzida numa sala ampla onde estavam sentados 42 juízes, cada um deles ostentando o rosto de uma divindade.

Duas encarnações de Maat presidiam o tribunal, uma feminina e outra masculina.

— Você sabe o nome da porta desta sala? — perguntou um juiz.

— A balança da retidão.

— Você é capaz de se separar dos seus erros e das suas iniquidades?

— Eu não cometi injustiça — afirmou Ísis —, combato *isefet*, não tolero o mal, respeito os ritos, não profano o sagrado, não traio o segredo, não matei, nem mandei matar, não causei sofrimento a ninguém, nem maltratei nenhum animal, nem furtei os bens e as oferendas dos deuses, não aumentei nem omiti a verdade, não adulterei a balança.

— Vamos confirmar as suas declarações pesando o seu coração.

— Eu quero viver de Maat. Coração da minha mãe celeste, não se erga contra mim, não testemunhe contra mim!

Anúbis, com cabeça de chacal, pegou Ísis pela mão e levou-a para perto de uma balança de ouro, vigiada por um monstro com cabeça de crocodilo, peitoral de leão e traseira de hipopótamo.

— O seu coração deve ser tão leve quanto a pena de Maat. Senão, a Devoradora a engolirá e os componentes da sua individualidade, espalhados, retornarão à natureza.

Anúbis tocou o plexo solar da sacerdotisa. Dele tirou um pequeno vaso e o depositou num dos pratos da balança. No outro estava a pena da deusa.

Ísis não fechou os olhos.

Qualquer que fosse a sentença, queria contemplar o seu próprio destino.

Depois de algumas oscilações, os dois pratos permaneceram em perfeito equilíbrio.

— Exata e justa de voz é Osíris Ísis[1] — declarou um juiz. — Será poupada pela Devoradora.

No peito da sacerdotisa batia um novo coração, inalterável, doado pelas 42 divindades da sala das duas Maat.

— Agora você é capaz de atravessar mais uma porta — anunciou o Calvo.

Ísis seguiu o guia.

Na entrada de uma capela mergulhada na escuridão, o sacerdote tirou uma faixa de linho vermelho que cobria um leão de faiança.

---

[1] Tanto o homem justo quanto a mulher justa acrescentavam o nome de Osíris ao seu.

— O fogo jorra da minha boca, eu mesmo me protejo. Meu inimigo não sobreviverá. Eu castigo os humanos rastejantes e todos os répteis, macho ou fêmea. Avance, Ísis, pois você é justa de voz.

Uma gigantesca serpente apareceu. O corpo dela era composto de nove anéis, sendo quatro de fogo.

— Ousaria pegar nessa espiral?

A sacerdotisa tocou nos anéis.

Eles se uniram e formaram a corda da barca de Rá. Ela subiu até o céu sob a forma de uma chama de ouro, que semeava a turquesa, a malaquita e a esmeralda, dando origem às estrelas.

Associada ao nascimento do Universo, Ísis viveu a criação do mundo.

Quando o brilho cessou, ela discerniu as paredes da capela, ornamentadas com cenas nas quais o faraó fazia oferendas às divin dades.

Com uma faixa vermelha, o Calvo fez um nó.

— Eis a vida das deusas e a estabilidade dos deuses. Nelas Osíris ressuscita. Este símbolo a protegerá da agressão dos seres maus, afastará os obstáculos e lhe dará a possibilidade de, um dia, percorrer o caminho de fogo.

O Calvo pôs o nó mágico no umbigo da sacerdotisa.

Ísis contemplou uma terra luxuriante, inundada de sol.

— Contemple o ouro verde de Punt. Só ele nos permitirá conseguir a cura completa da acácia.

Enfurnado no escritório, Medés estava banhado por grossas gotas de suor.

A guarnição havia repelido o terceiro ataque dos kushitas, dez vezes mais numerosos do que os egípcios que defendiam a fortaleza de Semna. E o Secretário da Casa do Rei corria o risco de ser morto pelos seus aliados! Apesar da resistência acirrada, o desfecho parecia evidente. Quando o Anunciador decidisse, as muralhas seriam derrubadas.

Ferido na testa, o comandante disse a Medés:

— O faraó está chegando.

— Tem... tem certeza?

— Verifique você mesmo.

— Preciso ficar aqui e proteger os arquivos.

O comandante voltou ao combate.

Na proa do barco almirante, a alta estatura de Sesóstris deixou os kushitas embasbacados.

Um chefe de tribo ordenou aos guerreiros que lutassem. Dois barcos não bastavam para bloquear o Nilo?

A pesada lança do rei atravessou o espaço com rapidez, descreveu uma longa curva, e se cravou no peito de um revoltoso.

Imediatamente, todos debandaram.

Ágil como um rapaz, o general Nesmontu foi o primeiro a saltar para a embarcação inimiga. Disciplinados e precisos, soldados e arqueiros exterminaram os atacantes.

A superioridade do exército egípcio era tão grande que os kushitas foram totalmente derrotados. Semna não demorou a ser libertada.

Entretanto, o monarca não demonstrou nenhum triunfalismo.

Medés compreendeu o porquê quando, finalmente, saiu do abrigo, sob os olhares ansiosos dos soldados.

— A sua... a sua sombra desapareceu, a nossa também! — exclamou um deles.

Todos os egípcios fizeram a mesma constatação.

Apesar da aparente vitória, Nesmontu temia uma derrota cruel. Sem sombra, o corpo ficava exposto a mil e um ferimentos. Sem ela, impossível se unir ao *ka*. A energia se diluía, a alma era condenada às trevas.

Sesóstris ergueu a espada flamejante para o céu, Sekari assobiou o canto de uma ave.

No azul do céu surgiu uma nuvem de andorinhas. Na margem, uma centena de avestruzes saiu em disparada para o sul.

— Vamos segui-las — ordenou o rei. — Da plumagem dessas aves vem o símbolo de Maat. Elas destruirão o malefício do Anunciador.

O Nilo era muito estreito, os rochedos, ameaçadores, uma nuvem preta escondia o sol... Se o faraó em pessoa não estivesse à frente da expedição, nenhum bravo teria ousado explorar um mundo tão assustador.

Aproveitando um vento violento, a frota avançou rapidamente. A nuvem se deslocou, as margens se afastaram.

Banhadas de luz, as avestruzes dançavam.

— As nossas sombras voltaram! — constatou Sekari.

— A batalha continua — lembrou o rei. — O Anunciador vai deflagrar a fúria da leoa. Doutor Gua e farmacêutico Renseneb, tragam o necessário.

Os dois profissionais haviam preparado várias jarras de cerveja vermelha, acrescidas de joio.

— A leoa gosta do sangue dos homens — explicou o monarca. — Tentaremos enganá-la e embebedá-la, mas só a rainha das turquesas poderá acalmá-la.

Com 12 quilômetros de comprimento, a ilha de Saí ficava a meio caminho da segunda e da terceira cataratas. Na ponta norte se amontoavam as tribos núbias fiéis ao Anunciador, prontas para lutar contra os egípcios.

Com a aproximação do barco almirante, a linda Bina soltou um rugido aterrador.

Os guerreiros negros recuaram para deixar o máximo de espaço para a enorme leoa. Nem flechas, nem lanças a deteriam.

Da proa, vários marinheiros lançaram dezenas de jarras, que se quebraram nos rochedos. O odor do líquido espalhado atraiu a fera. Excitada, ela o lambeu sofregamente.

Saciada, a leoa rosnou satisfeita, deitou e adormeceu.

Então, Sesóstris atracou.

Achando que mataria o faraó, um grande kushita ergueu o bastão de arremesso. O rei se limitou a esticar o braço na direção do atacante, que, vencido por uma força desconhecida, girou e caiu morto.

— Mago! Esse rei é um mago! — gritou um chefe de clã.

Foi um salve-se quem puder.

Preparados para um feroz corpo a corpo, os soldados de Nesmontu só tiveram de atirar nos fugitivos.

Um imenso falcão sobrevoou a parte meridional da ilha de Saí, onde estava o Anunciador. Acompanhando a luta a distância, ele assistiu à derrota dos seus vassalos.

O brusco mergulho da ave de rapina não lhe deu tempo de agir. O falcão se apoderou da rainha das turquesas e subiu na direção do sol.

— Suas ordens, senhor? — perguntou Shab, o Torto, estupefato.

— Vamos nos abrigar. Esses núbios são uns incapazes.

— E Bina?

— Vamos trazê-la para cá.

Quando Sesóstris se aproximou da leoa, ela saiu do torpor e mostrou as presas ameaçadoras.

— Fique em paz, você que tem o poder de massacrar a humanidade. Possa a sua violência se transformar em docilidade.

Com o risco de ser devorado, o monarca pôs na testa da fera a rainha das turquesas que o falcão lhe havia entregue.

— Transmita a sua força aos filhos da luz. Que eles vençam a desgraça e a decrepitude.

De um brilho verde e azul brotou um grande halo. A leoa se transformou numa gata esguia, de pelo preto e brilhante, e olhos dourados.

A alguns passos jazia o corpo de Bina, no meio de um mar de sangue.

Fascinados, os soldados egípcios não notaram Shab, o Torto. Dissimulado atrás de um rochedo, ele retesou o arco. De costas para ele, Iker era um alvo perfeito.

Apesar do cansaço e da embriaguez da vitória, Sekari continuava alerta. Instintivamente, ele percebeu a trajetória da flecha. Com um pulo digno da mais ágil das gazelas, agarrou Iker pela cintura e o derrubou.

Tarde demais.

A flecha entrou na omoplata esquerda do Filho Real.

— Por muito pouco você não morreu — constatou o doutor Gua. Só ficará com uma pequena cicatriz.

Depois de administrar ao ferido uma poção anestésica à base de papoula e de extrair delicadamente a ponta da flecha com um bisturi de ponta arredondada, Gua suturou a ferida com um tecido adesivo, e por cima um curativo untado com mel e óleo de cártamo.

— Mais uma vez eu lhe devo a vida — disse Iker a Sekari.

— Desisto de contar! Infelizmente, o seu agressor fugiu numa barca. Nesmontu rastreou toda a ilha. Não há mais nenhum revoltoso, área segura. A construção de um forte começará hoje mesmo.

— Pensei ter visto o cadáver de uma mulher, perto da leoa. Se não me engano, era Bina.

— Ela também morreu.

— E o Anunciador?

— Nenhuma pista — respondeu Sekari. — Com exceção da mulher e do arqueiro que atirou em você, só os negros lutavam aqui. O futuro promete ser difícil para esse demônio. Os kushitas nunca o perdoarão por levá-los a tamanho desastre.

42

Depois da terceira catarata, um sol ardente ressecava as colinas corroídas pelo deserto. Nuvens de mosquitos entravam pelo nariz e pelos ouvidos. Nem mesmo as corredeiras forneciam algum frescor. No entanto, o Anunciador usava a longa túnica de lã. Numa ilhota onde se havia refugiado na companhia dos últimos fiéis, ele continuava a tratar de Bina, cuja respiração era quase imperceptível.

— Vai conseguir salvá-la? — perguntou Shab, extenuado.

— Ela viverá e matará. Bina nasceu para matar. Embora já não possa se transformar em leoa, continua a ser a rainha das trevas.

— Confio no senhor, mas não sofremos uma terrível derrota? E o tal Iker, continua vivo!

— Implantei nesta região o germe da nova crença. Mais cedo ou mais tarde, ela invadirá o mundo. Mesmo que leve cem, mil ou dois mil anos, pouco importa. Ela triunfará, nenhum espírito resistirá à verdade. E eu, novamente, vou propagá-la.

Repletas de kushitas que vociferavam e brandiam azagaias, várias canoas se dirigiam para a ilha.

— Eles são muitos, senhor! Não conseguiremos rechaçá-los.

— Não se preocupe, meu amigo. Esses bárbaros nos trazem as embarcações de que precisamos.

O Anunciador se levantou e ficou de frente para o rio. Os olhos dele se avermelharam, parecendo soltar uma chama. As águas se agitaram e, apesar da habilidade, os remadores não evitaram o naufrágio. Uma onda violenta afogou-os.

As canoas saíram intactas da tormenta.

Os discípulos do Anunciador constataram que os poderes do mestre não haviam perdido nada da eficácia.

— Aonde pensa ir? — perguntou o Torto.

— Onde ninguém nos espera: ao Egito. O faraó me imagina vagando através deste país miserável, até que um kushita me capture e execute. O fato de haver submetido a leoa vai inebriá-lo e a descoberta do ouro que cura lhe devolveu a confiança. No entanto, ainda lhe falta uma parte essencial do precioso metal. A improvável cura da Árvore da Vida não nos deterá. A nossa rede de Mênfis foi preservada e vamos usá-la em breve para atingir o coração da espiritualidade egípcia.

— Quer dizer...?

— Sim, Shab, você me entendeu bem. A nossa viagem será longa, mas atingiremos o objetivo: Ábidos. Vamos destruí-la e impedir que Osíris ressuscite.

A exaltante visão extinguiu o cansaço de Shab, o Torto. Nada desviaria o Anunciador da missão. Ele não possuía um aliado dentro dos domínios de Osíris, Bega, o sacerdote permanente?

O faraó jogou num caldeirão estatuetas de argila dos núbios ajoelhados, cabeça baixa, mãos amarradas nas costas. Quando ele as tocou com a espada, uma chama brotou. Os soldados presentes pensaram ouvir os gemidos dos supliciados, cujos corpos se queimaram.

No decreto oficial que anunciava a pacificação da Núbia, Medés substituiu o signo hieroglífico do guerreiro negro, equipado com um arco, pelo de uma mulher sentada. A magia da escrita suprimia, assim, toda a virilidade de eventuais revoltosos.

Sesóstris se voltou para os chefes dos clãs e das tribos que chegaram para depor as armas e lhe jurar fidelidade. Com a voz grossa e forte, ele pronunciou um discurso. Medés anotou cada palavra:

— Torno efetivas as minhas palavras. O meu braço realiza o que o meu coração concebe. Uma vez que estou decidido a vencer, os meus pensamentos não ficam inertes no meu coração. Eu ataco quem me ataca. Se permanecerem pacíficos, eu farei a paz. Continuar pacífico quando se é atacado encoraja o agressor a perseverar. Combater exige coragem, o covarde recua. E mais covarde ainda é aquele que não defende o seu território. Vencidos, vocês fogem dando as costas. Vocês se comportaram como bandidos sem consciência e bravura. Continuem assim e as suas mulheres serão capturadas, os seus rebanhos e colheitas, aniquilados, os seus poços, destruídos. O fogo do uraeus devastará toda a Núbia. Depois de aumentar a herança dos meus ancestrais, aqui estabeleço a minha fronteira. Quem a mantiver, será meu filho; quem a violar, será um causador de distúrbios, severamente castigado.

Felizes por se saírem tão bem, os chefes núbios juraram fidelidade a Sesóstris, cuja estátua foi implantada na fronteira. No interior das fortalezas e diante dos muros, estelas lembrariam as palavras do monarca e simbolizariam a lei, tornando a região acolhedora e pacífica.

— O faraó atira as flechas sem precisar retesar a corda do arco — murmurou Sekari ao ouvido de Iker. — O Verbo lhe basta para apavorar o adversário, e ele não precisará de uma única bastonada para garantir a ordem. Quando o rei é justo, tudo é justo.

Os vencedores não tiveram tempo de saborear o triunfo e descansar, porque o monarca exigiu a instauração imediata de uma administração capaz de garantir a prosperidade. Tendo calculado o comprimento do Nilo até a fronteira, Sehotep coordenou as obras de hidrologia e de irrigação, destinadas a tornar as várias terras cultiváveis. Em breve, a fome estaria esquecida.

Sesóstris não chefiara um ataque devastador. À segurança garantida pelas fortalezas seria acrescentado o desenvolvimento de uma economia local, onde ninguém sairia perdendo. O faraó não era visto como um conquistador e sim como protetor. Em Buhen, em Semna e em muitas outras localidades, começaram a cultuá-lo e a celebrar-lhe o *ka*[1]. Antes da chegada de Sesóstris, os autóctones sofriam com a anarquia, a violência e se submetiam à lei dos tiranos; graças à intervenção do faraó, a Núbia se tornava um protetorado

---

[1] Mais de mil anos depois da sua morte, Sesóstris III ainda era venerado na Núbia.

privilegiado. Muitos soldados e administradores concebiam uma longa estada para reconstruir a região.

— Informações sobre o Anunciador? — perguntou o rei a Iker.

— Apenas rumores. Várias tribos dizem tê-lo matado, mas nenhuma delas exibiu o cadáver.

— Ele ainda está vivo. Apesar da derrota, não vai desistir.

— A região não será hostil a ele?

— Evidentemente; a barreira mágica das fortalezas tornará os discursos do Anunciador ineficazes por várias gerações. Infelizmente, o veneno que ele espalhou continuará eficaz por muito tempo.

— Supondo que ele escape dos kushitas, dos núbios e do nosso exército, que intenções teria?

— Uma parte da rede continua a nos ameaçar no próprio Egito e a Árvore da Vida ainda corre perigo. A guerra está longe de terminar, Iker. Não podemos dispensar a vigilância e a perseverança.

— Vamos voltar para a capital?

— Faremos escala em Ábidos.

Ábidos, o lugar onde Ísis residia!

— O seu ferimento parece quase curado.

— Os cuidados do doutor Gua são notáveis.

— Cuide dos preparativos para a partida.

O protetorado se transformou num porto de paz. Entre núbios e egípcios não havia mais nenhuma tensão. Casamentos foram celebrados e Sehotep não foi o último a ceder aos encantos de uma jovem de um povoado, de corpo esguio e porte elegante. Quanto a Sekari, ele não se afastava da irmã dessa beldade.

— Partir, já? Estou me divertindo aqui!

— Inspecione a frota minuciosamente. O Anunciador talvez tente alguma façanha e só o seu faro poderá nos proteger.

— Você não deu nem uma olhada nas maravilhosas criaturas que habitam esta região — surpreendeu-se Sekari. — De que material você é feito?

— Para mim, só existe uma mulher.

— E se ela não o amar?

— É ela e nenhuma outra. Passarei o resto da minha vida dizendo isso.

— E se ela se casar?

— Eu me contentarei com os poucos pensamentos que dedique a mim.

— Um Filho Real não pode permanecer celibatário! Tem ideia do número de ricas donzelas em êxtase diante de você?

— Bom proveito!

— Já o tirei de várias situações perigosas, mas, para isso, não tenho armas!

— Ao trabalho, Sekari. Não vamos deixar Sua Majestade esperando.

Remoçado pela extraordinária campanha militar, o general Nesmontu dirigia pessoalmente a manobra. Pálido, Medés só conseguia beber as poções do doutor Gua. Por algumas horas elas faziam cessar os seus vômitos. Quanto a Gergu, feliz por sobreviver, voltara a tomar a cerveja forte. Depois de o conteúdo dos barcos-celeiros ser transferido para as fortalezas, ele se dava ao luxo de relaxar.

— Gosta de navegar? — perguntou-lhe Iker.

— É o meu passatempo favorito! Agora, podemos desfrutar as alegrias da viagem.

— Conhece a região de Ábidos?

Gergu ficou tenso. Se mentisse, Iker poderia perceber e nunca mais confiaria nele. Portanto, diria uma parte da verdade.

— Já fui lá diversas vezes.

— Qual o motivo?

— Entregar mercadorias para os sacerdotes permanentes, para suprir-lhes as necessidades. Eu me tornei temporário, o que facilita as formalidades administrativas.

— Então, você viu os templos!

— Ah, não, que ilusão! Não fui autorizado e as minhas funções são puramente materiais. No fundo, essa obrigação não me diverte nem um pouco.

— Você já encontrou uma jovem sacerdotisa chamada Ísis?

Gergu pensou.

— Não... O que ela tem de especial?

Iker sorriu.

— Realmente, você nunca a viu!

Assim que Iker se afastou, Gergu correu para junto de Medés. Com uma tabuinha para escrever na mão, fingia pedir um conselho técnico.

— Fui obrigado a revelar as minhas ligações com Ábidos para o Filho Real.

— Espero que não tenha falado demais!

— O mínimo necessário.

— Trate de evitar esse assunto no futuro.

— Iker parece muito ligado à sacerdotisa Ísis.

Ísis, a mensageira do faraó com quem Medés cruzara em Mênfis...

— Vamos entrar na linha — aconselhou Gergu. — Com o Anunciador eliminado, não vamos assumir nenhum risco.

— Nada prova que ele esteja morto.

— Todos os fiéis foram eliminados!

— As únicas certezas são: a derrota dos kushitas e a colonização da Núbia. O Anunciador encontrará outros aliados.

— Não vamos acabar como Cara-atravessada, devorados por um crocodilo ou por qualquer outro predador!

— Esse molenga cometeu erros estúpidos.

— E a submissão da leoa aterradora? Sesóstris é invulnerável, Medés. Atacá-lo seria loucura.

O Secretário da Casa do Rei sentiu náuseas.

— Você não está errado e essa vitória aumenta ainda mais o poder do rei. Mas se estiver vivo, o Anunciador não desistirá.

— Queiram os deuses que ele esteja morto e...

Uma dor violenta na palma da mão direita obrigou Gergu a parar de falar.

De um vermelho vivo, o minúsculo rosto de Seth gravado na sua carne queimava-o.

— Não blasfeme mais — recomendou Medés.

O general Nesmontu foi verificar o que dizia o sondador, técnico encarregado de calcular a profundidade do Nilo com uma longa vara.

— Quatro côvados[1] — constatou. — Quatro côvados... Assustador! Mais uma ligeira baixa do nível e os cascos serão rasgados.

Para evitar sérias avarias, foi preciso capear.

Toda a frota foi bloqueada entre a segunda e a terceira cataratas, sob um sol implacável.

— Mais um malefício do Anunciador — resmungou o velho militar. — Depois de tentar nos inundar, agora nos deixa no seco!

[1] 2,08 metros.

Instalar aqui um acampamento não seria nada agradável e corremos o risco de ficar sem água.

— O Nilo não basta? — perguntou um soldado.

— A cor dele não indica nada de bom.

O faraó não mostrou nenhuma preocupação.

No entanto, a má notícia se espalhou por todos os barcos. Aflito, Medés verificou imediatamente se dispunha de um número suficiente de odres cheios. Se a imobilização se prolongasse e se não descobrissem um poço nas proximidades, como sobreviveriam?

A dúvida corroía os ânimos. A expedição triunfal poderia terminar de maneira desastrosa.

Sesóstris olhou fixo para um grande rochedo cinza.

Iker percebeu que ele avançava, muito lentamente, na direção do rio.

— Não é um rochedo — constatou Sekari — e sim uma tartaruga, uma enorme tartaruga! Estamos salvos!

— Por que tanto otimismo?

— Porque o faraó pôs ordem onde havia desordem. A tartaruga simboliza ao mesmo tempo o céu e a Terra. Na sua função terrestre, ela é um vaso cheio de água. E esse vaso foi levado ao céu para formar as nascentes do Nilo. Como o céu e a Terra acham justa a ação do rei, a tartaruga cuspirá o rio que havia engolido e fertilizará o solo.

Da proa do barco almirante Iker viu o imponente animal agir, no ritmo que lhe era próprio e sem precipitações.

Aos poucos, o nível do Nilo subiu e a cor mudou. Logo, seria novamente navegável.

43

Homem alto, indolente, simpático e desengonçado, o subchefe dos aduaneiros do porto de Mênfis acabara de aceitar a missão, muito bem paga, proposta por um agente de ligação do libanês: abordar Sobek a sós. Por trás da fachada ríspida e intransigente, o Protetor não teria pequenas fraquezas?

Associado ao tráfico de madeira preciosa, o aduaneiro não conhecia os financiadores nem os compradores e se limitava a falsificar os recibos de entrega e os documentos oficiais. Quanto menos soubesse, melhor se portaria. Graças a manipulações mínimas e bem remuneradas, havia comprado uma casa nova, próxima do centro da capital, e, agora, pretendia adquirir algumas terras. Subsistia o problema Sobek, que ele se encarregara de resolver.

— Estou feliz em almoçar com o chefe da polícia! Depois dos horrores que enlutaram a cidade, você conseguiu restabelecer a calma.

— Simples aparência.

— Você vai prender os terroristas, tenho certeza!

O subchefe saboreou os alhos-porós cobertos com molho de cominho.

— Trabalho é sempre trabalho, e isso não nos falta — declarou ele, sério. — Não devemos também aproveitar os prazeres da vida, não deseja uma bela casa?

— O alojamento funcional me basta.

— Evidente, evidente, por enquanto! Pense no futuro. Só o salário não será suficiente para lhe dar o que deseja. Vários dignitários são homens de negócios. No seu nível, devia pensar nisso.

Sobek se mostrou interessado:

— Pensar em quê?

O aduaneiro sentiu que o Protetor mordia a isca.

— Você tem uma pequena fortuna, sem saber.

— Explique-se.

— O poder de assinar documentos oficiais. A sua assinatura vale muito, muito mesmo. Portanto, poderá negociá-la, negligenciá-la de vez em quando ou apô-la em autorizações mais rentáveis do que a papelada comum que não dá nada. Risco mínimo, até mesmo inexistente, benefício máximo. Estamos nos entendendo?

— Às mil maravilhas.

— Sabia que você era inteligente. Vamos brindar a um futuro brilhante!

Só o aduaneiro bebeu.

— Esse método lhe permitiu comprar uma magnífica casa, bem acima dos seus recursos? — perguntou calmamente Sobek.

— Exato... E como eu o estimo, quero que tire proveito do sistema.

— Ao convidá-lo para almoçar, eu contava interrogá-lo discretamente a esse respeito e obter as confissões aos poucos. Nas atuais circunstâncias, a prisão de um aduaneiro corrupto não deve ser acompanhada de nenhum escândalo. Você foi além das minhas expectativas. No entanto, será preciso um interrogatório prolongado.

Pálido, o subchefe soltou a taça e o conteúdo encharcou a sua túnica.

— Sobek, você está equivocado! Eu só falei em teoria, uma simples teoria.

— Mas você passou à prática. Mantenho cuidadosamente em dia os dossiês sobre cada um dos responsáveis pela segurança da cidade, qualquer que seja o posto. E desconfio de irregularidades. Ao se comportar como um novo-rico, você chamou a minha atenção.

Em pânico, o aduaneiro tentou fugir.

Mas deu de frente com quatro policiais que, em seguida, o levaram para a nova moradia, uma cela pouco confortável.

Sobek se decepcionou com o interrogatório. Vigarista incompetente, o triste personagem ignorava o nome dos manipuladores. O único contato parecia ser um carregador de água, se é que o intermediário de segunda classe não havia mentido. E havia centenas de carregadores de água em Mênfis! Totalmente banal, a descrição do subchefe não ajudava em nada.

No entanto, Sobek decidiu aprofundar esse início de pista e vigiar de perto a aduana de Mênfis. A tentativa de corrupção traduziria o pânico da rede terrorista? O Protetor talvez tivesse uma possibilidade de descobrir a modalidade de financiamento, via corrupção dos funcionários, e de secar essa fonte.

— O subchefe foi preso — disse o carregador de água ao libanês que, na mesma hora, devorou um bolo macio embebido em aguardente de tâmaras.

— Sobek, o Protetor, Sobek, o incorruptível! Esse policial ainda tem alguma coisa de humano? Agora você também está em perigo. Você era o único contato desse aduaneiro pretensioso!

— Não creio, porque ele me tratava sem a menor consideração. O medíocre se limitava a cumprir a parte dele do contrato e a enriquecer.

— Redobre a prudência!

— Os carregadores de água são muito numerosos em Mênfis! Ao menor sinal de perigo agirei de acordo com a situação. Infelizmente, tenho outras informações, nada alegres.

O libanês fechou os olhos e jogou a cabeça para trás.

— Não doure a pílula.

— A frota real chegou a Elefantina. Sesóstris conquistou e pacificou a Núbia. Devido ao cordão de fortalezas que se estende até a ilha de Saí, depois da segunda catarata, não se pode conceber uma revolta. A popularidade do rei atingiu novamente o auge. Até os núbios o veneram.

— E o Anunciador?

— Parece que desapareceu.

— Uma pessoa como ele não some assim! Se o faraó o houvesse vencido, ele seria exibido na proa do barco real. O Anunciador escapou e reaparecerá mais cedo ou mais tarde.

— O problema Sobek ainda não foi resolvido.

— Nenhuma dificuldade é insuperável, acabaremos descobrindo um defeito na couraça do Protetor. Assim que voltar, o Anunciador nos dirá como dar o golpe fatal.

O sol nascente banhou de luz os domínios sagrados de Osíris. Ali não era o reino da morte, mas o de uma outra vida. Ísis desfrutou os raios ainda suaves que lhe dançavam na pele nacarada e pensou em Iker.

Nenhuma lei lhe proibia o casamento. Que atração poderia exercer um homem, por mais amoroso que fosse, comparado aos mistérios de Osíris? No entanto, o Filho Real não a deixava mais. Não era uma presença obsedante e insuportável, e sim um apoio eficiente nas provas a que ela se submetia. Ele se tornara o seu companheiro diário, atento, fiel, amoroso.

Será que voltaria da longínqua Núbia, cenário de combates mortais?

Um sacerdote permanente, "Aquele que vê os segredos", e uma sacerdotisa de Hathor levaram Ísis ao lago sagrado. Depois da pesagem do coração, ela precisava agora vivenciar a prova do triplo nascimento.

— Contemple o *Nun* — recomendou o ritualista. — No coração deste oceano original se produzem todas as mutações.

— Eu desejo a pureza — declamou Ísis, repetindo as fórmulas antigas. — Tiro as minhas vestes e me purifico, a exemplo de Hórus e de Seth. Eu saio do *Nun* livre dos meus entraves.

Ísis gostaria de permanecer por longo tempo na água fresca. As etapas anteriores da iniciação lhe passaram pela memória. A mão da sacerdotisa pegou a dela para fazê-la sentar numa pedra cúbica.

— Eis a bacia de prata fundida pelo artesão de Sokaris, o deus-falcão das profundezas, que conhece o caminho da ressurreição — disse o sacerdote. — Nela lavarei os seus pés.

A sacerdotisa vestiu Ísis com uma longa túnica branca e lhe cingiu a cintura com uma faixa vermelha, fazendo o nó mágico. Em seguida, ela a calçou com sandálias também brancas.

— Assim se firma a planta dos seus pés. Olhos de Hórus, estas sandálias iluminarão o seu caminho. Graças a elas, você não se perderá. Nessa viagem, você se tornará ao mesmo tempo um Osíris e uma Hathor, a via masculina e a via feminina se unirão em você. Assistida por todos os elementos da criação, pise na soleira da morte e entre na morada desconhecida. Nas profundezas da noite, veja o sol brilhar, aproxime-se das divindades e olhe-as de frente.

A sacerdotisa apresentou a Ísis uma coroa de flores.

— Receba a oferenda do mestre do Ocidente. Que esta coroa dos justos faça desabrochar a inteligência do coração. Diante de você se abre o grande portão.

Um Anúbis com cabeça de chacal apareceu. Por sua vez, ele pegou a mão da jovem. O par atravessou o território das antigas sepulturas, lugar de repouso dos primeiros faraós, depois deparou com guardas que seguravam facas, espigas, palmas e vassouras feitas com folhagem.

— Sei o nome de vocês — declarou Ísis. — Com as facas, vocês ceifam as forças hostis. Com as vassouras, as dispersam e as tornam inoperantes. As palmas traduzem a emergência de uma luz que as trevas não conseguem apagar. As espigas exprimem a vitória de Osíris sobre o nada.

Os guardas desapareceram.

Anúbis e Ísis se embrenharam sob a terra até um longo corredor pouco iluminado, que levava a uma ampla sala circundada de pilares maciços de granito.

No centro, uma ilha. Ali havia um gigantesco sarcófago.

— Despoje-se do seu ser antigo — ordenou Anúbis — e passe para a pele das transformações, para a pele de Hathor, que o mau pastor assassinou e decapitou. Eu, Anúbis, a revivifiquei impregnando-a de leite e trouxe-a para a minha mãe para que ela revivesse, como Osíris.

Ísis foi vestida com a pele.

Duas sacerdotisas pegaram-na pelos cotovelos e a deitaram num trenó de madeira, símbolo do Criador, Atum, "Aquele que é" e "Aquele que não é". Seguindo por uma superfície escorregadia, três ritualistas puxaram lentamente o trenó na direção da ilha, onde estava o Calvo.

— Seu nome? — perguntou ele ao primeiro.

— Embalsamador, encarregado de conservar o ser intacto.

— E o seu?

— Vigia.

— E o seu?

— Guardião do sopro vital.

— Subam ao cume da montanha sagrada.

A procissão deu a volta no sarcófago.

— Anúbis — perguntou o Calvo —, o antigo coração desapareceu?

— Ele foi queimado, assim como a pele antiga e o antigo cabelo.

— Que Ísis tenha acesso ao lugar das transformações e da vida renovada.

Os ritualistas ergueram a jovem e a puseram dentro do sarcófago.

— Você é a luz — recitou o Calvo — e você atravessa a noite. Possam as divindades acolhê-la, elas estendem os braços para você. Que Osíris a receba na morada do nascimento.

A jovem explorou um espaço e um tempo fora do mundo manifesto.

— Você estava adormecida e foi acordada — afirmou a voz do Calvo. — Estava deitada e foi erguida.

Os ritualistas ajudaram-na a sair do sarcófago. A ampla sala foi iluminada por tochas.

— O astro único brilha, ser da luz entre os seres da luz. Uma vez que você vem da ilha de Maat, receba a vida pelo triplo nascimento.

No momento em que a pele era retirada de Ísis, o Calvo tocou-lhe a boca, os olhos e os ouvidos com a extremidade de um bastão, composta de três tiras dessa mesma pele.

— Filha do céu, da Terra e da matriz estelar, doravante Irmã de Osíris, você o representará nos rituais. Sacerdotisa, você dará a vida e ressuscitará os símbolos para preservar as tradições de Ábidos. Ainda falta atravessar uma porta, a do Círculo de Ouro. Você deseja isso?

— Eu desejo.

— Seja devidamente prevenida, Ísis. A sua coragem e a sua vontade permitiram que você chegasse até aqui, mas serão suficientes para vencer provas temíveis? Os fracassos foram muitos, os sucessos, raros. A sua juventude não seria uma grande desvantagem?

— A decisão é sua.

— Está realmente consciente dos riscos?

Ela viu o rosto de Iker. Sem a presença dele, talvez houvesse desistido. Tantos tesouros já lhe haviam sido dados! Por causa desse amor que nascia, ela soube que devia ir até o fim da viagem.

— Meu desejo não mudou.

— Então, Ísis, você conhecerá o caminho de fogo.

44

Desembarcando em Elefantina, finalmente Medés pisava em terra firme. Tomado de vertigens, sem conseguir se alimentar normalmente, já começava a se sentir um pouco melhor. De repente, a ordem do monarca: partida imediata para Ábidos.

A prancha de embarque, o barco e o balanço infernal quase o matavam! Apesar do calvário, o Secretário da Casa do Rei cumpria as funções com devotamento e competência. A correspondência não parava de circular e o mais modesto dos povoados sabia da pacificação da Núbia. Aos olhos do povo, Sesóstris adquiria o prestígio de um deus vivo.

O doutor Gua auscultou longamente o paciente.

— A minha hipótese está confirmada: o seu fígado está num estado deplorável! Durante quatro dias, deverá tomar uma poção composta de extrato de folhas de lótus, de pó de madeira da jujubeira, de figos, de leite, de bagas de zimbro e de cerveja doce. Não se trata de um remédio miraculoso, mas vai aliviá-lo. Em seguida, regime. E de novo essa poção, se os distúrbios voltarem.

— Assim que chegar a Mênfis, eu me sentirei maravilhosamente bem. Para mim, navegar é um suplício.

— Evite definitivamente as gorduras, a cozinha com manteiga e os vinhos capitosos.

Apressado para comparecer à cabeceira de um marinheiro febril, o doutor estava intrigado. Todos os bons médicos sabiam que o fígado determinava o caráter de um indivíduo. Maat não residia no de Rá, expressão da luz divina? Ao oferecer Maat, o faraó tornava essa luz estável e o caráter de Rá benevolente.

Acontece que o órgão de Medés sofria de doenças singulares que não correspondiam à aparência que ele queria apresentar, franca e jovial. Com um fígado como o dele, Maat parecia reduzida a um desempenho mínimo! Provavelmente não devia aprofundar o diagnóstico.

Gua cruzou com o Filho Real.

— E o seu ferimento?

— Prestes a ficar totalmente curado! Eu lhe agradeço por isso.

— Agradeça também à sua boa natureza e não se esqueça de comer o máximo possível de legumes frescos.

Iker foi ao encontro do faraó na proa do navio almirante. O rei contemplava o Nilo.

— Para combater *isefet* e facilitar o reinado da luz — declarou o soberano —, o Criador realizou quatro ações. A primeira consistiu em formar os quatro ventos, de modo que todo ser vivo respirasse. A segunda foi criar a grande onda, que pequenos e grandes podem dominar se chegarem ao conhecimento. A terceira, fazer cada indivíduo como seu semelhante. Ao fazer o mal voluntariamente, os humanos transgrediram a formulação celeste. A quarta ação permitiu que os corações iniciados não esquecessem o Ocidente e se preocupassem com as oferendas às divindades. Como prolongar a obra do Criador, Iker?

— Pelo ritual, Majestade. Ele não abre a nossa consciência para a realidade da luz?

— A palavra "Rá", a luz divina, é composta de dois hieróglifos: a boca, símbolo do Verbo, e o braço, símbolo do ato. A luz é o Verbo em ato. O rito impregnado pela luz se torna eficaz. Por isso, o faraó enche os templos de ações luminosas. Todos os dias o ritual as multiplica, para que o Mestre do Universo fique em paz na sua morada. Os ignorantes acham que o pensamento não tem peso. No entanto, ele supera o tempo e o espaço. Osíris expressa um pensamento tão poderoso que toda uma civilização nasce dele, uma civilização que não é só deste mundo. Eis por que Ábidos deve ser preservada.

Ao pé da acácia estava o ouro da Núbia. A doença cedia terreno, mas a Árvore da Vida estava longe de ser salva.

Em companhia do Calvo, Sesóstris assistiu ao ritual da manipulação dos sistros que a jovem Ísis realizou. Depois, o rei e a sacerdotisa se dirigiram para o terraço do Grande Deus, onde o *ka* dos servos de Osíris participava da imortalidade do deus.

— Você está no início do caminho de fogo, Ísis. Muitos não voltaram. Já avaliou os riscos?

— Majestade, essa atitude pode contribuir para a cura da acácia?

— Quando percebeu isso?

— Aos poucos, de maneira difusa. Não ousava confessá-lo a mim mesma, temendo ser vítima de ilusão e vaidade. Se o meu engajamento for útil a Ábidos, não terei vivido o mais belo dos destinos?

— Possa a lucidez continuar a lhe servir de guia.

— Ainda falta o ouro verde de Punt. A consulta aos arquivos me permitiu fazer uma descoberta: não a localização exata da terra divina, mas o meio de conhecê-la por ocasião da festa do deus Min. Se a pessoa que possui a chave desse segredo estiver entre os participantes, será preciso convencê-la a falar.

— Gostaria de se encarregar disso?

— Farei o melhor possível, Majestade.

Sentado no umbral de uma capela, o sacerdote permanente Bega estava com os nervos à flor da pele. O cúmplice, Gergu, ousaria ir até lá? Conseguiria evitar a vigilância dos guardas?

Ruídos de passos.

Alguém se aproximava, portador de um pão de oferendas.

Gergu depositou-o diante de uma estela que representava um casal de iniciados aos mistérios de Osíris.

— Não posso ser visto — disse Bega. — O que houve na Núbia?

— Os núbios foram esmagados, o Anunciador desapareceu.

— Estamos... estamos perdidos!

— Ninguém suspeita de mim nem de Medés e o nosso trabalho deixou o faraó satisfeito. Não há provas da morte do Anunciador. Medés está convencido de que ele vai aparecer. Até nova ordem, prudência absoluta. Do seu lado, o que há de interessante?

— O faraó e a sacerdotisa Ísis conversaram longamente. Ela conduzirá uma delegação para participar da festa de Min.

— Nada importante.

— Está enganado! Ísis fez pacientes pesquisas e suponho que encontrou uma pista. Graças ao ouro da Núbia, a acácia está melhor. Será que a sacerdotisa não espera conseguir um elemento decisivo nas cerimônias organizadas em Coptos?

Coptos, cidade mineira onde se compravam e se vendiam todos os tipos de minerais provenientes do deserto... Gergu não deixaria de transmitir essa informação a Medés. Uma outra forma de ouro seria entregue a Ísis na festa do deus?

A todos os permanentes e temporários de Ábidos o rei revelou que a Núbia, agora pacificada, se tornara um protetorado. Entretanto, nenhuma das medidas que garantiam a segurança do território sagrado de Osíris seria suspensa, porque a ameaça terrorista não havia desaparecido. Permanecendo no local, as forças armadas continuariam a fazer uma seleção rigorosa até a extinção do perigo.

Tendo recebido do monarca a ordem de permanecer a bordo do barco almirante, Iker não podia desviar o olhar do sítio de Ábidos, que contemplava pela primeira vez, tão próximo e tão inacessível! Como gostaria de, guiado por Ísis, conhecer os domínios do mestre da ressurreição, explorar os templos e ler os textos antigos! Mas não se podia desobedecer ao faraó. E o rei não o julgava digno de transpor essa fronteira.

Ísis apareceu no cais, bela, etérea e sorridente.

Iker desceu correndo pela prancha de desembarque.

— Quer visitar o barco?

— É claro.

Iker foi na frente, virando-se todo o tempo. Será que ela o seguia realmente?

Eles ficaram na proa, à sombra de um guarda-sol.

— Quer uma cadeira, uma bebida, um...

— Não, Iker, quero simplesmente admirar esse rio que nos dá a prosperidade e que o trouxe de volta vivo.

— Você... você pensou em mim?

— Enquanto você lutava, eu também enfrentei duras provas. A sua presença me ajudou e a sua coragem diante do perigo me serviu de exemplo.

Eles estavam tão expostos aos olhares que Iker não ousou tomá-la nos braços. Além disso, não estaria interpretando essas palavras surpreendentes de maneira muito favorável? Certamente ela o teria repelido, indignada.

— O faraó nos guiou em todos os momentos — explicou ele. — Nenhum de nós, nem mesmo o general Nesmontu, teria conseguido a menor vitória sem as instruções dele. Antes de chegar a Ábidos, o rei me revelou as quatro ações do Criador. Compreendi que ele nunca age de maneira diferente. Pelo espírito, e não só pela força, ele pôs fim ao caos e à revolta na Núbia, transformando a terra deserdada numa região feliz. As fortalezas não são simples construções, mas uma rede mágica capaz de bloquear as energias negativas provenientes do extremo sul. Infelizmente, o Anunciador não foi capturado. Você sabe, Ísis, sabe muito bem: desde que nos encontramos, você me protege. A morte muitas vezes me rondou, e você a afastou.

— Você me atribui poderes demais.

— Não, tenho certeza que não! Eu precisava voltar da Núbia para lhe dizer o quanto eu a amo.

— Há muitas outras mulheres, Iker.

— Só amo você; hoje, amanhã, sempre.

Ela se virou, escondendo a emoção.

— A Árvore da Vida está melhor — disse ela. — Ainda falta o terceiro ouro que cura.

— Será preciso voltar à Núbia?

— Não, porque se trata do ouro verde de Punt.

— Punt... Então, como eu supunha, esse país não é produto da imaginação dos poetas!

— Os arquivos não nos permitem localizá-lo. Na festa do deus Min, um eventual informante talvez nos dê um esclarecimento essencial.

— "Nós"... Você disse "nós"?

— Na verdade, o rei nos confiou essa missão. Se a pessoa esperada participar do ritual celebrado em Coptos, teremos de convencê-la a nos dar a preciosa informação.

— Ísis... para você não passo de um amigo e de um aliado?

Quanto mais ela demorava a responder, mais a esperança aumentava. A atitude dela não mudara? Teria novos sentimentos?

— Gosto dos nossos encontros — confessou. — Durante a sua longa viagem, senti a sua falta.

Atônito, Iker pensou ter ouvido mal. O seu sonho louco tornado realidade não podia se desvanecer repentinamente?

— Podemos continuar a conversa num jantar?

— Infelizmente não, Iker. Os deveres me exigem muito. Na verdade, na festa de Min, será a última ocasião em que nos veremos.

O Filho Real sentiu o coração apertado.

— Por que, Ísis?

— A iniciação aos mistérios de Osíris é uma aventura perigosa. Como preciso guardar segredo, não tenho o direito de falar sobre ela com você. Entretanto, posso lhe contar que decidi ir até o fim dessa busca. Muitos não voltaram do caminho que terei de percorrer.

— É preciso assumir tantos riscos?

Ela olhou para ele com um sorriso que o desarmou.

— Existe outra via? Você e eu vivemos para a perenidade de Maat e a proteção da Árvore da Vida. Tentar fugir desse destino seria covardia e ilusão.

— Como posso ajudá-la?

— Cada um de nós segue o seu caminho, juncado de provas que devemos enfrentar sozinhos. Depois talvez nos encontremos.

— Eu a amo aqui e agora, Ísis!

— Este mundo não reflete o invisível? Temos de decifrar os sinais que eliminam as fronteiras e abrem as portas. Se você me ama de verdade, aprenderá a me esquecer.

— Nunca! Suplico que desista, eu...

— Seria um erro fatal.

Iker detestou Ábidos, Osíris, os mistérios, mas imediatamente lamentou essa reação pueril. Ísis tinha razão. Nada os dirigia para uma vida comum e banal, nada os autorizava a imaginar uma felicidade tranquila, protegida das vicissitudes. Eles só se reuniriam depois de ambos enfrentarem o desconhecido.

As mãos deles se uniram com ternura.

45

Mênfis, finalmente! Em breve Medés veria o libanês, que, sem dúvida, teria informações sobre o destino do Anunciador. Por que o faraó fazia questão de celebrar a festa de Min em Coptos, em vez de voltar para a capital, que lhe preparava uma recepção grandiosa? Provavelmente, a atitude do soberano visava curar a Árvore da Vida.

Medés possuía um grande trunfo: Gergu. Agora amigo de Iker, ele se oferecera para ser responsável pela intendência. Diante dos excelentes serviços prestados na Núbia, a candidatura havia sido imediatamente aceita. Assim, ele poderia espionar os principais protagonistas do evento e descobrir as razões dessa forma de agir.

Totalmente curado pelo doutor Gua, Medés recuperava o vigor e a determinação. Que a pacificação da Núbia representasse uma amarga derrota do Anunciador ninguém duvidava. No entanto, deviam-se perder as esperanças? Como Sesóstris não adotava uma atitude triunfal, como o discurso dele continuava equilibrado e prudente, o monarca devia recear um inimigo no próprio Egito!

Excelente estrategista, o Anunciador deveria considerar os diversos ângulos de ataque. Alguns se mostrariam satisfatórios, outros, decepcionantes. A vontade de destruir o regime e propagar o seu credo inevitavelmente continuava intacta.

Coptos estava em festa. As tabernas serviam um número incalculável de cerveja forte; os comerciantes de amuletos, de sandálias, de tangas e de perfumes não tinham mãos a medir. Min, deus da fecundidade, da mais material à mais abstrata, provocava uma verdadeira euforia. As mulheres, normalmente altivas, olhavam para os homens de maneira diferente. "Pelo menos", pensou Sekari, já íntimo de uma mais desinibida, "a nossa espiritualidade não mergulha na tristeza e no puritanismo."

Sesóstris dirigia um cerimonial muito antigo. Vestido com trajes luxuosos, realçados de ouro, ele atravessou a cidade em direção ao templo. O rei era precedido pelos ritualistas, que levavam, em longos escudos, as estatuetas dos faraós que já haviam passado para o Oriente eterno. Ao lado do rei, a efígie de Min, com o sexo eternamente ereto para significar que o desejo criador, característica do poder divino, não se extinguia jamais. Um touro branco, símbolo da instituição faraônica e encarnação animal do deus, também estava representado. Suporte da luz cintilante, ele espalhava a sua força.

Iker não cessava de admirar a sublime sacerdotisa, à esquerda do rei.

Naquela festa, Ísis representaria a rainha.

A estátua de Min foi colocada num pedestal, e os sacerdotes soltaram algumas aves. Voando para os pontos cardeais, elas anunciaram a manutenção da harmonia celeste e terrestre, graças à ação do faraó.

Manejando uma foice de ouro, Sesóstris cortou um feixe de espelta e o ofereceu ao touro branco, ao seu pai Min e ao *ka* dos ancestrais.

Sete vezes Ísis rodeou o faraó, pronunciando as fórmulas de regeneração.

Em seguida, apareceu um negro de estatura baixa. Com voz grave e entonação cálida, ele cantou um hino a Min, que causou um frêmito nos presentes. O músico saudava o touro que veio do deserto, de coração alegre, encarregado de dar ao rei a esmeralda, a turquesa e o lápis-lazúli. Min não se consolidava como Osíris ressuscitado, que concedia as riquezas?

Terminado o ritual mais importante, começava o episódio mais esperado: o mastro de Min foi erguido. Nele subiram impetuosos acrobatas, determinados a pegar os vasos vermelhos usados na repetição da cerimônia de fundação da capela divina.

Uma platéia de moças atentas observava os aventureiros.

Ísis arrastou Iker para um canto.

— O homem que eu queria contatar está presente.

— De quem se trata?

— Do cantor de voz magnífica. Segundo os textos antigos, ele tem o título de "Negro de Punt". Há muitos anos que estava desaparecido. Só ele pode nos fornecer indicações precisas.

De bom grado, Gergu teria esvaziado várias taças da cerveja forte, mas resolveu seguir o casal.

O ritualista estava sentado à sombra de uma palmeira.

— Eu sou uma sacerdotisa de Ábidos — declarou Ísis — e este é o Filho Real, Iker. Precisamos da sua ajuda.

— O que desejam saber?

— A localização de Punt — respondeu Iker.

O cantor mostrou um ricto de contrariedade.

— Caminho impedido há muito tempo! Para encontrá-lo é preciso um navegador que tenha passado pela ilha do *ka*.

— Eu estive lá — afirmou Iker.

O artista sobressaltou-se.

— Detesto os mentirosos!

— Não estou mentindo.

— O que encontrou na ilha?

— Uma imensa serpente, que não conseguiu salvar o mundo dela e desejou que eu preservasse o meu.

— Então, está dizendo a verdade!

— Aceita levar-nos a Punt?

— O capitão do barco deve possuir a pedra venerável. Sem ela, naufrágio na certa.

— Onde ela está?

— Nas pedreiras do uádi Hammamat. Toda expedição está destinada ao fracasso.

— Eu conseguirei.

A recepção em Mênfis ultrapassou as previsões de Medés. Sesóstris, herói lendário, não havia reunido o norte e o sul, pacificado a Siro-Palestina e a Núbia? A popularidade do rei se igualava à dos grandes soberanos do tempo das pirâmides, poemas foram compostos em sua glória e as suas façanhas eram embelezadas pelos narradores.

O monarca se mantinha austero, como se as indiscutíveis vitórias lhe parecessem insignificantes.

Assim que a esposa de Medés, tranquila com os calmantes do doutor Gua, caiu no sono, o Secretário da Casa do Rei foi à casa do libanês.

Prudente, ele observou as redondezas.

Nada de insólito.

Por isso, manteve o procedimento habitual.

O anfitrião havia engordado muito.

— Estamos seguros? — preocupou-se Medés.

— Apesar dos pequenos sucessos de Sobek, nenhum problema sério. A compartimentalização da rede nos põe a salvo. Infelizmente, a sua longa ausência foi muito prejudicial para os nossos negócios.

— O faraó fez de mim um refém, mas com o meu comportamento exemplar me tornei um dignitário estimado e insubstituível.

— Melhor para nós! O que, realmente, ocorreu na Núbia?

— Sesóstris venceu a tribos, pacificou a região e construiu uma série de fortalezas intransponíveis. Os núbios desistiram de invadir o Egito.

— Lamentável. E o Anunciador?

— Desapareceu. Esperava que ele o houvesse contatado.

— Acha que está morto?

— Não, porque o sinal gravado na mão de Gergu ardeu quando ele mostrou estar em dúvida. O Anunciador não tardará a dar novas instruções.

— Exato — disse uma voz suave e profunda.

Medés se assustou.

Ele estava ali, diante deles, com o seu turbante, a barba, a longa túnica de lã e os olhos vermelhos.

— Então, meu bravo amigo, você permanece fiel.

— Oh, sim, senhor!

— Nenhum exército me imobilizará, nenhuma força será maior do que a minha. Feliz de quem compreende isso. Por que o faraó fez escala em Ábidos e quis presidir a festa de Min, em Coptos?

Medés exibiu uma expressão alegre.

— Graças à mensagem de Gergu, transmitida por um dos meus barcos rápidos, posso explicar-lhe. Autora de descobertas importantes na biblioteca de Ábidos, a sacerdotisa Ísis substituiu a rainha na festa de Min. Ela foi vista muitas vezes na companhia do Filho Real Iker, que eu esperava que estivesse morto e que parece indestrutível! Simples amizade ou um futuro casamento? Mas isso não é o essencial. Ísis e Iker interrogaram um ritualista com um título significativo: o Negro de Punt. Por que esse procedimento, a não ser que visem à posse do ouro escondido nessa região? Ao contrário de muitos, acredito que ela seja bem real.

— Você está certo, Medés. Uma expedição está sendo organizada?

— Está, mas não destinada a Punt! Oficialmente, Iker vai às pedreiras do uádi Hammamat. A missão consiste em trazer um sarcófago e estátuas.

O Anunciador pareceu contrariado.

— Então, o Negro pediu a ele que encontrasse a pedra venerável, sem a qual o caminho de Punt permanece fechado.

Medés compreendeu por que a tripulação do *Rápido* havia fracassado, mesmo prestes a oferecer Iker ao deus do mar.

— Esse maldito escriba tem alguma possibilidade de sucesso?

— Duvido.

— Com todo o respeito, senhor, esse aventureiro já nos prejudicou bastante!

O Anunciador sorriu.

— Iker não passa de um homem. Desta vez, a audácia dele não será suficiente. Entretanto, tomaremos as precauções necessárias para que nenhum barco egípcio possa chegar a Punt.

Sedutora, Bina apareceu. Sob a sua túnica, grossos curativos.

— Ela também sobreviveu. Sesóstris nem imagina os golpes com que, furiosa, ela irá atingi-lo.

O libanês comeu com voracidade alguns bagos de uva.

— Sobek, o Protetor, impede todas as iniciativas — confessou, contrariado. — Precisei reestruturar uma parte da minha rede, recomendar a meus homens extrema prudência e desistir de corromper esse maldito chefe da polícia. Ele é de uma integridade assombrosa! E os subordinados se deixariam matar por ele. Só o senhor conseguiria nos livrar desse homem!

— As suas tentativas merecem a minha consideração, meu amigo. E já que os recursos habituais não são suficientes, usaremos outros.

Sobek, o Protetor, não perdia tempo. Agora, o palácio real e os principais prédios administrativos, inclusive o escritório do vizir, eram zonas totalmente seguras. Passando os funcionários pelo crivo o chefe da polícia havia transferido os empregados suspeitos. Só os homens experientes, que ele conhecia há muito tempo, permaneciam nos postos. Todos os visitantes eram revistados, ninguém se aproximaria do rei carregando uma arma.

As breves felicitações de Sesóstris, tão raras, sensibilizaram profundamente o Protetor.

— Como Iker se comportou, Majestade?

— De maneira exemplar.

— Então me enganei a respeito dele.

— Raramente os seres humanos admitem os próprios erros. Mais raramente ainda escolhem o caminho certo e nele se mantêm, quaisquer que sejam os obstáculos. O Filho Real está entre eles.

— No que se refere a desculpas, não sou muito bem-dotado.

— Ninguém exige isso, muito menos ele.

— Iker permanecerá na Núbia?

— Não, entreguei a administração da região a Sehotep. Assim que designar responsáveis dignos de confiança, ele voltará para Mênfis. Quanto a Iker, eu o encarreguei de uma nova missão, bastante perigosa.

— Ele não é poupado, Majestade!

— Você o estaria defendendo?

— Admiro a coragem dele. Nem Nesmontu correu tantos perigos!

— Tal é o destino desse Filho Real. Mesmo que eu desejasse, ninguém poderia agir no lugar dele. Quais são os resultados das suas investigações?

— Vossa corte é composta de intrigantes, vaidosos, invejosos, imbecis, intelectuais pretensiosos e de alguns fiéis. Investigações aprofundadas chegaram a uma feliz conclusão: entre eles, nenhum aliado do Anunciador. Por um lado, eles vos temem muito; por outro, apreciam as vantagens e o conforto de que gozam. Portanto, precisarei procurar em outros lugares. Os cabeleireiros serviam de intermediários dos terroristas. Muitos desapareceram, outros estão sob intensa vigilância. Nova pista: os carregadores de água. Como são muito numerosos, não é fácil explorá-la. A prisão de um aduaneiro corrupto não trouxe os benefícios esperados. Ao menos, espero ter complicado a vida do inimigo! O erro seria baixar a guarda. Cidade aberta e cosmopolita, Mênfis continua a ser o alvo principal.

Sesóstris recebeu demoradamente o vizir Khnum-Hotep, cuja gestão, diariamente controlada pela rainha, havia sido notável. Cansado, doente, o homem já idoso pensava em entregar a demissão ao monarca. Na presença do rei, ele se lembrou do juramento feito. Cabia ao soberano decidir, não a ele. E, também, não apreciaria longos dias de preguiça, largado numa poltrona. Um iniciado no Círculo de Ouro de Ábidos tinha obrigações para com o seu país, o seu rei e o seu ideal.

Com as costas eretas, as pernas pesadas, Khnum-Hotep retomou o caminho do escritório. Continuaria a exercer uma função amarga como fel, mas útil ao povo das Duas Terras.

46

Decidido, de língua afiada, ele se chamava Khauy, havia nascido em Coptos e não se considerava nem um pouco incapaz. Militar de carreira, havia conduzido vários corpos expedicionários através do deserto até o uádi Hammamat e se vangloriava de haver voltado com a tropa sã e salva.

Com Khauy, ninguém conseguia nada. Mesmo sendo Filho Real, Iker ouviria o que ele tinha a dizer.

— Pedreiras são pedreiras! E quando se trata do uádi Hammamat, não se brinca. Eu sempre dei cerveja e produtos frescos aos meus homens, até transformei uma parte do deserto em campos férteis e cavei cisternas. Um bando de amadores não lhe dará o que deseja! Preciso de uma dezena de escribas, oitenta canteiros, a mesma quantidade de talhadores de pedra, vinte caçadores, dez sapateiros, dez cervejeiros, dez padeiros e mil soldados que servirão também de mão de obra. Que não me falte nem um odre, nem uma alcofa, nem uma jarra de óleo.

— Concedido — respondeu Iker.

Khauy ficou surpreso:

— Ora, veja... Você é influente!

— Executo as ordens do faraó.

— Não é muito moço para dirigir uma equipe tão numerosa?

— Uma vez que terei o benefício dos seus conselhos, o que tenho a temer? Além disso, o inspetor-chefe dos celeiros, Gergu, ficará à sua disposição e facilitará o seu trabalho.

Khauy coçou o queixo.

— Visto desse modo, podemos dar um jeito. Seguiremos o meu caminho e adotaremos o meu ritmo de trabalho.

— Concordo.

Khauy não tinha mais exigências. Só lhe restava reunir os profissionais, atraídos pelo excelente salário.

Com seiscentos e sessenta e cinco metros de altura, a montanha Hammamat formava um estranho bloqueio rochoso. Passando pelo meio de uma espécie de pilono, o uádi Hammamat serpenteava num vale plano e de fácil acesso. Desde a Primeira Dinastia extraía-se dos maciços montanhosos a pedra de Bekhen, que variava do cinza médio ao preto e se parecia com o basalto[1].

[1] *Grauwacke* ou *greywacke*.

A despeito da beleza, a Montanha Pura não atraía tanto os olhares quanto Ísis, cuja presença intrigava os membros da expedição. Alguns explicavam que a jovem era uma protegida do rei, que dispunha de poderes sobrenaturais, indispensáveis para afastar os demônios do deserto.

Iker vivia momentos maravilhosos. Quando a sacerdotisa anunciou que iria com ele, o céu ficou mais luminoso, o ar, perfumado. Como o deserto lhe parecia acolhedor e o calor, agradável! Deixando que Khauy e Gergu cuidassem da intendência, o Filho Real contou, em detalhes, as suas aventuras para Ísis, depois conversaram sobre literatura e falaram sobre mil e um aspectos do cotidiano. Eles constataram que compartilhavam os mesmos gostos e as mesmas aversões. Iker não ousou perguntar sobre Ábidos e a viagem lhe pareceu assombrosamente curta. Vento do Norte e Sanguíneo se comportaram de maneira discreta e o burro se limitou a levar-lhe água, quando necessário.

— Chegamos — disse Khauy. — Meus rapazes vão começar o trabalho.

Sekari não gostava nada do lugar, porque tudo o que se parecesse com uma mina lhe trazia más recordações.

— Nada de anormal? — perguntou-lhe Iker.

— O que você poderia notar? Quando se está apaixonado a esse ponto, não se vê nem uma víbora-cornuda passar sobre os próprios pés. Fique tranquilo, está tudo bem. Apesar de falar demais, esse Khauy me parece íntegro e competente.

— Sekari, diga-me a verdade. Você acha que Ísis...

— Vocês formam um belo par. Agora, vamos procurar a pedra venerável.

Os responsáveis pela expedição começaram por contemplar "o quadro dos arquitetos", gravado numa parede rochosa. O primeiro citado era Ka-nefer, "a força criadora realizada"; o segundo citado, Imhotep, criador da primeira pirâmide de pedra. A genialidade de Imhotep era transmitida de mestre de obras para mestre de obras e a tradição o considerava como o construtor de todos os templos egípcios através dos séculos.

Ísis ofereceu a Min água, vinho, pão e flores e pediu que ele sacralizasse o trabalho dos artesãos.

A exploração não apresentou nenhuma dificuldade específica. Corretamente alojadas e alimentadas, as equipes não tardaram a extrair esplêndidos blocos de reflexos avermelhados e outros quase pretos.

— Estes lhe convêm? — perguntou Khauy ao Filho Real.

— São excelentes, mas se trata da pedra venerável?

— Simples lenda! Há muito tempo, um canteiro disse ter descoberto uma pedra vermelha, capaz de curar todos os males. O homem tinha muita imaginação. Você não veio atrás disso, veio?

— Vim.

— Minhas especialidades são estátuas e sarcófagos, e não fábulas infantis!

— Vamos explorar a montanha.

— Percorra as galerias, uma por uma, se é o que quer.

Iker se aventurou pelos corredores, sem nenhum sucesso.

Ísis celebrava os rituais e fazia oferendas.

Quando apareceu uma gazela, tão gorda do seu futuro filhote que não podia mais correr, os olhares convergiram para o animal.

— Vou abatê-la com uma única flecha! — afirmou um caçador.

— Não atire — ordenou a jovem. — Min nos enviou um milagre.

A fêmea pariu. Assim que a cria foi capaz de andar, elas voltaram juntas para o deserto.

No lugar do nascimento, uma pedra vermelha lançava brilhos dourados.

Usando malho e cinzel, Sekari separou-a da ganga.

— Ontem — se queixou um canteiro —, eu cortei a perna. Se esta for a pedra venerável, deve curar a minha ferida!

Ísis manteve a pedra sobre o ferimento durante muito tempo.

Quando a retirou, só havia uma cicatriz.

Os artesãos olharam para a sacerdotisa surpresos. Quem, ela ou a pedra, tinha mais poder? Até Khauy ficou boquiaberto.

O Filho Real entregou a ele um papiro enrolado, com o seu selo.

— Leve a expedição a Coptos e entregue este documento ao prefeito da cidade. Ele lhe entregará os salários e as gratificações. Eu vou seguir caminho com os carpinteiros e alguns soldados.

Gergu não estava incluído na viagem. Com que pretexto poderia se impor? Ao voltar, ele estava furioso.

Na primeira parada, ele se separou do grupo para satisfazer uma necessidade natural.

Deitado na areia, um homem interpelou-o, cortando-lhe toda a vontade:

— Então, você se safou! — espantou-se Gergu.

— Como você vê — respondeu Shab, o Torto. — O Anunciador protege os verdadeiros crentes. Eles não temem a morte, pois irão para o paraíso.

— No entanto, a Núbia não foi nenhum divertimento!

— Os guerreiros negros se mostraram muito indisciplinados. Mais cedo ou mais tarde o Anunciador conseguirá impor a verdadeira fé nessa região. O que ocorreu nas pedreiras do uádi Hammamat?

— A sacerdotisa Ísis descobriu uma pedra que cura. Comandando um grupo de carpinteiros e de soldados, Iker decidiu se separar do resto da expedição. Recebi a ordem de voltar para Coptos e, depois, retomar as minhas funções em Mênfis.

— Carpinteiros, você disse... Será que o Filho Real pretende construir um barco?

— Sinto muito, ignoro.

— O Anunciador observa você, Gergu. Faça o relatório a Medés e diga que ele entre em contato com o libanês. Eu ficarei de olho em Iker e vou impedi-lo de agir.

À frente de um bando de aventureiros do deserto especialmente selvagens, Shab, o Torto, dispunha de uma bela força para agir. Antes de atacar o Filho Real e os companheiros, ele queria saber quais os projetos de Iker.

— O que estamos esperando? — perguntou Sekari.

— O Negro de Punt — respondeu Iker, sentado ao lado de Ísis num leito de basalto, de frente para o deserto.

— E se ele não vier?

— Ele virá.

Diante do conforto razoável das instalações e da abundância de comida, ninguém reclamou dessa pausa. A presença da sacerdotisa acalmava os apreensivos.

Ao pôr do sol, ele apareceu.

Com o seu passo tranquilo, o Negro de Punt foi na direção de Iker.

— Descobriu a pedra venerável?

Ísis a mostrou para ele.

O cantor tirou uma faca da tanga.

Imediatamente, Iker se interpôs entre ele e a sacerdotisa.

— Preciso verificar. Que o Filho Real me apresente o seu braço esquerdo.

— Nada de loucuras, senão...

— Preciso verificar.

Iker consentiu. O Negro lhe cortou o bíceps, em seguida pôs a pedra em cima da ferida.

Quando a retirou, a pele estava intacta.

— Perfeito — constatou ele. — Quem são esses homens?

— Carpinteiros e soldados, acostumados a lutar contra os aventureiros do deserto. O vizir Khnum-Hotep me indicou o local de um porto, Sauu, onde encontraremos a madeira necessária para a construção de um barco.

— Apesar da sua juventude, você parece previdente. Sauu é o melhor ponto de partida para o país de Punt.

O vale profundo escavado pelo uádi Gasus desembocava numa baía aberta na costa do mar Vermelho. Ali, um pequeno porto abrigava uma quantidade considerável de madeira, cujas características foram apreciadas pelos carpinteiros.

— Construa um navio de casco longo, com a parte de trás levantada e dois postos de observação, o primeiro na proa e o segundo na popa — exigiu o Negro de Punt. — Um único mastro será suficiente. Providencie remos fortes e um leme axial. Quanto à vela, ela deve ter a largura maior do que o comprimento.

Sekari não escondeu a ansiedade:

— Este lugar é perigoso.

— Se fosse infestado de saqueadores — objetou Iker —, por que não roubaram toda a madeira?

— Os aventureiros do deserto são covardes e preguiçosos. Por um lado, a madeira é pesada demais para transportar; por outro, não saberiam o que fazer com ela. Segundo o meu instinto, nós fomos seguidos. Vou espalhar os soldados em volta do local.

Na futura proa, Ísis desenhou um olho de Hórus completo. Assim, o barco descobriria por si só o caminho a seguir.

O Negro de Punt controlava o trabalho dos carpinteiros.

— Onde fica o seu país e que direção devemos tomar? — perguntou Iker.

— Alguns dizem que fica na Somália, outros no Sudão, outros ainda na Etiópia ou no Djibuti, e até mesmo na ilha de Dahlak Kebin, no mar Vermelho. Deixe que falem. Punt, terra divina, nunca figurará num mapa.

— Nesse caso, como chegaremos?

— Isso dependerá das circunstâncias.

— Está preparado para enfrentá-las?

— É o que veremos. Há muito tempo não vou a Punt!

— Está zombando de mim e do destino do Egito?

— Por que acha que nenhum texto especifica a localização dessa terra abençoada, a não ser porque ela mude de lugar sem cessar para escapar da cupidez dos humanos? Antes, eu sabia. Agora, não sei mais. Você descobriu a ilha do *ka*. E a jovem sacerdotisa possui a pedra venerável. Na medida das minhas possibilidades, eu os ajudarei. Mas só você detém o segredo dessa viagem.

* * *

Por um lado, Shab, o Torto, lamentava ter esperado tanto, já que Sekari acabara de espalhar os soldados ao redor do porto, privando-o assim do efeito surpresa. Por outro lado, felicitava-se pela paciência, pois agora sabia em que se basear: Iker esperava chegar a Punt, graças às indicações do velho Negro.

A equipe dos carpinteiros trabalhava depressa. Dentro de um ou dois dias o barco estaria pronto para navegar.

Finalmente, chegou a notícia que o Torto esperava!

— Os piratas aceitaram — anunciou o chefe dos aventureiros do deserto —, desde que fiquem com a metade do saque.

— Combinado.

— Você me garante uma gratificação suplementar?

— O Anunciador será generoso.

O beduíno bateu no peito com o punho fechado.

— Nenhum deles escapará, pode acreditar em mim! Exceto a mulher... Nós a pegaremos viva e mostraremos o que é um homem de verdade!

O Torto estava pouco ligando para o destino de Ísis.

47

Alguns minutos antes do ataque dos aventureiros do deserto, Sanguíneo deu o alerta. Sekari acordou sobressaltado e mobilizou os soldados.

Duas sentinelas pereceram, mortalmente feridas pelos sílices pontudos atirados pelas fundas. Fiel ao seu método, Shab, o Torto, enfiou a faca na nuca de uma terceira.

Pelo visto, os soldados egípcios não resistiriam muito tempo.

— Todos para o barco — ordenou Sekari —, vamos levantar âncora!

Os artesãos já estavam sendo atacados por uma horda de beduínos.

Iker queria ficar ao lado deles, mas primeiro precisava salvar Ísis. Assim que ele subiu a bordo com ela, com o velho Negro, Sanguíneo, Vento do Norte e uma dezena de homens, Sekari começou a retirar a prancha de embarque e a desdobrar a vela.

— Vou descer para lutar — protestou o Filho Real.

Sekari o deteve:

— Nada de loucuras. A nossa missão é Punt. Vamos partir imediatamente, senão seremos todos massacrados. Olhe, quase não há resistência.

No momento em que o barco saía do porto, um outro, pesado, lhe barrou a passagem.

— Piratas — constatou Sekari. — Nenhuma possibilidade de passar.

Iker se virou para o Negro de Punt.

— Como escapar?

— Siga os caminhos do céu e as rotas lá de cima. Ali, a criança de ouro, nascida da deusa Hathor, construiu a sua morada. Você voará nas asas do falcão, se o mar, insaciável, receber a oferenda que ele exige.

Iker se lembrou do horrível episódio do *Rápido*. Deveria morrer afogado para salvar a tripulação?

— Desta vez — disse o velho Negro —, você não precisará se sacrificar.

Quando ele se jogou na água, o Filho Real pensou reconhecer o rosto do seu mestre, o escriba de Medamud que lhe ensinara os hieróglifos e a regra de Maat.

Uma forte rajada de vento derrubou os ocupantes do barco, que adernou e saiu numa velocidade louca, antes de se endireitar.

— Feridos? — preocupou-se Sekari.

A tripulação só sofrera alguns hematomas e arranhões, que desapareceriam com a pedra venerável.

Quanto aos piratas, eles haviam afundado com o barco.

Na proa do *Olho de Rá*, Ísis manejava os sistros em cadência e a música se misturava à voz do mar. Iker segurava o timão, Sekari ajustava a vela.

E o barco tomou por si só a direção da terra divina.

Louco de raiva, Shab, o Torto, matava os feridos. Amarga vitória, por causa das perdas consideráveis sofridas pelos aventureiros do deserto. E a embarcação dos piratas se havia desmantelado sob o choque de uma onda monstruosa!

— Os egípcios não irão longe — previu um beduíno. — Certamente o barco deles sofreu avarias e não tardará a afundar.

O Torto tinha a mesma opinião, mas temia a resistência de Iker, capaz de sobreviver às ciladas mais bem armadas.

— Vamos devastar este porto, queimem tudo!

Os saqueadores se entregaram à tarefa com entusiasmo.

Depois, se dispersaram, com a esperança de encontrar uma caravana mal protegida. Infelizmente para eles, a polícia de Sesóstris estava cada vez mais vigilante. Com o tempo, assassinos e ladrões se isolariam na península arábica.

O Torto precisava voltar para Mênfis e informar o Anunciador, sem nada esconder desse fracasso parcial.

— No que se refere à navegação — lamentou Sekari —, a minha experiência é um tanto limitada. Será que a sua é melhor?

— Eu me limito a segurar o timão — confessou Iker. — Na realidade, é ele que dirige. Ele e Ísis.

— Mar pela frente, mar por trás, mar a estibordo e mar a bombordo... Nada de Punt à vista. Toda essa água me deprime e não temos mais nenhuma jarra de vinho a bordo.

— Observe Sanguíneo e Vento do Norte: eles passam o tempo dormindo, como se nenhum perigo nos ameaçasse.

— Morrer de sede ou afundar com a próxima tempestade... Realmente, é bem tranquilizador.

Com os olhos pregados no horizonte, Ísis não saía da proa. Frequentemente, ela apontava nessa direção o pequeno cetro de marfim que o rei lhe dera.

Ao amanhecer de um dia ensolarado, o burro e o cachorro se levantaram e ficaram ao lado dela.

Iker sacudiu Sekari.

— Acorde!

— Ver mais água... Prefiro sonhar com uma despensa cheia de bons vinhos.

— Uma ilha coberta de palmeiras, isso não o atrai?

— É miragem!

— Pelo comportamento de Vento do Norte e de Sanguíneo, não creio que seja.

Sekari consentiu em abrir os olhos.

Era mesmo uma ilha, com longas praias de areia branca.

A âncora foi jogada a uma boa distância, dois marinheiros mergulharam. Quando chegaram ao destino, agitaram os braços para indicar que não havia perigo.

— Vou me juntar a eles — decidiu Sekari. — Fiquem aqui, Ísis e você, enquanto improvisamos uma embarcação.

O burro e o cachorro apreciaram a água morna, depois pularam em terra firme.

O lugar parecia idílico. Atenuando o calor do sol, um vento constante mantinha a temperatura agradável.

Sekari foi buscar o Filho Real e a sacerdotisa. Reunidos e alegres, a tripulação saboreou alguns peixes grelhados, fáceis de pescar.

— Vamos explorar o local — propôs Sekari.

Ísis foi à frente do pequeno grupo.

Ela parou diante de uma esfinge de pedra, do tamanho de um leão. Obra de um escultor egípcio, treinado nas melhores técnicas.

Ornamentando a base, uma inscrição hieroglífica: "Eu sou o senhor de Punt."

— Conseguimos — exclamou Sekari —, aqui estamos! E os habitantes escolheram um dos nossos símbolos principais para proteger o país!

Com cabeça de homem e corpo de leão, a esfinge representava o faraó, como guardião vigilante dos lugares sagrados. Isso queria dizer que os puntitas eram servos fiéis de Sesóstris?

Iker conteve o entusiasmo.

— Pode ser uma declaração de guerra.

— Os hieróglifos são magníficos e estão intactos, a inscrição não é ambígua. O Negro de Punt não se comportou como um amigo?

Os argumentos de Sekari eram otimistas. Mesmo assim, os viajantes entraram apreensivos pelo palmeiral. Iker pensou na ilha do *ka*, mas aquela ali era bem mais extensa.

À vegetação exuberante, seguiu-se uma zona árida e montanhosa. Encostas secas, rochosas, tornavam a marcha difícil e eles seguiram Vento do Norte, que escolhia o melhor caminho. Aqui e ali, plantas aromáticas.

Do alto da colina, Sekari viu um estranho povoado à beira de um lago cercado de árvores de incenso e de ébano. Os puntitas usavam escadas para terem acesso as suas casas, cabanas sobre pilotis. Gatos, cachorros, bois, vacas e uma girafa circulavam livremente.

— Estranho, nenhum ser humano! Teriam fugido quando nos viram chegar ou foram exterminados?

— Se o Anunciador conseguiu um meio de chegar aqui — avançou Iker —, podemos temer o pior.

— Vamos descer até o povoado — decidiu Ísis. — Eu vou à frente.

Sekari não gostou do risco que ela assumia, mas a jovem não lhe deu tempo de protestar.

Quando passaram pela entrada, marcada por duas grandes palmeiras, várias dezenas de homens, mulheres e crianças saíram das casas, desceram as escadas e os rodearam. Cabelos compridos ou curtos, pequenas tangas listradas ou malhadas: os puntitas eram elegantes e requintados. Pareciam bem-nutridos e de saúde excelente. Um detalhe chamou a atenção de Ísis: a barba dos homens era semelhante à de Osíris. Nenhum deles estava armado.

Um quadragenário se dirigiu à sacerdotisa:

— Quem são vocês e de onde vêm?

— Eu sou uma ritualista de Ábidos e este é o Filho Real, Iker, acompanhado de Sekari. Viemos do Egito.

— O faraó ainda reina lá?

— Somos enviados do rei Sesóstris.

O chefe dos puntitas rodeou a jovem, admirativo e, ao mesmo tempo, desconfiado. Iker e Sekari estavam prestes a intervir.

— Quando o faraó aparece — declarou o chefe —, o nariz dele é de mirra, os lábios, de incenso, o perfume da boca, semelhante ao de um unguento precioso, o odor, de um lótus de verão, porque o nosso país, a terra do deus, oferece a ele os tesouros que possui. Infelizmente, a doença nos atingiu, o nosso país está secando. Se a natureza não se recuperar, Punt vai desaparecer. A fênix não mais sobrevoa o nosso território. Só uma mulher que tenha a posse da pedra venerável e maneje os sistros poderá nos salvar.

— Eu possuo essa pedra, vim oferecê-la e difundir a música dos sistros para desfazer o malefício.

Enquanto o chefe dos puntitas tocava cada um dos seus compatriotas com o mineral redentor, Ísis fazia soar os instrumentos da deusa Hathor.

Diante dos olhares, as árvores recuperaram o viço e a vegetação desabrochou de novo.

Todos ergueram a cabeça: uma garça-real, de plumagem brilhante, sobrevoava em círculos o povoado.

— A alma de Rá reaparece — constatou o chefe, sorridente. — Os perfumes ressurgem, a Árvore da Vida volta a se erguer no alto da colina das origens. Osíris governa o que existe, tanto de dia como à noite.

— Você citou a Árvore da Vida? — surpreendeu-se Iker.

— A fênix nasce nos galhos do salgueiro, em Heliópolis. O seu mistério se revela na acácia de Ábidos.

O Filho Real estava estupefato. Como esse ilhéu poderia ser tão sábio?

Este último se prosternou diante de Ísis.

— Os maravilhosos aromas de país de Punt ressurgem graças ao sol feminino, à enviada da deusa de ouro, alimentada de cânticos e de danças. Que eles sejam oferecidos ao seu *ka*, neste momento feliz em que a terra do deus se recupera.

Em matéria de festividades, os puntitas, do mais velho ao mais moço, eram especialistas, dotados de um bom humor, comunicativos. Finalmente descontraídos, os egípcios participaram de uma roda desenfreada, ritmada por canções de boas-vindas.

Conquistado por duas jovens beldades, cujas atitudes pressagiavam horas agradáveis, Sekari não deixava de observar o anfitrião com o canto dos olhos. No entanto, o puntita parecia movido por intenções pacíficas.

Iker não tirava os olhos de Ísis, tão radiosa que conquistara o coração dos habitantes do povoado.

A esposa do chefe enfeitou-a com um colar de ametistas, malaquitas e cornalinas e com um cinto de conchas de ouro verde, de qualidade excepcional.

O ouro de Punt, indispensável para a cura da acácia.

A inscrição deixou Iker perplexo: era o nome de coroação de Sesóstris!

— Os emissários do rei já estiveram aqui? — perguntou ao chefe.

— Você é o primeiro.

— Este objeto...

— Ele saiu do nosso tesouro. Você conhece o nome secreto de Punt? A ilha do *ka*. O poder criador do Universo ignora as fronteiras da espécie humana. Agora, você e os seus companheiros respirem os perfumes da terra do deus.

Os puntitas juntaram um grande número de vasos de cores vibrantes e os abriram. Eflúvios de olíbano, de mirra e de diferentes tipos de incenso se espalharam. E perfumaram toda a ilha.

— Assim é apaziguada a Grande de Magia, a serpente de fogo que brilha na fronte do faraó — declarou o chefe. — Sob a proteção desses perfumes, os justos podem comparecer diante do senhor do além. Criações do olho de Hórus, esses maravilhosos aromas se tornaram a linfa de Osíris. Quando o preparador do unguento cozinha o incenso de Punt, ele faz a matéria divina, usada no embalsamamento do ressuscitado no templo do ouro.

Iker não entendeu o sentido dessas palavras enigmáticas. Ísis certamente prezava-lhes a importância. Ela não o havia guiado até lá para que ele ouvisse essas revelações?

— Vamos homenagear os nossos benfeitores como eles merecem — ordenou o anfitrião. — Encham as taças com vinho de romã.

Reduzido a um terço pela ebulição, o suco de grãos de romãs maduras resultava, segundo Sekari, numa bebida bem medíocre, a despeito da capacidade de prevenir disenteria e diarreia. No entanto, ele não se fez de rogado. Depois dessa viagem agitada, não era preciso se revigorar?

Foi organizado um banquete ao ar livre, no qual todos comeram e beberam de maneira irracional, com exceção de Ísis e de Iker, que não se esqueciam da sua missão.

— O ouro verde de Punt é indispensável para a sobrevivência do Egito — confiou o Filho Real ao chefe. — Você nos permite levar alguns lingotes?

— É claro, mas não sei a localização da antiga mina.

— Alguém a conhece?

— O descorticador.

48

Equipado com uma machadinha e um vasilhame, o descorticador recolhia a resina com uma sábia lentidão. Habituado a falar com as árvores e a escutá-las, ele não apreciava a companhia dos humanos. Percebendo a hostilidade, Sekari sentou-se a alguns passos dele e pôs no chão um pão fresco, uma jarra de vinho e um prato de carne seca. Como se estivesse sozinho no mundo, o agente especial de Sesóstris começou a comer.

O descorticador parou de trabalhar e se aproximou.

Sekari lhe entregou um pedaço de pão. Depois de uma longa hesitação, o puntita aceitou

Menos desconfiado, não recusou o vinho.

— Já provei melhores, mas dá para beber — transigiu Sekari.

— Contente com o dia de trabalho?

— Poderia ser pior.

— Diante da qualidade dos seus produtos, será muito bem pago. No Egito, gostamos dos unguentos. Os de Punt pertencem à categoria de alto luxo. Infelizmente, o nosso país corre o risco de desaparecer.

O descorticador comeu uma fatia de carne seca.

— A situação é tão grave assim?

— Até mais.

— O que houve?

— Um malefício. A nossa única esperança é você.

O descorticador se engasgou. Sekari lhe bateu nas costas.

— Por que está zombando de mim?

— Estou falando sério. Segundo profundas pesquisas feitas pela sacerdotisa de Ábidos aqui presente, só o ouro verde de Punt nos salvará. Quem pode consegui-lo para nós? Você.

Sekari deixou transcorrer um longo silêncio.

Satisfeito, pelo menos o artesão não negava. Pensativo, ele mastigava o resto da comida.

— Na verdade — declarou, finalmente —, não sou eu. E devo guardar segredo.

— Ninguém lhe pede que traia um segredo. Apresente-me o seu amigo, explicarei a situação para ele.

— Ele nunca falará.

— Será que ele é insensível ao destino do Egito?

— Como saber?

— Eu lhe peço, dê-me uma oportunidade de convencê-lo.

— É inútil, eu lhe asseguro. Nenhum dos seus argumentos o comoverá.

— Por que tanta intransigência?

— Porque o chefe da tribo que reina nesta floresta é um babuíno colérico, agressivo e sanguinário. Só eu consigo trabalhar aqui sem enfurecê-lo.

— Ele realmente tem a posse do tesouro?

— Segundo a tradição, esse grande macaco sempre protegeu a cidade do ouro.

— Indique-me o lugar onde costuma vê-lo.

— Não voltará vivo de lá!

— Sou duro na queda.

A uma boa distância do esconderijo do temível macaco, o descorticador se recusou a ir mais à frente. Acompanhados do burro e do cachorro, Sekari, Ísis e Iker atravessaram a vegetação emaranhada. De repente, Vento do Norte se deitou e Sanguíneo imitou-o, com a língua pendente e a cauda entre as pernas, numa atitude de total submissão.

O cinocéfalo que lhes barrava o caminho erguia um enorme bastão, visivelmente habituado a usá-lo. A pelagem cinza-esverdeada formava uma espécie de capa, a cara e as extremidades das patas estavam tingidas de vermelho.

Sabendo que enfrentar o olhar do babuíno equivalia a uma ameaça, Iker baixou os olhos.

— Você é um rei — disse ele. — Eu, o filho de um faraó. Você, encarnação de Toth, deus dos escribas, não abandone as Duas

Terras! Não somos ladrões, nem ambiciosos. O ouro é destinado à Árvore da Vida. Com esse remédio, ela ficará curada e reverdecerá.

O olhar enfurecido do animal examinava cada um dos importunos. Sekari sentiu que ele estava prestes a saltar. Com as presas, podia matar um felino. Quando um bando de babuínos se aproximava, até um leão esfomeado deixava a caça para eles.

O cinocéfalo subiu para o alto de uma árvore.

Sekari passou a mão na testa, o burro e o cachorro relaxaram.

— Olhem — disse Ísis —, ele nos guia!

O possante macaco indicava o melhor caminho, evitando as passagens pantanosas ou cobertas de mato. Quando a vegetação diminuiu, ele desapareceu.

Perplexo, Sekari viu um caminho pavimentado. Tensos, os exploradores seguiram por ele, até um altar coberto de oferendas.

— Deve haver muita gente por aqui — avaliou Sekari.

Trituradores, picaretas, marretas, pedras de amolar, bacias de lavagem não deixavam nenhuma dúvida sobre o trabalho efetuado naquele lugar. Sekari notou poços e galerias pouco profundas, fáceis de explorar. O material estava em bom estado, como se os artesãos continuassem a usá-lo.

— Os macacos não costumam se transformar em mineiros!

— Os poderes de Toth vão além do nosso entendimento — declarou Iker.

— Esperemos que eles não tenham se apropriado de todo o ouro! Não vejo uma única onça do metal.

As buscas, pacientes, se mostraram infrutíferas.

— Estranho — observou Iker —: nenhum oratório, nem capela. Acontece que todas as explorações de minas devem ser protegidas por uma divindade.

— E há algo ainda mais estranho — indicou Sekari. — Não há nenhum inseto voador, nenhum animal rastejador, nem uma única ave no coração desta floresta!

— Em outras palavras, este lugar foi enfeitiçado.

— Portanto, o Anunciador veio até aqui e nós caímos na armadilha!

— Não acho que seja isso — objetou Ísis. — O rei dos babuínos não nos traiu.

— Então — perguntou Sekari —, como explicar essas anomalias?

— Este local se protege a si mesmo, situando-se fora do mundo normal.

A explicação não tranquilizou o agente especial:

— Mesmo assim, nenhum vestígio de ouro!

— Não sabemos identificá-lo. A luz do dia talvez forme um véu.

— Se passarmos a noite aqui, será preciso acender uma fogueira.

— É inútil — decidiu a sacerdotisa —, já que nenhum animal selvagem nos ameaça. Com guardas como Sanguíneo e Vento do Norte, seremos avisados de qualquer perigo, por menor que seja.

Enquanto Ísis tentava perceber melhor o espírito do lugar, os dois homens exploraram os arredores.

Em vão.

Ao crepúsculo, eles se reuniram a ela.

— Não há uma única cabana de pedra — lamentou Sekari. — Vou preparar camas de folhas.

— Não podemos nos deixar dominar pelo sono — recomendou Ísis. — À luz da lua, manifestação celeste de Osíris, o mistério será revelado. Olhem, ela será cheia esta noite. Esse olho nos iluminará.

Apesar do cansaço, Sekari se resignou. Não era a primeira vez que uma missão o obrigava a se privar do sono.

Iker sentou-se ao lado de Ísis. Ele desfrutava cada instante dessa felicidade inesperada que lhe permitia ficar ao lado dela.

— Voltaremos a ver o Egito?

— Não sem o ouro verde — respondeu a sacerdotisa. — Punt é uma etapa do nosso caminho e não temos o direito de fracassar.

— Ísis, você passou pela prova terrível?

— Não sei o dia nem a hora, e a decisão não me pertence.

Ele ousou segurar-lhe a mão.

Ela não a retirou.

Quando o pé dele tocou suavemente o da jovem, ela não protestou.

O país de Punt era um paraíso. Iker pediu que o tempo parasse, que ela e ele se tornassem estátuas, que nada modificasse essa intraduzível felicidade. Ele tinha medo de se mexer, de respirar, de quebrar a comunhão milagrosa.

O brilho da lua se modificou, adquirindo uma intensidade comparável à do sol. Não era uma luz prateada, e sim dourada, que inundava a mina, e só ela.

— A transmutação se realiza no céu — murmurou a sacerdotisa.

Três passos à frente a terra se iluminou por dentro, vivificada por um fogo que subia das profundezas.

Atentos, Sanguíneo e Vento do Norte permaneciam imóveis. Sekari não perdeu nem um só instante do fascinante espetáculo.

Ísis se encostou mais em Iker. Estaria com medo, ou, sem dizer nada, confessava os verdadeiros sentimentos?

Ele não a interrogou, temendo dissipar um sonho tão belo.

O ouro deu lugar à prata, a lua serenou, a terra também.

— Vamos cavar — exigiu Sekari.

Ele pegou duas picaretas e entregou uma a Iker.

— O que está esperando? Não vou me matar de trabalhar sozinho!

O Filho Real foi obrigado a se separar de Ísis e o afastamento o desesperou. Ao aceitar a intimidade, ao compartilhar os momentos de ternura, ao não recusar o seu amor, ela não estaria dizendo que haveria um amanhã?

Os dois amigos não precisaram cavar muito fundo.

Eles encontraram sete bolsas de couro de bom tamanho.

— As que os prospectores usam são parecidas com estas — observou Sekari.

A sacerdotisa abriu uma delas.

Dentro, o ouro de Punt. As outras seis continham idêntico tesouro.

No povoado, os marinheiros egípcios estavam à vontade. Mimados, bem-tratados, passavam todo o tempo bebendo, comendo e seduzindo as belas nativas, às quais contavam façanhas prodigiosas, que iam desde a conquista de um mar desconhecido à pesca de peixes gigantes. Profundamente admiradas, as donzelas fingiam acreditar.

— A festa acabou — anunciou Sekari. — Vamos voltar.

A decisão não despertou um entusiasmo imediato. Entretanto, quem podia se queixar de voltar para o Egito? Por mais encantador que fosse, nenhum país o igualava. Portanto, de boa vontade, a tripulação cuidou dos preparativos para a partida.

— Encontrou o que veio buscar? — perguntou a Iker o chefe do povoado.

— Graças à sua acolhida, a Árvore da Vida será salva. Eu gostaria de agradecer ao descorticador, mas ele se volatilizou.

— Você notou um grande macaco no alto das árvores? A tradição o considera o guardião do ouro verde. Como ele lhe foi favorável, vamos celebrar com um último banquete.

Ísis foi a rainha do festim. Todas as crianças fizeram questão de beijá-la para se protegerem da má sorte.

Faltava uma pergunta que não podia deixar de ser feita:

— Pode nos indicar a melhor rota? — perguntou Iker.

— Punt nunca vai figurar num mapa — respondeu o chefe —, e é melhor assim. Siga novamente os caminhos do céu.

Eles se despediram, alegres, mas não sem uma certa nostalgia. Punt se havia recuperado, os laços de amizade com o Egito foram reforçados.

A vela foi içada, o barco se lançou num mar calmo.

Os marinheiros, que ainda não estavam totalmente sóbrios, confiavam plenamente em Iker.

— Que itinerário indicou o chefe? — perguntou Sekari.

— Temos de esperar um sinal.

A ilha logo desapareceu. A única perspectiva era o horizonte, sempre fugidio, e a massa de água cuja calma aparente não tranquilizava Sekari.

— Eis o nosso guia — anunciou Ísis.

Um imenso falcão pousou no alto do mastro. Quando o vento mudou, ele alçou voo e indicou a direção certa.

* * *

— A costa! — exclamou Sekari. — Ali está a costa!

Jorraram gritos de alegria. Mesmo para o mais experiente dos marinheiros, essa visão tinha uma magia especial.

— O falcão nos trouxe de volta ao porto de Sauu.

— Não — observou Iker. — Ele se limitou a sobrevoá-lo e nos leva para alto-mar.

Com a sua vista aguda, Sekari distinguiu homens que corriam para a beira do mar.

Então, eles eram esperados. Provavelmente, aventureiros do deserto enviados pelo Anunciador. Eles se agrupavam, decididos a não perder a presa.

— As nossas reservas de água se esgotaram, Iker, e não podemos ficar muito tempo no mar. Assim que tocarmos a terra, eles atacarão em massa.

— Vamos seguir o pássaro de Hórus.

Com um bater de asas regular, a ave de rapina beirava a costa. Quando ela se aproximou e o *Olho de Rá* ficou ao alcance das flechas inimigas, um movimento de pânico desagregou a tropa de beduínos.

Formados de arqueiros e de lanceiros, vários regimentos egípcios os cercaram.

— Os nossos! — exclamou Sekari. — Estamos salvos!

Por causa da emoção, a acostagem não foi nada ortodoxa. Sem esperar a prancha, o general Nesmontu, vigoroso como um jovem atleta, subiu a bordo.

— A visão do faraó estava certa! Era aqui mesmo que eu devia recebê-los. Esses covardes não valiam nada, mas se houvessem desembarcado em Sauu, eles os teriam massacrado. Já que o falcão divino os guiava, é porque acharam o ouro de Punt!

49

Impulsivo, Sobek, o Protetor, sabia se mostrar paciente e metódico. Nenhum dos seus fracassos, às vezes amargos, o desencorajava. E o primeiro verdadeiro sucesso lhe dava anda mais energia para perseguir a rede terrorista de Mênfis. Segundo o seu ponto de vista, o ataque ao posto policial e a tentativa de corrupção eram iniciativas medíocres, indignas do Anunciador. Provavelmente, na ausência dele, um dos subordinados quisera se destacar, mesmo não possuindo a envergadura do chefe.

Sobek acreditava na pista dos carregadores de água. Como o local mais ameaçado era o palácio real, ele começou por mandar seguir discretamente os fornecedores habituais. Fingindo ser um vendedor do precioso líquido, um policial se misturou aos profissionais.

— Tenho alguma coisa que talvez interesse — anunciou ele ao chefe, depois de vários dias de investigação. — Uns trinta comerciantes transitam pelo local, mas um deles apresenta um interesse especial. Um furão, incrível! Não sou capaz de descrevê-lo.

— Isso não nos adianta muito.

— Eu não o teria notado se uma bonita moça não tivesse falado com ele. Saíram de braços dados, em arrulhos e mímicas significativas.

— A sua história me parece de uma aflitiva banalidade.

— Nem tanto assim, chefe, por causa da moça. Eu a reconheci imediatamente, porque... Bom, sabe...

— Vamos aos detalhes. Quem é ela?

— Uma das mulheres encarregadas de cuidar da roupa, que trabalha no palácio há muito tempo. Às vezes, ela ajuda a camareira de Sua Majestade.

Um amplo sorriso iluminou o rosto do Protetor.

— Belo trabalho, menino, um belíssimo trabalho! Você será promovido. Vou interrogar essa moça.

Mênfis fervilhava com um extraordinário boato: a volta do Filho Real, trazendo um fabuloso tesouro do país de Punt.

Cético, mesmo assim o carregador de água transmitiu a informação ao libanês antes de sair novamente à caça para confirmar ou desmentir os boatos. Sem dúvida conseguiria saber mais, graças à amante.

A linda moça estava sempre atrasada. Terminado o serviço, ela adorava conversar e ficar a par dos mexericos. Orgulhosa do seu trabalho e feliz por repetir o que ouvia, a encarregada de cuidar da roupa era uma verdadeira mina de informações para o carregador de água e para a rede terrorista.

Finalmente, ela apareceu.

Vários detalhes deixaram o amante desconfiado. Ela andava devagar, tensa, preocupada. A atmosfera da praça havia mudado bruscamente. Menos gente, menos ruído, transeuntes que vinham na direção dele.

Um erro.

O seu único erro.

Como poderia supor que Sobek desconfiasse de uma serva tão anônima?

Aparentemente descontraído, ele lhe sorriu.

— Vamos jantar juntos, doçura?

— Vamos, vamos, evidentemente!

Brutal, ele estrangulou-a com o antebraço.

— Afastem-se — gritou para a força policial —, senão vou matá-la!

A praça se esvaziou. Ficaram apenas os policiais, formando um semicírculo em torno do casal, que recuava na direção das casas mais próximas.

— Não cometa uma loucura — recomendou Sobek. — Renda-se, será bem tratado.

O carregador de água tirou um punhal da túnica e espetou no quadril da refém. A moça soltou um grito de terror.

— Afastem-se e deixem-nos partir!

Os arqueiros se posicionaram nos terraços.

— Não atirem — exigiu Sobek. — Eu o quero vivo.

O terrorista empurrou a amante para dentro de um prédio em construção.

— Sua idiotazinha, você falou de mim para eles! Agora, você é um estorvo.

Indiferente às suplicas da moça, ele a apunhalou selvagemente, depois subiu uma escada. Se saltasse de telhado em telhado, teria uma boa chance de desaparecer no bairro que conhecia à perfeição.

No instante em que ia pular, a flecha de um arqueiro, que se recusou a deixar o suspeito escapar, lhe raspou a têmpora. Perdendo o equilíbrio, o carregador de água não alcançou a cornija, bateu violentamente na parede e caiu, sem conseguir nenhum apoio na queda. Ao bater no chão, quebrou o pescoço.

— Está morto, chefe — constatou um policial.

— Quinze dias de prisão rigorosa para o indisciplinado que transgrediu as minhas ordens. Reviste o cadáver.

Nenhum documento.

Mais uma vez, o fio da meada havia sido cortado.

— Chamam-no com urgência ao palácio — avisou um escriba. — Confirmação oficial: o Filho Real está chegando.

Diante da corte muda de estupefação, Sesóstris deu um abraço em Iker.

— Eu o cubro de estabilidade, permanência e realização — declarou o faraó —, eu lhe dou a alegria do coração e o reconheço como Amigo Único.

A partir daquele instante, Iker passou a pertencer à Casa do Rei, o círculo mais restrito dos conselheiros do monarca.

Abalado, o rapaz só pensava nas novas obrigações.

Desejando parabenizar o Amigo Único e elogiar-lhe as qualidades entre duas taças de vinho, os frequentadores da recepção oficial ficaram bem decepcionados. O faraó e o Filho Real deixaram os cortesãos e se retiraram para os jardins do palácio. Sentaram-se sob um quiosque cujas colunas eram enfeitadas com cabeças de Sekhmet, a deusa-leoa. Em cima do telhado, um uraeus coroado por um sol.

— Não confie nas pessoas que o rodeiam e nos seus subordinados — recomendou o rei a Iker. — Não tenha nenhum confidente, não se fie em nenhum amigo. No dia da desgraça, ninguém estará ao seu lado. Aquele a quem você houver dado muito o odiará e o trairá. Quando for repousar um pouco, que o seu coração, e só ele, zele por você.

A seriedade das palavras surpreendeu o rapaz.

— A desconfiança não poderia ser aplicada a Ísis, Majestade, nem a Sekari!

— Sekari é o seu Irmão, Ísis, a sua Irmã. Juntos, vocês passaram por provas terríveis que os uniram com laços especiais.

— Ela voltou para Ábidos?

— Ísis deve testar o ouro de Punt.

— Então, a Árvore da Vida logo será salva!

— Não antes de Ísis percorrer o caminho de fogo. E ninguém sabe se ela sairá viva.

— Tantas exigências, Majestade, tantas...

— O destino da nossa civilização está em jogo, meu filho, não um destino individual. O que nasceu, morrerá, o que nunca nasceu, não morrerá. A vida nasce do não criado e se desenvolve na acácia de Osíris. Matéria e espírito não estão dissociados, assim como não o estão o Ser e a substância primordial da qual se forma o Universo. O cérebro estabelece fronteiras entre os reinos mineral, vegetal, animal e humano. No entanto, cada um manifesta um poder criador. Do oceano de energia vem uma chama que Ísis deverá apaziguar. Nela, Ísis descobrirá a matéria-prima, no coração do *Nun*, e conhecerá o instante em que a morte ainda não havia nascido.

— Ela terá a força necessária para isso? — preocupou-se Iker.

— Ísis usará a magia, o poder da luz, capaz de desviar os golpes do destino e de lutar com eficácia contra *isefet*. Precisará pôr em ação o pensamento intuitivo, elaborar as fórmulas da criação e vencer a esterilidade, vendo além da aparência e do concreto. O saber é analítico e parcial; o conhecimento, global e brilhante. Por fim, Ísis deverá transmitir o que perceber, modelar as próprias palavras como um artesão trabalha a madeira e a pedra. A palavra certa contém o verdadeiro poder. Quando você for chamado a sentar no conselho, mantenha o silêncio, evite falar demais. Fale somente se tiver uma solução, porque formular um pensamento é mais difícil do que qualquer outro trabalho. Ponha a boa palavra na sua boca, enterre a má no fundo do ventre e alimente-se de Maat.

— Graças à iniciação, Ísis não combate ativamente o Anunciador?

— Ela tem plena consciência da importância da missão que deve cumprir. O Anunciador quer impor uma crença dogmática, datada e revelada, de uma vez por todas. Assim, os humanos serão encerrados numa prisão, sem nenhuma possibilidade de sair, porque nem verão as grades. Acontece que a criação se renova a todo instante, e a cada manhã nasce um novo sol que a celebração dos rituais ancora em Maat. Acreditar no divino permanece um senti mento para sempre. Conhecê-lo, experimentá-lo, formulá-lo, recriá-lo diariamente por intermédio de uma civilização, de uma arte, de um pensamento são os ensinamentos do Egito. Sua chave maior é Osíris, o ser perpetuamente regenerado.

— Não posso ajudar Ísis?

— Você já não o fez, ao ir a Punt?

— Ela guiou o barco e sabia como encontrar o ouro verde. Ao lado dela, o medo se dissipa e a rota obscura se ilumina.

— Ísis não lhe recomendou que a esquecesse?

— Sim, Majestade, por causa da prova terrível que ela vai passar em Ábidos. Agora eu sei que se trata do caminho de fogo. Ou ela morre, ou o Círculo de Ouro a acolhe.

— Você está certo.

— Em ambos os casos, eu a perco.

— Por que não desiste dela?

— Impossível, Majestade! Em cada etapa, em cada perigo, ela estava presente. Desde o nosso primeiro encontro, eu a amei, com um amor total, que não se limita à paixão e que constrói toda uma vida. Sem dúvida, pensais que só a exaltação da juventude me dita essas palavras, mas...

— Se pensasse isso, eu o teria nomeado Amigo Único?

— Por que me mantendes afastado de Ábidos, Majestade?

— A sua formação deve ir até o fim.

— E esse fim ainda está longe?

— Qual a sua opinião?

— Os vossos ensinamentos, e não a curiosidade, me arrastam na direção de Ábidos. Lá está o essencial. Se eu me desviar, não serei mais o vosso filho.

— Ábidos continua correndo um grande perigo porque, apesar das derrotas, o Anunciador ainda pode nos prejudicar. A Árvore da Vida é o alvo dele.

— O ouro que cura vai destruí-lo!

— Desejo que tenha razão, Iker. Você será um dos primeiros a constatá-lo, na companhia do Calvo e de Ísis, desde que ela volte sã e salva do caminho de fogo.

— Quereis dizer...?

— Em breve, eu lhe confiarei uma missão oficial. Ela o levará aos domínios sagrados de Osíris. Como Amigo Único, você me representará.

Iker ficou tonto de tanta felicidade. Quase que imediatamente, a angústia fez com que ele insistisse:

— Percebo os motivos profundos da vossa decisão em relação a Ísis, Majestade. No entanto, eu...

— A decisão não é minha, Iker, mas dela. O Calvo também tentou dissuadi-la. Mas ela não desistiu. Desde a infância, Ísis não aceita meias medidas. Em vez de ficar na corte e levar uma vida tranquila, de acordo com a posição que possui, ela escolheu o caminho de Ábidos, com todos os perigos e exigências espirituais.

Uma ideia louca passou pela mente de Iker.

— Majestade, se observais Ísis desde a infância, isso significa que...

— Eu sou o pai dela, ela é minha filha.

O Filho Real e Amigo Único queria se enfiar num buraco.

— Perdoai a minha falta de respeito, Majestade. Eu... Eu...

— Não o estou reconhecendo, Iker. O que foi feito do aventureiro que não hesita em arriscar a vida para descobrir a verdade? Amar a minha filha não é um delito. Seja você um camponês, um escriba ou um dignitário, isso não tem importância. O que conta é a decisão de Ísis.

— Como eu poderia ousar me dirigir a ela?

— Possam as divindades permitir que ela vá até o fim do caminho de fogo. Quando você for a Ábidos, e se ela sobreviver, ninguém o impedirá de falar com ela. Então, você saberá.

50

Desde o desaparecimento do carregador de água, o seu melhor agente, o libanês não conseguia comer nada. Não havia nenhum regime mais drástico, é verdade, mas ele teria preferido emagrecer de outra maneira.

— Conhecendo como o conheço, ele morreu sem falar — afirmou para o Anunciador.

— Caso contrário, a polícia já estaria aqui.

— As nossas ligações se desmantelaram, senhor, as células isoladas foram reduzidas à inação, o meu braço direito, cortado. E não me refiro à interrupção do comércio clandestino que financiava o movimento.

— Está duvidando do nosso sucesso final, meu fiel amigo?

— Gostaria muito de responder-lhe com uma negação!

— Aprecio a sinceridade e compreendo o seu desespero. No entanto, tudo se desenrola conforme o meu plano e as suas apreensões são infundadas. O nosso único objetivo: Ábidos e os mistérios de Osíris. Por que eu me preocuparia com um monte de cananeus e de núbios? Mais dia, menos dia, eles se converterão. Se Sesóstris os subjugar, isso não tem nenhuma importância. Ele se desgasta para manter a ordem e teme, a todo o instante, ser atacado, tanto ao norte quanto ao sul. As nossas manobras para desviar a atenção funcionaram admiravelmente, ocultando o verdadeiro objetivo.

— O faraó não dispõe do ouro capaz de salvar a acácia de Osíris?

— Um autêntico sucesso, admito. Entretanto, se Sesóstris espera uma cura total, ficará decepcionado.

O porteiro foi avisar o patrão:

— Uma visita. Procedimento correto.

— Mande-o entrar.

Medés tirou o capuz. Apesar de estar de volta à terra firme, não estava com melhor aspecto do que o libanês. Rever o Anunciador lhe deu ânimo.

— Sempre acreditei no senhor, eu...

— Eu sei, meu bravo amigo, e não vai lamentar.

— As notícias são execráveis. A polícia esquadrinha a cidade e faz vários interrogatórios. Impossível retomar o tráfico com o Líbano, porque o Protetor está reorganizando todos os serviços aduaneiros. O mais grave é que Iker trouxe o ouro verde do país de Punt! E agora é o Amigo Único.

— Notável trajetória — observou o Anunciador, impávido.

— Esse rapaz me parece muito perigoso — avaliou Medés. — De acordo com o último decreto real, em breve ele irá em missão para Ábidos, onde representará o monarca. Suponha que descubra as atividades ocultas de Bega! Esse sacerdote não será corajoso o bastante para ficar calado. Ele falará de Gergu, e Gergu de mim.

— Você saberá ficar calado — arriscou o Anunciador.

— Sim... sim, pode ter certeza!

— Iludir-se leva ao desastre. Ninguém consegue resistir a um interrogatório de Sobek. Você e Gergu, sob a direção do libanês, devem restabelecer as ligações entre os nossos fiéis e provocar distúrbios pontuais em Mênfis. Assim, o faraó perceberá que continuamos em ação na sua própria capital.

— Risco muito alto, senhor!

— Será que os confederados de Seth temem o perigo? Lembre-se do sinal gravado na palma de sua mão.

Prensado contra a parede, Medés quis saber mais.

— Durante essa manobra para desviar a atenção, onde estará?

— No lugar da luta final: Ábidos.

— Por que não concentrou os esforços nesse lugar?

"A insolência de Medés não seria duramente castigada?", perguntou-se o libanês. Mas o Anunciador não se sentiu ofendido.

— Eu precisava dar um golpe fatal, e a vítima escolhida ainda não estava pronta para recebê-lo.

— De quem está falando?

— Desse jovem escriba, atualmente Filho Real e Amigo Único, capaz de se livrar da voracidade do deus do mar, de chegar à ilha do *ka* e de sobreviver a mil e um perigos! Ao enviá-lo a Ábidos, Sesóstris certamente lhe confia uma missão de suma importância. Que a pessoa do faraó seja hoje em dia intocável não tem a menor importância. Vamos destruí-lo por intermédio do seu herdeiro espiritual, pacientemente formado e preparado para suceder-lhe. O rei não conseguirá substituí-lo. Iker espera encontrar a felicidade nos domínios sagrados de Osíris e atingir o conhecimento dos mistérios. É a morte o que o espera, e, com ela, o naufrágio do Egito.

— Todo o mundo pode se enganar — disse Sobek a Iker. — Se for rancoroso, compreendo que mostre uma frieza em relação a mim. A sua recente promoção não me transformará num poço de desculpas. Fosse você um simples operário, eu me comportaria da mesma maneira. Só a sua conduta e os seus atos me fizeram reconhecer o erro.

O Filho Real deu um abraço no chefe da polícia.

— A sua intransigência foi exemplar, Sobek, e ninguém tem o direito de censurá-la. A sua amizade e a sua estima são magníficos presentes.

O homem implacável não conseguiu esconder a emoção. Pouco acostumado às demonstrações de fraternidade, preferiu falar sobre o trabalho:

— Mesmo com a morte do carregador de água, não estou tranquilo. Um peixe grande, é verdade. Mas existem muitos outros ainda maiores.

— Você vai prender os chefes da rede, tenho certeza.

Um escriba pediu a opinião de Iker sobre um dossiê delicado, depois outro e mais outro. Conseguindo escapar, ele foi ao encontro do vizir, incumbido de lhe explicar as novas funções na Casa do Rei.

O rapaz cruzou com Medés, efusivo.

— As minhas sinceras felicitações, sem a menor lisonja! Depois de tantas proezas, Iker, a sua nomeação é uma recompensa merecida. É bem verdade que os eternos invejosos vão falar. Mas que importância tem isso? Ponho à sua disposição o texto do decreto que o autoriza a entrar no território sagrado de Osíris. A data da partida já foi marcada?

— Ainda não.

— Felizmente, essa missão será menos perigosa do que as anteriores! Por mim, espero nunca mais voltar à Núbia. O país não tem nenhum atrativo, o barco me deixa doente. Não hesite de forma alguma em solicitar os meus serviços, se necessário.

No início do jantar, Sekari olhou para Iker com uma expressão engraçada.

— Estranho... Você parece quase normal. Surpreendente para um Amigo Único! Permite que eu lhe dirija a palavra?

Iker entrou no jogo e assumiu uma atitude afetada:

— Acho que você deveria beijar o chão na minha presença. Vou pensar no assunto.

Os dois amigos caíram na gargalhada.

— Quando eu me for de Mênfis, vou lhe confiar Vento do Norte e Sanguíneo.

— Excelentes auxiliares, graduados e condecorados, depois da brilhante campanha na Núbia — lembrou Sekari. — Por que se separar deles?

— Tenho de ir a Ábidos sozinho. Depois, caso tudo dê certo, eles irão me encontrar.

— Ábidos... Finalmente você vai conhecê-la.

— Diga-me a verdade: você sabe quem é Ísis?

— Uma jovem e bela sacerdotisa.

— Só isso?

— E já é muito, não?

— Garante que não sabia que ela é filha do rei?

— Garantir, não garanto.

— E manteve segredo!

— O faraó exigiu.

— Há outras pessoas a par?

— Os membros do Círculo de Ouro. Como, na regra, o segredo é um aspecto essencial, ele foi respeitado.

Iker estava desanimado:

— Ela nunca me amará. Será que sobreviveu ao caminho de fogo? Estou impaciente para partir! Que viagem horrível se, por infelicidade...

Sekari tentou confortar o amigo:

— Até o momento Ísis não venceu as provas, quaisquer que fossem as dificuldades? Com a lucidez e a coragem que ela tem, armas não lhe faltam.

— Você percorreu esse caminho assustador?

— As portas são eternamente as mesmas, embora diferentes para cada um.

— Sem ela, a vida não terá sentido. Mas por que Ísis se interessaria por mim?

Sekari fingiu refletir.

— Como Amigo Único e Filho Real, você não tem experiência. Em compensação, como escriba, possui uma relativa competência. Talvez você lhe pudesse ser útil, desde que títulos pomposos não a incomodem. Existem motivos para assustá-la, não?

O humor alegre de Sekari revigorou Iker. Algumas taças de um excelente vinho, frutado e suave, atenuaram um pouco as angústias dele.

— Acha que o Anunciador e os fiéis deixaram o Egito?

— Se se tratasse de um homem normal — respondeu Sekari —, teria reconhecido a derrota e se refugiado na Siro-Palestina ou na Ásia. Como ele não é um simples bandido, nem um conquistador normal, quer a destruição do nosso país e continua a manipular as forças das trevas.

— Portanto, você teme novos distúrbios.

— O rei e Sobek também estão convencidos de que vamos sofrer outros ataques, na forma de atentados terroristas. Por isso a vigilância é indispensável. Ao menos, em Ábidos, você estará em segurança. Diante do número de militares e de policiais encarregados de proteger o lugar, você não corre nenhum risco.

Ao pronunciar essas palavras, Sekari teve uma estranha sensação.

De repente, a viagem de Iker lhe pareceu ameaçadora. Pouco à vontade, incapaz de explicar os seus medos, ele preferiu se calar e não preocupar o amigo.

* * *

Nem uma única vez, durante a estada do Anunciador, o libanês conseguiu falar com Bina. Quando voltava para a casa dele com a missão cumprida, ela cobria o rosto e se fechava num quarto onde, às vezes, o chefe se juntava a ela.

O moral subia. Graças aos vendedores ambulantes aos quais a jovem, freguesa entre outras, distribuía as instruções, os contatos entre as diferentes células de Mênfis foram restabelecidos. Agora, nenhum membro da rede ignorava que o Anunciador, bem vivo e com excelente saúde, continuaria a espalhar a verdadeira fé e prosseguia na luta.

Medés e Gergu já propunham alguns esquemas de ações pontuais, que semeariam o terror.

— Cabe a você escolher os melhores — disse o Anunciador para o libanês.

— Senhor, eu sou um comerciante e...

— Você quer mais e não o censuro, apesar de certas iniciativas desastradas. Se quiser se tornar o meu braço direito, ser o homem que saberá tudo sobre cada habitante deste país e que vai separar os bons fiéis dos infiéis, precisa progredir. No futuro, meu bravo amigo, você vai dirigir uma polícia a serviço da nova religião e vai reprimir todos os erros, por menores que sejam.

Durante alguns instantes, o libanês imaginou os poderes que teria. Ao lado dele, Sobek pareceria um amador.

Esse poder, quase absoluto, que há muito tempo esperava, não era uma miragem. E só o Anunciador poderia lhe dar.

— Bina e eu vamos partir para Ábidos.

— Quantos homens deseja?

— O sacerdote Bega será suficiente.

— Segundo Gergu, o lugar é muito vigiado e...

— Ele me deu todos os detalhes. Cuide de Mênfis; eu vou esperar por Iker. Desta vez, ninguém o salvará. Vou despedaçar o coração de Ábidos e, ao mesmo tempo, o de Sesóstris. A frágil Maat vai se desmantelar, a torrente de *isefet* vai invadi-la, nenhum dique conseguirá contê-la. A Árvore da Vida se transformará na árvore da morte.

51

Anúbis, o deus com cabeça de chacal, levou Ísis até o círculo de chamas.

— Ainda deseja seguir o caminho de fogo?

— Desejo.

— Dê-me a sua mão.

Ísis confiou no ritualista de voz rouca.

Nenhuma pessoa sensata ousaria se aproximar das altas chamas, das quais se desprendia um calor insuportável.

Confiante no guia, a jovem não esboçou nenhum movimento de recuo.

Quando a sua túnica pegou fogo, ela sentiu uma paz repentina, inesperada.

Ísis estava dentro do templo de Osíris.

— Do indivíduo profano — disse Anúbis — nada restou. Eis que você está nua e vulnerável diante dos dois caminhos. Qual deles escolhe?

À esquerda, um caminho de água, margeado de capelas guardadas por gênios com cabeça de fogo. À direita, um caminho de terra preta, espécie de dique que serpenteava entre duas extensões líquidas. Separando-as, um canal de lava intransponível.

— Não é preciso percorrer os dois?

— O de água destrói, o de terra devora. Vai persistir?

— Por que temê-los, se você me leva aonde devo ir?

— Esta noite, seguiremos o caminho de água. Quando o dia chegar, o de terra.

A lua se ergueu, Anúbis entregou à sacerdotisa a faca de Toth. Ela tocou com a lâmina cada um dos gênios, pronunciado o nome deles. A identificação durou até a aurora. Depois, graças à claridade que se origina na barca do nascente, ela seguiu o caminho de terra.

Os dois caminhos se cruzavam sem nunca se confundir. Na extremidade, um canal de lava os unia na entrada de um pórtico monumental emoldurado por duas colunas.

— Eis a boca do além — indicou Anúbis —, a junção entre o Oriente e o Ocidente.

Os guardas, agachados, brandiam serpentes.

— Eu sou o senhor do sangue. Liberem o acesso.

O portal se entreabriu.

No templo da lua, uma suave luz azul envolveu o corpo de Ísis. A barca de Maat surgiu.

— Já que ela apareceu para você, vamos continuar.

Sete portas, quatro enfileiradas, seguidas de três de frente, impediam a passagem.

— As quatro tochas correspondem aos quatro orientes. Pegue-as, uma por uma, e apresente a elas.

A sacerdotisa cumpriu o ritual.

— Assim a alma viva percorre este caminho, assim a grande chama que saiu do oceano ilumina os seus passos.

As portas se abriram, uma após a outra, e as trevas se dissiparam.

Ísis viu a luz da primeira manhã, cujos olhos eram o Sol e a Lua. Um segundo círculo de fogo tornava inacessível a ilha de Osíris, encimada por uma colina de areia onde estava o vaso selado que continha a linfa do deus.

— Eis o último caminho, Ísis, e não posso mais ajudá-la. Cabe a você transpor o obstáculo.

A jovem se aproximou do fogo.

Uma fagulha roçou-lhe a boca. Uma estrela foi gravada no seu coração e, no umbigo, um sol.

— Que Ísis se torne a companheira de Osíris, que o seu coração não se afaste dele, que a sua marcha seja livre noite e dia, que esta claridade seja colocada nos seus olhos e que ela atravesse o fogo.

"O caminho foi traçado para Ísis, a luz guia os seus passos.

Por um instante, a jovem ficou imóvel no meio do círculo, como prisioneira. Em seguida, ela atingiu a ilha de Osíris, indene e recolhida."

Ísis se ajoelhou diante do vaso lacrado, fonte de todas as energias. Quando a tampa foi levantada, ela contemplou a vida na origem. Todo o templo se iluminou.

— O seu perfume se mistura com o de Punt — disse o ritualista —, o seu corpo se cobre de ouro, você brilha entre as estrelas que iluminam a sala dos mistérios, você, que é justa de voz.

Anúbis vestiu a jovem com uma longa túnica amarela, pôs-lhe um diadema com flores de lótus feitas de cornalina e rosetas de lápis-lazúli, enfeitou-a com um grande colar de ouro e turquesa, cujo fecho era uma cabeça de falcão, cingiu-lhe os punhos e os tornozelos com braceletes de cornalina vermelha, que estimulavam o fluido vital, e calçou-a com sandálias brancas.

Não havia mais nenhum vestígio dos caminhos de água, de terra e de fogo.

No santuário do templo de Osíris apareceram o faraó e a Grande Esposa Real.

Em volta de Ísis, tomaram os seus lugares o vizir Khnum-Hotep, Sekari, o Grande Tesoureiro Senankh, o Calvo, o general Nesmontu e o Portador do Selo Real Sehotep.

No dedo médio da mão direita da filha, Sesóstris pôs um anel de faiança azul, cujo engaste era ornado de um motivo em concavidade que representava o signo *ankh*, a vida.

— Doravante você pertence ao Círculo de Ouro de Ábidos. Que seja selada a nossa união com Osíris e com os ancestrais.

As mãos se uniram, o círculo foi formado e um momento de comunhão intensa marcou a última etapa dessa iniciação.

* * *

Ísis pôs os sete sacos com o ouro verde de Punt nos sete buracos cavados pelo Calvo ao pé da acácia de Osíris.

Sob o olhar do rei, ela esperou o aparecimento do sol nascente. Naquela manhã, o astro varou a escuridão de uma maneira especialmente forte.

Em pouco tempo, toda a região de Ábidos, desde as tumbas dos primeiros faraós até o cais, estava banhada por uma luz intensa.

Assim que o soberano pronunciou a antiga fórmula "Acorde em paz", raios dourados surgiram dos setes sacos e penetraram no tronco da grande árvore.

Galhos e ramos floresceram.

Quando o astro do dia atingiu o zênite, a Árvore da Vida, de um verde brilhante, recuperou toda a sua majestade.

Pela primeira vez na vida, o Calvo chorou.

Iker estava dominado pela impaciência e pelo nervosismo. Com o faraó e a rainha viajando, o vizir em trânsito, Senankh em ronda de inspeção, Sehotep supervisionando as obras de irrigação e o general Nesmontu em manobras, o Filho Real tinha de se multiplicar. O aumento de trabalho não o incomodava em nada, mas uma pergunta o atormentava: quando receberia a ordem para ir a Ábidos?

Ele não conseguia encontrar Sekari. Sem dúvida estava numa nova missão secreta. Portanto, a calma era apenas aparente.

Agora confiante, Sobek, o Protetor, conversava diariamente com Iker. Apesar dos esforços ininterruptos de seus homens, os relatórios nada continham. O chefe da polícia não cessava de praguejar, convencido de que o remanescente da rede terrorista se retraía para fazer um ataque mortífero.

Finalmente, Sesóstris voltou.

A primeira audiência foi reservada para Iker. Inúmeros cortesãos já o consideravam sucessor do rei. Ao associá-lo dessa maneira ao trono, o monarca o preparava para a função real e garantia a estabilidade das Duas Terras.

Iker se inclinou diante do gigante.

— Ísis percorreu o caminho de fogo — revelou o faraó —, e a Árvore da Vida ressuscitou.

O rapaz controlou a alegria.

— Ela saiu indene de verdade, Majestade?

— De verdade.

— A felicidade reina novamente em Ábidos!

— Não, porque a preservação da acácia de Osíris não passa de uma etapa. A doença e a degradação dos símbolos, privados de energia por muito tempo, deixaram marcas profundas. A sua missão consiste em apagar essas marcas.

Iker ficou estupefato:

— Majestade, eu não conheço Ábidos!

— Ísis o guiará. Você é um novo olhar.

— Ela aceitará isso?

— Quaisquer que sejam os seus sentimentos, qualquer que seja a dificuldade da tarefa, você precisa ter sucesso. Por decreto, você foi nomeado príncipe, Guardião do Selo Real e Chefe da Dupla Casa de Ouro e de Prata. Sehotep e Senankh, doravante, trabalharão sob a sua direção. Em Ábidos, você será o meu representante, e os artesãos que precisar estarão à sua disposição. Será preciso fazer uma nova estátua de Osíris e uma nova barca sagrada. Além da propriedade de cura, o ouro trazido da Núbia servirá para a criação dessas obras. Desde a doença da árvore, a hierarquia dos sacerdotes está abalada. Apesar das aparências, nem tudo está certo e perfeito. Por isso, a nossa vitória poderá ser reduzida a uma simples miragem. Você tem plenos poderes para investigar, destituir os incompetentes e nomear pessoas à altura das tarefas.

— Acreditais que tenho capacidade para isso?

— Enquanto Ísis passava pelas etapas da iniciação que levavam ao caminho de fogo, você seguia o seu próprio percurso. Ele levava a Ábidos, o coração espiritual do país. Talvez o Anunciador o tenha gangrenado. Mesmo os fiéis servos de Osíris podem ser cegos. Você, em compensação, não será escravo de nenhum hábito e de nenhum prejulgamento.

— Posso malograr!

— Se as suas investigações se resumirem em pacíficas conversas, você fracassará. Devolva aos domínios de Osíris a limpidez e a coerência, conforte a acácia, recuse a fraqueza e o comprometimento.

Iker havia pressentido que o título de Amigo Único seria acompanhado de pesadas imposições, mas não a esse ponto.

— Majestade, o Círculo de Ouro de Ábidos se abrirá algum dia?

— Vá, meu filho, e mostre-se digno da sua função.

52

Medés estava feliz consigo mesmo. Na sua melhor forma, retomou as atividades com todo o vigor, deixando os subordinados exaustos, inclusive o espião de Sobek. O Secretário da Casa do Rei resolveu não eliminá-lo. Disfarçado de escriba, o policial continuaria a tranquilizar o Protetor. Medés não se comportava como um dignitário zeloso, a serviço do faraó?

Recebendo os cuidados do doutor Gua, a esposa o importunava menos. Poderosos soníferos haviam posto um fim às crises de histeria.

No meio de uma noite sem lua, Medés foi à casa do libanês.

— O Anunciador está a caminho de Ábidos — participou-lhe o negociante.

— Iker ainda está em Mênfis. Como poderia imaginar que vai se jogar nas garras do pior inimigo?

— O Anunciador está sempre à frente do adversário. Quais as suas ideias para desestabilizar a capital?

— Incêndios, agressões a civis, roubos nos mercados e em casas particulares. Operações rápidas e violentas manterão um clima de insegurança e o chefe da polícia ficará com receio de uma ação de envergadura. Além disso, saquear alguns escritórios de escribas mal protegidos me parece oportuno. Anote onde ficam.

O libanês registrou as informações.

Agora, o seu porteiro era o agente de ligação. Diferentemente do carregador de água, ele só fazia contato com um pequeno número de terroristas que, em seguida, distribuíam as ordens.

Depois do sucesso do Anunciador em Ábidos e da morte de Iker, seria preciso acelerar esse sistema.

Graças à cura da Árvore da Vida, cuja folhagem brilhava ao sol, os domínios de Osíris esqueciam a atmosfera pesada que, antes. oprimia os corações.

Embora as medidas de segurança fossem mantidas, mais sacerdotes temporários tinham acesso ao local, dando uma ajuda considerável aos permanentes.

Remoendo a sua raiva, Bega continuava a enganar os colegas. Eles o julgavam austero, sério e totalmente devotado à alta função. Nem as suas opiniões, nem o seu comportamento levavam a adivinhar-lhe os verdadeiros sentimentos.

Apesar dos períodos de desânimo, Bega alimentava o desejo de vingança. Só ela lhe permitia suportar as humilhações.

Ao passar pelo umbral da sua modesta casa, onde ninguém tinha autorização para entrar, ele teve a nítida certeza de uma presença.

— Quem teria ousado...?

— Eu — respondeu um sacerdote alto, imberbe, de cabeça raspada e usando uma túnica de linho branco.

Bega não conhecia o homem, mas a voz não lhe era estranha. Quando os olhos flamejaram, vermelhos, ele se apoiou na parede.

— Você... você não é...

— Shab eliminou um temporário — revelou o Anunciador. — Tomei o lugar dele.

— Alguém o viu entrar na minha casa?

— Relaxe, meu amigo, finalmente a sua hora chegou. Quero saber tudo antes da chegada de Iker.

— Iker, aqui?

— Filho Real, Amigo Único e enviado especial de Sesóstris, ele goza de plenos poderes. Talvez tente reformar o colégio dos sacerdotes e das sacerdotisas.

Bega empalideceu.

— Iker vai descobrir o tráfico de estelas e a minha ligação com Gergu!

— Ele não terá tempo para isso.

— Como impedi-lo?

— Eliminando-o.

— Dentro dos domínios de Osíris?

— É o lugar ideal para dar um golpe fatal em Sesóstris! O rei está preparando Iker para reinar. Sem ter consciência disso, ele passou a ser a base sobre a qual se constrói o futuro do país. Ao destruí-lo, abalaremos as fundações do reino. Até esse faraó, com a estatura de um colosso, cairá por terra.

— O lugar continua a ser muito vigiado, a polícia e o exército...

— Eles do lado de fora, eu aqui dentro. Shab e Bina não tardarão a vir ao meu encontro. Se soubermos tudo o que se passa aqui, ficaremos mais fortes. Desta vez, nenhum milagre salvará Iker.

A despedida foi pungente. Nem Vento do Norte nem Sanguíneo queriam se separar do dono, a despeito das explicações. Sekari também tentou acalmá-los, mas os dois animais mostraram um nervosismo nada comum, como se desaprovassem a viagem do Filho Real.

— Não consigo mais dormir — confessou Iker. — Em vez de um paraíso, Ábidos talvez seja o meu inferno! Em primeiro lugar, a provável recusa de Ísis; depois, essa missão destinada ao fracasso.

A intervenção de Sobek impediu Sekari de confortar o amigo:

— Duas agressões nos bairros populares e três inícios de incêndio foram registrados. Tantos incidentes não podem ser frutos do acaso.

— A rede do Anunciador está acordando — julgou Sekari.

— Ela vai dar com os burros n'água — prometeu Sobek. — Enquanto os meus homens fazem investigações oficiais e bem visíveis, você poderia andar por aí com os ouvidos bem aguçados?

— Conte comigo.

O chefe de polícia acompanhou o Filho Real ao porto.

Satisfeito com a qualidade e a quantidade de soldados à disposição de Iker, Sobek assistiu à partida do barco, precedido e seguido por embarcações militares.

* * *

Na proa, o Filho Real não desfrutava da serena paisagem. Tinha a sensação de navegar entre dois mundos, sem poder voltar para aquele de onde saía e sem nada conhecer daquele para aonde ia. Todos os episódios vividos depois da terrível viagem do *Rápido* lhe voltaram à memória. Vários enigmas haviam sido esclarecidos, mas o principal mistério, o do Círculo de Ouro de Ábidos, continuava intacto.

Não muito longe da cidade osiriana, os arqueiros correram para estibordo.

— O que está ocorrendo?

— Uma barca suspeita! — respondeu o capitão. — Se não se afastar imediatamente, vamos atirar.

Iker viu um pescador amedrontado, incapaz de manobrar.

— Esperem — exigiu o Filho Real. — Esse infeliz não constitui uma ameaça!

— Ordens são ordens. Esse homem se aproximou demais e você não deve correr o menor perigo.

Agressivo, Shab, o Torto, puxou a rede e se afastou. Queria testar a capacidade de reação da escolta e se aproveitar de uma falha eventual, pronto a sacrificar a própria vida para suprimir a do inimigo. Infelizmente, nenhum descuido. Ele voltou para o local de contato com Bega.

No cais, os soldados, policiais, sacerdotes e sacerdotisas temporários carregando oferendas, e todos os administradores, estavam nervosos com a ideia de receberem o enviado do faraó. Ninguém sabia exatamente do que constava a missão do novo Amigo Único, precedido da reputação de combativo e incorruptível. O relato das façanhas na Ásia e na Núbia confirmava uma rara determinação. Os mais otimistas imaginavam uma simples visita protocolar, surpresos com a ausência do Calvo, muito pouco diplomata.

Assim que apareceu no alto da prancha de desembarque, Iker foi avaliado.

De uma elegância sóbria, não tinha um aspecto tão temível. Mas o porte e o olhar impunham respeito. Sob a sua reserva percebia-se uma autêntica força. Contrariados, os bajuladores tiveram de engolir a litania de cumprimentos.

Usando uma peruca longa que lhe dissimulava boa parte do rosto, maquiada com arte, Bina estava irreconhecível. Na base do buquê que ela contava oferecer ao recém-chegado havia duas agulhas escondidas, impregnadas de veneno. Ao tomá-lo nas mãos, Iker se espetaria e agonizaria em sofrimentos atrozes.

Bina pouco ligava de ser presa. Um único pensamento a obcecava: vingar-se de Iker, que a havia traído unindo-se a Sesóstris e lutando contra o deus verdadeiro, o deus do Anunciador. Ela tiraria a peruca e cuspiria no rosto do Filho Real, para que ele soubesse de onde vinha o castigo.

O comandante das forças especiais estacionadas em Ábidos saudou o enviado do rei:

— Permita-me, príncipe, desejar-lhe uma excelente acolhida. Vou conduzi-lo ao palácio usado pelo faraó quando vem para cá.

Várias mulheres ergueram os seus buquês. O de Bina, na primeira fila, era magnífico.

Iker quis se aproximar para pegá-lo, o comandante se interpôs:

— Sinto muito, isso é contrário à segurança.

— O que temer dessas flores?

— As ordens são rigorosas. Siga-me, por favor.

Como não desejava provocar um escândalo, Iker se limitou a saudar as portadoras de buquês.

Com muita dificuldade, Bina conteve a raiva. Correr, alcançar o Filho Real, enfiar-lhe as agulhas nas costas... Infelizmente, era impossível transpor o cordão de segurança!

Ábidos... Ábidos se abria para ele! No entanto, Iker não via nada. Enquanto não falasse com Ísis, não estaria em parte alguma.

Ela o aguardava na entrada do palácio.

O mais sensível e o mais delicado dos poetas não conseguiria descrever a sua beleza. Como evocar a fineza dos traços, a luz do olhar, a suavidade do rosto e o seu porte real?

— Bem-vindo, Iker.

— Perdoe-me, princesa. O faraó me contou quem você é, e...

— Estaria decepcionado?

— A minha impudência, a minha audácia...

— Que audácia?

— Ousei amá-la, eu...

— Você está usando o tempo passado.

— Não, oh, não! Se soubesse...

— Por que não deveria saber?

A pergunta deixou Iker sem voz.

— Quer conhecer os seus apartamentos? Tudo o que precisar, peça para mim.

Iker protestou:

— Você é filha do faraó, não a minha serva!

— Quero ser a sua esposa, formar com você um casal mais unido do que a unidade e construir uma vida única, que o tempo e as dificuldades não conseguirão destruir.

— Ísis...

Ele a tomou nos braços.

Esse foi o primeiro beijo, a primeira comunhão dos corpos, o primeiro entrelaçamento das almas.

Foi, também, o primeiro sofrimento do Anunciador, cujas garras de falcão dilaceraram a sua própria carne. Ver esse casal se formar lhe era insuportável. Manchado com o próprio sangue, ele jurou a si mesmo pôr um fim nessa união que comprometia a vitória final. Não daria a Iker nenhuma chance de sobreviver.

Impresso no Brasil pelo
Sistema Cameron da Divisão Gráfica da
DISTRIBUIDORA RECORD DE SERVIÇOS DE IMPRENSA S.A.
Rua Argentina 171 – Rio de Janeiro, RJ – 20921-380 – Tel.: 2585-2000